꿈꾸는 삼국유사

Memorabilia of the Three Kingdoms(Samguk Yusa)
: In Search of the Mythic Prototype of Korean People

by Kim Jeong Ran

Published by Hangilsa Publishing Co., Ltd., Korea, 2023

三國
遺事

꿈꾸는 삼국유사

우리 민족의
신화적 원형을
찾아서

김정란 지음

한길사

'반독서'로서의 신화 읽기

- 책을 내면서

이 책은 우리의 문화적 정체성을 찾으려는 목마름에서 쓰여졌다. 2006년 상지대학교에 문화콘텐츠학과가 설립된 뒤, 나는 본격적으로 신화 강의를 시작했다. 신화는 문화콘텐츠의 운영체제(OS)로서, 문화콘텐츠 분야에서 무엇보다 중요한 '이야기'의 뼈대가 되는 인류학적 유산이다. 그런데 오랫동안 서양 신화를 강의하면서 깊은 회의가 밀려왔다. 신화는 '기원에 관한 이야기', 다시 말해 한 민족의 정체성에 깊이 뿌리를 내리고 있는 기원 담론인데, 정작 나는 우리 민족의 신화에 대해 아는 바가 거의 없었기 때문이다. 그런 자각이 나로 하여금 『삼국유사』를 붙잡게 했다.

『삼국유사』는 알려져 있는 것처럼 그 성격이 모호한 책이다. 우선 정통 사서(史書)가 아니다. 일연(一然)도 자신의 책에 '유사'(遺史)가 아닌 '유사'(遺事)라는 의미심장한 이름을 붙였다(그래서 전통 유학자들은 『삼국유사』를 노골적으로 폄하했다). '유사'(遺事)라는 명칭만 따른다면, 이 책은 '(정사正史에서 다루어지지 않은) 이야기

되지 않은 나머지 역사'조차 아니다. 그저 '나머지 일 또는 이야기'
일 뿐이다.

　일연은 아마도 집필 당시 '정사'로서 움직일 수 없는 권위를 인정
받고 있던 김부식의『삼국사기』와 부딪칠 생각이 없었던 것 같다.
따라서 자신의 저술을 '유사'라고 소박하게 이름 지음으로써 학문
적 논란을 미리 막으려 했는지도 모른다. 그러나 거기에는 더 깊은,
저자 일연의 세계관이 작용하고 있다.

　물론『삼국유사』가 엄연한 하나의 '사서'임은 부정할 수 없는 사
실이다. 역사적 인물들이 주인공으로 등장할 뿐 아니라, 그들을 둘
러싸고 형성된 신화적 이야기들조차 역사적 사실들과 연관이 있다.
그래서 많은 연구자들은『삼국유사』에 나타난 신비한 사실들을 역
사와 연결 짓는 작업에 몰두한다. 때로 어떤 작업들은 지나치게 자
의적으로 보이지만 매우 진지하고 의미 있는 것들도 있다. 때로 학
자들이 '유사'에 불과한 작은 편린들에서 시작해 수일(秀逸)하고
체계적인 학문적 성과를 내놓는 것을 보면 감탄스럽기도 하다.

　『삼국유사』가 특이한 형태의 사서라고 해도, 내가 이 책에서 읽어
내고 싶었던 것은 역사적 사실들이 아니다. 내가 공부하고 싶었던
것은 신화였다. 그러나 한국 신화를 얘기해주는 전적은, 위서(僞書)
논란에서 자유롭지 못한 책들을 제외하면『삼국유사』가 거의 유일
하다. 나는『삼국유사』의 신화·설화 문맥에 드러나 있는 역사적 지
수들을 가능한 한 걷어내고, 역사 이전에 신화·설화가 형성된 바탕
을 찾아내야 했다. 우리 민족의 어떤 사색적·형이상학적 열망의 기
원에 닿고 싶었다.

『삼국유사』에 기록된 이야기들을 역사와 무관한 신화·설화로 보는 나의 학문적 견해는 전혀 다른 형식의 읽기로 이어졌다. 거의 모든 설화에 대한 나의 독법은 기존의 독법들과 충돌했다.「처용랑 망해사」「서동요」「사복이 말을 하지 않다」(蛇福不言)에서 특히 그러했다. 나는 다른 연구자들이 한 번도 제안한 적 없는 독법에 이르렀는데, 마치 나의 읽기가 어떤 반독서(contre-lecture)[1]를 지향하는 느낌마저 들었다. 모든 것을 의심하는 읽기, 이미 형성된 어떤 이데올로기에 저항하는 읽기, 그런 해체적 읽기를 나는 '꿈'의 이름으로, 우리 민족의 무의식 깊이 가라앉아 있는 숨겨진 '열망'의 이름으로 수행하고 싶었다. 그리하여 이 책을『꿈꾸는 삼국유사』라고 명명했다.

 '반독서'는 내가 일부러 지향한 것이 아니다. 나는『삼국유사』에 기록된 모든 이야기들에 덧붙여져 있는 정치적·철학적·종교적·역사적 외피를 최대한 벗겨내고 그 신화적 원형에 접근해보고 싶었다. 반독서는 그러한 노력이 만들어낸 의도치 않은 결과일 뿐이다. 일연은 지금은 전해지지 않는 오래된 원전들을 수없이 인용했다. 여러 차례 현지를 답사해 이야기들을 직접 수집하기도 했다. 그러나 그렇게 성실히 집필했어도 여러 곳에서(특히 서동 설화) 이야기들이 자신이 세운 역사적 가설과 충돌하는 것을 경험한다. 일연의 집필 태도는 누구보다 열려 있고 겸손하다(자신이 세운 가설과

---

1) 필자가 제안하고 명명한 것으로, 이미 이루어진 모든 독서에 의문을 품고 텍스트에서 대주체(Sujet)의 지배 이데올로기적 호명을 지워내는 읽기다. 텍스트에 숨어 있는 시적 문맥을 이끌어내는 것을 목표로 한다.

충돌할 때는 반드시 주를 달아 알린다). 그럼에도 불구하고 13세기에야 채록된 이 오래된 이야기들이 원형 그대로였을 가능성은 거의 없다. 어떤 이야기는 일연도 그 숨겨진 의미를 제대로 이해하지 못하고 수동적으로 전하고만 있다는 인상마저 준다. 일연이 『삼국유사』를 집필한 13세기는 이미 신화의 깊은 의미가 있는 그대로 받아들여지는 시대가 아니었던 것이다. 유교적 합리주의가 자리 잡은 때에 채록된 이야기는 그 원형이 합리적으로 변형되었을 가능성을 배제할 수 없다. 따라서 나는 이야기의 전체 스토리나 구조를 따라가는 대신 의미 있어 보이는 신화의 최소단위(神話素, 질베르 뒤랑 Gilbert Durand의 용어로 미템mythème)에 주목했다. 그렇게 해야 스토리의 이데올로기적 억압에도 불구하고 살아남아 있는 원형의 정신을 복구할 수 있다고 보았기 때문이다.

신화 해석의 역사는 어쩌면 반독서의 역사일 수 있다. 같은 신화를 두고 시대에 따라 전혀 다르게 해석되는 것은 너무나 당연하다. 따라서 반독서는 신화 해석에서 피할 수 없는 과정인지도 모른다. 그리스 신화는 기존의 해석을 부정하는 재해석 과정을 통해 수백 년에 걸쳐 빼어난 문학작품에 영감을 불어넣었고, 마침내 서구 문화의 탄탄한 기반 콘텐츠가 되었다.

나는 이 책을 감히 『삼국유사』 연구서라고 말할 생각이 없다(나는 국문학이나 역사학 전공자도 아니며, 이 책에서 기껏 몇 편의 설화를 다루고 있을 뿐이다). 그저 시인으로서의 직관이 이끄는 대로 설화를 읽어보려 했다.

이 책은 대학에서 진행했던 '한국 신화 콘텐츠 실습' 강의를 토대로 쓴 논문을 새로이 다듬고 내용을 보충한 것이다. 학생들은 쉽지 않은 강의를 열심히 따라와주었고, 마지막 주에는 조별로, 하나의 설화를 정해서 그것을 기반으로 하는 문화콘텐츠를 직접 제작해서 발표했다. 재미있는 시도들이 많았는데, 단군의 곰어머니를 현대의 곰인형과 연결지어 콘텐츠를 만들었던 한 팀의 작업이 특히 기억에 남는다. 애니메이션으로 만들어도 경쟁력이 있을 것 같았다.

우리 신화를 다르게 그리고 좀더 깊이 읽으려는 나의 작은 노력이 우리 신화를 좀더 풍요롭게 이해하는 데 조금이나마 기여할 수 있기를 바란다.

2022년 12월
김정란

꿈꾸는
삼국유사

일러두기

1. 일연, 이재호 옮김, 『삼국유사』1·2, 솔, 2008을 인용 판본으로 삼았다.
2. 『삼국유사』의 설화를 길게 인용할 경우는 내용을 요약하기도 했다.
3. 위 번역본의 일연 주와 이재호 주를 차용할 때는 '원주'와 '역주'라고 표시했고, 나머지
   는 저자 주다. 원주와 역주 안에서 저자가 덧붙인 설명은 [ ]로 묶었다.
4. 『삼국유사』 인용 출처는 권수(卷數), 편명(篇名), 조명(條名) 형식으로 표시했고 편의를
   위해 번역본의 쪽수를 밝혔다.
5. 본문과 『삼국유사』 인용부에서 중고딕 서체로 표시한 것은 저자 강조다.

제1부
『삼국유사』의 정신

古朝鮮 王儉朝鮮

魏書云乃往二千載有壇君王儉立
都阿斯達經云無葉山亦
云白岳在白州地或
在開城東今白岳宮是開國號朝鮮與高同時古記云
昔有桓因謂帝釋也庶子桓雄數意天下貪求人世父知子
意下視三危太伯可以弘益人間乃授天符印三箇遣
往理之雄率徒三千降於太伯山頂神壇樹
下謂之神市是謂桓雄天王也將風伯雨師雲師而主
穀主命主病主刑主善惡凡主人間三百六十餘事在
世理化時有一熊一虎同穴而居常祈于神雄願化為

일연은 왜 신화를 통해 역사를 기술했나

『삼국유사』 편집 체재에 담긴 정신

일연은 『삼국유사』를 본격적인 사서(史書)로 집필하지는 않았다. 애초에 그런 야심은 없었던 것 같다. 그러한 태도는 자신의 작업을 '유사'(遺史)가 아니라 '유사'(遺事)라는 매우 겸손한 단어로 표기한 사실에서 이미 분명히 드러난다. 그는 자신이 쓴 내용이 '역사 밖의 역사'였다고도 주장하지 않는 것이다. 그저 '나머지 일들'이었다고 말할 뿐이다.

이러한 입장은 일연이 자신의 작업을 어떤 보편성의 이름으로도 일반화할, 그리하여 보편타당한 것으로 강요할 생각이 없었음을 드러낸다. 그는 학인으로서 겸손한 태도를 취한다. 어떤 체계화나 일반화도 시도하지 않는다. 다만, 고문서에서 읽고, 사람들에게서 듣고, 또 열심히 발품을 팔아 직접 수집한 민족의 설화들을 한곳에 충실하게 모아놓았을 뿐이다. 디테일한 이야기들, 알록달록하고 들쭉

날쭉하지만 재미있고 신비한, 보푸라기 같은 옛날 이야기들.

그래서 안정복 같은 고매한 조선시대 유학자는 대놓고 이 책을 깔본다. "황탄(荒誕)하다." 언급할 가치조차 없는 허황한 책이라고 본 것이다. 훗날 생각이 바뀌어 "옛 역사를 널리 알려고 한다면 『삼국유사』도 눈여겨볼 수 있다"[1]고 한 발 물러서기는 했다. 최남선도 '유문일사'(遺聞逸事)라고 정의했다. 그러나 오랜 세월이 지난 지금, 『삼국유사』는 정사인 김부식의 『삼국사기』보다 훨씬 더 중요한 책으로 여겨져 겨레의 고전으로 높이 평가받고 있다. 일연이 아니었다면 우리는 우리의 시조가 단군이라는 사실도 몰랐을 것이며, 단군의 대통을 이은 고구려의 전신인 부여의 존재도, 신라 문화사의 기초인 『가락국기』(駕洛國記)도 몰랐을 것이다.[2]

그러나 일연은 지식이 부족해서 그런 겸손한 집필 태도를 고수했던 것이 아니다. 그는 국사(國師)의 자리에 오를 정도로 식견이 높은 불승이었고, 수십 권의 불서(佛書)를 집필한―안타깝게도 『중편조동오위』(重編曹洞五位) 외에는 전하지 않지만―당대의 지성이었다. 일연이 '유사'(遺事)라는 이름 아래 진정 무엇을 쓰려고 했는지는 『삼국유사』의 편집 체재를 자세히 들여다봐야 알 수 있다.

일연은 '사서'를 표방하지는 않았지만, 그가 이야기하려 한 것은 여전히 역사였다. 『삼국유사』는 왕들의 연대기를 표 형식으로 기록한 왕력(王曆) 편을 시작으로 해서 두 개의 기이(紀異) 편을 거쳐

1) 정호완, 「삼국유사의 내용과 체재 연구」, 『인문과학연구』 16, 대구대학교 인문과학예술문화연구소, 1997, 50쪽.
2) 같은 글, 51쪽.

흥법(興法), 탑상(塔像), 의해(義解), 신주(神呪), 감통(感通), 피은(避隱), 효선(孝善) 편으로 이어진다. 이것은 대체로 『고승전』(高僧傳) 체재를 따른 것으로, 그다지 특별한 편집은 아니다(기이를 제외하면 전부 불교적 편목들이다). 그러나 문제는 이 구성이 매우 불균형하다는 것이다. 수록된 조목들 수를 살펴보면, 총 138조목 가운데 기이가 59조목(나머지 편이 79조목)으로 거의 절반이 할애되었음을 알 수 있다(게다가 기이는 두 편이나 된다). 기이의 비중이 절대적으로 높다. 기이에는 왕들에 관한 신화들, 당대의 중요한 신비한 사건들이 편집되어 있다. 말하자면 신비한 역사를 주로 다루고 있다. 그런데 '기이'의 한자 표기에 주목할 필요가 있다. 예상되는 것처럼 이(異)의 기록인 '기이'(記異)가 아니라 기(紀)로서의 이(異), 다시 말해 사서 본기(本紀)로서의 이(異)다. 무슨 말인가 하면, 기이는 이상한 일들을 기록해놓은 편목이 아니라 사서의 본기로서 신비한 사건들을 채택하고 있는 편목이라는 뜻이다.

紀異는 紀로서의 異를 의미한다. 사서의 본기로서의 성격을 지니고는 있으나, 신이한 일로써 역사를 서술하고 있다.[3]

---

3) 김문태, 「삼국유사의 체재와 성격」, 『도남학보』 12, 도남학회, 1989, 76쪽.

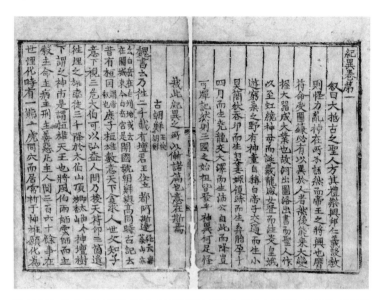

『삼국유사』의 기이 편「서문」(서울대 규장각본). 일연은 신화로 역사를 기술하는 독특한 방식인 '기이'(紀異)에 큰 비중을 두었다.

고통받는 민중의 구원

이러한 찬술 태도는 합리주의를 숭앙하며 비일상적인 일들, 이(異)를 괴력난신(怪力亂神)으로 여겨 배척하는 것을 당연히 여겼던 고려시대 사회 분위기에서는 대단히 특이한(또는 모험적인) 것이다. 이(異)를 일연이 어떻게 생각했는가는 기이「서문」에 분명히 드러난다.

대체로 옛날 성인이 예악(禮樂)으로써 나라를 일으키고, 인의

(仁義)로써 가르침을 베푸는 데 있어 괴이함과 용력(勇力)과 패란(悖亂)과 귀신은 말하지 않는 일이었다. 그러나 제왕이 장차 일어날 때에는 부명(符命)[4]과 도록(圖籙)[5]을 받게 되므로, 반드시 남보다 다른 점이 있었다. 그래야만 능히 큰 변화를 타서 제왕의 지위를 얻고 큰일을 이룰 수 있는 것이다.[6]

大抵古之聖人 方其禮樂興邦 仁義說敎 則怪力亂神 在所不語 然而帝王之將興也 膺符命 受圖錄 必有異於人者 然後能乘大變 握大器 成大業也

즉 이(異)는 괴이함이 아니라 왕이 될 자격을 입증하는 특별한 능력 또는 징표를 의미한다는 것이다. 우리가 또 한 가지 주목해야 하는 것은 이(異)의 사례들이 불교 전래 이전의 토착적인 신비함들로서 불교적 가치를 최상으로 여기는 불승 일연의 종교적 입장과 충돌한다는 것이다. 그러나 일연은 이런 문제들에서 아주 유연한 입장을 취하고 있다. 물론 궁극적으로는 불국토 건설이 그의 양보할 수 없는 목표이기는 했다. 이러한 입장은 기이 편「서문」말미에서 분명히 드러난다.

이것이 책머리에 기이 편이 실린 까닭이며, 그 의도도 여기에 있

---

4) (역주) 하늘이 제왕이 될 사람에게 상서로운 징표를 내려 그를 선택했음을 알려주는 것을 말한다.
5) (역주) 도참(圖讖)과 같은 말로 천신이 주는 부신(符信, 증거의 표지).
6) 『삼국유사』 권1, 기이 2,「서문」, 61~62쪽.

는 것이다.

此紀異之所以漸諸篇也 意在斯焉

학자들에 따르면 위의 문장에서 '점제편'(漸諸篇)의 해석은 쉽지 않다고 한다. 판본에 따라 '점'(漸) 대신 '참'(慚)이 나타나기도 하지만, 대부분의 역주본은 '점'을 택하고 있다. '점'은 번역하기 어려운 글자이지만, 대개 방향·목적을 나타내는 어조사 '우'(于)가 뒤에 오는 것으로 보아 '앞으로 나아가다'로 풀이할 수 있다고 한다. 그러므로 앞의 문장을 "신비한 이야기들을 책 맨 앞에 두는 것은 뒤에 나오는 제편(불교적 편목들)을 향해 나아가기 위함이다"라고 해석할 수 있다. 즉 기이는 나머지 편과 별개의 것이 아니라 그 나머지를 위한 디딤돌 역할을 한다는 것이다.[7]

이러한 입장은 왕력 편 「고려 태조」 조(條)를 보면 드라마틱하게 확인된다. 다른 왕력 편들은 대부분 왕의 성과 이름, 등극과 치세 기간, 장지에 관한 것이 주를 이루고 있으나, 「고려 태조」 조에는 오로지 17개 사찰의 창건 기록만 나타난다. 즉 새로 건국한 고려 태조가 삼국의 멸망을 극복할 원리로서 불교를 받아들였음을 명시하고 있는 것이다.

일연이 살았던 때는 서른 차례 이상 몽골이 침략해 백성이 극단의 고통을 겪고 있던 시대였다. 왕실은 수도와 백성을 버리고 강화도로 옮겨가고, 권세가들은 무신들을 중심으로 백성 구제는 아랑곳

---

7) 김문태, 앞의 글, 82쪽.

일연 표준영정(정탁영, 1984). 일연은 몽골 침략 아래 고통받던 민중
에게 이야기를 통해서나마 민족의 자긍심과 희망을 불어넣고자 했다.

없이 권력 다툼에만 몰두했다. 한마디로 절망의 시대였던 것이다. 일연은 선조의 신이한 사적들을 전함으로써 바닥에 떨어진 민족의 자긍심을 드높이고, 신화로 역사를 기술하는 독특한 방식인 '기이'를 택했을 것이다. 현실적인 역사가 아니라 이상화된 역사, 선조들의 성스러움을 확인시켜주는 신화로서의 역사, 그리고 종국에는 구원의 방편으로서 불교를 제시했을 것이다.

구원의 문제는 『삼국유사』 전편에 걸쳐 너무나 아프게 나타난다. 구원을 누리는 주인공들은 대부분 힘없고 가난한 민중이다. 기이편이 절반 정도를 차지하고 있으므로, 이야기의 주인공들은 대부분 왕족이나 귀족이지만, 다른 사서들에 비하면, 민중이 주인공으로 등장하는 횟수는 압도적이다. 그만큼 일연이 민중을 귀하게 여기고 배려했다는 것을 보여준다.

구원의 문제를 둘러싸고 『삼국유사』는 절박한 울림을 전한다. 우리는 고통받는 당대의 민중을 바라보던 일연 선사의 연민의 마음을 읽을 수 있다. 실제로는 아무것도 하지 못하는 무력한 자신을 회오하면서 그렇게 이야기를 통해서라도 민중에게 희망을 불어넣고자 했다. 그래서 늙은 스님은 발품을 팔아 전국을 돌아다니며 이야기들을 모았다.

일연의 속명(俗名)은 김견명(金見明)이었다. 아버지를 일찍 여의고 홀어머니 밑에서 자랐다. 9세에 광주(光州) 무량사(無量寺)에 취학했던 것도 가난 때문인 듯하다. 처음에는 공부만 하기 위해 갔으나, 절에서 인연이 닿아 14세에 강원도 양양 진전사(陳田寺)에서 산문(山門)에 입문해 스님이 되었다. 승려로서 처음 이름은 회연(晦然)이었다. 옛사람들이 이름 다음에 자(字)를 지을 때 흔히 쓰는 방법으로, 속명 밝을 명(明)에 반대되는 어두울 회(晦)를 택했던 것 같다고 한다. 일연이라는 이름은 만년에 사용했던 것으로 보인다.[8] 일연(一然), 즉 '하나로 그러함'이다. 밝음은 어둠이며 어둠은 밝음이라는 깨달음, 세상의 모든 법이 하나로 그러하다는 이치, 생과 사는 하나라는 것.

세상의 어둠 속에서 중생의 고통을 지켜보며 숨죽여 통곡하는 한 지식인이 보인다. 그의 옆에 놓인 종이 위에 가지런히 쓰인 신화적인 이야기도 보인다. 밖에서는 몽골군이 창과 칼을 휘두르며 사람들을 죽인다. 이야기로 무엇을 할 수 있는가. 일연은 사람들에게 꿈꾸는 능력을 주었다. 내면 깊이 내려가 우리 자신의 잃어버린 근원을 되찾는 방법을 일깨워주었다. 그는 자신이 할 수 있는 일을 했다.

그뿐. 날이 저문다. 그래도 우리는 새벽을 기다린다. 촛불을 켠다.

---

8) 고운기, 『삼국유사』, 현암사, 2007, 27쪽.

신발 한 짝의 신화학*

세계 신화적 맥락으로 읽어본 『삼국유사』의 한 주제

감각적 지성으로서의 신화

신화는 인류의 가장 오래된 이야기다. 문헌으로 정착된 신화는 대략 수천 년 전으로 거슬러 올라가지만, 학자들은 신화가 문자 정착 이전에 아주 오랜 세월에 걸친 구전(口傳)의 역사를 가지고 있는 것으로 보고, 약 1만 년 정도의 역사로 추정한다. 물론 이를 객관적으로 증명할 방법은 없다. 많은 학자들은 신화가 1만 년에서 8,000년 전쯤에 일어난 인류사의 첫 번째 문화사적인 대전환기, 즉 농업생산이라는 대혁명 시기 이래 형성되었을 것으로 보고 있다.[1] 신화의 탄생에 대해 프랑스 신화학자 폴 디엘(Paul Diel)은 다음과 같이 설명하고 있다.

---

* 2017년 11월 27일 있었던 필자의 상지대학교 은퇴 기념 고별강연.
1) 나카자와 신이치, 김옥희 옮김, 『신화, 인류 최고의 철학』, 동아시아, 2014, 18쪽 참조.

신화가 형성되기 시작했던 시기는 농경사회가 시작될 무렵이다. 인류는 생존을 위해 우주와 기상 현상의 규칙에 더욱더 의존할 수밖에 없었다. 여기에 영향을 받은 상상력(…)은 인간들로 하여금, 이러한 현상들을 의도적으로 혜택을 주든지, 아니면 적의를 가진 힘으로 생각하게 했다. 이 현상들은 낮과 밤의 신(태양신과 태음신)으로 인격화되었다.[2]

농업생산을 위해 기상조건에 의존할 수밖에 없었던 인간은 기상에 절대적인 영향을 주는 별들을 인격화해 이야기로 만들기 시작했다는 것이다. 이것은 신화에 나타나는 인물들을 자연현상의 알레고리로 보는 자연신화론자들의 입장과 일치한다. 그러나 신화는 거기에 머물지 않았다. 자연신화론은 어느 수준까지는 신화를 명쾌하게 설명하지만, 그것을 넘어서면 아무것도 설명하지 못한다. 진정한 의미의 신화는 어떤 의미에서는 자연신화론이 설명을 포기하는 그 지점에서 존재하기 시작한다. 폴 디엘은 신화가 어떤 경로를 거쳐 인간적 사실들의 복잡성을 드러내게 되었는지 설명한다.

농경문화가 절정에 이르렀을 때, 인간의 심리는 원시 애니미즘과 우주적 알레고리를 훨씬 능가할 정도로 복잡해졌다. 상상은 표현적이고 상징적인 것이 되었다. 즉 정확한 의미를 가지고 있고, 인간의 운명을 표현할 목적으로 이미지를 창조할 수 있게 된 것이다.[3]

---

2) 폴 디엘, 안용철 옮김, 『그리스 신화의 상징성』, 현대미학사, 1994, 19쪽.

요컨대 신화적 이미지는 외적 현상에 인격적 이미지를 입히는 단순한 알레고리에서 인간 자신의 내면적 사실을 반영하는 심리적 상징으로 변모하게 된 것이다. 신화적 이미지들은 처음에는 신들 사이의 투쟁이라는 관점에서 별들의 운행에만 관계되었는데, "인간 영혼의 실제의, 그리고 정신 내부의 투쟁을 표현"[4]하는 데까지 발전하게 된다. 신화에 나타나는 수많은 신들은 신들 자체로 존재하는 것이 아니라 인간과의 관계 안에서, 인간과의 관계 안에서만 존재한다. 제우스는 헤라클레스 없이는 존재할 수 없다. 야훼는 아담 없이는 존재할 수 없다.

따라서 나는, 사물과 존재에 대한 인간 인식의 어떤 특성을 드러내는 그리스어 뮈토스를 '신화'(神話), 곧 '신들의 이야기'로 옮기는 것이 타당한지 의문을 가지고 있다. 뮈토스는 사실 신들의 이야기가 아니라 인간적 사실들을 독특한 방식으로 표현한 이야기이기 때문이다. 그것은 신들의 이야기일 때에도 인간과의 관계 안에서 파악된 신들의 이야기다.

신화는 탄생 이후 매우 복잡한 길을 따라왔다. 따라서 신화를 정의하는 입장은 다양하다. 대표적인 입장만 꼽아보아도 1) 신화를 자연현상에 대한 유사합리주의적 설명으로 보는 막스 뮐러 등의 자연론, 2) 신화를 제의의 구술적 표현으로 보는 엘리아데나 케임브리지학파의 제의론, 3) 신화를 제의나 관습의 합리화로 보는 말리

---

3) 같은 곳.
4) 같은 곳.

노프스키 등의 문헌론, 4) 신화를 심리적 사실들의 형상화로 보는 프로이트와 융을 중심으로 한 심리론, 5) 신화를 사회구조와의 연관 안에서 분석하는 레비-스트로스의 구조론 등을 꼽을 수 있다.[5]

각각의 입장은 모두 나름대로의 설득력을 가지고 있다. 신화연구는 어느 정도 역사학이고, 어느 정도 사회학이며, 어느 정도 문학이고, 어느 정도 정치학이며, 어느 정도 종교학이고, 어느 정도 철학이며, 어느 정도 심리학이다. 그러나 이 가운데 어떤 접근으로도 신화는 완전하게 읽히지 않는다. 신화는 이 모든 방식의 읽기에 버텨내는 매우 특이한 담론이다. 이 모든 입장들은 신화를 어느 수준까지만 설명한다. 어떤 방식으로 읽어도 신화에는 해석에 저항하는, 읽히지 않는 빈틈이 남는다. 신화에 대한 완벽한 독법이란 존재하지 않는다. 어떻게 보면 신화라는 텍스트는 끊임없이 텍스트성(textualité)을 배반하는, '읽기'의 시도를 좌절시키는 반텍스트(contre-texte), 아니 초텍스트(ultra-texte), 저 너머 텍스트(arrière-texte)인지도 모른다.

신화는 오르페우스의 좌절을 상기시킨다. 어느 지점까지 텍스트-에우리디케는 언어-노래의 힘으로 해석자를 따라 해석의 지상으로 올라온다. 그러나 어느 지점에선가 확인하기 위해 뒤돌아보면 텍스트-에우리디케는 다시 해석의 지옥으로 빨려 들어간다. 그것이 신화학자의 근본적 좌절이며, 역설적이게도 희망이기도 하다.

---

5) 스티픈 앨 해리스·글로리아 플래츠너, 이영순 옮김, 『신화의 미로 찾기』 1, 동인, 2000, 70~92쪽 참조.

왜냐하면 모든 읽기가 좌절된 자리에서 다시 읽기를, 새롭게 읽기를, 다르게 읽기를 시작할 수 있기 때문이다.

그러나 이 모든 다양한 신화론적 입장에도 불구하고 한 가지 확실한 것은 신화가 인간 운명과의 싸움의 형식이라는 것이다. 신화에 대한 아주 다양한, 때로는 적대적이기까지 한 입장들에도 불구하고 모든 연구자들이 동의하는 것은 그 점이다. 신화는 운명에 대한 도전을 구체화한 이야기다.

앞서 우리는 신화가 신석기시대에 본격적으로 태동하기 시작했다고 말했는데, 이야기라는 형식적 특징이 아니라 신화적 인식이라는 보다 넓은 틀에서 바라보면 더욱 멀리 거슬러 올라갈 수 있다. 수녀 출신의 신화학자 카렌 암스트롱은 신화의 탄생을 설명하기 위해 네안데르탈인들에게까지 거슬러 올라간다.[6] 그녀에 따르면 네안데르탈인들의 무덤에서 발견된 무기와 연장, 제물로 바쳐진 짐승들의 뼈는 사후세계의 믿음을 드러내고 있으며, 이는 그들이 죽음에 대한 인식이 있었다는 증거이며, 그것은 또한 네안데르탈인들이 구체적인 사물을 통해 눈에 보이지 않는 것을 인지하는 신화형성의 기본 바탕인 상징적 능력을 지니고 있었음을 증명한다고 생각한다.

구조주의 신화학자인 나카자와 신이치는 인지고고학의 도움을 받아 네안데르탈인들에게 신화적 인식이 존재했으리라는 가능성을 제기한다.[7] 그는 신화의 연원을 암스트롱처럼 높이 올려 잡지는

---

6) 카렌 암스트롱, 이다희 옮김, 『신화의 역사』, 문학동네, 2011, 8쪽.
7) 나카자와 신이치, 앞의 책, 17쪽.

않지만, 적어도 3만 년 전(후기 구석기), 쇼베 동굴에서 현생인류인 호모 사피엔스가 생활하던 무렵에는 신화적 인식이 확고히 형성되었을 것으로 본다.

그 연원이 네안데르탈인으로 거슬러 올라가든, 아니면 호모 사피엔스에게까지 거슬러 올라가든 우리가 확실히 알 수 있는 것은 신화가 이야기 형식으로 정착되기 이전에 이미 "죽음에 대한 응전"이라는 철학적 쟁투의 특성을 지니고 있었다는 것이다. 암스트롱은 네안데르탈인의 무덤에서 이후 인류가 발전시킨 신화라는 특이한 담론 형식의 다섯 가지 특징을 읽어낸다.[8]

① 신화는 대부분 죽음의 경험이나 소멸의 두려움에 그 뿌리를 두고 있다.
② 동물의 뼈는 제물로 바쳐진 것. 신화는 의례와 불가분의 관계.
③ 가장 강력한 신화는 대개 극한적 상황에 관한 것. 인간 생의 한계를 뜻하는 무덤가에서 되풀이된 신화. 경험의 초월로 안내하는 신화. 신화는 미지의 것, 우리가 이름 붙이지 못한 것에 관여.
④ 신화는 재미를 위한 이야기가 아니다. 신화는 우리가 행동해야 할 바를 일러준다.
⑤ 신화는 이 세상과 더불어 존재하는 다른 세상에 대한 이야기. 이 세상을 지탱하게 해주는 세계. 눈에 보이지는 않지만 더욱 강력한 실재, 신들의 세계라고 불리기도 하는 이 실재에 대한 믿음이

---

8) 카렌 암스트롱, 앞의 책, 10~11쪽.

신화의 근본적인 주제다.

이 진지한 학자가 네안데르탈인의 무덤에서 일찍이 읽어낸 신화는, 간단하게 말하면 그 탄생 순간부터 죽음에 대한 투쟁 형식으로서 존재의 의미를 찾기 위한 절규였다는 것이다. 그것이 인간을 인간이게 만들어준다. 인간은 죽음과 싸우는 유일한 동물이다. 어떻게? 상징적으로. 그래서 프랑스 신화학자 질베르 뒤랑은 인간 종(種)을 '호모 사피엔스'가 아니라 '호모 심볼리쿠스'(Homo Symbolicus)라고 명명한다. 인간은 상징이라는 엑스칼리버를 거대한 우주의 어둠을 향해 휘두른다. 암스트롱은 인류의 이 비장한 쟁투로서의 신화를 단 한 문장으로 너무나 멋지게 표현한다.

신화는 미지의 것, 우리가 이름 붙이지 못한 것에 관여한다. 신화는 거대한 침묵의 중심을 응시한다.

우주는 예나 지금이나 입을 다물고 있다. 우리는 우리가 왜 존재하는지, 누구로서 존재하는지, 죽은 뒤에는 어떻게 되는지 예나 지금이나 알지 못한다. 따라서 이 지독히 본질적인, 답을 얻을 수 없는 질문으로부터 비켜서서 신화가 "거대한 침묵을 응시"하는 방식에 관해 질문을 던져보자. 신화는 어떻게 싸우는가?
신화학은 사실 그리 연원이 오래된 학문이 아니다. 19세기 말 인류학과 정신분석학 등의 발달에 힘입어 그전 시대에 어리석은 원시인의 잠꼬대처럼 폄하되었던 신화의 중요성이 부각되기 시작했다.

하지만 제임스 프레이저의 감탄할 만한 저서 『황금가지』가 신화연구에 크게 공헌했을 당시만 해도 신화에 대해서 사회진화론적 관점을 벗어나지 못했다. 신화는 흥미롭지만, 여전히 지성이 발달하지 못한 원시인의 유치한 사유를 드러내는 형식으로 여겨졌던 것이다. 이러한 관점에 혁명적인 전환을 가져온 학자가 레비-스트로스다. 레비-스트로스는 마르크스의 사회적 상부구조와 하부구조에 대한 분석틀을 신화에 원용해 생산과 교환 등의 현실적 행위와 그 배후의 하부구조가 어떻게 신화라는 상부구조 안에 표현되고, 상부구조의 표현인 이데올로기가 어떻게 현실의 모순을 해결하고 있는지 밝혔다. 레비-스트로스 이후 신화에 대한 관점은 완전히 바뀌었다. 원시인들은 현대인들 못지않게 과학적으로 사유했으며, 철학적으로 문제를 해결해왔다는 사실이 증명되었다. 따라서 야생의 사고는 야만의 사고가 아니다. 단지 사유방식이 현대인들의 사유방식과 다를 뿐이다.

레비-스트로스는 원시인들이 신화적 사유로 존재의 문제를 해결하려는 방식을 '감각의 논리'라고 명명한다. 현대인들이 탄생, 죽음 등 존재의 본질적인 문제를 추상적인 방식으로 제기하고, 그것을 해결하려는 데 반해, 원시인들은 인간이 감각적으로 인지할 수 있는 삶의 구체적인 소여들을 동원해 그 문제를 해결하려 한다. 우리는 신화를 통해 발현되는 원시인들의 그 지성을 '감각적 지성'(intelligence sensible)이라고 명명할 수 있다. 우리가 이 글의 주제로 삼은 '신발 한 짝'도 그 감각적 지성의 한 예다.

신발 한 짝: 신데렐라에서 성녀 베르나데트까지

　나카자와 신이치는 『신화, 인류 최고의 철학』에서 유라시아 양쪽 끝에서 동시에 발견되는 두 가지 신화적 주제에 주목한다. 그는 8~9세기 고대 중국 서적에 전해 오는 것과 거의 똑같은 전승이 유럽, 특히 로마 정복에 의해 문화 혼합이 이루어지지 않았던 프랑스 브르타뉴 지방이나 영국 웨일스 지방에 남아 있다는 사실에 주목한다. 그는 이 현상을 그 전승들이 각 지역에서 독립적으로 발생했거나(그렇게 보기에는 유사성이 너무 크다), 전파에 따른 것이라기보다는(아메리카 선주민들에게서도 나타나므로. 네안데르탈인의 무스테리안 석기 분포도를 보면 기원전 3만 8000~기원전 3만 3000년경에 네안데르탈인이 베링해의 회랑을 통해 아메리카 대륙으로 건너간 것으로 보인다) 중석기시대(후기 구석기에서 신석기 이행기)에 유라시아 대륙에 흩어져 생활하던 사람들이 공유했던 사고방식이, 여러 지역으로 흩어져 생활하면서도 그 중심에 해당되는 것을 불변의 상태로 보존해왔으리라는 가설을 세운다.[9]

　신이치의 가설은 매우 설득력이 있어 보이는데, 그가 제시하는 유라시아 양쪽 끝의 전승은 놀라울 정도로 비슷하며, 우리나라 전승에서도 거의 같은 구조와 특징을 가지고 나타나고 있기 때문이다. 신이치가 제시하는 두 개의 주제 가운데 하나는 제비집에서 발견되는 연석(燕石)에 관한 것과, 다른 하나는 신데렐라 이야기의

---

9) 나카자와 신이치, 앞의 책, 49쪽.

유명한 이미지인 벗겨진 '신발 한 짝'에 관한 것이다. 우리는 이 두 주제 가운데 우리 신화에서도 종종 나타나는 '신발 한 짝'을 다루고자 한다.

신데렐라

김정란(필자 김정란과 다른 학자)의 보고에 따르면[10] 전 세계적으로 발견되는 신데렐라 이야기는 무려 1,000여 가지에 이른다고 한다. 유럽뿐 아니라 한국, 중국, 일본, 인도네시아 등에 두루 퍼져 있는 이 신화는 1) 학대받는 주인공, 2) 마술적 도움, 3) 왕자와의 만남, 4) 왕자와의 결혼을 그 공통구조로 가지며, 신발과 반지, 황금사과 따기 등으로 여주인공의 정체성 확인이 이루어진다. 우리나라의 「콩쥐팥쥐」이야기도 같은 구조를 가지고 있다.

그런데 신이치에 따르면 민담으로 그 신성성(神聖性)의 정도가 낮아지면서 사회적인 계급 이동의 이야기로 변화되기 전에 이 신화적 이야기는 훨씬 더 진지한 주제를 반영하는 것이었다고 한다. 월트 디즈니의 「신데렐라」로 가장 잘 알려진 이 구박덩이 '재투성이 소녀'의 계급 이동 이야기는 1695년에 발표된 프랑스 시인 샤를 페로(Charles Perrault)의 『상드리옹』(Cendrion)을 원형으로 하고 있다. 이 이야기는 1630년대 민간전승을 소설화한 이탈리아 소설 『고양이 신데렐라』에서 따온 것이다.[11] 페로의 이야기는 그의 당대

---

10) 김정란, 『신데렐라와 소가 된 어머니』, 논장, 2004.
11) 나카자와 신이치, 앞의 책, 93~95쪽 참조.

인 루이 14세 궁정에서 낭독된 작품으로 궁정 취향을 반영해 민중적 원형에서 세련되게 변형된 것으로 보인다. 신이치는 그림 형제가 19세기에 채록한 「재를 뒤집어쓴 소녀」가 오히려 원형에 더 가깝다고 보고 있다. 그림 형제는 문학적 형상화를 최대한 자제하고, 독일 민중 사이에 전해져 내려오는 민담을 원형에 매우 가깝게 채록한 것으로 알려져 있다. 따라서 현대에 널리 알려진 페로 판보다도 훨씬 더 원형에 가까운 것으로 보인다는 것이다. 그림 형제 판 신데렐라의 대체적인 줄거리는 구박덩이 소녀가 왕자와 결혼한다는 점에서는 페로 판과 일치하지만, 그 신화소들이 훨씬 더 원시적이고, 계모와 딸들에게 닥쳐온 운명도 잔혹하다.

신이치가 추적한 신데렐라 이야기들에서 원형적으로 중요한 것은 구박덩이 신데렐라가 왕자와 결혼하는 대목이 아니라 이 이야기를 이루고 있는 신화소들이 온통 '중재'를 주제로 하고 있다는 사실이다. 신이치의 꼼꼼한 분석은 아궁이(재)와 개암나무, 콩, 비둘기 집, 벗겨진 신발 한 짝 등에서 각기 '중재'의 기능을 짚어내는데, 우리는 그 가운데 가장 중요하게 여겨지는 '아궁이'와 '벗겨진 신발 한 짝'의 분석을 중점적으로 소개하고자 한다.

상드리옹은 '재(cendre)투성이 아가씨'라는 뜻이다. 그것은 어머니가 돌아가신 후 계모에게 구박받는 이 착하고 아름다운 소녀가 늘 부엌 아궁이 옆에서 허드렛일을 하고 있기 때문이다. 따라서 이러한 맥락에서 상드리옹의 재는 사회적 비천함의 표지다. 그러나 원형적 수준에서 아궁이와 거기서 나오는 재는 신분의 표지가 아니

샤를 페로의 동화 속 인물 신데렐라(폴 조나르, 1894). 아궁이 곁의 신데렐라는 이승과 저승을 중재하는 특별한 능력의 소유자임을 드러낸다.

라 존재론적 표지다. '아궁이'는 이승과 저승이 소통하는 장소로 여겨졌다.[12] 즉 아궁이 곁의 신데렐라는 이승과 저승을 왔다갔다할 수 있으며, 두 세계에 동시에 속하며, 이승과 저승을 중재하는 특별한 능력의 소유자인 것이다. 이 관점으로 읽으면 신데렐라가 왕궁에 떨어뜨려놓고 온 '신발 한 짝'은 두 세계 사이를 왕래하는 특별한 존재의 표지가 된다. 그때 '왕궁'은 민담 안에서 세속화되기 이전에 저승이라는 의미를 가지며, 왕자는 저승과 망자 세계의 존재다. 이 점은 세계 각지의 신데렐라 민담에서 분명하게 확인된다. 포르투갈 신데렐라나 중국 신데렐라의 연인은 모두 저승의 존재다.

우리나라의 「콩쥐팥쥐」 이야기에서도 콩쥐는 콩쥐가 국가행사에 다녀오다가 냇물을 건너는데 신발 한 짝을 빠뜨리는 것으로 설정되어 있다. 고귀한 신분의 사람이 있는 냇물 이쪽과 저쪽을 경계에 두고 사건이 전개되는 것[13]이다. 이때 냇물은 그리스의 스틱스강처럼 이승과 저승을 가르는 경계로 해석될 수 있으며, 사또의 아들이라는 사회적인 높은 계층의 표지는 저승적 존재의 표지가 세속화된 것으로 볼 수 있다. '콩쥐'라는 이름도 이 존재가 저승과 이승에 걸쳐 있는 존재라는 것을 확인시켜주는데, '콩'은 식물들 가운데서 죽음과 생명의 중간적 특징을 가진 것으로 여겨져 저승과 관련된 민속에서 귀신을 쫓아내는 데 종종 사용된다. 일본의 세시풍속에서는 귀신을 쫓아내면서 귀신을 향해 콩을 던진다.[14] 그렇게 보면 우리

---

12) 같은 책, 122쪽.
13) 이강엽, 「성과 속의 경계, 『삼국유사』의 신발 한 짝」, 『고전문화연구』 43, 한국고전문학회, 2013, 108쪽.

나라 민속의 어린이놀이에서 '놀이주머니' 안에 콩을 넣는 것, 콩주머니에 맞은 사람이 게임에 지는 것은 바로 죽은 자들과 귀신을 향해 콩을 던지는 세시풍속과 무관하지 않은 것처럼 보인다(동짓날 귀신을 쫓아내기 위해 먹는 '팥죽'도 같은 의미다).『삼국유사』권5, 신주,「혜통이 용을 항복시키다」(惠通降龍) 조에서는 혜통 선사가 흰 콩과 검은 콩으로 병사를 만들어내 병귀신 독룡을 물리치는 이야기가 나온다.

죽음과 연관된 '콩'의 상징적 의미는 피타고라스학파의 복잡한 금기목록에 매우 흥미롭게 나타난다. 아도니스 신화에 나타난 식물의 상징주의를 정교하게 분석하고 있는 마르셀 데티엔(Marcel Detienne)에 따르면 피타고라스학파의 신비주의는 매우 독특한 섭식 레짐을 가지고 있었는데, '누에콩'(fève) 섭취가 엄격하게 금지되어 있었다.[15] 데티엔이 정교하게 밝히는 이 금기의 가장 큰 이유는 누에콩이 죽음과 상징적으로 연관되어 있기 때문이다. 심지어 피타고라스주의자들은 상자나 솥단지 안에 누에콩을 하나 집어넣고 땅속에 파묻거나 또는 두엄 아래 숨겨놓았다가 40일 또는 80일이 지난 뒤 그릇을 파내어 보면 누에콩이 있던 자리에 이미 만들어진 어린아이의 머리나 여성의 성기, 남성의 머리 또는 피가 생겨나 있다고 믿었다.[16] 이러한 생각은 그리스-이집트 마법에서도 계속 나타나며, 아리스토텔레스조차 피타고라스학파의 이 괴이한 믿음

---

14) 나카자와 신이치, 앞의 책, 75쪽.
15) Marcel Detienne, *Le Jardin d'Adonis*, Paris: Gallimard, 1972, pp. 96~100.
16) 같은 책, 97쪽.

에 대해 언급하고 있다.

아궁이가 단순히 음식을 하는 장소가 아니라 저승과 이승의 통로라는 생각은 그리스의 부뚜막 여신 헤스티아에게서도 분명하게 나타난다. 그녀는 다른 여신들과 달리 움직이지 않고 집 안에 붙박혀 있다. 그녀 자신 안에 상반되는 것들이 응축되어 있기 때문이다. 헤스티아-아궁이는 지상으로 돌출된 지하의 요소[17]로 여겨진다. 따라서 "아주 오래된 선사시대 상징"으로 "생명의 저장고로서 대지의 배꼽인 배꼽 모양의 통돌 조각 건조물인 옴팔로스"는 헤스티아의 본거지 자체로 여겨진다. 불이 가운데서 타고 있는 둥근 아궁이 안쪽 구덩이는 반구다. 그러나 이 반구는 다름 아닌 깊은 지하 여신(Déesse chtonienne)이 지상으로 솟아올라온 부분이다.

이처럼 신데렐라 이야기는 단지 아궁이 재를 뒤집어쓴 착하고 아름다운 가난한 아가씨가 마법의 힘으로 왕비가 되는 이야기, 즉 계급적 화해에 관한 사회적 중재가 아니라 보다 본격적이고 중요한 중재, 삶의 세계와 죽음의 세계의 중재, 죽음이라는 고통스러운 비밀의 해결에 관한 이야기였던 것이다. 이러한 원형적 성격이 이 이야기를 그 오랜 세월 동안 여러 문명권에서 유지시킨 요소인 것이다. 삶과 죽음의 중재는 바로 무당에게 맡겨진 역할로서 무당이 하는 가장 중요한 역할은 오르페우스의 소명이었던 "죽음의 영역과의 소통 단절이라는 아포리아의 극복"[18], 이승과 저승을 소통하게

---

17) Maria Daraki, *Dionysos et la Déesse Terre*, Paris: Flammarion, 1994, p. 220.
18) 나카자와 신이치, 앞의 책, 149쪽.

하는 것이다. 원형적 아궁이 소녀 재투성이 신데렐라는 이승과 저승을 오가는 무녀, 삶과 죽음을 중재하는 종교적 중재자였다. 그녀의 벗겨진 '신발 한 짝'은 두 세계를 오가는 특권적 존재의 지표다.

이아손

 '신발 한 짝'으로 아주 유명한 또 한 명의 신화적 인물은 아르고호 원정대 대장인 그리스 신화의 이아손이다. 이아손 신화는 그리스 신화 중에서도 시대에 따라 매우 다른 해석이 이루어져 온 독특한 경우로 기원전 7세기경에 원형이 형성된 것(헤시오도스가 처음으로 다루고 있다)으로 보이며, 이후 수없이 많은 작가들에 의해 재해석되어 로마시대를 지나 기원후 5세기까지도 재창작된 특이한 경우다.[19] 이 신화는 남성주인공 이아손보다는 그리스 신화 최악의 악녀로 꼽히는, 이아손에게 버림받은 아내 메데아 때문에 더욱 관심을 촉발한 경우인데, 줄잡아 수십 명에 달하는 작가들(로도스의 아폴로니오스, 핀다로스, 에우리피데스, 오비디우스, 세네카 등 기라성 같은 작가들이 포함되어 있다)이 이아손-메데아 신화를 다룬 작품을 남겼다. 근대 이후까지 연장하면 이 목록은 더욱 늘어난다. 17세기 프랑스 극작가 코르네유(Pierre Corneille)의 『메데아』가 유명하며, 20세기에 들어서까지 프랑스 극작가 장 아누이(Jean Anouilh)가 1946년에, 퀘벡 작가 마르셀 뒤베(Marcel Dubé)

---

19) Alain Moreau, *Le Mythe de Jason et Médée: Le va-nu-pied et la sorcière*, Paris: Les Belles Lettres, 1994.

가 1968년에 『메데아』를 발표했고, 이탈리아의 영화감독 피에르 파솔리니의 「메데아」(1969)도 있으며, 페미니스트 작가 크리스타 볼프의 소설 『메데아』(1996)도 발표되었다. 들라크루아, 모로 같은 화가들도 영감이 넘치는 작품들을 남겼고, 루이지 케루비니의 오페라 「메데아」도 유명하다.

이 신화는 매우 흥미로운 여러 요소를 가지고 있지만, 우리는 여기에서 단지 이아손의 '신발 한 짝'에만 초점을 맞추려고 한다. 우선 관련 신화를 간단하게 소개한다.

크레테우스는 테살리아에 이올코스 왕국을 세웠고. 아들 아에손(이아손의 아버지)에게 물려주었다. 그러나 아에손은 그의 이복형제인 펠리아스에게 쫓겨난다. 아들의 목숨이 걱정스러워진 아에손은 켄타우로스 케이론에게 아들 이아손을 맡겨 펠리온산에서 기르게 했다. 펠리아스는 그의 아버지 포세이돈을 빼고는 신들을 섬기지 않은 불경스러운 독재자였다. 그는 특히 헤라 여신을 무시했으며, 신성모독을 저지르기까지 했다. 그 때문에 헤라는 영웅 이아손을 자신의 도구로 삼아 복수하려고 결심했다. 성인이 된 이아손은 왕권을 요구하기 위해서 이올코스를 향해 간다. 가는 길에 그는 펠리온산에서 내려오는 아나우로스 급류를 건너야 했다. 그는 그곳에서 불어난 강물에 막혀 길을 가지 못하고 있는 노파 한 사람을 만난다. 가엾다는 생각이 들어 그녀를 어깨 위에 올려놓고 험한 물살을 건네준다. 그런데 그 노파는 사실은 이아손을 시험하려고 했던 헤라 여신이었다. 영웅은 시련을 완벽하게 처러낸 것이다. 그 이후로 헤라는 그를 열심히 도와주게 된다. 강을 건너다가 이아손은 샌들 한 짝을 잃어버린다.

그런데 펠리아스는 한쪽 발에 신을 신지 않은 사람을 경계하라는 신탁을 받은 적이 있다. 샌들 한 짝만 신은(모노산달로스monosandalos) 이아손이 그의 앞에 나타나 예전에 그의 아버지 아에손에게 속했던 왕권을 요구하자 펠리아스는 신탁이 지시한 위험한 인물을 그에게서 알아보고, 그를 처리하기 위한 계책을 꾸민다. 그는 이아손이 지금 콜키스에 있는 황금양털을 가져오는 데 성공해야만 그에게 아버지의 왕국을 돌려주겠다고 선언한다. 그는 이 위험한 시험 도중에 이아손이 죽어버릴 것을 기대했던 것이다. 사실 함정에 빠진 것은 펠리아스였다. 왜냐하면 이아손은 황금양털의 나라로부터 메데아를 데려올 것이고, 메데아는 폭군 펠리아스를 죽일 것이기 때문이다.[20]

이 신화 앞부분에는 황금양털의 유래에 관한 이야기가 있고, 뒤에는 황금양털을 찾아 콜키스로 떠나는 아르고호의 모험과 메데아의 조력을 받은 이아손의 황금양털 획득, 메데아가 승선한 아르고호의 귀환, 이아손의 메데아 배신, 그리고 메데아의 잔혹한 복수 이야기가 이어진다. 그러나 우리는 우리의 주제인 '신발 한 짝'만을 다룰 것이다.

이아손-메데아 신화를 통시적·공시적으로 철저하게 분석하고

---

20) 같은 책, 25~26쪽.

펠리아스와 이아손의 만남(폼페이 유적의 프레스코화, 1세기). 이올코스의 왕 펠리아스가
샌들 한 짝을 잃어버린 이아손을 알아보고 신전 계단에 멈춰 서 있다.

있는 알랭 모로(Alain Moreau)에 따르면 이아손의 '신발 한 짝'은 매우 의미심장한 상징적 이미지다.

모로는 베르길리우스의 『아이네이스』에서 아이네이스에게 버림받고 자살하려는 여주인공 디돈(Didon)의 옷차림에서 '벗은 발'에 주목한다.

> 디돈은 정화된 두 손에 희생제의에 바칠 과자를 들고, 제단 옆에서, 신발 한 짝은 벗고, 허리띠는 풀어놓고, 죽으려 하는 시점에, 신들과 별들을 증인으로 삼는 것이다.[21]

그리고 오비디우스의 『변신』에서 이아손의 아버지 아에손을 회춘시키는 마법을 준비하고 있는 메데아의 옷차림은 이렇다.

> 메데아는 허리띠 없는 드레스를 입고, 맨발로(les pieds nus) 집을 나섰다. 아무것도 쓰지 않은 머리에서 머리카락이 어깨 위로 흘러내려와 있었다.[22]

이 두 장면의 시간은 모두 밤이며, 두 여성은 모두 유령들과 마법의 여신인 헤카테에게 기도를 바친다. 따라서 이 옷차림은 마법 효과를 높이기 위한 요술 비법과 연관되어 있는 것인데, 모로는 '맨

---

21) 베르길리우스, 『아이네이스』, IV, 517~520행.
22) 오비디우스, 『변신』, VII, 182~183쪽.

발'에서 지하세계와 접촉하려는 시도를 읽어낸다. "땅 위에 맨발을 올려놓는다는 것은, 땅과 아래쪽 세계와 접촉한다는 의미"[23]다. 그리고 모로는 그리스 최초의 신탁소 도도나에서 제우스를 섬기는 예언자들이었던 셀로이(Selloi) 또는 헬로이(Helloi)들이 "결코 발을 닦지 않고, 땅바닥에 누워 잤다"[24]는 사실을 상기시킨다. 셀로이들은 이러한 관습 덕택에 모든 예언의 가장 오래된 근원인 대지-가이아(델포이 신탁은 아폴론과 이어지기 전에 가이아의 신탁이었다)와의 접촉을 유지할 수 있었다.

"벗은 한쪽 발"은 베르길리우스가 『아이네이스』 제7권에서 보여주는 시골 연대 군사들의 옷차림에서도 흥미롭게 나타난다.

그들은 손에 투창 두 개를 들고, 머리에는 이리 가죽으로 만든 야생동물 모자를 쓰고 있었다. 왼쪽은 맨발이었고, 오른쪽은 거친 가죽으로 만든 신발을 신고 있었다.[25]

로마 철학자 마크로비우스의 해설에 따르면 이 전사들은 "보다 가벼워지기 위해서"[26] 오른발은 신을 신고, 왼발은 신을 벗고 행군하는 관습이 있었다고 한다. 그리스 역사학자 투키디데스는 펠로폰네소스 전쟁 때 200명의 플라타이아이인들이 달 없는 밤에 도망치

---

23) A. Moreau, 앞의 책, 133쪽.
24) 같은 책, 134쪽.
25) 베르길리우스, 『아이네이스』, VII, 687~690행.
26) 같은 곳에서 재인용.

기 위해 갖춘 옷차림에 대해 들려준다.

그들은 무기 부딪치는 소리에 적이 잠에서 깨어나지 않도록 멀찌감치 간격을 두고 걸었다. 그들은 아주 가볍게 무장하고, 왼쪽 발에만 신발을 신었다. 진흙 속에서 보다 확실하게 걷기 위해서였다.[27]

그러나 모로의 생각에 따르면 마크로비우스나 투키디데스의 합리적인 설명은 설득력이 떨어진다. "진창에서 걷기 위해서라면 양쪽 장화를 단단하게 챙겨 신는 것이 분명히 가장 좋은 해결책이다. 한쪽은 신발을 신고, 다른 한쪽은 벗고 걷는 것은 균형을 잡는 데 최선의 방법이 아니다."[28] 모로는 이 옷차림의 의미를 상징적 가치를 가지는 의례 안에서 찾아야 한다고 생각한다. "전쟁을 준비하는 순간, 목숨을 거는 순간에, (…) 전사들은 아래에 있는 세계와 맨발로 직접 접촉함으로써 지하의 힘들, 죽음의 세력과 화해하려고 애쓰고 있는 것"이다.[29] 맨발을 땅 위에 올려놓는다는 것은 대지와의 접촉으로 특별한 능력을 얻는다는 제의적 의미가 있다.

이 한쪽 신발을 벗은 전사들은 그리스 전사들의 입문의례 표현으로 유명한 "칼리돈의 멧돼지 사냥"에서도 나타나는데,[30] 역시 같은 상징적 의미를 지닌다.

---

27) 투키디데스, 『펠로폰네소스 전쟁사』, III, 22, 2.
28) A. Moreau, 앞의 책, 134쪽.
29) 같은 곳.
30) Euripides, *Meleagros*, 530 ; A. Moreau, 앞의 책, 136쪽 참조.

따라서 우리는 헤라에게 선택받은 모노산달로스인 영웅 이아손이 왜 최종적으로 그의 퀘스트에 실패했는지 이해할 수 있게 된다. 헤라는 노파인 그녀를 업어 나르는 이아손을 보고 그가 '신발 한짝'의 영웅이, 지상과 대지 그리고 지하세계와의 관계를 복원시킬 능력, 즉 육체의 힘을 벗어난 영혼의 힘이 있는 영웅이라고 보고, 그에게 최고 권력을 상징하는 황금양털의 퀘스트를 맡겼던 것이다. 그러나 이아손은 실패한다. 그는 황금양털을 탈취하는 데 성공해 고향인 이올코스로 돌아왔지만 왕이 될 수 없었다(그의 권리를 빼앗아간 삼촌 펠리아스가 메데아의 음모로 살해되었음에도 불구하고). 좌절한 늙은 이아손은 젊은 날 영광의 상징이었던 아르고호 아래 누워 있다가 풍화된 배가 부서지면서 떨어진 대들보에 이마를 맞아 죽었다. 영웅의 이 비참한 말로에 대해 폴 디엘은 그가 정당한 투쟁이 아니라 메데아의 마법이라는 술책을 이용해 황금양털을 손에 넣었기 때문에 왕이 될 수 없었고, 그 결과 파멸에 이르게 된 것이라고 설명한다.[31]

그러나 우리가 보기에 이아손은 메데아 때문에 파멸한 것이 아니라 메데아에도 불구하고 파멸한 것이다. 그는 모노산달로스의 소명을 제대로 이해하지 못했다. 메데아는 신화 전체에 걸쳐서 헤라의 대리인으로 등장한다. 신화 앞부분에서 이아손을 이끌어주던 헤라는 콜키스에서 공주 메데아가 이아손의 조력자로 등장한 뒤에는 메데아를 통해 그를 돕는다. 에우리피데스의 유명한 『메데아』이후

31) 폴 디엘, 앞의 책, 227~229쪽 참조.

그리스 신화 전체를 통틀어 최악의 악녀가 되어버린 메데아의 정체(그녀는 시대를 거쳐 해석이 달라진 신화적 인물들 가운데서도 가장 극적이고 래디컬한 변화를 겪은 인물이다)를 설명하기 위해서는 상당한 설명이 필요하지만, 여기에서는 결론만 간단하게 이야기하도록 하자.

메데아는 'Me-' 유형의 다른 여신들(메티스, 메두사 등)처럼 악녀 또는 괴물이 되기 이전에 위대한 여신이었다.[32] 그녀가 그토록 지독한 악녀가 되었던 것은 그녀가 원래 가지고 있었던 위대한 능력의 뒤집힌 데칼코마니로 보인다. 따라서 헤라가 이아손에게서 모노산달로스의 자질을 읽어내고, 그녀의 대리인으로 여신 메데아를 그에게 보내면서 기대했던 것은 그가 저승[聖]과 이승[俗]의 중재자가 되는 것, 메데아라는 여신의 대리인과의 이상적인 관계 맺기를 통해 그리스의 세속적 질서로부터 사라진 황금양털의 원초적인 순결성을 회복하는 것이었다(성과 속의 연결은 폭군 펠리아스에 의해 끊어졌다. 그가 모노산달로스에 의해 죽임을 당할 것이라는 신탁은 모노산달로스에 의해 그의 폭정이 끝나고 성-속의 끊어진 관계가 회복되리라는 의미였던 것).

따라서 그는 여신 또는 여신의 대리인인 메데아와의 관계를 통해 '신발 한 짝' 신은 자로서 성-속의 관계를 회복해야 했다. 그러나 그는 자신의 진정한 소명을 이해하지 못했고, 메데아의 뛰어난 능력을 이용할 생각뿐이었으며, 황금양털을 오로지 세속적 의미의 왕

---

32) A. Moreau, 앞의 책, 101~113쪽 참조.

권을 상징하는 것이라고만 이해했다. 그는 메데아를 배신했고, 메데아는 잔혹한 복수에 나선다. 이아손의 이마에 떨어진 대들보는 이아손의 실패 원인을 너무나 잘 설명해준다. 그 대들보는 원래 아르고호가 건조될 당시에 아테나 여신이 제우스 신탁소가 있는 도도나의 떡갈나무 숲에서 베어낸 말하는 떡갈나무(도도나의 신탁은 말하는 떡갈나무에 의해 이루어졌다)로 만든 것이었다.[33] 그 때문에 아르고호 원정 때 이 말하는 대들보는 제우스의 뜻을 원정대원들에게 전한다. 하늘은 하늘의 뜻을 알아듣지 못하는 이 귀머거리 무자격자인 '신발 한 짝'을 친다.

메데아와의 관계 맺기의 실패는 결국 이아손의 '신발 한 짝'의 소명이 세속적인 의미의 왕권 회복 이상의 의미를 지니고 있었음을 확인시켜준다. 메데아의 여신으로서의 위격(位格)은 메데아를 처음으로 희대의 악녀로 만들어버린 에우리피데스조차 지워버리지 못했다. 그조차 메데아가 작품 말미에서 메데아의 조부인 태양신 헬리오스가 보낸 용이 끄는 수레를 타고 떠나는 것으로 묘사한다. 그 숱한, 지독한 악행에도 불구하고 메데아는 벌을 받지 않는다. 몇 개의 판본들에서 메데아는 그리스 영웅들의 천국인 엘리시온에서 그리스의 최고 영웅 아킬레우스와 결혼하는 것으로 되어 있다.

성녀 베르나데트

그런데 이 '신발 한 짝'은 수많은 세기를 건너고, 신화를 넘어 역

---

33) 같은 책, 27쪽 참조.

사 안에서조차 그 흔적을 남긴다. 우리는 루르드의 성모 발현으로 유명한 성녀 베르나데트(Bernadette)의 생애 안에서 놀라운 '신발 한 짝'을 만나게 된다.

1858년에 프랑스의 피레네 산맥에 있는 오지 루르드에서 세기를 뒤흔든 사건이 일어난다. '가난한 자들 중에서도 가난한 자'였던 프랑수아 수비루(François Soubirou)의 맏딸 14세 소녀 베르나데트 앞에 성모가 현현했던 것이다. 성모 발현은 1531년 멕시코 과달루페에서 처음 일어났고, 그 후 세계 각지에서 수백 차례 보고되었으나 로마 교황청이 공식적으로 인정한 것은 과달루페와 루르드를 포함한 아홉 건에 불과하다.[34] 그 가운데서도 루르드 발현이 가장 유명한데, 대개 1회에 그친 다른 발현들과는 달리 1858년 2월 11일에서 7월 16일까지 긴 기간에 걸쳐 무려 18회나 이루어졌다.[35]

우리는 이 현상의 진위 여부, 또는 종교적 의미에 관해 논할 생각은 없다. 비록 그것이 성녀 베르나데트의 전기작가 로랑탱이 이야기하듯이 "가난하고 무지하고 멸시당하던 소녀", "가난한 자의 성덕(聖德, vertu sacrée d'un pauvre)", "지혜 있는 자들과 학식 있는 자들에게는 감추어지고, 가장 작은 자들에게 드러난 빛"[36]에 관한 감동적인 이야기라고 해도, 이 초자연적 현상을 학문적으로 논할 방법은 없다. 우리는 다만 이 기이한 현상 안에 '신발 한 짝'의 이미지

34) 네이버지식백과, 「성모 발현」 항목 참조.
35) René Laurentin, *La Vie de Bernadette*, Desclée de Brouwer, Oéuvre de la Grotte, Lourdes, 2007, pp. 34~100 참조.
36) 같은 책, 10쪽.

가 나타난다는 사실의 신화학적 의미를 확인할 뿐이다.

　　베르나데트의 집은 너무나 가난해서 베르나데트의 부모는 추운
겨울에도 아이들에게 양말을 사 신길 수 없었다. 그러나 맏이인 베
르나데트는 어릴 적부터 몸이 약해서(그녀는 어린 시절부터 천식
으로 고생했고, 결국 35세의 나이에 천식으로 세상을 떠났다) 부
모님은 그녀에게만 양말을 신겨주었다. 어느 날 집 안에 땔감이 떨
어져서 베르나데트는 여동생과 이웃집 여자친구와 함께 마사비엘
동굴 근처로 땔감을 주우러 갔다. 마사비엘 동굴 건너편에 잔 나뭇
가지가 많이 떨어져 있었기 때문이다. 마사비엘 동굴 앞에는 작은
시냇물이 있었는데, 씩씩한 여자친구와 동생은 나막신을 벗어놓고
물속으로 첨벙첨벙 걸어 들어갔지만, 몸이 약한데다가 어머니가
사주신 귀한 양말을 적시기 싫었던 베르나데트는 주저앉아서 양말
을 벗기 시작했다. 그녀가 막 양말 한 짝을 벗었을 때 어디선가 바
람소리가 들려왔다.[37]

그 순간을 베르나데트는 이렇게 쓰고 있다.

　　그래서 저는 동굴로 돌아와서 양말을 벗기 시작했습니다. 양말
한 짝을 벗었을 때 바람소리 같은 소리가 들렸습니다.[38]

---

37) 같은 책, 37~40쪽 참조
38) 같은 책, 38쪽.

루르드 인근 마사비엘 동굴 앞에서 성모 마리아가 베르나데트 수비루에게 발현한 사건을 묘사했다(비르질리오 도제티, 1877). 베르나데트는 맨발인 채 앉아 있다.

그러고 나서 다른 쪽 양말을 벗으려고 몸을 숙였을 때 이어지는 기술이다.

> 또다시 똑같은 소리가 들렸다. 그런데 이번에는 베르나데트 맞은편에 있는 들장미 가지들이 흔들렸다. 들장미는 동굴 오른쪽 가장자리 위쪽으로 약 3미터 거리에 있는 벽감처럼 생긴 구멍 밑바닥에 심겨져 있었다. '부드러운 빛'이 어두운 구멍을 밝히더니 미소 짓는 사람이 보였다. 흰옷을 입은 아름다운 여성이었다.[39]

베르나데트는 양말 한 짝은 벗고 다른 한 짝은 신은 채 성모를 만났던 것이다. 우리는 베르나데트의 이 이야기가 진실한 것인지, 아니면 그녀가 꾸며낸 것인지, 또는 상상한 것인지 알지 못한다. 그러나 이야기의 진위를 가리는 것은 우리의 관심사가 아니다. 다만 우리는 수천 년 또는 어쩌면 수만 년 전부터 인류의 원형심상 속에 뿌리내린 '신발 한 짝'의 이미지가 베르나데트라는 한 탁월한 신비가의 영혼을 통해 다시 한 번 성과 속의 소통을 통한 구원의 이미지 도식을 재현해냈다는 사실에 놀라움을 금할 수 없을 뿐이다.

나는 이 이야기를 읽었을 때 정말 거의 구원을 받은 듯한 느낌이 들었다. 양말 한 짝이라니! 그렇다, 우리는 한 발은 세상 이곳에 양말 속에 넣어놓은 채, 육체에 붙잡힌 채, 저세상을, 초월을, 서승(西昇)을 꿈꾸는 것이다. 신발 한 짝은 이 세상에 남아 있는 것이다. 인

---

39) 같은 책, 39쪽.

간은 아무리 뛰어난 존재라 해도 그렇게 양말 한 짝을, 신발 한 짝을 벗은 채 거룩한 존재를 만나는 것이다. 우리의 한 발은 세상의 진흙탕을 디뎌야 한다. 모자라는 자로서, 세계의 진흙탕에 한 발이 빠진 자로서 신데렐라의 신발 한 짝을 들고, 베르나데트의 양말 한 짝을 들고 세상 밖으로 나가는 것이다.

'신발 한 짝'의 주제는 일연의 『삼국유사』에서 더욱더 깊이 있고 감동적으로 표현된다. 이제 우리 문화 안의 '신발 한 짝'을 만나러 가보자.

『삼국유사』와 신발 한 짝

『삼국유사』에는 '신발 한 짝'의 이미지가 네 차례 나타난다.

① 『삼국유사』 권5, 감통, 「여종 욱면이 염불하여 서승하다」(郁面婢念佛西昇).
② 『삼국유사』 권3, 탑상, 「낙산의 두 보살 관음·정취와 조신」(洛山二大聖 觀音 正取 調信).
③ 『삼국유사』 권4, 의해, 「혜숙과 혜공이 갖가지 모습을 나타내다」(二惠同塵).
④ 『삼국유사』 권3, 탑상, 「남백월산의 두 성인 노힐부득과 달달박박」(南白月二聖 努肹不得 怛怛朴朴).

여기서는 ①과 ④는 생략하고, ②와 ③을 중심으로 다루고자
한다.

혜숙의 짚신 한 짝

사실 동양 전통에서 '신발 한 짝'은 익숙한 종교적 이미지다. '신
발 한 짝을 들고 가는(수휴척리手携隻履) 달마의 이미지는 불교의
상구보리 하화중생(上求菩提 下化衆生, 위로는 보리/지혜를 구하고
아래로는 중생을 교화한다) 사상을 아름답게 표현한다. 주인공이 신
발 한 짝을 들고 어디론가 가기에 어디 가느냐고 물었더니 "왔던 곳
으로 간다"고 대답했다는 것. 그래서 주인공이 있던 곳으로 가보니
주인공은 이미 사라지고 '신발 한 짝'만 남아 있더라는 이야기.[40]
이 신발 한 짝은 신데렐라의 원형적 '신발 한 짝', 베르나데트의 '양
말 한 짝'과 완전히 같은 상징적 의미를 지닌다.『삼국유사』「혜숙과
혜공이 갖가지 모습을 나타내다」조에 나오는 '짚신 한 짝'의 의미
도 이와 완전히 겹친다. 혜숙 관련 기사를 요약하면 다음과 이렇다.

혜숙(惠宿)은 화랑 호세랑(好世郎)의 무리 중에 자취를 감추고
있었다. 국선(國仙) 구참공(瞿旵公)이 적선촌 들에 가서 사냥. 어
느 날 혜숙이 길가에 나가 말고삐를 잡고 모시고 따라가겠다고 청
함. 구참공이 승낙했다. 열심히 앞을 다투어 사냥을 끝낸 뒤, 고기
를 굽고 삶아 서로 먹기를 권하니 혜숙도 같이 먹었다. 이윽고 혜

---

40) 이강엽, 앞의 책, 111쪽.

숙이 공 앞에 나아가 "맛있는 고기가 여기 있는데 좀더 드리려고 합니다만, 어떻습니까?" 하니, 공이 좋다고 대답했다. 그러자 혜숙은 사람을 물리치고 제 다리의 살을 베어내어 소반에 올리니 옷에 붉은 피가 줄줄 흘렀다. 공이 깜짝 놀라며 어째서 이러느냐고 문자, "처음에 저는 공이 인인(仁人)인지라 능히 자기를 미루어 동물에까지 미치리라 하여 따라왔습니다. 그러나 지금 공은 오직 죽이는 것만을 즐기어 짐승을 죽일 뿐이니 이것이 어찌 인인군자(仁人君子)가 할 일이겠습니까"라고 말하고 가버렸다. 공이 부끄러워하여 혜숙이 고기를 먹던 쟁반을 보니 고기가 없어지지 않고 그대로 있었다. 공은 매우 이상히 여겨 돌아와 조정에 아뢰었다. 진평왕이 이 말을 듣고 스님을 모셔오도록 사자(使者)를 보냈는데, 사자가 가보니 혜숙이 여자의 침상에서 자고 있는 것이 보였다. 사자는 추하게 여겨 돌아오다가 7~8리쯤 가서 혜숙을 만났다. 사자는 그가 어디서 오는가를 물었더니 "성안 시주댁의 7일재에 갔다가 끝마치고 오는 길"이라고 대답했다. 사자가 왕에게 그 말을 아뢰었고, 왕이 사람을 보내어 그 시주집을 조사해보니, 그것 또한 사실이었다. 얼마 후 혜숙이 갑자기 죽었다. 마을 사람들이 이현(耳峴) 동쪽에 장사지냈다. 그때 고개 서쪽에서 오던 마을 사람이 한 명 있었는데 혜숙을 도중에서 만나 어디 가느냐고 물었다.

"이곳에 오랫동안 살았으므로 다른 지방으로 유람할까 하네."

서로 인사하고 헤어졌다. 혜숙은 반리쯤 가다가 구름을 타고 가버렸다.

그 마을 사람이 고개 동쪽에 이르러 혜숙을 장사지낸 사람들이 아직 흩어지지 않음을 보고 그가 혜숙을 만난 일을 자세히 말하자, 사람들이 이상하게 여겨 무덤을 파보니 짚신 한 짝만 있을 뿐이었다.[41]

'동진'(同塵)은 '화광동진'(和光同塵)의 준말로 법력이 높은 성인들이 중생을 교화하기 위해 여러 모습으로 중생들 가운데 머물며 교화함을 의미한다. '이혜'(二惠)란 혜숙과, 뒤이어지는 이야기의 주인공 혜공을 말한다.

혜숙과 혜공은 괴이한 이승(異僧)들이다. 그러나 이들은 단순한 괴짜 스님들이 아니라 원효와 동시대에 살면서 대중교화에 매진했던 법력이 높은 승려들이었다. 이들의 적극적인 대중교화 덕택에 신라 불교는 그전과 전혀 다른 것이 되었다. 일반적으로 혜숙-혜공-원효를 거치면서 초기의 귀족적 불교가 후기의 대중적 불교로 바뀐 것으로 본다. 이른바 왕실 불교에서 가항(街巷) 불교로 바뀌게 된 것이다. 이들은 민중 안으로 깊이 파고들어가 그들의 가슴에 부처에 대한 그리움을, 그리고 구원에 대한 열망을 불어넣었다.

혜숙 설화에 나오는 '신발 한 짝'은 우리가 앞에서 살펴본 서구 신화의 '신발 한 짝'보다 더 깊은 철학적·종교적 의미를 드러낸다. 우리는 그 '신발 한 짝'을 두 겹의 혜숙의 존재와 연관지어 읽어야 한다.

---

41) 『삼국유사』 권4, 의해, 「혜숙과 혜공이 갖가지 모습을 나타내다」, 222~225쪽.

혜숙의 법력을 알아보고 왕이 그를 궁으로 모셔오기 위해 사자를 시켜 혜숙을 방문했더니, 혜숙이 여자와 자고 있었다는 것이다. 그걸 보고 사자가 실망해서 돌아섰는데, 돌아오는 길에 시주 집 7일재를 마치고 오는 혜숙을 또 만났다는 것이다. 이 존재의 '겹쳐짐'[42]에 대해서 이어령은 서구적 이원론적 존재 분열이 아니라 한국적인 존재의 초월이라고 말한다.[43] 흥미로운 분석이지만, 우리가 보기에 이 '겹쳐짐'에는 그 이상의 의미가 있다. 혜숙의 여자와의 동침과 취해서 노래 부르는 혜공의 기행에 대해서 불교학자들은 혜공과 혜숙 시대에는 승려들에게 엄격한 계율이 적용되지 않았던 사실을 보여준다고 분석한다. 당대에는 기이하게 여겨지기는 했으나 파계까지 거론되지는 않았다고 한다. '파계'가 처음 언급되는 것은 원효 이후의 일로서, 원효시대에는 자장율사에 의해 승려들에게 계율이 엄격하게 적용되었다는 것이다. 그것도 하나의 요인일 수 있다.

그러나 혜숙과 혜공의 '겹쳐짐'에는 단순한 계율 이상의 문제가 있다. 혜숙은 여자와 잠자리에 든 모습을 왕의 사자에게 일부러 보여주었을 것이다. 그것은 왕의 사자가 혜숙의 그런 모습을 "추하게 여겨" 스님을 모셔오라는 왕의 명령을 따르지 않고 혜숙을 떠나 7~8리쯤 걸어왔을 때 7일재를 끝내고 돌아오는 또 다른 혜숙을 만

---

42) 이 '겹쳐짐'은 설화 후반부의 혜공 설화에서 죽어 썩어문드러진 혜공과, 동시에 시장바닥에서 술에 취해 노래 부르고 돌아다니는 혜공의 이미지에서도 나타난다.

43) 이어령, 『이어령의 삼국유사 이야기』, 서정시학, 2006, 313쪽.

나는 장면에서 분명해진다. 이 7의 숫자는 우연히 맞아떨어진 것이 아니다. 7은 흔히 남성적 숫자인 3과 여성적 숫자인 4가 합쳐진 완전수로 여겨진다. 여자와 동침하고 있는 혜숙에게서 7~8리쯤 떨어진 곳에서 7일간 신도 집에서 재를 올린 혜숙을 만나는 것은 이 두 장면이 상징적으로 완벽하게 연계되어 있음을 나타내고 있다. 두 장면에 같은 숫자가 겹쳐지는 것은 전혀 우연이 아니라 두 장면이 상징적으로 한 짝을 이루고 있음을 의미한다. 한쪽에는 여자와 함께 있는 통속적인 혜숙이, 다른 한쪽에는 종교의식을 집행하는 종교적인 혜숙이 있다. 인간은 여자의 몸에서 태어난 육체적인 존재들이다. 그것을 철저하게 관(觀)해야 비육체의 종교적 영역으로 옮겨갈 수 있는 것이다. 혜숙은 왕의 사자가, 그리고 그를 통해서 구참공과 왕이 그것을 관하도록 이끌었다고 해석할 수 있다. 요컨대 '신발 한 짝'의 비의(秘意)에 대한 깨달음으로 초대한 것이다.

불교의 관법(觀法)에 고골관(枯骨觀＝백골관)이라는 것이 있는데, 그것은 부정(不淨)의 근거가 육체라는 것을 깨닫고 육체의 썩어 문드러짐을 완전히 관해 정(淨)함에 대한 인식으로 초월하는 관법이다. 혜숙은 그 장면에서 왕의 사자를 백골관으로 끌어들였다고 볼 수 있다. 여자의 몸으로부터 태어나는 인간의 육체를 관하지 않고는 존재에 대한 종교적 비전으로 옮겨갈 수 없다. 우리는 똑같은 분석을 혜공의 썩어 문드러진 육체와 술 취해 노래하는 또 다른 혜공의 육체에도 적용할 수 있다. 술에 취해 길바닥에서 노래 부르는 행위를 계율의 측면에서만 살피면, 그 장면의 진정한 의미를 파악할 수 없다. 혜공 정도 되는 신승(神僧)이라면 그런 계율의 지배 따위로부터 자유롭다, 라는 분석도 표면적으로만 맞다. 설화는 그 두 개의 육체를 본 주체를 '구참공'이라고 명시한다. 단지 계율의 문제였다면, 증인을 한 사람으로 지정해야 할 이유는 없다. 설화는 '구참공'이라고 콕 짚어 이야기한다. 즉 그 두 광경을 본 한 개인이 자신의 내면 안에서 그 모순을 해석하고 이해해야 하는 것이다. 그러므로 서방정토를 향해 가는(행인은 서쪽으로 가다가 혜숙을 만난다) 혜숙과 죽어서 땅에 묻힌 혜숙은 한 사람이다. 그는 '신발 한 짝'으로 이승과 저승을 이어놓은 우리나라의 신데렐라다.

혜숙과 혜공이라는 아름다운 성인들은 뛰어난 법력에도 불구하고 지극한 연민을 가지고 육체에 덜미가 잡혀 있는 중생의 장소에 머문다. 육체를 관하지 않은 공관(空觀)은 없다.

원효대사와 관음보살의 신발 한 짝

원효 설화에도 '신발 한 짝'이 나타난다. 이번에는 더욱 깊고 더욱 아프다.『삼국유사』「낙산의 두 보살 관음·정취와 조신」(落山二大聖 觀音 正趣 調信) 조는 대단히 길고 복잡한 이야기인데, 우리의 주제와 관련된 부분만 발췌해 요약한다.

옛날 의상법사가 당나라에서 돌아와 관음보살의 진신(眞身)이 이 해변의 굴 안에 산다는 말을 듣고, 그곳을 낙산이라 했는데, 백의보살(白衣菩薩)[44]의 진신이 머물러 있는 곳이므로 그렇게 이름한

---

44) 당·송 이후 민간에서 믿던 33종류 관음보살의 하나이며 늘 흰옷을 입고

것이다.

의상이 재계(齋戒)한 지 이레 만에 용중(龍衆)과 천중(天衆) 등이 그를 굴속으로 인도했고, 공중을 향해 참례하니 수정염주 한 꾸러미를 내어주었다. 동해의 용이 또한 여의보주 한 알을 바치자 의상법사가 받아 가지고 나와 다시 이레 동안 재계하니 관음의 용모를 보았다. 관음보살이 그 땅에 절을 지으라 명하여 절을 짓고 낙산사라고 이름 붙였다.

한편 원효가 예를 드리려고 와서 남쪽 교외에 이르니 논 가운데 흰옷을 입은 여인이 벼를 베고 있었다. 장난 삼아 벼를 달라고 하니, 여인도 벼가 열매를 맺지 않았다고 장난 삼아 대답. 또 가다가 다리 밑에 이르니, 한 여인이 개짐을 씻고 있었다. 먹을 물을 달라고 하자 그 여인은 그 더러운 물을 떠서 바쳤다. 법사는 그 물을 엎어버리고 다시 냇물을 떠서 마셨다. 이때 들 가운데 있는 소나무 위에서 파랑새가 "제호(醍醐)[45] 스님은 가지 마십시오"라고 말하고 갑자기 모습이 사라졌다. 그 소나무 아래에 신발 한 짝이 놓여 있었다. 법사가 절에 이르니 관음보살상의 자리 밑에 아까 보았던 신발 한 짝이 있으므로 그제야 전에 만났던 성녀가 관음의 진신임을 알았다. 그러므로 사람들이 그 소나무를 관음송(觀音松)이라 했다. 법사가 성굴(聖窟)에 들어가 다시 관음의 진용(眞容)을 보려고 하니, 풍랑이 크게 일어나 들어가지 못하고 떠났다.[46]

_____

흰 연꽃에 앉아 있어 생긴 이름이라 한다.
45) 우유에 갈분을 타서 미음같이 쑨 죽. 원문은 "休醍醐和尙". 제호를 귀한 음식으로 보고 대개 제호화상＝잘난 스님이라고 해석한다.

겉으로만 보면 이 이야기는 관음 친견(親見)에 성공한 의상과 실패한 원효를 보여주고 있는 것처럼 보인다. 실제로 많은 학자들은 그러한 관점으로 이 설화를 해석하고 있다. 그러나 우리가 보기에 이 설화는 단순히 관음 친견에 대한 의상의 성공과 원효의 실패를 말하는 데서 그치고 있는 것 같지 않다. 이 사실에 대해 "의상계를 따르는 범일계 승려들이 원효를 폄하하기 위해 의도적으로 지어낸 설화"라고 보는 시각도 존재한다.

그러나 우리가 관심을 가지는 것은 그러한 역사적인 사실이 아니다. 우리는 이 설화가 대중의 마음속에 숨겨져 있는 어떤 열망을 표현하는가, 즉 어떤 신화적 주제를 나타내는가에 더 관심이 있다. 박미선[47]의 관점은 다른 학자들의 관점보다 진일보한 것으로 보이는데, 그에 따르면 설화형성 계층은 두 스님의 관음 친견 성패에는 관심이 없으며, 이 설화가 드러내고 있는 것은 두 성인이 진리에 다가가는 방식의 차이라는 것이다. 박미선이 결론적으로 말하는 의상의 관음신앙의 요체는 관음을 독립적인 존재로 인식한다는 것이다.

따라서 의상은 관음 진신이 '낙산'에 상주하고 있다고 인식했고, 그 진신을 통해 보살행과 보살도를 배워 궁극의 연화장 세계로 나아가려 했다는 것. 따라서 그는 관음을 협시보살로 인식하지 않았으며, 그 자체로서 한 세계를 이루는 자재(自在)보살로 인식했다는 것. 그/그녀에게 다가가기 위해서는 엄격하게 계를 지키는 수행

---

46) 『삼국유사』 권3, 탑상, 「낙산의 두 보살 관음·정취와 조신」, 115~117쪽.
47) 박미선, 「의상과 원효의 관음신앙 비교:『삼국유사』「낙산이대성관음정취조신」을 중심으로」, 『한국고대사연구』 60, 한국고대사학회, 2010.

(2·7일에 걸친 진력 수행)을 해야 한다. 따라서 의상은 교단을 중심으로 승려들의 엄격한 수도를 강조하는 방향으로 종교활동을 해나간다. 따라서 '낙산'의 진신 상주에 대한 인식은 의상의 관음신앙의 관점이며, 관음신앙에 대한 다른 관점을 가지고 있었던 원효의 관음진신 친견은 의상의 교리 틀 안에서는 실패로 설정될 수밖에 없다는 것. 원효의 관음신앙은 의상의 그것과 달랐다. 원효는 한 거처에 상주하며, 늘 같은 모습으로 자재하며 공경받는 관음이 아니라, 중생을 제도하기 위해 무수한 모습(대체로 19응신應身으로 알려져 있다. 『삼국유사』「광덕·엄장」조에도 19관음의 응신 가운데 하나인 분황사 여자 노비가 나온다)으로 화현해 중생을 구원으로 이끈다. 그에게 관음은 불쌍한 대중 속으로 내려와 그들의 구원을 위해 적극적으로 움직이는 신적 존재였던 것이다. 이 응신들은 대체로 가난하고 비천한 자들, 특히 여성들로 나타난다. 그것은 관음이 세계의 아픔에 동참하는 자이기 때문이다. 가난한 여성은 세계의 최약자이기 때문이다. 여자 거지는 남자 거지보다 더 비참한 존재다. 원효는 기꺼이 그 거지들 곁으로 다가갔다. 낙산사 설화에서 원효에게 나타난 관음들은 모두 가난한 여성들의 모습을 하고 있다. 그녀들은 벼를 베고 피빨래를 하는 여인들로 나타난 관음의 응신들이다.

박미선의 분석은 단지 원효가 파계를 했고, 평소에 기행을 많이 했던 타락한 승려였기 때문에 관음에게 거부당했다든가, 이 설화가 의상계 또는 그 뒤를 잇는 범일계 승려들에 의해 조작된 설화라든가 하는 분석을 성큼 앞지른다. 그러나 우리는 이 설화를 조금 다른 관점에서 살펴보고자 한다.

이 설화는 겉으로 보기에 원효의 명백한 실패처럼 보인다. 원효를 '성사'(聖師)라는 극존칭으로 부르며 깊은 존경과 애정을 표했던 일연은 왜 이 이야기를 수록했을까? 의상에 대해서는 상대적으로 신비한 부분을 거의 걷어내버리면서까지 원효의 신성성을 강조하고 있는 일연이 왜 이 이야기에서는 원효의 부끄러운 모습을 보여준 것일까?

그 진정한 의미를 이해하기 위해서는 이 설화를 『삼국유사』 전체에 나타나는 비슷한 유형의 이야기들과 겹쳐놓고 그 상호 텍스트성을 추적해보아야 한다. 그래야 이 설화의 진정한 의미가 드러난다. 『삼국유사』 안에는 득도와 관련해 육체(특히 여성의 육체)가 드러나는 이야기가 많이 있다. 거칠게 뽑아보면 '원효불기', '광덕과 엄장' 이야기, '노힐부득과 달달박박' 이야기, '빙녀'(氷女) 이야기, '조신' 이야기, '혜숙과 혜공' 이야기 등. 이 이야기에서 여성의 육체는 일단 득도에 방해가 되는 것으로 나타나지만, 이 이야기들을 관통하는 일연의 철학은 그것을 자비의 관점으로 껴안는 것(여성의 육체를 성적 욕구 충족의 대상으로 껴안는다는 것이 아니라 인간 실존의 부정할 수 없는 조건―육체를 재생산해내는 거점인 여성의 육체―으로 수납한다는 의미)이 물리치는 것보다 더욱 높은 도의 경지라고 이해한다는 것이다.

혜숙, 혜공, 원효 등의 기행은 그렇게 이해할 때 단순한 기행이 아니라 중생의 아픔을 낮은 자리에서 껴안는 행위인 것이다. 어쩌면 원효는 그렇게 하기 위해 파계를 감행한 것인지도 모른다. 그렇지 않다면 원효의 행동은 시정잡배와 조금도 다를 게 없다.

(원효가) 하는 말은 미친 듯이 난폭하고, 예의에 어긋났으며, 행동은 상식선을 넘었다. 그는 거사와 함께 주막이나 기생집에도 들어가고 지공(誌公)과 같이 금빛 칼과 쇠지팡이를 가지기도 하였으며, 혹은 주석서를 써서『화엄경』을 강의하기도 하고, 혹은 사당에서 거문고를 타면서 즐기고, 혹은 여염집에서 유숙하기도 하고, 혹은 산수에서 좌선하는 등 계기를 따라 마음대로 하여 일정한 규범이 없었다.

• 『송고승전』권4, 「당신라국황룡사원효전」

원효의 이러한 행동들은 아마도 파계 이후의 일들로 여겨지지만, 이러한 파격적 행동에도 불구하고 그가 대중의 끊임없는 사랑을 받았던 이유는 그 모든 행위가 단지 기행이 아니라 중생의 삶 안으로 깊이 들어가 그들과 고통을 함께해 그들을 고통에서 해방시키려는 적극적 화행(化行, 도를 깨우쳐 줌)이라는 것을 인정받았기 때문일 것이다.

따라서 설화 말미에서 관음 친견에 실패한 원효 이야기에서 단정한 의상의 퀘스트에서 쫓겨났던 육체가 복수하듯이 충격적인 모습으로 돌아오는 것은 너무나 당연하다. 단정한 의상 옆에서 쫓겨났던 육체는 원효를 만나자 잘 되었다, 라는 듯이 충격적으로 돌아온다. 설화는 '개짐'을 빠는 여인을 들이밀고, 그 더러운 물을 원효에게 마시라고 강요한다. "이눔아, 너는 시체 썩은 물도 마셨잖아." 여성성의 가장 원시적 판본이라고 할, 현대인들에게도 충격적일 그 장면의 삽입은 그렇게 이해해야 한다. 파랑새는 여기에서 단순히 하늘의 상징성만 가지고 있지 않다. 새들은 세계 전역에서 여신을 동반하는 동물로 나타난다. 우리 신화에서도 유화와 알영을 통해 새 모습을 한 여신을 확인할 수 있다. 파랑새는 여기에서 여신으로 등장한 관음을 수행하는 동물, 초월성은커녕 여신이 상징하는 개짐-피빨래-인간의 원초적 조건을 동반하는 동물이다. 그 존재가 비아냥대며 "휴제호화상!"(休醍醐和尙)이라고 소리친다. "잘난 스님은 그만두시게!" 그 말은 원효에게만 하는 말이 아니다. 구도를 위해 여성을, 육체를, 존재의 근본적인 처참함을 던져버린 모든 구도자들을 향해 하는 말이다.

켈트 신화에는 영웅이 여울목(저승-이승의 경계)에 이르렀을 때 피빨래(피 묻은 갑옷이나 옷)하는 여신을 만나는 이야기가 자주 나온다. 많은 신화학자들은 그 이미지를 여신이 영웅의 죽음을 예시하는 장면으로 해석한다. 그러나 우리는 이 이미지를 달리 이해할 수 있다고 본다. 즉 영웅은 죽음을, 인간의 유한한 생명을 껴안아야 하는 자다. 그것을 회피하면 그는 영웅이 될 수 없다. 원효 앞에 들이밀어진 핏물은 그렇게 이해되어야 한다.

대중은 너무나 깔끔해서 존재의 너절한 조건을 도저히 받아들여줄 것 같지 않은 귀족적인 의상보다는 대중을 진정으로 이해하고 사랑해줄 것 같은 대중적인 원효에게 이 인간 운명의 비통함을 수납해달라고 강하게 호소했던 것은 아닐까. 즉 '신발 한 짝'을 신고 우리를 이승으로 안내해달라고 요구했던 것은 아닐까. 스님마저 우리를 버리면 우리는 누구에게 호소합니까?

관음의 '신발 한 짝'은 원효로 하여금 피빨래하던 아낙네가 바로 관음진신이라는 사실을 깨닫게 해준다. 관음은 원효를 깨달음의 자리에서 쫓아낸 것이 아니다. 그녀는 오히려 원효에게 신발 한 짝을 신겨 가난하고 힘없는 대중에게 보낸 것이다. 예수가 피 흘리는 십자가를 지고 대중에게 다가갔듯이. 베르나데트가 기침을 콜록대며 양말 한 짝을 신고 대중을 성모에게 이끌었듯이.

예은의 신발 한 짝

마지막으로 부끄럽고 아픈 고백을 한 가지 해야 한다. 세월호에 탔던 304명의 죄 없는 어린 생명들이 무능한 정부의 잘못으로 세상을 떠났다. 소설가 유시춘 선생의 발의로 304명의 어린 생명들을 추억하는 작은 전기들이라도 써서 남기자는 계획이 세워졌다. 나에게도 유예은 양의 작은 전기를 써달라는 청탁이 왔고, 나는 기꺼이 수락했다. 예은의 집을 찾아가고, 예은의 어머니를 만나고, 예은의 친구들과 동생들을 인터뷰했다. 자료를 모으고 집필 준비를 시작했다.

그러나 그 후 몸담고 있던 상지대학교의 상황이 급속하게 나빠졌다. 부패한 재단이사장 김문기를 반대하는 교수들이 줄줄이 파면되고, 많은 교수들과 학생들이 징계를 받았다. 교수들, 교직원들 그리고 학생들은 모두 끝을 알 수 없는 고통스러운 투쟁 안으로 돌입했다. 나는 도저히 예은에 관한 글을 쓸 수 없었다. 무척 애를 썼지만 끝내 이루지 못했다. 나는 포기한 것을 사죄하고 모아놓은 자료를 진행 담당자에게 넘겼다. 그리고 오랫동안 아팠다.

그런데 무슨 우연의 기호였을까? 아니면 어떤 놀라운 계시였을까? 자료조사를 위해 예은의 집에 갔을 때 나는 예은의 '신발 한 짝'을 만났다. 예은의 어머니는 나에게 그 신발을 보여주며 우셨다. "예은이가 신발 한 짝만 신고 올라왔어요. 다른 한 짝은 영영 찾지 못했어요." 예은의 '신발 한 짝'이 내 영혼 안으로 얼마나 아프게 들어왔을지 여러분은 충분히 이해할 것이다. '신발 한 짝'에 대한 나의 사유는 아주 오래된 것이기 때문이다.

304명이 사라졌다. 304라는 숫자는 분명 우연일 것이다. 그러나 나에게는 그렇게만 여겨지지 않는다. 3은 다른 숫자와의 비교 없이 혼자 의미를 생성시킬 때 대개 완성성을 나타낸다. 그러나 3의 완성성의 이데올로기에 포함되지 않는 다른 가치가 요구될 때 그것은 4의 옆에서 기존의 질서를 나타낸다. 기독교의 삼위일체가 다른 원리를 요구할 때 삼위일체가 성모의 신위(神位)가 포함된 사위일체로 변화하는 것은 그 때문이다.

예은과 다른 친구들은 혹시 우리에게 3에서 4로 건너갈 것을, 그리하여 신발 한 짝을 신고 서방정토로 떠난 혜숙처럼 7을 이루라고 명령한 것은 아닐까? 지금까지 살던 방식으로 살지 말라고, 다르게 살아야 한다고, 이 죄 없는 영혼들은 신발 한 짝을 신고 우리에게 호소한 것은 아닐까? 그런데 3에서 4로 건너가는 길 한가운데 0이라는 거대한 심연이 파여 있었다. 아이들을 살려내야 할 책임이 있는 한 무책임한 여성은 7을 만들어내야 할 시간에 어디론가 가 있었다. 7은 0 속에 빠졌다. 대통령이었던 그녀가 7시간 동안 어디에서 무엇을 했는지는 철저하게 숨겨졌다. 그리고 죄 없는 순결한 어린 왕들이 0 속으로 사라졌다. 그들의 눈물과 죽음을 기억해야 한다. 그들의 눈물을 눈부신 상징으로 만들어야 한다. 그것이 세월호 사건 뒤에 살아남은 자들의 책무다.

30년에 걸친 교수생활을 마무리하면서 조용히 되돌아본다. 어쩌면 나도 신발 한 짝을 끌고 오랫동안 절뚝거리며 걸었는지도 모른다. 발 한 짝은 학문적 탐구와 시 창작 그리고 실존적 모색을 딛고, 또 다른 한 짝은 김문기라는 적폐비리와의 싸움 위에 두고. 돌이켜보면 지난한 작업이었지만 자랑스러운 작업이기도 했다.

상지대학이라는 상처를 극복해낸 캠퍼스에서 교수로 살 수 있었던 것은 내 생애 가장 큰 영광이었다. 이제 나는 학교를 떠난다. 그러나 참됨에 대한 갈망을 여러분 곁에 남기고 떠난다. 몸은 떠나도 내 영혼은 신발 한 짝을 신고 여러분 옆에 머물 것이다. 모두 행복하시길, 그리고 무엇보다 의미로 가득한 생을 이룩하시기를 빈다. 깊은 사랑과 존경을 전한다.

제2부
위대한 어머니들

水路夫人

聖德王代純貞公赴江陵大守將實行次海汀晝饍傍
有石嶂如屏臨海高千丈上有躑躅花盛開公之夫人
水路見之謂左右曰折花獻者其誰從者曰非人跡所
到皆辭不能傍有老翁牽牸牛而過者聞夫人言折其
花亦作歌詞獻之其翁不知何許人也便行二日程又
有臨海亭晝饍次海龍忽攬夫人入海公顚倒躃地計
無所出又有一老人告曰故人有言衆口鑠金今海中
傍生何不畏衆口乎進界内民作歌唱之以杖打岸

사라진 신성한 곰어머니
곰 설화

사라진 곰

일연은 『삼국유사』에서 우리 민족의 기원을 단군이 건국한 고조선으로 올려 잡음으로써 우리 역사와 문화사에서 매우 중요한 일을 수행했다. 관찬서인 김부식의 『삼국사기』가 모화사상(慕華思想)에 함몰되어 우리 역사를 중국 기원보다 한참 뒤진 고구려·백제·신라 삼국시대부터 시작하고 있기 때문에 『삼국유사』가 아니었다면 우리는 근원을 모르고 살아야 했을지도 모른다. 단군신화는 그 자체만으로도 매우 중요한 의미를 가지는 우리의 근원 담론이다.

그러나 우리는 이처럼 중요한 이야기 안에서 시조 단군을 낳은 어머니 웅녀가 이후의 역사는 물론 신화와 민담에서 거의 사라졌다는 사실에 주목했다. 환웅이 내린 금기의 명을 잘 지켜 호랑이와는 달리 인간이 되는 데 성공한 이 시조 어머니는 어디로 갔는지 보이지 않는다. 많은 학자들은 곰과 호랑이를 고조선을 이룬 원시종족의 토템으로 본다.[1] 그런데 실패한 토템 호랑이가 민담 속에서 활발하게 뛰어다닐 뿐 아니라 왕실동물로 격상되는 데 반해, 성공한 토템 곰은 어디에도 그 모습이 보이지 않는다.

임재해는 1980년대에 수집된 방대한 구비문학 자료집『한국구비문학대계』에 호랑이 설화는 어느 유형의 설화보다도 많은 402편이 수록되어 있는 반면, 곰 설화는 전혀 나타나지 않는다는 사실을 보고한다.[2] 신경득은『조선왕조실록』에 호랑이가 무려 635회 등장한다는 점을 상기시킨다.[3] 고려 태조 왕건의 6대조 호경(虎景)은 호랑이 여산신과 결혼했다. 시조 단군을 낳은 웅녀가 모조리 사라지는 동안 사람 되기에 실패했던 호랑이는 산신으로 좌정하거나 산신의 탈것이 되거나 왕의 위엄을 드높여주는 왕실동물로 승격했던 것이다.

이 곰과 호랑이의 자리바꿈은 서구사회에서 이루어진 곰과 사자의 자리바꿈과 어떤 공통점이 있는 것처럼 보인다. 미셸 파스투로(Michel Pastoureau)는 서구사회가 곰을 지워버리고 그 자리에 사자를 앉히기 위해 1000여 년에 걸친 상징전쟁을 치렀다는 사실을 흥미롭게 보여준다.[4] 곰은 자연스럽게 몰락한 것이 아니라 종교적·

---

1) 최남선, 「壇君 及 其研究」, 이기백 엮음, 『단군신화론집』, 새문사, 1988, 14쪽.
2) 임재해, 「고조선문화의 지속성과 성립과정의 상생적 다문화주의」, 『고조선단군학』 24, 고조선단군학회, 2011, 154쪽.
3) 신경득, 「웅녀의 산신격 연구」, 『배달말』 42, 경상대학교 배달말학회, 2008, 292쪽.
4) 미셸 파스투로, 주나미 옮김, 『곰, 몰락한 왕의 역사』, 오롯, 2014.

정치적 의도를 가진 상징전쟁 전략에 의해 사자로 대치되어 형편없는 지위로 몰락하게 되었다는 것이다. 태초에 가장 신성한 동물로 여겨졌던 곰에 대한 민간신앙은 너무나 끈질기게 살아남아서 교회는 온갖 수단을 동원해 곰을 악마화하고, 곰과 관련된 모든 제의를 기독교 제의로 대체시켰으나 곰숭배는 아주 끈질기게 그 명맥을 유지했다. 르풀롱은 그 한 가지 흥미로운 예를 보고하고 있다.

가톨릭 교회는 〔곰과 관련된〕 이교 의례를 끝내기 위해 오랫동안 노력했다. 결국 교회는 두 가지 중요한 축일을 2월 2일에 제정했다: 예수의 성전에 나타나심, 성모마리아의 정화의식.

그러는 사이에, 기쁨의 불과 다른 횃불 행진 때에도 곰과 빛의 돌아옴은 계속 축하의 대상이—겨울 끝에 처러지는 정화와 풍요를 축하하는 켈트 축제와도 연결—되었다. 5세기에 촛불축제 또는 성촉절(Chandeleur)이 제도화되었다. 촛불의 광채는 악마를 내쫓고 그리스도가 세상의 빛이라는 사실을 환기시킨다. 이 축제는 1372년이 되어서야 성모의 정화와 공식적으로 이어지게 된다. 12세기에서 18세기까지 성촉절은 곰숭배가 아직 남아 있던 프랑스의 많은 지방에서는 샹들루르스(Chandelours)라고 불렸다.[5]

교회는 곰이 동면에서 깨어나는 것과 봄의 돌아옴을 축하하는 이

---

5) Marie-Laure Le Foulon, *L'Ours, le Grand Esprit du Nord*, Paris: Larousse, 2010, pp. 118~119.

교 축제를 지워버리기 위해 성촉절(Chandeleur)을 제정했으나, 민중은 오랫동안 샹들뢰르(Chandeleur)라는 그 명칭 뒤에 곰(ours)이라는 말을 붙여서 '샹들루르스'(Chandelours)라고 불렀다는 것이다. 이 곰 이미지의 끈질긴 생명력은 매우 인상적이다. 르풀롱은 20세기 중반까지도 피레네 산맥에 전해져 내려왔던 '곰 장'(Jean l'Ours)의 이야기를 전해주고 있다.[6] 이 전설에서 장은 곰에게 납치되었던 젊은 여성이 낳은 곰과 인간의 혼혈아인데, 엄청난 힘과 지혜를 가지고 있다. 곰에게 납치되어 곰과 인간의 혼혈아를 낳고, 그 아이가 종족의 시조가 되는 이야기는 동북아 각지에 분포하고 있으며, 우리나라에도 공주 지방을 중심으로 변형된 형태로 널리 분포하고 있다(그러나 납치되는 인간이 여성이 아니라 남성이라는 점이 다르다).

우리 문화에서 곰이 초월적 신이 막강한 억압을 행사했던 서구사회와 같은 수순을 밟아 몰락했다고 보기는 어렵겠지만, 그 몰락 과정에서 어떤 문화사적 힌트는 얻을 수 있을 것으로 보인다. 우리 문화에서도 곰은 자연스럽게 사라진 것처럼 보이지 않는다.

이 논문에서 우리는 자료 부족 때문에 곰이 사라진 과정을 꼼꼼하게 추적하지는 못했다. 그러나 환웅이 환인의 '서자'라는 기록을 통해 단군의 기원인 환인이 여신일 수도 있다는 가설을 세우고, 환인이 지워지면서 웅녀도 함께 지워졌으리라는 가능성을 제기했다. 그리고 '서자'의 의미를 여신이 상대적으로 덜 몰락해 있는 켈트신

---

6) 같은 책, 51~64쪽.

화를 통해 다시 살펴보았다. 그것은 우리 문화사 안에서 여신의 존재가 가부장제 이데올로기에 의해 체계적으로 파묻혔을 가능성에 대한 문제제기이기도 하다. 우리 문화의 기원에 당당하게 자리 잡고 있는 시조모 곰어머니는 거의 완전히 지워져, 지금으로서는 그 사라짐의 과정을 추적하는 것은 거의 불가능한 일이다. 그러나 그녀의 흐릿한 몇 개의 발자국을 따라가봄으로써 그녀의 몰락의 의미를 되새겨보는 것은 가능하다.

웅녀 인식의 실체성

일제 강점기에 많은 일본 학자들은 우리 민족의 유구한 기원을 부정하기 위해 단군신화가 조작되었다는 주장을 펼쳤다. 그 주장은 이미 우리 학자들에 의해 철저하게 논파되었다. 우리 민족은 아주 이른 시기부터 단군을 시조로 인식해왔으며, 그것을 증명하는 문헌 자료들뿐 아니라 고고학 자료들도 남아 있다.

단군에 대한 인식과 마찬가지로 그를 낳은 곰어머니 웅녀에 대한 인식도 실체적이었을 것이다. 우리는 고고학 자료를 통해 그 실체성을 먼저 짚고 논의를 시작하려고 한다.

무씨 화상석

우선 논란의 여지는 많지만, 중국 산동성 가상현 무씨(武氏) 사당의 화상석(畫像石)을 참고할 수 있다. 이 화상석은 기원후 2세기

무씨사당 화상석에 새겨진 곰과 호랑이 도상.

에 제작된 것으로 알려져 있으나, 기원전 2세기에 제작된 원본의 복사본이라고 한다.[7] 이 지역이 후대에 중국에 의해 '동이족'으로 총칭되었던 우리 조상의 활동 영역이었다는 사실은 잘 알려져 있다. 김재원은 이 화상석에 나타난 이미지들이 단군신화의 내용을 70~80퍼센트 이상 반영한다고 주장한다.[8] 김재원은 특히 화상석 3층에 있는 위의 그림에 주목하고 있다.

7) 이기백, 「단군신화의 문제점」, 이기백 엮음, 앞의 책, 64쪽.

8) 김재원, 「武氏祠石室 畵像石에 보이는 단군신화」, 이기백 엮음, 앞의 책, 23~43쪽.

김재원은 이 이미지를 웅녀에게서 단군이 태어나는 장면과 연관 지어 생각한다. 이 도상에서 곰과 호랑이(호랑이는 머리 모양으로 보아 여성이 분명)의 성(性)이 뒤바뀌어 있으나, 중요한 것은 동물 조상에게서 시조가 태어난다는 원시관념이므로 그 뒤바뀜은 중요한 것이 아니라고 한다. 곰남자는 손발에 다섯 개의 무기(노弩, 검劍, 과戈, 창槍, 간干)를 들고 춤을 추고 있고, 호랑이여자는 그 옆에서 아기를 잡아먹고 있는 것 같다. 그러나 김재원은 한스 베르너 헨체를 원용해 이 그림에서 호랑이여자는 아기를 잡아먹고 있는 것이 아니라 아기를 낳고 있는 것이라고 해석한다.

이 도상의 이미지는 중국 상나라 시대나 주나라 초기의 것으로 추정되는, 세계에 단 두 개뿐인 청동기와 그 모습이 지극히 비슷한데, 그 청동기는 호랑이가 앞다리로 나오는 아이를 안고 있는 모양을 묘사하고 있다고 한다.[9]

김재원은 이 화상석에 근거해 구전신화가 우리나라에 전해질 때 호랑이와 곰이 뒤집혔을 가능성마저 거론한다.[10] 김재원의 뒤를 이어 무씨 화상석이 단군신화의 도상학적 표현이라고 확신하고 있는 이찬구[11]는 웅인(熊人)이 중국 신화의 전쟁신 치우를 표현한 것으로,『환단고기』등을 근거로 치우와 단군의 관계를 주장하며,『삼국유사』가 사대의식 때문에 치우의 존재를 단군신화에서 지워버렸

---

9) 같은 책, 32쪽.

10) 같은 책, 38쪽.

11) 이찬구,「단군신화의 새로운 해석: 무량사 화상석의 단군과 치우를 중심으로」,『신종교연구』30, 한국신종교학회, 2014, 184~225쪽.

다고 주장한다. 그러나 이런 주장들은 논리적 비약이 너무 심해 지금 단계에서 무씨 화상석이 곧바로 단군신화를 표현했다고 보는 것은 아무래도 무리한 해석으로 보인다. 그러나 우리 조상이 옛날에 활동했던 지역에 동물시조 신화가 널리 퍼져 있었다는 사실은 이 화상석으로 충분히 증명된다고 본다.

호랑이여자가 아기로 보이는 작은 사람을 먹고 있는 것인지, 아니면 낳고 있는 것인지 고대인들과 다른 인식체계를 가진 우리로서는 알 길이 없다. 그러나 나카자와 신이치의 『곰에서 왕으로』[12]를 참고하면 이 장면의 의미는 먹는 것이든 낳는 것이든 달라질 게 없음을 확인할 수 있다. 신이치는 그가 '동북'이라고 부르는 고아시아족 문화권의 곰신화를 분석하며 이 종족들의 문화 안에서 '문화'(세속적인 삶)와 대칭되는 위치에 설정되어 있었던 자연의 초월적·종교적 권력을 '식인'(食人)의 특성으로 설명한다. 여름의 일상적 삶 안에서 동물을 사냥할 수 있었던 사람들은 겨울이 되면 돌아오는 신성한 존재들(곰으로 대표되는)에게 (제의적으로) 잡아먹힌다. 그런데 이 '식인' 과정은 식인적 존재에게 잡아먹히는 것으로 끝나는 것이 아니라 잡아먹혀 식인적인 신성한 존재에게 동화된 새로운 존재로 다시 태어나는 것으로 끝난다. 이 과정은 세심하게 연출된 제의를 통해 형상화되는데, '하마차'라는 식인신에게 동화되는 제의에서 하마차의 뱃속에 삼켜졌던 의례 전수자는 그 뱃속으로부터 돌아오면서 "하푸, 하푸, 하푸"(먹고 싶다, 먹고 싶다, 먹고 싶다)라고

---

12) 나카자와 신이치, 김옥희 옮김, 『곰에서 왕으로』, 동아시아, 2002.

'하마차' 의례 전수자(왼쪽)와 '식인 곰'을 형상화한 샤먼의 주술도구. 모두 식인적 존재에게 잡아먹히고 신성하게 다시 태어난다는 주제를 선명히 보여준다.

외친다고 한다. 즉 이 제의 과정 안에서 잡아먹히는 것은 태어나는 것(먹고 싶다＝살고 싶다)과 같은 의미를 가진다.

오른쪽 샤먼의 주술도구는 '식인신에게 집어삼켜짐―신성한 존재로 다시 태어남'이라는 주제를 선명히 드러내고 있다. 곰이 사람을 잡아먹고 곰을 낳고 있다. 인간은 신에게 삼켜져 신을 닮은 존재로 다시 태어난다.

이 고대관념을 무씨 화상석에 적용하면, 우리는 '동물에게 집어삼켜짐―동물을 닮은 존재로 다시 태어남'이라는 고대적 의미의 신화 주제를 선명하게 이해할 수 있다. 무씨사당 화상석 그림에서 곰인간이 온갖 무기로 위세를 떨치고 있는 것은 이 신성한 존재에게 부여된 '식인'의 역할을 묘사한 것이라고 볼 수 있다. 그의 화난

듯한 표정도 그 사실을 확인시켜준다. 그는 누군가의 탄생을 기뻐하며 춤추고 있는 것이 아니라 엄숙한 제의를 집전하고 있는 것처럼 보인다.

아마도 최초의 단군신화는 동물의 존재론적 위상이 인간보다 훨씬 더 높거나 같았던 시대(신이치의 용어를 따르면 대칭성의 시대)의 관념을 반영하고 있었을 것이다. 그러나 인간이 우위를 차지하는 비대칭성의 시대로 접어들어 동물이 인간에게 종속되는 형식으로 재조정되었을 것이다. 무씨 화상석이 단군신화를 직접 표현한 것은 아니라고 해도 이처럼 고대관념의 원형을 증거하고 있는 것은 분명하다. 즉 단군-동물어머니 인식 실체성의 머나먼 배경을 제공하고 있는 것이다. 그러나 다음의 고고학 자료들은 매우 직접적인 방식으로 단군-웅녀 인식의 실체성을 증명하고 있다.

각저총과 장천 1호분 벽화

현재 중국 길림성 집안시에 있는 고구려 무덤인 각저총에는 씨름을 묘사한 벽화가 있다. 편년 5세기 초·중반의 것으로 추정되고 있다.[13]

벽화에는 두 명의 남자가 씨름을 하고 있으며, 그것을 심판인 듯한 한 노인이 바라보고 있다. 왼쪽 나무 아래에 씨름을 구경하는 듯한 곰과 호랑이의 모습이 보인다. 그런데 자세히 보면 호랑이는

---

13) 조법종, 「한국 고대사회의 고조선·단군 인식: 고조선·고구려 시기 단군인식의 계승성을 중심으로」, 『선사와 고대』 23, 한국고대학회, 2005, 157쪽.

고구려 각저총 씨름 모사도. 왼쪽 나무 아래에 씨름을 구경하는 듯한 곰과 돌아 앉은 듯한 호랑이 모습이 보인다. 소장 및 제공: 한성백제박물관

장면을 등지고 어딘가 주눅 든 모습으로 묘사되어 있고, 곰은 아주 느긋한 모습으로 장면을 구경하고 있음을 알 수 있다. 이미 세계는 인간 우위의 세계로 옮겨와 곰과 호랑이는 아주 작게 축소되어 화면 구석에 배치되어 있을 뿐이다. 그러나 그들의 존재는 세계수(世界樹)로 보이는 왼쪽 나무(그 위에 올라앉아 있는 네 마리 새로 신성성 확보)에 의해 그 원형적 신성성을 보존하고 있다.

이 고대적 씨름의 의미는 현대 스포츠의 의미와 전혀 다르다. 최일례는 이 씨름을 "죽은 자가 사후세계로 들어가는 통과의례"라고 보면서 씨름하는 두 역사(力士)와 심판을 보는 노인 사이에 있는 신비한 문양이 이 씨름의 초현실적 성격을 나타낸다고 설명한다.[14]

이 씨름은 죽은 자를 진혼하는 종교적 성격을 갖는 신성한 행위로, 그 신성성은 이 행위가 이루어지는 장소를 신성한 중심으로 만들어 주는 세계수의 상징성을 통해 확보된다.

엘리아데는 고대사회의 많은 의식이 그 의식이 벌어지는 장소를 '중심'으로 진행된다는 것을 증언한다. '지금 이곳'에서 벌어지고 있는 일은 세계의 중심에서 일어나는 신성한 사건의 재현이라는 것을 공표한다. 그 공표는 종종 세계수의 상징성을 통해 이루어진다. 세계수는 지하·지상·천상을 이어줌으로써 그것이 의미를 생성시키는 신성한 세계와 직접 관련을 맺고 있는 신성함의 축[15]으로 나타난다. 지금도 올림픽 경기 개막식은 그리스-기원에서 가져온 불을 세계수의 현대적 변형인 성화대에 붙임으로써 절정에 이른다. 그 기원의 신성한 의미는 이미 다 사라졌지만, 그럼에도 불구하고 올림픽 성화대는 그 옛날 세계수의 상징적 역할을 여전히 수행하고 있는 것이다. 성화대에 기원의 장소에서 옛날 옛적부터 타고 있는 성화를 붙임으로써 올림픽 스타디움은 어느 특정 국가의 특정 지역이 아니라 세계수-성화대로 상징되는 세계축이 서 있는 중심인 거룩한 장소의 의미를 확보한다.

각저총 씨름 그림에서도 이 나무는 그런 역할을 수행하고 있다. 이 씨름은 거룩한 시대의 행위를 반복하는 것이다. 옛날의 신성한

14) 최일례, 「고구려인의 관념에 보이는 단군신화 투영 맥락: 비류부의 정치적 위상을 중심으로」, 『한국사상과 문화』 55, 한국사상문화학회, 2010, 214쪽.
15) 미르치아 엘리아데, 이재실 옮김, 『종교사 개론』, 까치, 1994, 253~262쪽.

존재인 곰과 호랑이가 세계수 아래서 그 광경을 지켜보고 있다. 곰과 호랑이는 이미 기억의 한편으로 밀려나 단순히 동물로만, 그것도 조그맣게 그려져 있을 뿐이다. 그러나 그 작은 크기는 현실과 '다른' 꿈의 영역과 시대, 조지프 캠벨이 오스트레일리아 원주민들에게서 따온 멋진 용어 '알트제링가'(Altjeringa, 꿈의 시대)[16]의 차원을 증언하고 있다. 고대의 화가는 이 곰과 호랑이의 기억을 현실과는 다른 차원으로 표현해야 한다는 실존적·미적 강박을 느꼈을 것이다.

그 추억 안에서 호랑이는 실패한 자의 초조함, 곰은 성공한 자의 느긋함을 특색으로 그려진다. 이것은 단군신화의 곰과 호랑이에 대한 기억이 분명하다. 이것은 5세기 고구려인들이 웅녀를 생생하게 기억하고 있었다는 움직일 수 없는 증거가 아닐 수 없다.

장천 1호분 벽화로 옮겨가면 그 확실성은 더욱 뚜렷해진다. 집안시 통구군 고분군 장천묘구 1호묘의 벽화를 보자. 이 벽화는 편년 5세기 중반으로 추정된다.[17]

우선 그림의 배치를 눈여겨볼 필요가 있다. 굴속에 있는 곰은 왼쪽 아래에 배치되어 있다. 상징 전통에서 왼쪽은 거의 언제나 비현실, 꿈, 죽음, 영혼, 무의식, 비인간 등을 상징한다. 반면에 오른쪽은 현실, 이성, 삶, 의식, 인간 등을 상징한다. 곰이 굴속에서 환웅이 준

16) 조지프 캠벨, 이진구 옮김, 『신의 가면 I: 원시 신화』, 까치, 2003, 110쪽.
17) 조법종, 앞의 글, 159쪽.

장천 1호분 서쪽 전면 벽화 모사도. 고구려인들의 다양한 생활상을 엿볼 수 있다. 그림 왼쪽 나무 아래 굴속에 웅크린 곰을 묘사했다. 소장 및 제공: 한성백제박물관

쑥과 마늘을 먹으며 인간이 되기 위한 시련을 받아들였던 일은 화가에 의해 존재의 깊은 심층, 아득한 무의식 속, 꿈의 토포스(topos)에 배치된다. 반면에 사람이 되어 아기 낳기를 원하는 여인의 모습은 중앙 상단의 인간적·현실적 토포스에 배치되어 있다. 웅녀는 이미 사람이 되었으므로 화가는 기원하는 웅녀를 오른쪽 위에 묘사한 것이다.

곰이 웅크리고 있는 동굴 위의 큰 나무를 눈여겨보자. 이 나무 역시 세계수를 상징하고 있는 것으로 보인다. 곰의 사람되기라는 사건의 신성성은 세계수와 이어진 굴이 확보하고 있는 신성한 의미에 의해 분명해지고 있다.

장천 1호분 벽화 모사도(부분). 곰이 칩거하는 굴 맞은편에 화살을 맞은 호랑이가 보인다. 호랑이는 사냥감, 곰은 신성한 존재였음을 암시한다. 소장 및 제공: 한성백제박물관

이 벽화는 이른바 백희가무(百戱歌舞)를 표현한 것으로, 흔히 '백희기악도'(百戱伎樂圖)라 불리는데, 곰이 숨어 있는 동굴 앞부분을 확대해보면 더욱 흥미로운 사실을 확인할 수 있다. 역동적으로 그려진 이 사냥 장면에는 꿩과 사슴, 호랑이, 멧돼지 등이 나타나 있다. 흥미로운 것은 그림 하단, 곰이 칩거하고 있는 바로 맞은편에 등에 화살이 꽂힌 호랑이가 보인다는 사실이다. 이로써 호랑이가 사냥감이라는 것은 분명하다. 반면에 곰과의 상징적 대치관계를 고려한 듯 곰은 쫓기고 있는 호랑이 바로 맞은편 굴속에 배치되어 있다. 곰은 사냥감의 대상에서 완전히 제외되어 독립적인 신성한 공간에 자리 잡고 있다.

이 동굴 속의 곰은 이베리아 반도의 산악지대와 프랑스 남서부에서 발견되는 까마득한 옛날 구석기시대 동굴(약 3만 년 전)에 그려져 있는 곰들의 형상과 같은 종교적 의미가 있는 것으로 보인다. 고고학자들은 구석기시대의 동굴 그림에서 무수히 많은 곰 그림들을 찾아냈는데, 대체로 수렵의 풍요로운 결과물을 얻기 위한 제의에 활용된 도상으로 여겨지고 있다.[18] 고구려 고분 벽화의 곰도 사냥 장면을 주재하고 있는 사냥신의 면모를 드러내고 있다.

단군의 계보

환인의 서자 환웅

단군신화에 우리의 주제와 관련해 특히 흥미로운 신화소가 하나 있다. 그것은 "환웅이 환인의 서자"라고 하는 점이다. 적서차별은 조선시대 이후에 강화된 제도로서 그 전에는 그렇게 심한 차별은 없었다고 한다. 그럼에도 불구하고 '서자'가 최상의 상태가 아닌 것은 분명하다. 민족의 우월성을 드러내기 위해 시조를 천신의 자손으로 설정하는 것은 세계 전역의 보편적 현상으로 매우 자연스럽다. 그런데 왜 하필 '서자'일까? 단군의 역사적 기원을 당요(唐堯) 50년으로 못박을 만큼 중국에 대해 주체적 사관을 확립한 일연의 붓은 왜 환웅을 '적자'라고 쓰지 않았던 것일까? 이에 관해 이찬

---

18) 나카자와 신이치, 앞의 책, 75쪽.

구는 일연이 사대의식을 가지고 있었기 때문이라고 단언하지만,[19] 일연의 주체적 사관을 고려할 때 이는 부당한 공격이다.

이 신화소에 대해 많은 학자들은 '적자'는 맏아들을 의미하는 것이며, '서자'는 맏아들을 제외한 여러 아들 중 하나를 지칭하는 것이라고 해석한다. 그들은 동북아신화에서는 천신의 맏아들이 아니라 여러 아들 가운데 하나가 신의 하명을 받아 땅으로 강림하는 신화가 많이 분포하고 있다는 것을 논거로 든다. 예를 들어서 몽골신화의 구세주 '게실 복도'(Gesil Bogdo)는 천신 '에세게 말란'(Esege Malan)의 여러 아들 가운데 하나다.

이병윤은 정신분석학적 관점에서 '서자의식'을 오이디푸스 콤플렉스의 표현으로 본다. 오이디푸스 단계를 잘 통과하지 못한 개인은 종종 부모가 자신의 친부모가 아니라는 환상을 가지고 있고, 이 환상에는 자신이 '서자'라는 의식도 포함되어 있다고 한다. 즉 환웅이 환인의 '서자'라는 것은 환웅의 아버지에 대한 공격적 콤플렉스를 드러내는 용어라고 보는 것이다. 황패강은 환웅의 이화(理化) 작업에 초점을 맞추어 환웅을 프로메테우스 유형의 문화영웅으로 보면서 '서자'가 문화영웅 환웅의 반역아적 성격을 나타내는 것으로 해석한다.[20]

이 해석들은 나름대로 모두 의미를 가지고 있는 것처럼 보인다. 그러나 우리의 관심을 끄는 것은 김정학의 견해다. 김정학은 전혀

---

19) 이찬구, 앞의 글, 201쪽.
20) 황패강, 「단군신화의 한 연구」, 이기백 엮음, 앞의 책, 73쪽.

다른 관점에서 '서자'를 해석한다. 그는 '서자'라는 용어는 환인-환웅이 모계 계보라는 것을 나타낸다고 주장한다. 고려시대까지만 해도 서자는 어머니의 신분에 소속되고, 어머니의 성을 따랐다고 한다. 따라서 그는 환인이 남신이 아니라 여신이었을 것이라고 추정한다. 여신의 아들이라는 것이 서자로 표현되었으리라는 것이다. 그는 단군신화가 기록되어 있는 『삼국유사』나 『세종실록지리지』, 권람(權擥)의 『응제시주』(應製詩註) 등에서 환인의 아들 환웅이라고 표기하면서 혈연 개념을 도입하고 있지만, 환웅과 웅녀 사이에서 태어난 단군은 그대로 단군이라고 부른다는 점(권람의 『응제시주』에서는 주를 달아서 '환혹운단桓惑云檀이라고 지칭)을 지적한다. 환이 성이라면 단군이 아니라 환군이 되어야 한다. 김정학은 이러한 혼동의 이유를 부계사회의 신화 기술자들이 모계사회 혈연을 이해하지 못해서 생겨난 것이라고 단언한다. 그러면서 그는 많은 고대신화에서 천신(태양신)이 여신이었다는 점을 지적한다.[21]

여신으로서의 태양신 환인

우리는 김정학의 견해가 매우 설득력이 있다고 생각한다. 실제로 단군신화 안에는 모계사회 흔적이 뚜렷하게 나타나고 있는데, 학자들은 그 점에 동의하면서도 환인이 여신이었을 것이라는 김정학의 견해는 별로 진지하게 참조하지 않는 듯 보인다.

---

21) 김정학, 「단군신화와 토테미즘」, 『역사학보』 7, 역사학회, 1954, 273~298쪽.

천신 환인은 원래 여신이었을지도 모른다. 고대의 어떤 신화에서는 빛의 신이 여신으로 나타난다. 켈트어에서 태양이라는 단어는 여성명사였는데, 이는 현대 독일어에 그 흔적을 남기고 있다. 독일어에서는 지금도 태양이 여성명사. 이 빛의 여신이 후대까지 이어져 내려온 것이 바로 유명한「트리스탄과 이졸데」신화의 여주인공 이졸데 왕비다. 그녀는 낭만적인 사랑의 여주인공으로 알려져 있지만, 그 고대적 근원은 매우 오래된 것으로서 빛의 여신의 면모를 지니고 있다.[22]

켈트신화 원형은 대체로 청동기시대 무렵에 형성되어 각기 그리스, 유럽 중부, 유라시아, 스페인 북부, 아일랜드로 흘러들어간 것으로 추정되는데, 거석문화와 더불어 여신숭배 사상을 기본 바탕으로 가지고 있다. 그 가운데서 아일랜드는 섬이라는 지리적 특성으로 인해 청동기시대 여신숭배 사상을 매우 오랫동안 강고하게 지켜온 지역으로서 아일랜드를 중심으로 한 켈트신화에는 이러한 특성

---

22) 낭만적인 사랑 이야기의 원형으로 여겨지는「트리스탄과 이졸데」(10세기경 프랑스 브르타뉴 지방 중심으로 형성)는 사실은 그보다 훨씬 더 오래된 아일랜드의 사랑 이야기「디어무이드와 그레이네」(Diarmuid et Grainné)를 원본으로 하고 있다. 사랑의 도피에서 주도적 역할을 하는 여주인공 그레이네는 '태양'을 의미하는 게일어 그리안(grian)에서 온 이름이다.「트리스탄과 이졸데」의 원시판본에서 트리스탄은 이졸데를 28일간 만나지 못하면 죽음의 위기를 겪는 것으로 묘사되는데, 이는 트리스탄-달, 이졸데-태양의 상징성을 분명하게 보여준다. 켈트신화 연구가 장 마르칼은 이졸데의 눈부신 금발도 그녀의 태양신의 면모를 보여주는 것으로 해석한다. Jean Markale, *La Femme Celte*, Paris: Payot, 2001, p. 144; *Les Dames du Graal*, Paris: Pygmalion, 1999, p. 108 참조.

이 매우 흥미로운 방식으로 보존되어 있다.

일본신화에서도 천신은 여신으로 나타난다. 일본신화는 우리 신화와 비교해보면 매우 고대적인 상상력을 기반으로 하고 있는데, 이는 일본신화가 우리보다 5세기나 이른 8세기경에 문헌화되었다는 사실과 무관하지 않을 것 같고, 또한 발달된 고급 종교인 유교와 불교 유입이 우리보다 늦었다는 점과도 관련 있을 듯하다. 우리 신화 기술자들의 붓이 세련된 유불 이데올로기의 검열 때문에 모두 지워버린 것들을 일본신화는 보존하고 있는 것처럼 보인다. 어쩌면 우리가 일본에게 전해준 신화의 원형이 그 안에 보존되어 있는지도 모른다.

우리 신화의 일본 유입은 명백한 사실이다. 일본『고사기』에 나오는 수많은 신들의 원형은 분명히 한반도에서 유입된 것들이다. 특히 천신 계통의 신들은 한반도에서 넘어간 신들이 분명하다.[23] 일본의『고사기』에는 태양여신 아마테라스 오미카미(天照大神)에 관한 신화가 전한다. 이러한 특성은 우리 신화의 원형에서도 태양신이 여신이었다는 가정을 뒷받침하는 것은 아닐까?

최원오는 단군신화를 동북아신화와 비교하면서 태양신-천신이 우리 사회만큼 가부장화가 이루어지지 않은 동북아의 여러 민족 신화에서는 여신으로 설정되어 있다는 점을 지적한다. 그리고 이러한 특징은 샤머니즘이 잘 유지되어 있는 민족일수록 더욱 분명하다는 것을 밝힌다. 또한 천신-남신, 지신-여신으로 분화되어 있는 경

---

23) 김정학,「단군신화의 새로운 해석」, 이기백 엮음, 앞의 책, 99쪽 참조.

우에도 원래 태양신이 여신이었다는 흔적이 신화에 뚜렷하게 남아 있음을 지적한다. 그는 이러한 관찰을 통해 "처음에 해는 여성 인격신이었을 터인데 부계사회가 되면서 남성신으로 변모되었을 것"이며, "한민족 역시 해를 여성 인격신으로 인식하는 신화를 가지고 있었을 것"[24]이라는 결론을 내린다. 그리고 그는 「연오랑과 세오녀」 신화를 그 흔적으로 제시한다. 대부분의 연구는 '연오랑-해/세오녀-달'로 해석하고 있으나 연오랑이 일본으로 건너갔을 때에는 신라의 일월에 아무 영향도 없었으나, 세오녀가 건너가자 변화가 생긴 것을 보면 세오녀를 태양신으로 해석하는 것이 옳다고 본다. 그리고 세오녀가 비단을 짜서 신라 사신에게 주고, 그것에 제사를 지내니 일월이 회복되었다는 것은 세오녀가 태양신으로서의 직물신 역할을 나타내고 있다고 보았다. 직물신은 대개 여신으로서 태양신과 밀접한 관계에 놓여 있는데, 그 신화적 연결고리는 양잠과 상수(桑樹)에서 나타나는바 태양이 그 가지에 세 개 떠오른다고 하는 신화적 태양나무 부상(扶桑)은 바로 상수가 신격화된 것이라는 사실을 덧붙인다. 우리는 『삼국유사』「선도성모가 불사를 수희하다」(仙桃聖母隨喜佛事) 조에서 선도성모가 '붉은색' 관복을 짜서 남편에게 입혔다는 대목[25]도 태양여신의 한 증거로 덧붙일 수 있다고 본다.

최원오는 환인에게까지 태양신 여성신격을 적용하고 있지는 않

---

24) 최원오, 「한국신화에 나타난 여신의 위계 轉變과 윤리의 문제」, 『비교민속학』 24, 비교민속학회, 2003, 285쪽.

25) 『삼국유사』 권5, 감통, 「선도성모가 불사를 수희하다」, 330쪽.

지만, '서자'의 상징적 의미를 통해 볼 때 우리는 환인에게까지 이 논의를 적용할 수 있다고 본다. 즉 환인을 지극히 거룩한 태초의 태양여신으로서 남신의 존재 없이 자신의 존재의미를 확보하고 있는 자기 충족적 존재로 볼 수 있다고 생각한다는 것이다. 그녀는 자신의 계보라는 사실로 인해 절대적 신성성을 확보하고 있는 아들(환인의 아들 환웅)을 지상에 내려보낸 것이다.

'서자'의 신화적 의미: 켈트 여신들과의 비교

환인은 천신-태양신이 분명하다. 많은 학자들은 『삼국유사』를 기록한 승려 일연이 환인을 환인제석(桓因帝釋)[26]이라고 이해하고 있으나, 이는 일연의 개인적 신앙으로 인한 것일 뿐이며, 원래는 우리말의 '하늘', '하느님'의 음사(音寫)일 것이라고 주장한다. 단군교 계통의 학자들은 '한울' 또는 '한얼'[27]로 이해한다. 그러나 환인의 이름을 둘러싼 많은 해석들은 대체로 '환'이 '빛'의 속성을 나타낸다는 사실로 수렴된다. 이른바 '배달민족'의 '빛'을 숭배하는 '붉 사상'이 이 신의 이름에 반영되어 있다고 보는 것이다.

단군신화를 둘러싼 많은 흴 백(白) 자는 환인의 빛의 속성을 강화한다. 김정학은 "白자는 百, 伯자와 함께 알타이어의 '밝', '박', '백'의 한자표기"로서, "밝은, 붉은, 불 등의 어원이 되었으며" "白山은 우리 말 '밝달'을 한자로 표기한 것"이며 이것이 음운 변화를 통해

---

26) 인도의 천주(天主). 또는 동방 호법신인 사크라-데벤드라(Sakra-devendra)의 음역(音譯).

27) 신, 불, 천/신, 스승, 왕/조화, 교화, 치화의 주(主).

"배달"이 되었다고 말한다.[28) 환인은 밝은 산, 불의 산, 빛의 산에 머무는 '밝은 신', '광채의 신', '밝달검'[神]이다. 따라서 '빛의 신' 환인은 '하얀 신'이기도 할 것이다. 빛은 붉은색뿐만 아니라 흰색으로도 상상되기 때문이다. 밝달검의 후손인 배달민족 한민족이 백의를 즐겨 입은 것은 이러한 깊은 신화적인 원형 심상을 반영하고 있다고 여겨진다.

이 '환한 흰 여신'은 여신의 지위가 상대적으로 덜 몰락한 켈트 전승 도처에 출몰한다. 우리는 '흰 여신'(Déesse Blanche)의 모습으로 등장하는 수많은 여신들을 만나게 된다. 그녀들은 빛에 감싸여 당당하고 아름다운 모습을 보인다. 아폴론에게 그 지위를 빼앗겨 어두운 괴물의 지위로 몰락하기 전에 그녀들은 아름다운 빛의 여신들이었다. 켈트신화는 몰락하기 전의 빛의 여신 흔적을 간직하고 있다. 그 모습이 가장 최근까지 살아남은 형태가 이졸데 왕비와 아서왕의 아내 귀네비어 왕비다. '귀네비어'(현대어 제니퍼Jennifer)라는 이름의 원형은 웨일스어 구엔후이바르(Gwenhwyfar)인데, 이 이름은 원래 '흰 유령'(fantôme blanc) 또는 '흰 환영'(apparition blanche)이라는 뜻이다.[29) 즉 귀네비어는 아서왕의 아내이기 이전에 흰 여신이었던 것이다.

귀네비어 왕비의 흰 여신의 특성은 그녀와 불륜관계를 맺은 호수의 기사 랜슬롯에게서도 그 흔적이 보이는데, 랜슬롯은 귀네비어

---

28) 김정학, 앞의 글, 95~96쪽.
29) Jean Markale, 앞의 책, 1999, p. 49.

를 처음 만나는 날, 온통 하얀색으로 치장한 모습으로 등장한다. 흰 말, 흰 갑옷, 흰 방패, 흰 검. 이 눈부신 '흰' 기사와 '흰' 왕비 귀네비어는 처음 만나는 순간 운명적인 사랑에 빠져든다. 그러나 사실 귀네비어 왕비는 여신이었기 때문에 어느 인간 배우자에게 배타적으로 속할 수 없는 존재다. 이 오래된 여인, "흰 어머니"[30]는 결국 불륜을 저지르는 행위 안에서만 그 속성을 유지할 정도로 몰락해 있지만, 그렇게 해서라도 이 여신의 고대적 특성을 가부장 신화 안에 유지시킨 민중의 상상력은 끈질긴 데가 있다. 아서왕 이야기들 안에는 그웬('희다'는 뜻)이라는 이름을 가진 여성 주인공들이 유난히 많이 나타나는데,[31] 그녀들은 한결같이 불륜을 저지른다. 그 불륜의 성격을 현대적 의미로 이해하는 것은 옳지 않다. 그녀들의 불륜은 고대적인 흰 여신의 특성을 후대적 관점으로 바꾸어 표현한 것이기 때문이다. 수많은 흰 여자 '그웬'들은 몰락한 흰 여신들이다.

흰 여신은 가부장 사회 안에서 몰락해 괴물로 변한다. 신화에 나타나는 대부분의 괴물은 주도권을 박탈당한 고대의 신들이다. 그 괴물들이 아주 많은 경우 남성이 아니라 여성인 것은 그 때문에 주목할 만하다. 그리스 신화의 괴물은 거의 대부분 여성이다. 스핑크스, 하르퓌아, 스퀼라, 히드라, 세이레네스, 메두사 모두 여성이다.

---

30) 귀네비어의 나이는 랜슬롯의 어머니뻘이다. 이졸데도 트리스탄의 외숙모다. 귀네비어-이졸데와 랜슬롯-트리스탄의 짝은 신화적으로 어머니 여신-아들/연인의 짝이다. 성모 마리아와 예수의 짝도 이 고대적인 원형의 반복이다.

31) 장 마르칼, 김정란 옮김, 『아발론 연대기』(1~8권), 북스피어, 2003 참조.

5월제의 귀네비어 왕비와 랜슬롯 경(존 콜리어, 1900). 백마를 타고 흰 꽃나무를 양손에 들고 있는 귀네비어 왕비는 '흰 여신'으로서의 모습을 드러내고 있다.

우리 민담 안에서도 흰 여신은 비참한 형태로 살아남아 있다. 그녀는 흰옷을 입고 머리를 산발한 채 어둠 속을 헤매고 다닌다. 소복한 처녀 귀신들은 거의 반드시 새로 부임하는 사또나 과거를 보기 위해 길을 떠나는 젊고 아름다운 남성들을 해코지한다. 마치 원래 그녀의 것이었던 지고한 아름다움을 질투하듯이 아름다움의 절정에 있는 젊은 남자들이 그녀의 복수의 잔인한 대상이 되는 것이다. 그녀들은 빛의 남신들에게 빼앗긴 환한 아름다움을 질투한다. 빛의 소나기를 받고 잉태된 페르세우스는 메두사의 목을 벤다. 메두사는 원래 고대의 아름다운 여신이었다.

흰빛은 그렇게 가장 깊은 어둠을 배경으로 해서만 음산하게 빛나는 빛으로 몰락했다. 지워진 어머니는 그렇게 '처녀 귀신', 즉 남성과의 결혼으로 자신의 가치를 세계 안에서 보장받지 못해 흐느끼는 비참하고 열등한 존재의 처지로 전락했다. 그녀는 죽어서도 흰옷을 입고 어둠을 배경으로 머리를 풀고 배회한다. 인간이 근원에 대해 느끼는 심리적 공포감을 그 어두운 머리카락에 가득 담은 채.

이러한 사유의 길을 찬찬히 따라가다보면 환인이 남신이 아니라 여신이었을지도 모른다는 가정에 이르게 된다. 환웅은 그녀의 아들, 즉 '서자', '아비 없는 자식', '어머니의 자식'이 된다. 우리는 세계 도처의 수많은 영웅들에게 '아비 없는 자식'이라는 이름표가 붙은 것을 알고 있다. 주몽도, 훗날 백제 무왕이 된 서동도, 켈트의 드루이드 마법사 멀린도, 그리고 예수도 아비 없는 자식이었다. '아비 없는 자식'의 후대 판본은 '과부의 아들'인데, 그 대표적인 존재

는 아서왕 이야기의 뛰어난 기사 페르스발(Perceval, 영어명 퍼시벌)
이다. 서구 석수(石手) 비밀결사인 프리메이슨 단원들은 자신들을
"과부의 아들"이라고 불렀다.[32] 『성서』는 이 신화적 주제를 "여자
의 후손"이라는 멋진 표현으로 되풀이한다. "여자의 후손은 네(뱀)
머리를 상하게 할 것이요 너(뱀)는 여자의 후손의 발꿈치를 상하게
할 것이니라 하시고."[33] 아비 없이 신의 성령으로 태어난 자가 땅
에 묶인 바 된 운명(뱀)의 상처(죄악)를 딛고 그것을 극복하리라. 아
비 없이 태어난 여자의 후손이 뱀의 수평성, 땅에 대한 속박의 질곡
을 부수리라. 여신의 근원적 자유로움이 아들의 희생(뱀의 깨물음)
을 통해 인류를 죽음에서 해방하리라. 즉 '아비 없는 자식'이라는
신화소는 상징적으로 '여자의 아들'이라는 의미에서 '서자'의 상징성과
같은 의미를 지니는데, 그것은 영웅의 혈통이 세속적 혈통이 아니라 초월
적인, 신적인 혈통이라는 것을 나타내는 신화소인 것이다. 그리스 신화
에서 많은 영웅들은 분명히 인간인 아버지가 있는 경우에도 이중의
아버지(세속적인 아버지와 신화적인 아버지)가 있다.[34]

---

32) *Dictionnaire des Symboles*, T. IV, 'veuve', Paris: Seghers, 1974, pp.
    382~383.
33) 『구약성서』, 「창세기」 3:15.
34) 폴 디엘, 안용철 옮김, 『그리스 신화의 상징성』, 현대미학사, 1994, 84쪽.

곰과 여성성

단군신화의 모계사회 흔적들

곰어머니가 지워진 첫 번째 이유는 모계사회의 몰락일 것이다. 이것은 많은 학자들이 동의하고 있는 관점이다. 단군신화에는 두 가지 모계사회의 흔적이 나타나는데, 그 첫 번째 흔적은 대우혼(對偶婚)[35]제도다.

최남선은 환웅과 웅녀의 결혼이 원시사회가 군혼(群婚)을 벗어나 외족혼을 하기 시작한 증거라고 보며,[36] 이병도는 곰과 호랑이를 각기 여성과 남성의 상징으로 보고, 곰과 호랑이의 동혈(同穴) 동거를 결혼 상태로 해석한다. 그런데 다시 환웅과 결혼한 것은 모계사회의 흔적인 대우혼을 나타낸다는 것이다. 그에 따르면 주몽신화에서 해모수와 이미 결혼한 유화가 금와와 다시 결혼하는 것도 대우혼의 흔적이다.

'대우혼'이란 모계 원시사회의 결혼제도로, 원시사회의 군혼과 가부장사회의 일부다처제 중간 형태이다. 각각 씨족의 형제자매는 다른 씨족의 형제자매와 짝을 짓는데, 남녀는 본 배우자를 두고 다른 배우자를 여럿 가질 수 있었다. 쉽게 이혼할 수 있었으며, 자녀들은 어머니에게 속했다(다른 방식으로 '서자'의 의미 확인).[37]

또 다른 흔적은 '모처제'(母處制)라고 하는 한국 고대사회 특유

---

35) 이병도, 앞의 글, 58쪽.
36) 최남선, 앞의 글, 16쪽.
37) 네이버지식백과, 「대우혼」 항목 참조.

의 혼인제도다. 한영화는 북방 건국신화(고조선, 고구려, 유리, 비류 온조)에 이 제도가 반영된 것을 읽어낸다.[38] 이 연구자들에 따르면 한국 고대사회의 결혼제도는 모가장제에서 비롯한 모처제의 특징을 보이는데, 고구려의 서옥제[39](『삼국지』 권30, 위서 30, 「오환선비동이전」 30, 고구려)도 모처제의 흔적이라고 한다. 결혼 후 어디서 생활하는가가 혼인 주거 규칙인데, 모계사회에서는 결혼 후에도 여자는 계속해서 모계집단에서 거주하며, 남편도 처가에서 함께 지낸다. 이들 연구자들은 주몽신화에서 주몽이 어머니와 함께 생활하다가 다른 곳으로 이주하는 것, 유리가 어머니와 함께 살다가 이주하는 것 등을 모처제의 표현으로 보고 있다. 이러한 특성은 백제 시조인 비류와 온조 이야기에서도 나타난다.

단군신화에서는 이 모처제의 특징이 주몽신화 등에서처럼 선명하게 나타나지는 않지만, 환웅과의 결혼에서 웅녀가 주체적인 결정권을 행사하는 것을 보면[40] 성적 결정권을 여성이 행사했던 모계

---

38) 한영화, 「고구려 지모신앙과 모처제」, 『사학연구』 58~59, 한국사학회, 1999.

39) 서옥제(壻屋制): 결혼 후 여자의 집 본채 뒤에 지은 작은 별채로, 결혼 후 사위가 그곳에 머물다가 아이가 크면 그제서야 남자의 본가로 간다. 정인혁, 앞의 글, 220쪽.

40) 조현설은 웅녀가 '결혼해달라고' 애걸한 것으로 보아 웅녀가 자기 소외를 스스로 만들어냈다고 본다. 그러나 그것은 현대적 관점으로 분석한 결과로 보인다. 오히려 근접이 허용되지 않는 '솟대'라고 하는 지극히 거룩한 공간(신단수가 서 있는 곳)으로 용감하게 들어가 자신의 신성한 짝을 스스로 찾아냈다는 점에서 웅녀의 주체성에 방점을 찍는 강영경의 관점이 더 타당해 보인다. 조현설, 「웅녀·유화 신화의 행방과 사회적 차별의 세계」,

사회의 흔적은 분명해 보인다.

곰이 우리 문화에서 깡그리 지워진 것은 모계사회의 몰락과 분명히 연관이 있을 것이다. 그런데 이 지워짐은 인류학적 사실과 언어학적 사실을 참고해보면 거꾸로 곰이 지극히 높은 존재로 섬김 받았던 현상을 나타낸다는 것을 알 수 있다. 곰은 지극히 신성하게 여겨졌기 때문에 그만큼 철저하게 숨겨지고 지워졌던 것이다.

곰, 신성함의 대명사

나카자와 신이치는 곰이 최초의 신이었을 것이라고 추정한다. 그는 20세기 초에 알프스의 드라헨로흐(Drachenloch, '용의 이빨') 동굴에서 발견된 네안데르탈인의 인공적 조작이 가해진 곰뼈를 인류 최초의 신의 이미지로 제시한다.[41] 리스-뷔름 간빙기(12만~7만 년 전)의 것으로 여겨지는 이 곰뼈가 네안데르탈인의 종교적 심성을 증거하는가 그렇지 않은가를 두고 아직도 논란이 많지만[42] 다수의 학자들은 곰에 대한 인간의 숭배가 까마득한 고대로 거슬러 올라가는 것을 인정하고 있다. "드라헨로흐 발굴을 주도했던 고고학자 에밀 베흘러(Emil Bächler)는 대퇴골을 삽입한 곰의 두개골과 같은 것이 지금도 홋카이도 아이누족 이오만테 의례(곰의 넋을 보

『구비문학연구』 9, 한국구비문학회, 1999; 강영경, 「단군신화에 나타난 웅녀의 역할」, 『여성과 역사』 16, 한국여성사학회, 2012 참조.

41) 나카자와 신이치, 앞의 책, 73쪽.

42) 이 문제를 둘러싸고 서구 고고학계는 거의 전쟁을 벌일 정도로 극명하게 대립하고 있다고 한다. Marie-Laure Le Foulon, 앞의 책, 68쪽 참조.

내는 의식)에 등장한다는 점을 근거로 네안데르탈인의 마음에 이미 종교적 사고가 형성되어 있었다고 주장했다. 네안데르탈인의 마음에 탄생한 신은 곰의 모습을 하고 있었다."[43]

프랑스의 도르도뉴 레구르두(Régourdou) 동굴(5만 년 전)에서 알려진 것 가운데서 가장 오래된 유해가 발굴되었는데, 우선 곰의 유해들이 있고 그 위에 사람의 유해들이 있었다. 프랑스의 고고학자 이베트 들루아종(Yvette Deloison)은 "이 무덤의 상태로 보아 사람들은 인간 영혼보다 곰 영혼의 존속을 먼저 믿었다"라고 주장한다.[44] 인류가 최초로 조각한 조각상도 곰의 상이었다(피레네의 몽테스팡 Montespan 동굴 출토, 2만~1만 5000년 전).[45]

곰은 북반구 문화에서 너무나 신성하게 여겨졌기 때문에 곰의 이름을 직접 부르는 것은 엄격하게 금지되어 있었다. 곰 숭배가 특히 발달해 있었던 라플란드족의 나라 핀란드[46]에는 곰을 나타내는 완곡어법이 발달되어 있어, 곰을 부르는 이름이 200가지가 넘는다고 한다.[47] 핀란드 구어로 곰을 의미하는 카르후(karhu)조차 완곡어법으로 '빽빽한 모피'(fourrure dure)라는 뜻이라고 한다. 고대 핀란드인들은 곰을 '꿀발', '숲의 왕', '나의 미남', '나의 아름다운 모피',

---

43) 나카자와 신이치, 앞의 책, 73쪽.

44) Marie-Laure Le Foulon, 앞의 책, 67쪽에서 재인용.

45) 같은 책, 77쪽.

46) 핀란드의 기원은 노르웨이나 스웨덴과 다르다. 이들의 기원은 아시아로서, 언어 자체가 다르다. 핀란드어는 우랄어에서 유래한 것으로 아시아 기원을 가지고 있다. 종족적으로도 이들은 다른 북구인들과 구별된다.

47) Marie-Laure Le Foulon, 앞의 책, 140쪽.

'나의 애인' 등으로 불렀다. 핀란드의 아름다운 민족 서사시 『칼레발라』에서도 곰은 오트소(Otso, '넓은 이마')라고 불린다.[48]

신성한 존재인 곰의 이름을 함부로 부르지 않는 기휘(忌諱) 관습은 우리나라에도 있었다. 한국 북쪽 지방에서는 곰을 곰이라고 부르지 않고 '너패이', '너패' 등으로 불렀다고 하는데, 이는 곰을 의미하는 퉁구스족의 '레푸' 또는 '러푸'의 음운이 변화한 경우가 분명하다고 한다.[49]

우리의 고대사회에서도 곰이 지극히 신성한 존재로 여겨졌다는 사실은 언어학적 증거로 남아 있다. 우리의 고대에 신령한 모든 것은 '곰'이라고 불렸다.[50] '곰/검'은 신성함의 대명사로 여겨졌다. 우월한 표지를 가진 모든 것은 '곰/검'의 흔적을 가지고 있다. 임금의 '금'에도 '곰'의 큰 발자국이 찍혀 있으며, 고대 일본은 당시의 선진국이었던 고구려를 '고마국'이라고 불렀다. 아이누족은 곰과 신을 동시에 '카무이'(kamui)라고 부르며, 신을 의미하는 일본어의 '카미'(kami)도 우리말의 '곰'과 같은 어원을 가지고 있다.

곰의 기표가 신성함의 기의를 가지고 있다는 증거는 조선시대 서

---

48) 엘리아스 뢴로트 엮음, 서미석 옮김, 『칼레발라』, 물레, 2011, 611~627쪽.

49) 강헌규, 「곰, 고마나루, 곰굴, 곰나루 전설 그리고 공주: 어학적, 설화적 고찰을 중심으로」, 『한국의 민속과 문화』 10, 경희대학교 민속학연구소, 2005, 148쪽.

50) '왕검'의 '검'은 '곰'과 같은 어원. 왕검(王儉)은 임검(任儉)의 오기로 보는 견해가 많다. 잇검 또는 닛검. '니' 계열은 빛, 열 등과 통하며, '주'(主), '앞'의 의미를 가지고 있다. 예) 이마. 왕검은 신성한 존재라는 뜻으로 풀이되나, 대체로 단군이 종교적 의미의 수장이라면, 왕검은 정치적 의미의 수장으로 이해된다.

적에서도 보인다. 『신증유합』(新增類合)에는 "고마는 경건하게 예배할 대상"이라고 말하면서 "고마 敬, 고마 虔, 고마 欽"이라고 해설하고 있으며, 정호완에 따르면 현대어 '고맙다'에는 곰＝신과 관련된 흔적이 남아 있다. 『석보상절』에 따르면 '고ᄆᆞ하다'는 '높이다, 공경하다'라는 뜻이며, 『소학언해』에 따르면 '존귀하다'라는 뜻이다.[51]

곰과 여성 섹슈얼리티

곰이 서구 기독교 문화 안에서 철저히 억압의 대상이 되었던 이유는 이처럼 곰이 까마득한 옛날부터 지극히 신성한 존재로 여겨졌기 때문이다. 교회는 이 동물의 신성성을 없애기 위해서 오랜 기간에 걸쳐 상징전쟁을 벌여야 했다. 곰은 큰 덩치와 무서운 힘 그리고 영리함 때문에 신성한 존재로 여겨졌지만, 그보다 더 중요한 이유는 이 동물이 사람처럼 서서 걷는다는 사실이었다. 시대를 거쳐 곰의 특별한 성질로 끊임없이 환기되어왔던 이 인간과의 공통점은 현대의 이누이트에게도 똑같이 인식되고 있다. 20세기 후반을 살았던 이누이트 아녹은 "곰은 사람처럼 서 있고 (…) 가죽을 벗겨놓고 보면 사람과 비슷하게 생겼다"[52]라고 말한다. 또한 곰은 인간처럼 손을 사용할 줄 안다. 또 한 가지 특기할 점은 척행(脊行)동물이라는 인간과의 공통점에서 파생된 것으로, 곰이 인간과 똑같이 배를

---

51) 정호완, 『우리말로 본 단군신화』, 명문당, 1994, 9쪽.
52) Daniel Pouget, *L'Esprit de l'Ours*, Bénaix: Présence Image et Son, 2004, 207쪽.

맞대고 짝짓기를 한다는 미신이 오랫동안 곰을 따라다녔다는 것이다. 서구사회에서 이 낭설은 1세기에 플리니우스가 『자연사』 8권에서 제기한 이후 17세기에 들어와 자연과학에 의해 깨질 때까지 오랫동안 확고한 사실로 받아들여졌다. 이 미신은 곰이 성적 능력이 유난히 발달하고, 성적 욕망이 강한 것으로 여겨지게 만들어 곰을 온갖 종교적 저주 대상이 되게 만들었다.[53]

우리 문화 안에서도 비슷한 상징적 과정을 거쳤을 것으로 추정된다. 호랑이가 아니라 곰이 인간이 되는 데 성공했던 것은 곰과 사람의 형태적 유사성과 손을 사용한다는 점이 틀림없이 작용했을 것이며, 곰의 유별난 성적 능력에 대한 환상은 인간을 납치해다가 성관계를 맺는 구비설화에서 분명한 흔적을 보인다. 몇몇 설화에서는 곰의 음탕함이 아주 노골적인 방식으로 표현되어 있기도 하다.[54]

그런데 곰은 형편없는 지위로 몰락하기 전에 여신의 존재 안에서 마지막 종교적 신성성을 유지했던 것으로 보인다. 이름 자체가 '곰'(artos)에서 온 켈트의 신화적인 아서왕이나 게르만 무사계급, 특히 스칸디나비아 반도의 곰 가죽을 뒤집어쓴 무서운 무사들 베르세르키르 등에게서 곰은 분명한 위엄을 유지하고 있지만,[55] 이 위

---

53) 미셸 파스투로, 앞의 책, 147~198쪽 참조.

54) 이시영, 「곰 화소의 전개 양상과 현대적 변용」, 동아대학교 교육대학원 석사학위 논문, 2003 참조. "곰이 사람을 눌러 눕혔는데 사람이 보니 여자의 음부 같은 것이 있어, 긁어주니 기뻐했다. 곰이 사람을 껴안고 놓아주지 않았다. 그래서 사람이 곰과 정사를 하니 곰이 더 좋아했다"(인제 지방 유목인 전설).

55) 미셸 파스투로, 앞의 책, 64~68쪽.

엄은 이미 종교적이라기보다는 정치적이며 군사적인 것이다. 고대적인 의미의 곰의 종교적 신성성이 유지되어 있는 거의 마지막 세대는 켈트의 암곰 여신들인데, 이들은 모두 그리스 신화의 아르테미스 여신의 직계 후손들이다. 아르테미스의 켈트 이름은 아르티오(Artio)다. '곰의 도시'라는 뜻을 가지고 있는 스위스 베른에는 데아에 아르티오니(Deae Artioni, '아르티오 여신에게')라는 기록이 있는 여성상이 있다. 프랑스 아르덴에서 곰여신은 아르두이나라고 불리는데, 아르두이나 산맥은 여신의 이름을 딴 것이다. 다른 곳에서는 안다르타(Andarta, '강력한 암곰'), 아르토이스(Artois), 아르데헤(Ardehe), 아르테(Arthe) 등으로 불린다.[56]

미셸 파스투로에게 "그리스 신화는 선사시대의 곰과 역사시대의 곰 사이에 존재하는 (유일한) 연결고리"[57]다. 위대한 사냥의 여신이었던 아르테미스는 선사시대 곰 숭배의 기억을 보존하고 있는 여신으로, 단순히 야생동물의 여신은 아니었으며, 무엇보다 곰의 여신이었고, 때로 그녀 자신이 곰의 모습으로 변신했다. 아르테미스라는 이름 자체가 "곰을 지칭하는 단어들이 뿌리를 두고 있는 'art-', 'arct-', 'ars-', 'ors-', 'urs-' 등의 인도유럽어에 뿌리를 두고 있다."[58]

아르테미스 여신과 곰의 관계를 가장 잘 드러내주는 것은 그리스의 에게해 연안 마을 브라우로니아에서 벌어졌던 '작은 암곰들의

---

56) Marie-Laure Le Foulon, 앞의 책, 114쪽.
57) 미셸 파스투로, 앞의 책, 44쪽.
58) 같은 책, 47쪽.

춤' 제의인데, 우리의 주제와 관련해 흥미로운 시사점을 던져준다.

신화가 이야기하는 바에 따르면, 브라우로니아 주민들은 여신의 소유인 신성한 암곰 한 마리를 죽였다. 분노한 아르테미스는 전염병을 일으켰고, 신탁을 통해 주민들에게 요구했다: 아티카의 주민들은 그녀에게 결혼 적령기의 처녀를 바쳐야 한다. 그리고 "처녀는 여신의 영광을 위해 '암곰이 되지'(fait l'ourse) 않고는 남자와 같은 지붕 아래서 살 수 없다."[59]

아르크토이(Arktoi, '암곰들')라고 불리는 귀족 가문에서 선발된 5~10세가량의 소녀들은 아르테미스 신전에 가서 아르크테이아(arktéia)라고 불리는 통과의례를 치러야 했다. 아르크테이아('암곰이 되다'arkteuein에서 온 말)는 '길들이다'라는 뜻이었던 것 같다고 한다.[60] 성소의 가장 큰 건물은 스토아 데스 아르크토이(Stoa des Arktoi, '암곰들의 방')라고 불렸다. 이 제전은 일종의 성적 이니시에이션이었던 것으로 추정되고 있다. 엘레우시스 제전이나 판아테나이 제전 같은 중요한 축제 기간에도 소녀들이 신성한 암곰의 춤을 추었다.

암곰 가면과 수곰 가면을 쓴 어른들이 달리기하는 소녀들을 감시하는 그림이 그려진 단지들도 있는데, 이 "곰은 상징적인 성적 입문자

59) Marie-Laure Le Foulon, 앞의 책, 102쪽.
60) Pierre Elinger, *Artémis, Déesse de Tous les Dangers*, Paris: Larousse, 2009, p. 62.

로, 소녀들을 장악하고 그녀들이 암곰이 되게 한 후에 여자가 되도록 준비"
시킨다. 이때 소녀들은 "크로코스(krokos)라고 불리는 옷을 입었다가
벗고 알몸을 드러내는데, 이 옷의 사프란 색깔은 암곰의 털빛깔을 환기"시
킨다. 그런데 "여성들이 남편의 욕망을 자극하기 위해서 입었던 매혹적인
작은 옷도 크로코스라고 불렀다"[61]고 한다. 아리스토파네스의 『리시
스트라타』(*Lysistrata*)의 여주인공은 "열 살 때 브라우로니아 암곰제
의에서 입었던 크로코스에 대해 말한다."[62]

이 브라우로니아 제전을 통해 우리가 분명히 알 수 있는 것은 선
사시대 곰의 신성성이 역사시대 초기에 암곰의 이미지를 통해 여성적 섹슈
얼리티의 형태로 가장 분명하게 유지되었다는 사실이다. 이 특성은 훗
날 암곰이 저주받는 가장 큰 이유가 된다. 파스투로는 기독교 문화
가 곰을 악마화한 것은 무엇보다도 "곰의 육체적 갈망" 때문이었는
데, 주로 "암곰이 표적이 되었다"고 명기한다.[63] "곰과 관련된 악행
들은 주로 암곰과 관련이 있었다."[64]

우리 선조가 자신을 곰의 자손이라고 생각했던 것도 곰이 가지고
있었던 고대적 신성성과 분명히 연관이 있다. 그런 곰이 이상할 정
도로 거의 완전히 사라진 것은 서구문화에서 곰이 지워진 것과 같
은 이유도 있는데다가 브라우로니아 제전에서 암시되는 암곰의 섹

---

61) Marie-Laure Le Foulon, 앞의 책, 102쪽.
62) 같은 책, 64쪽.
63) 미셸 파스투로, 앞의 책, 97쪽.
64) 같은 책, 99쪽.

슈얼리티에 대한 우리 문화 특유의 가부장적 거부감이 강하게 작용한 것처럼 보인다. 우리 문화 안에서 곰은 여성적 섹슈얼리티의 강력한 상징이었기 때문에 철저하게 지워진 것이라는 추정이 가능하다. 실제로 한반도에 전해져 내려오는 곰 관련 전설의 주인공들은 거의 모두 암곰이다.

호랑이가 양(陽)의 상징이라면, 곰은 음(陰)의 상징이다. 우리는 곰이 어두운 계절을, 호랑이가 밝은 계절을 상징함으로써 결국 한 명의 여성적 존재의 두 가지 양상(자연의 순환)을 표현한 것이라고 생각하지만, 어쨌든 두 상징 중에서 곰의 상징이 여성적 존재의 상징으로 훨씬 더 강한 인상을 남겼던 것 같다. 이후의 신화와 민담에서 호랑이는 지워진 곰의 자리에 여전히 여성의 모습으로 등장한다. 호랑이는 고려시대까지만 해도 여산신으로 나타난다. 『삼국유사』에도 호랑이 여산신이 등장하고, 『고려사』에는 태조 왕건의 선조인 호경(虎景)이 여산신인 호랑이와 결혼했다는 기록이 있다. 곰이 사라진 이유는 가부장제 안에서 어머니와 어머니-여성의 섹슈얼리티가 체계적으로 지워진 사실과 무관하지 않은 것으로 보인다.

언어학자 정호완의 주장은 이러한 우리의 가설을 뒷받침해준다. 그는 '곰'을 '어머니'의 어원으로 본다. 그는 우리말은 개음절(開音節) 체계에서 폐음절(閉音節) 체계로 옮겨왔기 때문에 '곰'의 고형은 '고마'였을 것이라고 추정하면서 유명한 알타이어학자 람스테트(Gustaf John Ramstedt, 1873~1950)의 연구를 빌려 알타이어에서는 ㄱ→ㅎ→ㅇ 순으로 ㄱ음이 탈락하는 현상이 동시에 발견된다는 점을 지적한다. 그는 곰(곰팡이)→홈(파다, 호미)→옴(오막하

110

다) 등을 그 예로 들고 있다. 따라서 ㄱ탈락 현상을 한국어에도 적용할 수 있으며, 아직도 방언에서 어머니를 '옴마', '오마' 등 두 음절로 부르는 것으로 미루어보건대 '고마'가 '어머니'의 어원일 수 있다는 것이다.[65]

신성한 어머니 곰은 그 신성성과 여성성으로 인해 가부장제 문화 안에서 철저하게 지워졌을 것이다. 그녀가 신성함을 드러내는 강한 상징적 힘을 지니고 있었기 때문에 더욱더 철저하게 지워진 것처럼 보인다. 한국 문화는 환인의 성을 바꾸어 그녀를 신화에서 추방해버리면서 곰어머니 웅녀도 함께 추방해버렸던 것은 아닐까? 그러나 곰어머니는 슬프고 희미하게 돌아온다.

곰의 귀환

곰어머니의 비극적 귀환

『삼국유사』에는 곰의 귀환이 세 차례에 걸쳐 이야기된다. 그런데 그녀가 돌아오는 모습은 매우 비극적이다. 『삼국유사』에서는 호랑이도 몇 차례 언급되는데, 호랑이가 상당히 긍정적인 역할(불교 홍포弘布를 돕는다든가, 인간 남성을 사랑해서 그에게 복을 준다든가)을 하는 데 반해, 곰은 기이 편의 「가락국기」 조를 제외하면 매우 부정적인 모습을 보인다.

---

65) 정호완, 앞의 책, 115~120쪽.

혜통은 속인이었을 때 수달 한 마리를 잡아 죽여 뼈를 버렸는데, 이튿날 새벽 뼈가 없어져서 핏자국을 따라가보니 뼈가 예전에 살던 구멍으로 돌아가 새끼 다섯 마리를 안고 있었다. 그것을 보고 놀라서 중이 되기로 결심. 나중에 당나라로 유학 가서 무외삼장(無畏三藏)에게 인정을 받아 당나라 공주의 병을 고치게 되었는데, 흰 콩을 병정으로 만들어 병마를 쫓았으나 실패. 다시 검은 콩을 병정으로 만들어 두 빛깔의 병정이 쫓게 하자 독룡이 달아나 병을 고침. 독룡은 혜통을 원망해 신라로 가서 인명을 크게 해침. 그때 정공이 사신으로 당나라에 갔다가 혜통에게 독룡을 없애달라고 부탁. 혜통은 정공과 함께 귀국해 용을 쫓아버림. 용은 이번에는 정공을 원망, 버드나무로 태어나 정공의 문 밖에 자라났다. 정공은 그것을 모르고 나무를 매우 사랑했다. 신문왕이 세상을 떠났을 때, 장례길을 닦는데 버드나무가 가로막고 있어 관리가 베려고 하자, 정공이 "차라리 내 머리를 베면 베지, 이 나무는 베지 말라"고 하여, 효소왕이 진노해 정공의 머리를 벰. 왕은 정공이 혜통과 가까운 사이인 것을 두려워해 혜통을 없애려고 병사들을 보냈으나, 혜통이 신통력으로 물리침. 왕의 딸에게 갑자기 병이 나서 왕이 혜통을 불러 치료하게 하니 병이 나았다. 왕이 크게 기뻐해 혜통을 국사(國師)로 삼았다. 용은 정공에게 원수를 갚자 기장산(機長山)에 가서 웅신(熊神)이 되어 해독을 심하게 끼침. 혜통이 산중으로 가서 용을 달래어 불살계를 가르쳤더니 그제야 해가 그침.[66]

---

66) 『삼국유사』 권5, 신주, 「혜통이 용을 항복시키다」(惠通降龍), 312~317쪽.

고대 초기까지도 곰은 신성한 성격을 유지하고 있었던 것으로 보인다. 「가락국기」에서 건국주 수로왕의 아내 허황후는 큰 곰의 꿈을 꾸고 아들을 잉태한다. 그러나 신라 중대의 혜통과 김대성에 이르면 곰은 거룩한 시조모의 모습을 완전히 잃어버리고 무섭고 흉한 귀신으로 몰락해 있다.

혜통의 이야기는 이 몰락의 성격을 짐작할 수 있게 해준다. 혜통의 생애는 처음부터 여성성과 관련을 맺고 있다. 그는 자기가 죽인 암수달이 뼈만 남은 상태로 새끼들을 껴안고 있는 지극한 모성의 현장을 목격하고 충격을 받아 속세를 떠난다. 그의 구도행위 자체가 신성한 여성성과 연관되어 있는 것이다. 이후에도 혜통의 생애는 계속 여성성과 연관된다. 혜통은 당나라 공주와 신라 공주의 병을 고치는데, 당나라 공주를 고치는 방법이 매우 흥미롭다. 그는 콩[67]을 주문으로 병사로 만들어 병귀신을 물리치는데, 남성적인 양의 원칙 하나〔白〕만으로는 성공하지 못하고 여성적인 음의 원칙〔黑〕의 도움을 받아 물리친다. 혜통에게 쫓겨난 병귀신 독룡이 여성이라고 명시되어 있지는 않지만, 이후에 나타나는 양상을 보면 여성이 분명해 보인다.

---

67) 나카자와 신이치, 앞의 책, 2014, 76~83쪽. 신이치에 따르면 '콩'은 전형적으로 이승과 저승 두 곳에 속하는 사물이다. 우리나라에서도 콩은 비슷한 역할을 하는 것으로 보인다. 신성한 세계(왕자의 세계: 신성성의 세속적 표현)와 세속적 세계(콩쥐의 천한 신분)에 동시에 속하는 '콩쥐'의 이름은 이 상징성을 잘 드러내는 경우다. 그녀가 신발 한 짝을 잃어버렸다는 것도 그녀가 두 세계에 동시에 속한 존재라는 것을 보여주고 있다. 제1부 제2장 「신발 한 짝의 신화학」 참조.

독룡은 신라까지 쫓아와서 원수를 갚는데, 정공의 밀고로 혜통이 개입해서 방해하자, 이번에는 정공에게 원한을 품고 정공 집 앞의 버드나무로 변신한다. 이 버드나무가 동북아 지역에 널리 퍼져 있는 여신의 원형과 연관이 있는 것은 분명하다. 만주의 창조주인 아부카허허, 시조모인 불고륜 등은 모두 버드나무 여신이며, 우리나라 주몽신화의 유화부인도 버드나무 여신이다. 백제나 신라에서 버드나무 숭배 흔적이 나타나기도 한다.[68] 이 버드나무는 혜통 설화에서 '왕'의 상징적 대척점에 놓인다. 즉 독룡은 그 권위를 빼앗긴 채(병든 여성성: 당나라 공주와 신라 공주: 여성성과 원초적 관계를 맺고 있는 혜통만이 그 병을 고칠 수 있다) 남성 왕이 지배하는 세계에 복수자의 형태로 나타난 몰락한 위대한 여신이라고 볼 수 있는 것이다. 그 후 양상을 보면 이 가정은 더욱 분명해 보인다.

정공에게 원수를 갚은 독룡은 이야기의 마지막 국면에서 그 궁극적 형태를 드러낸다. 이 용은 원래 곰이었던 것이다. 역시 이 곰이 여신으로 특정되어 있지는 않지만, 버드나무와의 연계로 볼 때, 여신으로 볼 수 있다. 고대의 위대한 어머니였던 곰은 이제 세계에 설 자리가 없다. 그녀는 쫓겨나 악신의 형태로 세계의 가장자리에 머문다. 그리스 신화에서 원래 아름다운 여신들이었던 존재들이 몰락해서 괴물로 변하는 것과 똑같은 과정을 보인다. 결국 그녀는 세계의 지배원리인 불교에 투항함으로써만 목숨을 보전하게 된다.

불국사를 지은 뛰어난 건축가 김대성의 설화에서도 곰은 드라마

---

68) 김경화, 「유화의 기원」, 인하대학교 대학원 석사학위논문, 2010, 7쪽.

틱하게 돌아오고 있다.

　자라서는 사냥을 좋아했다. 어느 날 토함산에 올라가 곰 한 마리를 잡고 산 밑 마을에 와서 유숙했다. 그날 밤 꿈에 곰이 귀신으로 변해서 시비를 걸었다. "네가 어째서 나를 죽였느냐? 내가 도리어 너를 잡아먹겠다." 대성은 두려워서 용서해주기를 청하니 귀신은 말했다. "네가 나를 위해 절을 세워주겠느냐?" 대성은 맹세했다. "좋습니다." 꿈을 깨자 땀이 흥건히 흘러 자리를 적셨다. 그 후로는 벌판의 사냥을 금하고 곰을 위해 곰을 잡았던 자리에 장수사를 세웠다.[69]

　이 곰이 암곰이라는 확증은 없다. 그러나 이 곰이 단순한 동물이 아니라 훨씬 더 신성한 어떤 신화적 기원과 연결되어 있는 존재라는 가정은 무리가 없다. 많은 학자들은 이 일화를 토속적 곰산신교와 불교의 습합과정으로 이해하거나 살생을 금하는 불교 교리와 연결짓기도 한다. 그러나 우리는 대성이 느낀 공포의 성격에 주목한다. 곰에 대한 대성의 반응은 매우 원초적이다. 신화 기술자는 "꿈을 깨자 땀이 흥건히 흘러 자리를 적셨다"라고 쓴다. 『삼국유사』 전체를 통틀어 육체적 반응이 이렇게 직접적으로 생생하게 묘사된 경우는 거의 없다. 매우 예외적인 경우다. 대성이 그때 느낀 공포는 정신적 층위에 머무는 문제가 아니라 육체까지 흔들어놓는 매우 원초

---

69) 『삼국유사』 권5, 효선, 「대성이 전생과 이생의 부모에게 효도하다」(大城孝二世父母), 413~414쪽.

적인 수준에서 발생한 것으로 보인다.

이 공포는 대성의 내면에서 곧바로 치고 올라온, 뛰어난 예술가인 그의 깊은 내면에 잠재된 오래된 선사시대의 기억과 이어져 있는 것으로 보인다. 이 "곰에게 잡아먹힘"의 공포는 아득한 옛날 숲에서 곰과 맞닥뜨렸을 때 원시인이 느꼈을 공포와 같은 성격의 것이다. 현실에서는 잊어버린 공포, 그러나 예민한 어떤 사람들의 내면에 잠재되어 있다가 악몽의 형태로 격렬하게 돌아오는 공포.

대성이 느낀 공포의 격렬함은 그가 느낀 죄책감에 비례한다. 그는 왜 "자리에 땀이 흥건해질" 정도로 깊은 공포와 죄책감을 느꼈을까? 또 일연은 왜 그 육체적 반응을 보고해야 한다고 생각했을까? 살생을 금하는 불교 교리를 어겼기 때문에? 그러나 세속오계의 '살생유택'(殺生有擇) 조항으로 타협적 계율이 진작 확립[70]되어 있었던 신라사회에서 승려도 아닌 속인(俗人) 대성이 동물사냥에 대해 그렇게 죄책감을 느꼈어야 할 이유는 없는 것으로 보인다.

중요한 것은 대성이 '곰'을 죽였다는 사실이다. 곰은 옛날에는 시조이며, 거룩한 존재로 받아들여졌다. 대성의 의식은 그 사실을 잊었지만, 전생을 기억하고 있는 이 뛰어난 예술가[71]의 깊은 무의식으로부터 신성한 존재인 곰을 살해한 죄의식은 칼끝처럼 날카롭게 치고 올라왔을 것이다. 북반구의 곰제의 연구자들은 곰을 살해한

---

70) 『삼국유사』 권4, 의해, 「원광이 당나라로 유학하다」(圓光西學), 183~206쪽 참조.

71) 불국사를 지은 이 뛰어난 건축가는 전생을 기억하고 있었다. 『삼국유사』 권5, 효선, 「대성이 전생과 이생의 부모에게 효도하다」.

죄의식을 떨치기 위해서 여러 민족들이 개발해낸 심리방어 기제들을 나타내는 정교한 제의들을 보고하고 있다.[72] 그 세심함과 꼼꼼함은 그들이 신성한 존재인 곰을 죽이고 나서 얼마나 깊은 죄의식을 느꼈는지 나타내고 있다. 현대의 이누이트도 같은 죄의식을 느낀다. 그들은 곰을 죽이고 나서 친척이 죽었을 때보다 훨씬 더 긴 상을 치른다. 사람이 죽었을 때는 3~4일간 애도하지만, 곰을 죽인 다음에는 12일간 상을 치러야 한다.[73]

한 예민한 예술가의 영혼을 매개로 시도한 이 격렬한 귀환은 우리로 하여금 곰이 자연스럽게 소멸된 것이 아니라 매우 의도적으로 그리고 폭력적으로 지워졌을 것이라는 의구심을 품게 한다. 곰은 격렬하고 부당하게 쫓겨났기 때문에 폭력적인 방식으로 돌아오려 했을 것이다.

곰어머니의 흔적

그런데 흥미롭게도, 한반도에 곰어머니의 흔적이 살아남아 있는 곳이 있다. 옛날에 웅진(熊津, 곰나루)이라고 불렸던 공주 지역 일대에는 암곰과 관련된 신화들이 오늘날까지 많이 전해져 내려오고 있다. 뿐만 아니라 송산리 고분군 일대에서는 곰석상(아주 작은 크기이기는 하나 우리나라에서 발견된 드문 경우)마저 발견되었다. 우선 관련 설화를 소개한다(판본에 따라 조금씩 다르지만 중요한 신화

---

72) Marie-Laure Le Foulon, 앞의 책, 144~147쪽 참조.
73) Daniel Pouget, 앞의 책, 208쪽.

소들은 거의 동일). 1930년경에 채록된 가장 오래된 판본이다.

① 연미산 암곰(사람으로 변신하기도 한다)이 남자(사냥꾼, 어부, 나무꾼 등)를 강제로 납치해 동굴로 데려와 동거.

② 둘 사이에 자식이 태어남.

③ 남자가 연미산에서 강을 건너 탈출 시도.

④ 늦게 남자가 없어진 사실을 안 곰이 강가에서 돌아오라고 애원하며 자식을 죽이겠다고 위협하지만, 남자는 그냥 도망침.

⑤ 곰은 화가 나서 새끼를 물에 빠뜨려 죽이고 자신도 강에 투신해 죽음.

⑥ 그 후부터 풍랑이 심해 배가 뒤집히는 일이 많아짐.

⑦ 곰을 위한 제단을 쌓고 위령제를 지내자 사고가 없어서 계속 제사지냄.[74]

그런데 이 이야기의 중요한 화소(話素)는 '인간과 동물의 결혼'(단군신화도 이 경우)으로 이와 비슷한 이야기들이 만주 소수민족 신화에서도 전해져 내려오는데, 결말 부분이 약간 다르다.

⑤ 화가 난 곰은 새끼를 두 쪽으로 찢어 한쪽은 자기가 가지고, 한쪽은 사냥꾼에게 던진다.

---

74) 이장웅, 「백제 熊津期 곰 신앙의 역사적 전개와 穴寺」, 『사총』 71, 역사학연구회, 2010, 251~252쪽.

공주시 웅진동(고마나루)에서 발견
된 곰 형상의 작은 석상.

⑥ 사냥꾼이 가진 곰 반쪽은 에벤키나 오로촌 사람이 되었다(종족
기원설화).

이야기의 맥락으로 보아 인간과 동물이 완전히 결별하고 있는 우
리나라 이야기보다 만주족 신화가 더 오래된 것임을 알 수 있다. 동
물이 인간으로 변해 신적 존재와 결합해 종족 시조를 낳는 단군신
화는 두 이야기의 중간 형태로 보인다.

'웅' 또는 우리말로 '곰'이 들어가는 지명이 모두 곰신화와 연관
되어 있다고 보기는 어렵지만, 고대의 곰숭배와 어떤 연관이 있는
것은 분명하다. 정호완에 따르면 인간의 언어 가운데서 가장 보수
적인 것(변하지 않는 것)이 지명인데, 1천여 년 전에 지어져 변화하
지 않은 것이 수두룩하다. 정호완에 따르면 한반도 전역에 '곰'과

관련된 지명은 수없이 많다고 한다. '웅' 자로만 한정해도 『신증동
국여지승람』에 나온 것만도 40여 곳에 이르며, 곰/검 등으로 확대
하면 헤아릴 수 없이 많다.[75] 그만큼 곰숭배가 여러 지역에 퍼져 있
었던 증거라고 볼 수 있다.

웅진(공주)에 대한 가장 오래된 기록은 일본 측 자료(『일본서기』,
8세기)에 '구마나리'(久麻那利)라는 이름으로 나타난다. 이는 웅진
이라는 이름을 우리말 발음으로 옮긴 것으로 곰 또는 고마를 음차
한 것이다. '웅진'은 기록상으로도 1300년 이상 되는 오래된 이름
인 것이다. 일단 곰신화는 지명과 관련된 신화로 보이지만(이곳에
서 곰제사에서 변형된 하천 제사를 지냈다는 사실은 여러 기록으로 확
인된다), 앞서 살펴본 바처럼 그보다 훨씬 근원적인 어떤 층위와 연
관되어 있을 수 있다.

최래옥, 김균태, 강현모 등의 학자들은 이 설화가 단군신화를 믿
는 곰숭배 집단의 일부가 남하해 공주 지역의 역사적 사실들을 함
축하면서 만들어졌을 것이라고 추정한다. 자세한 논의는 생략하고,
다만 중요한 한 가지 점만 언급한다. 즉, 고조선 멸망과 더불어 남쪽
마한 지역으로 이주한 고조선 유민들이 단군 시조를 분명히 인식하
고 있었는데, 이들이 단군 시조 인식과 더불어 웅녀 시조모 의식했을
것이라는 추정이 가능하다.

---

75) 정호완, 「곰의 문화기호론적 풀이」, 『우리말글』 14, 대구어문학회, 1996,
146쪽.

侯準旣僭號稱王, 爲燕亡人衛滿所攻奪, 將其左右宮人走入海, 居韓地, 自號韓王. 其後絕滅, 今韓人猶有奉其祭祀者. 漢時屬樂浪郡, 四時朝謁.[76]

이 기록은 준왕이 망한 뒤에도 계속해서 그에게 제사 지내는 고조선 유민들이 있었다는 사실을 말하고 있다. 이는 고조선 유민들이 망명한 뒤에도 계속해서 고조선의 계통인식을 유지하고 있었다는 것을 의미한다. 이들은 곰어머니에 대해서도 동시에 의식하고 있었을 것이다(이들의 문화적 독자성은 고분들을 통해서도 확인된다).[77]

이와 관련해 흥미로운 사실이 또 하나 있는데, 공주 지역에 많은 '동굴 사찰'[穴寺]들이 존재한다고 하는 점이다. 동혈사, 서혈사, 남혈사 등 방위명을 가진 혈사가 백제 때부터 알려져 왔는데,[78] 출토되는 유물은 주로 고려시대 이후의 것이지만, 그 기원은 훨씬 더 멀리 거슬러 올라가는 것으로 보인다. 학자들은 절이 아닌 동굴은 사찰이 등장하기 이전의 토착신앙 성지였을 것으로 보고 있다.[79] 그리고 그 토착신은 다름 아닌 곰이었을 가능성이 큰 것으로 보인다(서혈사가 있는 지역 일대는 지금도 곰내골이라고 불리며, 저수지 암반에 웅천[熊川, 곰내]이라고 조각한 글씨가 오늘날까지도 남아 있

---

76) 『삼국지』 권30, 위서 30, 「동이전」 한(韓).
77) 이장웅, 앞의 글, 260~261쪽.
78) 같은 글, 268쪽.
79) 같은 글, 272쪽.

다[80]).

이렇게 살펴보면 웅진이라는 이름 자체가 단군신화의 곰어머니와 연관 있는 것이 확실한 듯하고, 그 지역을 중심으로 전해져 내려오는 슬픈 암곰 이야기는 원래의 고결성을 빼앗기고 짐승의 땅으로 다시 쫓겨난 어머니 고마의 눈물처럼 느껴진다. 곰어머니는 비록 그 신성성과 위엄은 거의 모두 잃었지만, 완전히 사라져버린 것은 아니었다.

*

서구사회에서 교회가 그토록 파묻기 위해 노력했고, 악마로 저주하면서 기어이 그 자리에서 끌어내려 상징적으로 강등시킨 곰은 흥미롭게도, 현대에 들어와서는 가장 큰 성공을 구가하는 동물로 화려하게 부활했다. 곰인형은 어떤 인형보다도 인기가 높다. 미국의 테디 베어(teddy bear)에서 중국의 판다를 거쳐 핀란드의 무민에 이르기까지 곰인형은 매우 부드럽고 일상적인 신성함으로 아이들 옆에 돌아와 있다. 이 점에 관한 한, 교회는 완전히 실패했다. 아이들은 전혀 엉뚱한 방법으로 교회가 그토록 악마화하려고 했던 곰을 되살려냈다.

우리도 이 슬픈 곰어머니를 살려낼 필요가 있지 않을까? 호랑이와 싸워 이긴 성실하고 참을성 많고 부드럽고 강한 어머니, 고조선

---

80) 같은 글, 269쪽.

유민들이 그토록 오랫동안 기억했던 어머니, 우리의 신성한 기원으로 골방에 홀로 앉아 울고 있는 이 쓸쓸한 어머니를! 그것은 무한경쟁과 물질만능주의에 지쳐가는 우리의 심혼에 위안을 주는 문화적 대안을 찾는 어떤 결단과도 관계가 있다는 생각이 든다.

신성함의 근원으로서의 어머니
유화부인 설화

주몽신화의 역사적 변이

　주몽신화는 우리 신화 안에서 매우 예외적인 위치를 차지하고 있다. 대부분 한국의 신화적 영웅들 이야기가 소략하고 구체적이지 못한 데 반해, 주몽 이야기는 신화소가 풍부하고 전체적인 구조도 짜임새가 있다. 많은 학자들은 주몽신화를 단군신화의 이형(異形)으로 본다. 두 신화는 그 구조가 완전히 동일하다(해모수-천신강림, 재세이화在世理化, 유화와의 결혼으로 낳은 신이한 아들). 여러 가지 지표로 보아 단군신화가 주몽신화보다 더 오래된 것은 분명해 보이지만(토템의 존재 등), 기술 양식의 간략화·추상화로 보면 문자 정착 연대는 더 훗날인 듯하다. 중국 전적에 전혀 흔적이 없는 단군신화와 달리 주몽신화는 기원후 1세기, 5~7세기 중국 문헌에 기록되어 있다. 문자 정착 시기나 정황의 어떤 이유 때문인지 주몽신화는 단군신화가 완전히 지워버린 것으로 보이는 보다 더 고대적인 신화소들을 보여주고 있다.

주몽신화의 형성 시기는 분명하지 않지만, 동한(東漢)의 철학자 왕충(王充, 27~97)의 『논형』(論衡), 「길험」(吉驗) 편에 간략한 형태로나마 전해져 오는 것을 보면 1세기 전후에 그 기본 형태가 정해진 듯하다. 허호일은 주몽신화는 세 단계 정도를 거쳐 발전한 것으로 보고 있다.[1]

1단계(기원후 1~4세기): 왕충의 『논형』, 「길험」

북이(北夷), 탁리국 왕의 시비(侍婢)가 임신. 왕이 죽이려 하자, "하늘에서 달걀만한 기(氣)가 내려와 임신하게 되었다"고 말함. 시비는 아들을 낳았는데, 돼지우리에 던지니 돼지가 입으로 살려냈고, 마굿간에 던졌더니, 말들이 입김으로 살려냈다. 왕은 천제 (天帝)의 아들인가 하여 어미가 기르게 했다. 이름을 동명이라 하였는데 자란 후 마소를 먹이게 하였다. 동명은 활을 잘 쏘았다. 왕은 그가 나라를 빼앗을까 봐 두려워 죽이려 했다. 동명은 도주하여 남쪽 엄사수에 이르렀는데, 활로 물을 치니 물고기와 자라들이 다리를 이루었다. 동명이 건너자 물고기와 자라들이 흩어져 추격하던 병사들이 건너지 못하였다. 부여에 도읍을 정하고 왕이 되었다.

---

1) 허호일, 「주몽 전설의 역사적 변이와 민족 문화의식」, 『목원어문학』 11, 목원대학교 국어국문과, 1992, 5~16쪽.

비슷한 내용이 진수(陳壽)의 『삼국지 · 위지』와 동진의 학자이자 사관 간보(干寶)의 『수신기』(搜神記, 346)에도 있다. 주인공이 주몽이 아니라 동명(東明)이며, 어머니가 하백(河伯)의 딸 유화가 아니라 왕의 시비(侍婢)라는 점, 건국한 나라가 고구려가 아니라 부여라는 점이 후대의 기록과 확연히 다르다.

2단계(고구려 전성기인 5~7세기): 『위서』 『북사』 『주서』 『수서』

이 시기 주몽신화의 전형적 형태는 『위서』(魏書)의 기록이다.

하백의 딸이 햇빛을 받아 임신한 후, 닷 되나 되는 큰 알을 낳았다. 부여왕이 그것을 꺼려 개와 돼지에게 주었으나, 개와 돼지가 먹지 않았고, 길에 버렸더니 마소가 피했고, 들에 버리니 새들이 깃털로 덮어주었다. 왕이 알을 깨보려 했으나 깨지 못함. 하는 수 없이 어미에게 돌려주자, 어미가 물건으로 싸서 따뜻한 곳에 두었더니 사내아이가 태어났다. 활쏘기를 잘 하여 주몽이라 함. 부여사람들은 그가 사람의 소생이 아니라 하여 없애버리려 하였으나, 왕은 그 말을 듣지 않고 주몽에게 말을 먹이게 했다. 주몽은 말을 볼 줄 알아 준마는 여위게 하고 노둔한 말은 살찌게 길렀다. 주몽은 그 말을 타고 들에 사냥을 나가 적은 화살로 많은 짐승을 잡았다. 그를 보고 부여의 신하들이 또 모살하려 함. 이를 알고 주몽의 어미는 멀리 가서 자기 재간으로 살라고 함. 주몽은 오인, 오위와 함께 동남쪽으로 가서 큰 물가에 이르렀다. 하늘에 청하니 물고기와 자라들이 다리를 이루어 건너게 함. 보술수(普述水)에서 또 세 사람을 만나 이들과 함께 흘승골성(紇升骨城)에 이르러 도읍을 정하고 고구려라 하였다. 그 후 주몽이 부여에 있을 때의 아내에게서 태어난 아들이 어머니가 죽은 뒤 찾아와 국사를 돌보았고, 주몽의 사후 그 자손들이 왕위를 이었다.

『북사』(北史), 『주서』(周書), 『수서』(隋書)에 전하는 이야기도 위와 비슷하다. 이야기 구성은 전 시대와 별 차이가 없으나, 주몽이 건국한 나라가 고구려로 되어 있고, 건국 후 이야기가 첨가되어 있다. 그러나 세부사항들이 풍부해졌고, 이야기가 구체적으로 바뀌었다. 인물이 훨씬 더 신성화되었으나, 동시에 구체적 사실들을 언급해 세속화·일상화되어 있기도 하다.[2] 어머니도 시비에서 하백의 딸로 바뀌었고, 햇빛에 의해 태어났다는 이야기가 햇빛을 받아 알을 낳고, 알에서 태어난 것으로 보다 더 신비롭게 변화되었으며, 주인공의 이름도 주몽으로 바뀌어 있다.

이 시기를 거치면서 "민간전설이었던 동명 이야기가 고구려 창건자 주몽의 이야기로 변화"한 것을 알 수 있다. "중국 관반 사학자들에게 고구려가 확연한 역사적 존재로 여겨지게"[3] 된 것이다.

3단계(13세기): 『삼국사기』, 「동명왕편」, 『삼국유사』

---

2) 같은 글, 12쪽.
3) 같은 글, 10쪽.

이 시기에 이르면 이야기는 훨씬 더 풍요로워지고 다채로워진다. 영웅의 외모 묘사가 나타나며, 그의 행적도 매우 구체적으로 언급된다. 특히 주몽의 능력이 여러 에피소드들을 통해 드러나고 있으며, 주몽이 고난을 이겨내고 왕이 되는 과정이 생생하게 묘사되어 있다. 갈등구조도 해모수-하백, 부여 왕자들-주몽, 주몽-송양으로 다원화되고 있음을 알 수 있다.

이러한 변화로 우리가 알 수 있는 것은 주몽의 형상이 우리 문화 안에서 역사적인 이상적 군주 '성왕'(聖王)의 이미지로 끈질기게 소환되었다는 사실이다. 주몽이 '성왕'으로 불리게 된 것은 기록상 광개토왕비 건립(414) 시기 이후다. 『삼국사기』와 「동명왕편」에서도 '성왕'으로 불리며, 『삼국유사』에서는 '동명성제'(東明聖帝)라고 불린다. 이처럼 주몽을 '성왕'으로 높여 부른 데에는 일정한 정치 사회적 이유가 있다. 허호일은 광개토왕비 건립 시기는 고구려 발전기로 "신흥국으로서 정치적 권위와 영향력의 확대가 필요했기" 때문이며, 『삼국사기』 등 고려시대 서적에서는 "고려의 정치적 혼란과 외적의 침입" 등이 그 배경으로 작용하며, 특히 이규보의 작품에서는 "고려 통치자들의 부패, 부강한 사회를 원하는 민중의 이상을 표현"[4]하기 위해 '성왕'이라고 불리게 되었다고 진단한다.

이처럼 주몽은 고구려라는 한 고대국가의 건국주가 아니라 보다 더 넓은 의미에서 이상적인 통치자의 의미로 민중과 지식인들에 의해 소환된다. 그들은 고구려 건국주를 '주몽'(또는 추모鄒牟)이라

---

4) 같은 글, 22쪽.

는 기능적 이름('활의 영웅')으로 부르기보다는 훨씬 더 추상적인 의미를 가지는 동명성왕[5]이라고 부르기를 좋아한다. 단군도 '빛의 아들'인 환웅의 아들이었지만, 그의 형상은 주몽에 비하면 흐릿하고 신화적이다. 주몽은 훨씬 더 역사적인 의미로 민중의 상상력을 자극했던 것으로 보인다. 즉 막연한 이상이 아니라 그들이 겪는 나날의 고통을 덜어주고, 그들의 아픔을 이해해주는 현실적 군주로서의 이상을 그에게서 찾았던 것으로 보인다. 백성이 외침으로 극히 곤궁한 상황에 처했으나, 왕실은 군부통치에 의해 그 위엄을 상실했을 뿐 아니라 백성을 버리고 강화도로 달아나 비루하게 명색만을 유지했던 고려 말기에 주몽은 더더욱 그러한 이상적인 군주의 모습으로 사람들의 마음에 호소력을 발휘했던 것으로 보인다.

이규보는 「동명왕편」 서문에서 그가 이 시를 쓴 당시에도 주몽신화가 널리 유포되어 있었으며, 그가 참고한 『구삼국사』에는 "세상 사람들이 이야기하는 것보다 신기한 사적이 훨씬 더 많았다"고 말한다. 백성은 현실에 없는 이상적인 왕, 혈통적으로 우수할 뿐 아니라 백성과의 관계에서 너그럽고 자애로운 왕의 이미지를 주몽에게서 찾았던 것이다. 이규보가 '성왕'에 대해 내린 정의는 그것을 잘 보여주고 있다.

---

5) 이 이야기의 근원에 주몽이 동명이라고 불리었으므로 원형을 복구하려는 열망이 반영되었다고 볼 수도 있다. 그러나 더 중요한 이유는 '동방의 빛'을 의미하는 '동명'이라는 이름이 보다 보편적인 의미를 지니고 있기 때문인 것으로 보인다.

古律詩
東明王篇 并序

世多說東明王神異之事雖愚夫騃婦亦
頗能說其事僕嘗聞之笑曰先師仲尼不
語怪力亂神此實荒唐奇詭之事非吾曹
所說及讀魏書通典亦載其事然略而未
詳豈詳內略外之意耶越癸丑四月得舊
三國史見東明王本紀其神異之迹踰世
之所說者然亦初不能信之意以爲鬼幻

東國李相國全集卷第三

及三復耽味漸涉其源非幻也乃聖也非
鬼也乃神也況國史直筆之書豈妄傳之
哉金公富軾重撰國史頗略其事意者公
以爲國史矯世之書不可以大異之事爲
示於後世而略之耶按唐玄宗本紀楊貴
妃傳並無方士入地之事唯詩人白
樂天恐其事淪沒作歌以志之彼實荒淫
奇詭之事猶且詠之以示於後知東明之
事非以變化神異眩惑衆目乃實創國之
神迹則此而不述後將何觀是用作詩以

이규보의 『동국이상국집』 제3권에 수록된 「동명왕편」 서문. 고려 말기에 주몽은 더욱 이상적인 군주의 모습으로 사람들에게 인식되었다.

어려운 일을 당할수록 스스로 경계하며 너그럽고 어진 마음으로 왕위를 지키고 예와 의로 백성을 교화한다.

겉으로 드러난 문면만을 살펴보면 주몽의 신화적 이미지가 이러한 왕의 모습을 잘 체현하고 있는 것처럼 보이지 않는다. 신화에 나타난 주몽은 문제에 정면 대결하는 유형이라기보다 회피하는 유형이며, 정공법을 택하기보다 에둘러치는 유형이다. 새로 세운 나라의 위엄을 나타내기 위해 송양(松讓)의 고각(鼓角)을 훔쳐다가 낡은 것처럼 꾸민다든가, 썩은 나무로 궁궐을 지어 역사가 오래된 것처럼 속인다든가 하는 것이 그 단적인 예다. 그는 무력보다는 지략에 능한 인물처럼 보인다. 허호일은 그러한 점으로 보아 주몽을 아킬레우스나 관우 스타일의 영웅이 아니라 오디세우스나 제갈량 스타일의 영웅[6]으로 분류한다.

그러나 어쩌면 이러한 선택은 주몽을 불러냈던 고통스러운 시대의 백성이 그들의 왕에게서 기대한 능력을 실체적으로 반영하는 것일지도 모른다. 고려의 백성은 중국이라는 도저히 넘을 수 없는 막강한 세력, 무력으로는 결코 제압할 수 없는 절대 강자에 맞서 지혜롭게 문제를 해결하는 왕의 모습을 주몽에게서 발견했던 것은 아닐까. 우월한 근원을 가지고서도 천한 지위에 떨어져 고난을 겪은 영웅, 그러나 타고난 신성함과 지혜로움으로 이를 극복하고 우뚝 선 왕, 혼자서 모든 것을 결정하기보다는 좋은 벗들과 함께 의논하며 미래를 개척해나간 왕, 백성의 아픔을 이해하고 위로하는 신성한 왕.

그러나 이 위대한 왕의 신화적 근원에는 그를 거룩한 존재로 만들어준 다른 존재가 있다. 그 존재는 주몽 없이도 홀로 신성성을 확보하고 있지만, 이 존재 없이 주몽은 신성성을 확보할 수 없다. 그 존재는 바로 주몽의 어머니인 유화부인이다.

---

6) 허호일, 앞의 글, 25쪽.

주몽의 신성성의 근원인 유화

유화의 기원

유화(柳花, 버드나무 꽃)는 그 이름이 드러내고 있듯이 버드나무 숭배의 대상인 버드나무 여신이다. 버드나무 숭배사상은 동북아시아의 여러 민족들에게서 나타난다.[7] 버드나무 숭배는 아주 오래된 역사를 가지고 있으며, 그 풍속에 대한 기록은 중국 사서 『사기』(史記)에 제일 먼저 나타난다. 이러한 점을 들어 중국학자들은 동북공정(東北工程)[8]의 관점에서 유화의 기원이 중국이며, 따라서 고구려 건국신화는 중원문화(中原文化)의 영향을 받은 것이라고 주장한다. 물론 터무니없는 주장이다.

모든 신화의 기원은 보편적이다. 그것은 인간의 보편적인 심상을 반영하는 이야기로 이루어져 있다. 신화에 나타나는 공통점을 들어 그것이 어떤 문화로부터 영향을 받은 증거이며, 따라서 뒤늦게 그 공통 요소가 나타나는 민족이 그 요소가 먼저 나타나는 민족에 역사적으로 속해 있었다는 주장은 성립할 수 없다. 예를 들어 우리 민담의 「콩쥐팥쥐」 이야기는 서구 각국에 널리 나타나는 「신데렐라」

---

7) 김경화, 『유화의 기원』, 인하대학교 한국학과 석사학위논문, 2010, 6쪽.

8) 중국 국경 안에서 전개된 모든 역사를 중국 역사로 만들기 위해 2002년부터 중국이 추진한 동북쪽 변경 지역의 역사와 현상에 관한 연구 프로젝트를 말한다. 2006년까지 5년을 기한으로 진행되었으나, 그 목적을 이루기 위해 벌이는 역사왜곡은 지금도 진행 중이다. 궁극적 목적은 중국의 전략지역인 동북, 특히 고구려·발해 등 한반도와 관련된 역사를 중국 역사로 만들어 한반도가 통일되었을 때 일어날 수도 있는 영토분쟁에 대비하는 데 있다(두산백과 참조).

이야기[9]와 판박이다. 「콩쥐팥쥐」 이야기는 「신데렐라」 이야기보다 그 성립 연대가 훨씬 늦다. 그렇다고 해서 우리 문화가 서구 문화로부터 영향을 받았고, 따라서 역사적으로 서구 각국에 예속되어 있었다는 증거가 될 수 없다. 서로 매우 다른 두 문화권 사이에 신비하게 존재하는 인간 심성의 보편성이 같은 이야기를 만들어냈다고 보는 것이 더 타당한 설명이다.

설령 중국학자들의 주장대로 영향을 준 것이 사실이라고 해도 그것은 유구한 역사의 진행 한가운데서 여러 종족이 교류하며 서로의 문화를 흡수·교류·재창조했다는 가능성 이외의 아무것도 말해주지 않는다. 그리고 유화의 상징을 통해 표현되는 버드나무 숭배사상은 중원문화의 고유한 속성이 아니라 오히려 동북아, 특히 만주 문화의 속성이다. 우리 민족, 특히 "고구려는 건국 초기부터 동북아 패권국가로 자리매김하려고 노력"했으며, "건국신화의 이데올로기적 성격을 감안할 때, 주변의 북방민족을 아울러야 하는 고구려 입장에서는 중원신화 자료를 변용하기보다는 동북 지역에 산재한 여러 민족의 신화를 차용하는 것이 그들의 정치적 목적에 더 부합했을 것"[10]이다.

사실 하백과 유화의 이름은 주몽신화 안에서 뒤늦은 시기에 나타난다. 우리가 앞서 살펴본 기원신화에 하백이나 유화의 이름은 보이지 않는다. 하백의 이름은 고구려시대에 들어와서 나타나고, 유

---

9) 나카자와 신이치는 이 이야기의 근원이 구석기시대로 거슬러 올라간다고 보고 있다.
10) 김경화, 앞의 글, 12쪽.

화의 이름은 고려시대에 와서야 처음 나타난다.

하백의 신화적 근원이 은(殷, 기원전 1600~1046년)이라는 사실은 부정하기 어려운 것처럼 보인다. 하백은 은나라 물의 신 현명(玄冥)을 나타내는데, 중국의 신화적 기서(奇書) 『산해경』(山海經, 기원전 4세기)과 『죽서기년』(竹書紀年, 기원전 334~319년 시대를 다루고 있음)에 은나라 7대 왕 왕해(王亥)를 하백과 함께 언급하고 있기 때문이다. 그러나 이 사실도 우리 문화의 중원기원을 설명해주지는 못한다. 고구려에서는 주몽의 신성성을 확보하기 위해 중국 신 '하백'을 '물의 신'(또는 강의 신)이라는 일반명사로 받아들여 그의 기원을 신화적으로 치장한 듯 보인다.

유화의 이름은 더욱더 문제적이다. 기록상으로만 보면 유화의 이름은 『삼국사기』(1145) 이후에야 나타난다. 그전에 유화의 이름은 '하백의 딸'(하백녀, 河伯之女)이라고만 불렸다. 그 때문에 중국학자들은 김부식이 이 이름을 창작했다고 주장하기도 한다.[11] 그러나 이규보가 1193년에 「동명왕편」을 쓰면서 참조했다는 『구삼국사』(늦어도 1000년대에 편찬된 것으로 추정되지만 오늘날 전하지 않는다)에 이미 유화의 이름이 나타나며, 신화를 그토록 배격하고 합리성을 추구하며 '술이부작'(述而不作, 기록하고 지어내지 않는다)을 역사기술의 원리로 삼았던 엄격한 유학자 김부식이 유화의 이름을 지어냈을 리 만무하다. 더군다나 고려시대에 기술된 책에서 이미 망해버린 나라의 시조모 이름을 군이 지어낼 필요가 있었을까.

---

11) 같은 글, 15쪽.

이상의 사실들을 종합해보건대 유화의 이름은 5세기 광개토왕비 건립 이후부터 7세기 고구려 멸망 이전의 어느 시점부터 사용되기 시작한 것으로 보인다.

유화의 이름이 드러내는 버드나무 숭배 풍습은 동북아, 그 가운데서도 만주족의 풍습에 매우 다채로운 모습으로 나타난다. 만주족의 천지창조 여신은 '아부카허허'라고 불리는데, 아부카=하늘, 혁혁=여성, 여성성기, 버드나무(생식숭배)를 의미한다고 한다.[12) 결국 이 이름은 만물창조의 근원인 버들 천모(天母)를 지칭하는 이름이다. 이 지역의 민족들이 버드나무를 천지창조의 근원에 가져다놓을 정도로 귀하게 여겼던 이유는, 김경화에 따르면 춥고 척박한 이들의 환경에서 1) 버드나무가 가진 끈질긴 생명력, 2) 버드나무와 물의 친연성(버드나무는 물가에서만 자란다), 3) 버드나무가 가지고 있는 약리 효능(아스피린의 원료가 되는 살리실산salicylic Acid 추출) 등이다. 버드나무는 이 지역 전체에서 매우 신성한 나무로 여겨져 무수히 많은 흥미로운 풍습의 기원이 되고 있다. 우리 문화에서는 이처럼 분명하고 대대적인 버드나무 숭배 풍습은 나타나지 않으나, 버드나무가 신성하게 여겨졌다는 사실을 증명하는 여러 가지 민속적 사실들이 존재한다.

한국에서 버드나무는 장례에 시용(施用)된다. 죽은 자에게 밥을

---

12) 같은 글, 33쪽.

먹이는 반함(飯含) 절차에서 버드나무 수저 사용. 초분 풍속[13]이 남아 있는 서남해안 지방~세골 후 뼈를 추스를 때 반드시 버드나무 젓가락 사용. 제주도에서는 철리(자손의 복을 빌며 묏자리를 옮기는 것)할 때 달걀, 버드나무, 무쇠를 넣어야 동티가 나지 않는다고 함. 또한 여성의 시신을 습할 때는 버드나무 비녀를 꽂는다. 어머니가 돌아가시면 버드나무나 오동나무 지팡이를 상장(喪杖)으로 사용.[14]

이러한 풍습뿐 아니라 『삼국사기』 등의 역사 기록에서도 버드나무의 신성성에 관한 이야기가 여러 차례 나타나며, 특히 왕권과 연관되어 버드나무가 언급되고 있음을 확인할 수 있다.

---

13) 임종에서부터 입관과 출상까지 유교식으로 하되, 바로 땅에 매장하지 않고 관을 땅이나 돌축대, 또는 평상 위에 놓고 이엉으로 덮어서 1~3년 동안 그대로 둔다. 살이 썩으면 뼈만 추려 다시 땅에 묻는다. 따라서 초분이라는 이름도 관을 풀이나 짚으로 덮어 만든 무덤이라는 의미에서 붙여졌을 것으로 추측된다. 유교식 장례는 단 한 번의 매장으로 끝나는 단장제(單葬制)이고, 초분은 두 번의 매장 절차를 거치는 복장제(復葬制)다. 이때 뼈를 깨끗이 씻거나 쩔어서 살을 모두 떼어낸 다음 매장을 하기도 하며, 세골장(洗骨葬) 또는 증골장(烝骨葬)이라고도 부른다. 이러한 점으로 미루어보아 초분은 유골을 처리하기에 앞서 먼저 육신을 처리하는 방법이며 태평양을 둘러싼 지역에 집중적으로 분포되어 있다. 그 형태도 제각각 다르게 나타나고 있다. 그러나 중요한 공통점은 모두 뼈를 중요시하고 있다는 점이다(한국민족문화대백과 참조).
14) 이윤희, 「한국설화의 버드나무 상징성 연구」, 한양대학교 석사학위논문, 2004.

버드나무가 둘러서 있는 부여 궁남지. 예부터 왕과 관련된 신성한 장소에 버드나무를 심었음을 잘 알 수 있다.

① 4월에 시조묘 앞의 쓰러진 버드나무가 저절로 일어났다.[15]

② 4월에 용이 궁의 동쪽 연못에 나타나고, 금성 남쪽에 쓰러진 버드나무가 저절로 일어났다.[16]

③ 3월에 궁성 남쪽에 못을 파고 물을 20여 리나 끌어들였으며 사방 (못의) 언덕에 버드나무를 심고 못 속에 섬을 만드니 방장선

---

15) 『삼국사기』 권2, 신라본기 2, 「내해이사금」 3년.
16) 『삼국사기』 권2, 신라본기 2, 「첨해이사금」 7년.

산(方丈仙山)에 비길 만하다.[17]

②의 '금성'은 박혁거세가 만든 것으로, 금성과 신성한 조상 박혁거세의 관계를 보여주며, ③의 '궁남지'(宮南池)는 백제 무왕 출생신화와 연관된 곳으로 왕권과 버드나무의 관계를 분명히 보여준다. 이로써 왕과 관련된 신성한 장소에 버드나무가 심겨 있었던 것을 알 수 있으며, 버드나무가 왕권의 신성성의 담지자인 시조모인 거룩한 어머니로 숭배의 대상이 되었을 가능성을 충분히 짐작할 수 있다.[18]

유화의 이름은 동북아시아로부터 영향을 받은 선택인 것처럼 보인다. 그렇다 할지라도 우리 민족은 이 이름을 받아들여 자기화함으로써 한민족 고유의 심상을 반영하는 데 사용한 것이다. 이제 좀더 관점을 넓혀 이 여신의 이름이 주몽신화에서 나타내고 있는 의미를 살펴보자.

두 개의 근원

주몽신화를 살펴보면 우선 두 개의 근원이 눈에 띈다. 단군의 아들 부루(扶婁)는 동부여의 왕이 되었는데, 아들이 없어 금와(金蛙)를 아들로 삼는다. 그런데 금와는 하늘의 지시에 따라 수도를 가섭원(迦葉原)으로 옮긴다. 금와가 피해준 부여의 고도(古都)에는 천

---

17)『삼국사기』권27, 백제본기 5,「무왕」35년.
18) 김경화, 앞의 글, 53쪽.

제의 아들 해모수가 내려와 다스린다.

이 설정에서 눈에 띄는 것은 단군을 통해 천신과 연결되었던 동부여가 천신과의 관계가 끊어졌다는 사실이다. 부루의 가문은 대가 끊겨 금와를 입양한다. 그리고 금와는 천신을 피해 다른 곳으로 수도를 옮긴다. 즉 금와의 나라는 이제 신성함과의 직접 연결을 상실한 것이다.

신성함과의 직접적 관계에 놓여 있는 부여의 고도에는 해모수가 강림한다(해모수는 의미상 환웅과 동일인물. 해＝태양/수＝남성을 의미하는 말의 음차, 즉 웅雄과 같은 의미). 흥미로운 것은 강림 장소의 신성함이 '곰'과 연관되어 있다는 점이다. 그가 지상으로 내려오기 전에 머무는 곳은 웅심산(熊心山)이라고 명명된다. 이때 산은 성(聖)과 속(俗)을 잇는 계단이며, 동시에 존재가 자율적 의미를 획득하는 중심이다. 심(心)이 그 상징성을 내포하고 있음은 의심의 여지가 없다.

그런데 이 신성한 장소는 지상에 거울과 같은 곳을 가지고 있다. 유화와 그녀의 자매들이 목욕하고 있는 웅심연(熊心淵)이 바로 그곳이다. 물이 된 하늘, 물에 비친 거룩한 산. 유화는 물의 신인 하백의 딸이라고 일컬어지지만, 앞뒤 문맥으로 보아 그녀 자신이 여신임이 틀림없다. 그녀는 사라진 곰어머니 웅녀의 다른 버전이다. 우리는 곰어머니 자신이 물의 여신(또한 달의 여신)이기도 하다는 것을 여러 신화들을 통해 확인할 수 있다. 그리스 신화에 나오는 암곰 여신들은 대체로 동시에 물의 여신이기도 하거니와, 이를 증명하는 예는 동양신화에도 아주 많다. 조지훈은 우리 고대에는 곰, 용, 말을 모두 '곰'으로 통칭했으며, 이는 모두 물의 신을 나타내는 것이었다고 말한다. 그가 드는 예들을 살펴보자.

① 熊津 고마ᄂᆞᆯ(『용비어천가』).

② 龍山縣 本 古麻山縣(『삼국사기』, 「지리지」 4).

③ 馬邑縣 本百濟古馬 知縣(『삼국사기』, 「잡지」 5).

④ 夫餘白馬江도 고마ᄂᆞ리의 아역(雅譯)에 지나지 않는다. 백마강은 웅진(熊津, 곰나루), 금강(錦江, 곰내)처럼 신강(神江)이라는 뜻(『동국여지승람』 18, 부여).

조지훈은 웅성봉(熊成峰)에서 'カマナリ'(가마나리/가마=熊)를 'クニナリ'(구니나리/구=鰐)로 훈독하는 『일본서기』의 예도 덧붙이고 있다. 즉 곰이나 악어 모두 물의 신이기 때문이라는 것이다. 곰이 물의 신으로 나타나는 예는 중국의 우왕(禹王)신화에서도 보인다. 그는 치수(治水)로 유명한데, 그것은 결국 그가 물의 신 가문 출신이라는 것을 의미한다. 우왕은 치수를 하지 못해서 벌을 받아 우산(羽山)으로 귀양 간 곤(鯀, 큰 물고기)에게서 태어났다. 곤은 우산에 들어가 황웅(黃熊)이 되었다고 한다. 순임금이 불의 신('물의 신'과 적대관계) 축융(祝融)을 시켜 곰의 배를 가르니, 거기서 우가 나왔다고 한다. 그렇다면 곤은 여성일 수밖에 없다. 물의 신 모습을 한 곰인 곤은 결국 웅녀였던 셈이다. 우와 곰의 관계는 다른 신화에서 더욱 흥미롭게 드러난다. 『전한서』(前漢書) 권6에 나오는 기록이다.

우임금이 홍수를 다스릴 때 변하여 곰이 되고는 하였다. 그는 부인 도산(塗山) 씨에게 말하되, 내가 식사하고 싶으면 북을 칠 터이니 오라고 하였다. 그런데 우가 잘못하여 돌이 튀게 하여 북을 때렸으므로 도산 씨가 가보았더니 우가 곰 모양을 하고 있었다. 부인이 부끄러워 고고산에 이르러 돌로 변하여 아들 계(啓)를 낳았다. 우가 아들을 돌려달라고 하니 돌의 북쪽이 깨지고 계가 탄생하였다.

이 기록에서 곰과 물의 신 관계는 분명하다. 돌로 변한 우의 부인 문제는 뒤에서 다시 다루기로 하자. 우가 치수영웅이 될 수 있었던 것은 그가 물의 신인 곰이었기 때문이다. 우는 또한 달의 신이기도 하다. 우는 도산에게 장가들었을 때도 나흘만 처가에서 지냈을 뿐이며, 아들이 우는 소리를 듣고도 10년 동안 오로지 치수에만 전념했다. 손에서는 손톱이 자라지 않았고, 정강이에는 털이 자라지 않았으며, 몸 반쪽이 쪼그라드는 병에 걸렸기 때문에 걸을 때에는 다리를 서로 스쳐 걸을 수 없었다. 지금도 절름발이 걸음을 우보(禹步)라고 부른다. 절름발이 신은 서양 전통에서 달의 신 속성으로 자주 등장하며, 치수나 홍수신화와 연관되어 빈번히 나타난다. 홍수를 다스린 노아는 절름발이였으며, 아서왕 이야기들에 나타나는 달의 신 어부왕(Fisher King)도 절름발이다. 조지프 캠벨은 십자가를 짊어진 예수가 계속 넘어지는 것도 절름발이 신과 연관되어 있다고 본다. 예수는 부활의 신으로 달의 신 속성을 계승하고 있다.

그렇다면 이제 곰과 물의 신 관계는 분명해졌다. 따라서 물의 신 유화가 웅녀의 다른 모습이라는 것은 설득력을 가진다. 유화는 그 이름에서 이미 물의 여신으로서의 면모를 드러낸다. 물처럼 부드럽게 흐르는 버드나무, 언제나 물가에서 자라나는 버드나무는 물의 여신인 그녀의 이미지와 잘 맞아떨어진다. 그녀가 웅녀의 다른 모습이라는 것은 그녀와 연관되어 있는 장소에 '곰'의 이름이 들어가 있는 것으로 분명히 확인된다. 그녀는 검/곰/신성함의 담지자로서 그녀가 속해 있는 장소에 신성함을 부여하는 존재다. 따라서 이제 신성함과의 연계를 상실한 금와의 왕국은 유화를 얻지 않으면 안 된다. 유화를 얻어야만 신성함과의 관계가 복원되기 때문이다.

성령에 의한 잉태

유화를 발견한 해모수는 그녀를 억지로 구금해 관계를 맺는다. 그런데 유화를 따라다니는 숫자 3이 매우 흥미롭다. 유화는 웅심연에서 두 자매와 함께 목욕하다가 해모수의 습격을 받는데, 이 3의 숫자는 고대 여신의 트리아드(Triad)와 연관이 있다. 3은 전통적으로 가부장제 신의 완벽함을 상징한다(기독교의 삼위일체가 가장 대표적이다). 그런데 이 숫자는 원래는 여신의 것이었다. 고대 여신들은 아주 종종 3인이 한 조가 되어 등장한다. 고대 조각에는 세 개의 얼굴을 가진 여신상들이 아주 많다. 눈 하나를 셋이 나누어 쓰는 그리스의 운명의 여신 모이라이(Moirai)나, 세 신이 한 짝을 이루는 파르카이(Parcae) 여신은 그 전형적인 예다. 우리나라의 삼신(三神) 할미[19]도 이 고대적인 흔적을 가지고 있다.

---

19) 출산을 돕고, 산모와 갓난아기를 보호하며, 아기를 점지하는 여성신격으

세 명이 한 몸을 이루고 있는 고대의 헤카테 여신
상(3세기, 베네치아 고고학 박물관). 고대 조각에는
세 개의 얼굴을 가진 여신상들이 아주 많다.

뛰어난 켈트 문화 연구가 로버트 그레이브스는 고대 여신 트리아
드의 근원을 달의 세 국면(그믐, 상·하현, 보름)으로 보고 있다. 이
고대 여신의 3의 상징성은 가부장제 신들의 승리 이후에 남신의 속
성으로 징발된다. 주몽신화에서도 3인조 여신들(모두 꽃이름으로
여성의 생장력을 상징함)은 남신에게 쫓겨 3의 상징성을 빼앗긴다.

<hr />

로 '삼신할매', '제왕할매', '제왕님네'라고 불린다. 삼신의 어원은 '삼줄',
'삼가르다' 등의 사례로 미루어, '삼'이 포태(胞胎)의 뜻이 있어 포태신을
지칭한다고 볼 수 있다. 삼신의 유래를 말해주는 서사무가로 「제석본풀
이」(또는 당금애기무가)와 「삼승할망본풀이」가 있다. 피를 만드는 산신, 뼈
를 모아 주는 산신, 출산을 돕는 산신으로 삼신(三神)이라 말한다(네이버 지
식백과 '삼신', 한국콘텐츠진흥원의 문화콘텐츠닷컴, 2002 참조).

여신의 위엄을 상징했던 3은 이제 남성의 말을 듣지 않는 여성에게 행사되는 억압의 원리로 변한다. 삼신 유화의 입은 좌우 양쪽으로 3척 길이로 늘어나고, 금와가 물에서 건져 올린 그녀의 늘어난 입은 세 번 잘라주어야 겨우 원상으로 돌아온다.

빼앗긴 3의 위엄은 주몽의 탄생일과 죽음에서도 나타난다. 주몽은 신작(神雀) 4년 계해(癸亥) 4월에 탄생하며, 나이 40에 승천한다. 유화의 상징적인 몫은 남성이 가져가버린 3의 자리에 하나를 더해야만 마련될 수 있기 때문이다. 성모 마리아는 그렇게 제4신위로서 성부, 성자, 성령의 옆자리에 자리 잡은 것이다. 카를 융은 여성적 존재가 신성한 현실에 합류할 때 종종 숫자 4를 동반한다는 것을 흥미롭게 증명한 바 있다.

유화는 아버지에게 버림받아 우발수(優渤水)에 던져진다. 그러나 여전히 물의 여신으로서의 지위에 있다. 그곳에 던져질 때에도 원래 그녀의 것이었던 숫자 3이 유지된다. 그녀는 노비 두 명과 함께 물에 던져졌던 것이다. 유화 역시 노비의 지위로 전락했다. 남성의 인정을 받지 못하면 스스로 가치를 생성할 수 없는(말할 수 없는, 자신의 말을 가질 수 없는) 노비의 위치로 떨어진 것이다. 그녀는 남성적 3의 개입으로 '말'을 되찾는다. 그 '말'이 해모수를 사랑했던 당시 유화의 주체적인 '말'이 아님은 물론이다. 아들 주몽을 통해 간접적인 방식으로 회복되는 '말'은 정공법이 아니라 속임수를 통해 얻어진다. 아들 주몽에게 '준마를 골라주는' 유화는 말(馬)의 혀에 바늘을 찔러 넣게 하여 금와를 속인다. 금와를 속이기 위해 하필 말의 혀를 바늘로 찔렀다는 것은 의미심장하다. 혀는 언어가 발성

되는 기관이다. 주몽은 '도피'의 방편으로 어미의 말을 복구한다.

유화의 '말'은 아버지의 저주("집안 망신시킨 망신스런 딸")에 의해 사라진다. 그녀는 신성의 위엄을 상실했다. 해모수는 그녀에게서 신성함을 훔쳐(유화의 금비녀), 그것으로 가죽부대(육체 안에 갇힘)를 뚫고 하늘로 도망가버린다. 유화는 "말 못하는 상태"로 버려진다.

유화가 물에서 건져지는 장면이 매우 흥미롭다. 물의 여신인 그녀를 잡기 위해 그물을 쳤더니, 그물이 끊어져서 철망으로 잡았다는 것이다. 이 철망은 앞서 해모수가 유화를 가두었던 곳이 구리로 된 방[銅室]이었다는 사실과 비교해보면 문명사의 전환이 읽힌다. 유화가 유폐되었던 방은 유화가 청동기적 가치의 보유자라는 사실을 암시한다(전 세계적으로 청동기 시대에는 여신숭배가 우세했다. 크레타 문명이 그 전형적인 예다). 이 청동기 여신을 붙잡은 철망은 이 신화가 철기시대(가부장제의 정착)의 가치에 우월성을 부여하고 있음을 나타낸다. 철기의 문명사적 승리는 '활 잘 쏘는 주몽'을 통해 완벽하게 그려지고 있다.

우리는 유화가 "돌에 앉아 나왔다"는 신화소에 주목할 필요가 있다. 돌 위에 앉아 있었다는 것은 그녀가 대지여신이기도 하다는 것을 보여주는 동시에 왕권의 담지자이며, 왕권의 확고한 터라는 것을 나타내고 있다.

우리는 앞에서 우왕이 곰이었다는 것을 안 도산이 바위가 되었는데, 그 바위를 깨고 왕자 계가 태어났다는 기록을 읽은 바 있다. 이 바위는 바로 왕권의 터를 나타낸다. 켈트신화에는 신족(神族) 투아

아일랜드 전설의 돌 '리아 페일'. 왕이 될 자가 그 위에 발을 올려놓으면 소리를 질러 알려준다고 한다. 신화에서는 '그 위로 지나가면'이라고 되어 있으니 관광 목적으로 보존된 듯한 이 돌과는 차이가 있겠으나 어쨌든 참고는 될 것 같다.

하 데 다난(다누 여신의 종족)의 보물에 관한 이야기가 있는데, 그 보물 중에 '리아 페일'(Lia Fail, 운명의 돌)이라고 불리는 바위가 있다. 이 바위는 장차 왕이 될 사람이 그 위로 지나가면 소리를 질러 그가 왕이 될 운명의 소유자임을 알려준다고 한다. 즉 대지여신-바위의 인정을 받지 못하면 왕이 될 수 없다는 것이다. 아서왕의 엑스칼리버가 바위에 꽂혀 있었던 것은 그 때문이다. 왕으로 예정된 아서를 제외한 그 누구도 엑스칼리버를 뽑아낼 수 없었다. 즉 대지가 왕으로 인정하지 않으면 왕권을 차지할 수 없는 것이다. 그것을 이해하고 나면 우리는 아서가 엑스칼리버를 바위에서 뽑아낸 것이 아니라 바위가 엑스칼리버를 내어준 것이라는 사실을 알게 된다.

바위에서 검을 뽑고 있는 아서 왕을 묘사한 삽화(하워드 파일, 1903). 왕으로 점지받은 아서만이 검을 뽑을 수 있다. 하지만 신화적으로는 바위-대지 여신이 그 검을 아서에게 내어주는 것이다.

유화가 물에 빠져서도 앉아 있었던 바위, 새 주둥이를 한 채 철망에 끌려 올라오면서도 악착같이 앉아 있었던 바위는 바로 왕권의 근거를 나타낸다. 금와왕은 그 바위의 인지(認知)를 받아내지 못했으므로 진정한 왕이 될 수 없었다. 이제 왕이 되는 것은 유화와의 친밀한 관계를 형성해 바위의 인지를 얻어낸 유화의 아들 주몽이다. 주몽이 새로운 나라의 왕이 될 수 있었던 것은 유화의 인지를 얻어낼 수 있었기 때문이다. 나중에 부여신으로 추앙받는 존재는 유화와 주몽 두 사람이다. 해모수는 어디 갔는지 보이지 않는다. 주몽은 유화에 의해 신의 반열에까지 오른다. 주몽이 시조영웅이 될 수 있었던 신성의 근원은 아버지 해모수가 아니라 어머니 유화다.

유화는 천제의 아들 해모수와 관계했지만, 곧바로 잉태로 이어지지는 않았다. 보다 극적인 사건이 유화의 잉태 성격을 드러낸다. 유화는 금와에 의해 다시 방에 유폐되었는데, 그곳에서 햇빛에 의해 잉태하게 된다. 이것은 엄밀하게 말하면 해모수와의 관계를 추상화한 것이지만, 어쨌든 아비 없는 잉태, 성령 잉태[20]를 상징하고 있다. 따라서 유화는 하늘의 정령인 새의 알을 낳는다. 그 알은 인도신화에서 '동물의 주님'(파수 바티)이라고 불리는 시바의 특성을 닮아 있다. 금와왕이 께름칙해서 내다버린 그 알들을 동물들이 소중하게 돌본다. 말구유에서 태어난 예수도 '동물의 주님' 특성을 보인다. 나중에 주몽이 말을 기르는 목동이 된 것도 은유적으로 '선한 목자'라고 불리는 예수의 신화적 상징성에서 멀리 있지 않다.

여신의 귀환

이처럼 지워진 웅녀의 흔적은 유화의 이미지 안에서 제법 생생하게 드러난다. 신화 기술자들의 붓이 모든 것을 다 지우지는 못했던 것이다. 유화는 몰락한 여신의 처지에 던져져 있으나, 주몽을 영웅으로 만드는 데 결정적인 역할을 수행한다. 그녀는 의붓아버지와 그 아들들의 질투의 희생자가 된 아들에게 '말'을 타고 떠나라고 이른다. 그녀는 주몽에게 '준마', 곧 빨리 달리는 동물을 선택해주는

---

20) 성령 잉태는 성모 마리아에게서 가장 세련되고 정제된 형태로 나타나지만, 이 주제는 사실상 전 세계적으로 발견된다. 황금 소나기로 변한 제우스에 의해 잉태한 페르세우스의 어머니 다나에의 경우도 성모 마리아만큼 정제된 논리는 아니지만, 성령 잉태의 이미지를 보여주고 있다.

북구신화 최고의 신 오딘이 타고 다니는 발이 여덟 개 달린 말 슬레이프니르. 이 역시 운명 안의 질주에서 우위를 차지하려는 신화적 설정이다.

역할을 자임한다. "잘 달리는", 운명의 손아귀로부터 "빨리 달아나게" 해주는 빛의 말(말은 붉은색)을 알아보는 것은 주몽이 아니라 유화다. 유화는 "두 배로 높이 솟아오르는 말", 현실을 뛰어넘는 신성성이 라는 다른 차원, 여신에 의해 인지 가능한 다른 가치를 보유한 말을 짚어준다. 달리 말하면 신성한 어머니와의 관계를 회복한 말을 짚어준 것이다. 그리고 주몽은 그 여신이 인지한 말을 세속적 가치에 만 관심이 있을 뿐인 금와의 시선으로부터 지혜롭게 감춘다. 그리고 그 말을 타고 금와에게서 탈출한다. 그는 어머니의 3(주몽과 동행하는 신하들인 오이烏伊, 협부陜父, 마리摩離)을 회복해 남쪽으로 길을 떠난다.

신화는 주몽이 어머니와의 이별에 너무 슬퍼서 정신을 못 차리다가 어머니가 싸준 오곡을 잃어버렸다고 한다. 그런데 한 쌍의 새가 나타나 활로 쏘아 한꺼번에 맞힌 뒤에 목구멍을 열어 보리씨를 얻고, 물을 뿌려주니 다시 살아서 날아갔다고 한다. 신화에서 여신이 새와 관련되는 것은 매우 흔한 일이다(앞서 유화가 입술을 뽑혔다는 것도 새 모양 여신의 이미지이며, 신라 박혁거세의 아내 알영도 새부리를 지니고 태어난다).

에게해 지역에서 새 모습 여인의 흔적이 많이 발견된다. 크레타섬의 헤라클리오 박물관에는 새 모습 여인을 새긴 인장들이 많이 보존되어 있다. 다음의 그림은 크레타 파에스토스에서 출토된 지름 30센티미터의 진흙 카마레스(Kamares, 기원전 1900~1700년경 크레타섬의 도기)에 보이는 모습이다.[21]

이런 여인들의 이미지는 고대 우리나라에서도 나타난다. 신라 토기에 새부리 모양의 여인 모습이 보인다. 팔을 양옆으로 벌리고 춤추고 있는데, 이는 크레타섬의 도기에 그려진 이미지와 흡사하다.

최혜영은 이 동작이 제례 행위를 나타내는 것으로 해석한다. 고대에 긍정적인 모습으로 등장했던 새 모습 여신들(이시스-제비, 네프티스-솔개 등)은 시간이 지나면서 점점 더 괴물로 변해간다. 고대 여신의 위대한 능력이 가부장제 사회에서 괴물의 능력으로 변질된 것이다. 그리스 신화에 나오는 괴조(怪鳥) 스핑크스와 하르퓌아가

---

21) 최혜영, 「고대 '새 모습 여인'에 나타난 여성상」, 『역사교육논집』 36, 역사교육학회, 2006, 381쪽.

크레타섬의 진흙 카마레스에 보이는 새 부리 모습의 여인(위)과 신라 토기에 나타난 새부리 모습의 여인.

대표적인 경우다.

　주몽신화에서 보리를 물고 날아온 비둘기의 죽음과 재생은 분명히 죽음과 재생의 드라마로서 곡신(穀神)의 신비(땅에 떨어져 죽은 씨앗에서 새로운 생명이 탄생한다)를 표현하는 장면이다. 그러나 새 '한 쌍'이 날아왔고, 그 두 마리 새를 주몽이 '화살 하나'로 꿰어 죽였다는 신화소에도 주목할 필요가 있다. 그것은 단지 주몽의 뛰어난 활쏘기 솜씨만을 보여주는 것이 아니라 보다 깊은 의미를 감추고 있다. 즉 한 쌍의 새와 화살 하나에 두 마리가 꿰어짐은 유화와 주몽이 상징적 단위체를 이루고 있다는 것을 나타낸다. 주몽이 주몽인 것은 어머니와 하나의 단위를 이루고 있기 때문이다. 주몽이 왕이 될 수 있었던 것은 여전히 곡물신 유화에 의해서다. 주몽은 아버지 해모수의 아들이 아니라 어머니 유화의 아들로서 새로운 왕국의 시조가 된 것이다. 그의 왕권의 근거는 물과 대지여신 유화다.

주몽이 비류수(沸流水) 가에 집을 지었다는 것도 같은 상징적 의미를 드러낸다. 당시에 강가에 궁전을 짓는 풍습이 있었는지 알 수 없으나 이 장소는 현실적이라기보다 상징적이다. 주몽의 왕권의 근원은 물과 대지의 여신 유화이기 때문이다.

흥미로운 것은 고구려의 시조신으로 유화와 주몽이 사당에 들었다는 것이다. 해모수도 금와도 들어가지 못한 판테온(신들의 전당)에 어머니와 아들이 좌정한 것이다.

불교를 공경하고 신앙하고, 특히 음사(淫祀)를 좋아한다. 또 신묘가 두 곳에 있는데, 하나는 부여신이라 하여 나무를 조각하여 부인상을 만들었고, 또 하나는 등고신(登高神)이라 하여 시조인 부여신의 아들이라 한다. 양쪽에 관사를 설치해서 사람을 보내 수호한다. 두 신은 아마 하백의 딸과 주몽일 것이라 한다.[22]

하나는 부여신이라 하여 나무를 새겨 부인의 상을 만들고, 또 하나는 고등신이라 하여 이를 시조라 하고 부여신의 아들이라고 한다. 모두 관사를 설치하고 사람을 보내어 지키게 하니, 대개 하백녀와 주몽이라고 한다.[23]

---

22) 『주서』 권49, 「열전」 41, 고구려.

고구려의 국가 축제였던 동맹제에 '수신'(隧神, 동굴신)을 섬겼다는 기록이 여러 전적에 전하는데(고구려 동쪽 지방의 거대한 동굴로 고고학 자료가 남아 있음), 이 신을 많은 학자들은 유화와 동일시하고 있다. 우리는 이 수신이 유화인 동시에 동굴에서 인간이 된 곰어머니와 동일 신격이었으리라 생각한다. 웅유화, 즉 곰-버드나무 어머니다. 또한 『삼국사기』는 여러 차례에 걸쳐 고구려 왕들이 시조묘에 제사하기 위해 부여로 갔다는 사실을 기록하고 있으며, 고구려가 망하자 다음과 같이 기록하고 있다.

동명왕 어머니의 소상이 3일 동안 눈물을 흘렸다.[24]

이상의 기록들로 보아 유화는 고구려인들에게 지극한 섬김의 대상이었음을 알 수 있다. 나라가 망했을 때조차 고구려 백성들은 건국주 주몽이 아니라 그의 어머니에게서 위안을 얻었던 것이다. 이러한 사실들은 몰락한 지위에도 불구하고 유화가 여전히 여신의 위엄을 박탈당하지 않았다는 것을 의미한다. 유화-주몽의 짝은 세계 전역의 고대 신화에 나타나는 어머니-아들의 짝과 동일한 의미를 가진다. 유화-주몽은 성모 마리아-예수의 근원적인 짝과 똑같은 신화적 아이콘이다.

신화는 가부장제 이데올로기에 따라 어머니들을 거의 지워버렸

---

23) 『삼국사기』 권32, 「잡지」 1, 고구려.
24) 『삼국사기』 권21, 고구려본기 9, 「보장왕」 5년.

지만, 그 흔적은 미묘한 방식으로 살아남아 있다. 즉 철저하게 지워졌지만, 그녀들을 찾으려는 사람의 눈에는 선명히 보인다.

존재의 깊은 내면으로 가는 길
수로부인 설화

수로부인의 아름다움

『삼국유사』권2, 기이 2,「수로부인」조에는 관련 설화뿐 아니라 두 편의 시(향가 「헌화가」와 한시 「해가」)가 덧붙여져 전한다. 이것은 처용 설화 다음으로 연구자들의 관심을 많이 받는 설화일 듯하다. 각기 다른 결론을 내리고 있는 연구결과가 많이 나와 있다. 첨부된 두 편의 시 해독에 대해서는 거의 이견이 없다. 그럼에도 불구하고 다양한 해석학적 이견이 존재한다. 이러한 차이는 대체로 설화의 주인공인 수로부인과 노인의 정체를 둘러싸고 생성된다. 두 주인공의 정체에 대한 견해에 따라 그들을 둘러싸고 벌어지는 설화적 사건들과 거기에 덧붙여진 시 해석이 달라지는 것이다.

수로는 누구일까? 수로(水路), '물길'이라고 불리는, 일연의 논평에 따르면 그 미모가 가히 견줄 자가 없었다는〔姿容絶代〕신라 최고의 미인, 너무나 아름다워서 신적 존재〔神物〕들이 툭하면 납치해

갔다는 이 신라의 아프로디테, 아니 프시케는 누구일까? 그리고 그처럼 아름다운 그녀에게 "인간의 자취가 이를 수 없는" 험준한 천길 낭떠러지를 올라가 자줏빛 척촉화(躑躅花, 철쭉꽃)를 꺾어다 바치고, 노래까지 지어 불렀다는 신비한 노인, 그리고 그녀가 해룡에게 납치되자 부락민들을 동원해 제의적 행동이 수반된 노래를 불러 해룡의 항복을 받아낸 또 한 명의(또는 앞서와 같은) 지혜로운 노인은 누구일까?

수로부인 설화 연구는 대체로 네 방향으로 이루어져왔다. 첫째, 수로의 아름다움을 에로티시즘의 관점에서 해석하는 연구들이 있다. 수로의 아름다움은 관능적인 것이며 수로부인 설화의 의미는 이 축에서 이해되어야 한다는 입장으로, 「헌화가」는 사랑노래, 「해가」는 에로틱한 노래로 본다. 둘째, 수로부인 설화를 불교나 도교 설화로 본다. 소를 끌고 지나가던 노인의 정체를 불교의 '심우도'(尋牛圖)와 연관짓거나 도교의 신선사상과 연관지어 불도(佛徒), 현자(또는 거사)로 보고 설화를 분석한다. 수로부인이 백성에게 불도(佛道)를 설파하는 관음보살의 현신[1]이라는 주장도 있다. 셋째, 제의적 맥락의 연구로, 수로부인 설화가 형성된 성덕왕대의 극심한 기근과 연관지어 수로를 제의를 집행한 무당으로 본다. 제의의 성격에 대해서는 기우제로 보는 입장이 가장 많고, 풍요제로 보기도

---

1) 김완식, 「수로부인의 실체, 그리고 남는 의문들」, 『국어국문학논문집』 17, 동국대학교 국어국문학부, 1996.

하며, 때로 기자(祈子) 의례로 보기도 한다. 넷째, 수로부인 설화를 정치적·사회적으로 분석하는 연구 경향이 있다. 성덕왕대가 무열 왕계 전제왕권 극성기였다는 정치적 상황에서 출발, 수로부인 설화와 첨부된 두 편의 시가가 성덕왕대의 왕권강화 전략과 연관이 있으며, 그것을 통해 지배/피지배 계층의 갈등과 타협을 드러낸다고 본다. 이 분석에서 순정공과 수로부인은 성덕왕의 정책을 수행하는 중앙권력을 대표하며, 해룡으로 상징되는 지방의 저항세력과 대치한다. 노인은 이 두 세력의 갈등을 조정하는 민중세력의 대표자라고 해석된다.[2] 수로라는 이름이 "중국 고대 황실에서 귀족들이 행차할 때 일행에 앞서 주변에 물을 뿌리던" '수로'(水路)라는 관직명이 고유명사화한 것[3]이라는 주장도 있다.

이러한 상반된 입장들은 수로부인과 노인, 그리고 관련 설화를 현실적(역사적) 관점으로 다루는가(첫째와 넷째), 초월적(신화적) 관점으로 다루는가(둘째와 셋째)에 따라 다시 두 입장으로 크게 나뉜다고 볼 수 있다.

이 모든 다양한 해석들은 각기 수로와 노인의 정체에 대해 매우 흥미로운 연구 결과들을 보여주고 있으며, 그들의 정체를 중심으로 전개되는 해석의 풍요로움은 우리 문화의 원형적 역량이 매우 다원적이라는 것을 확인시켜준다. 이 모든 연구들은 모두 의미를 가지

---

2) 신영명, 「「헌화가」의 민본주의적 성격」, 『어문논집』 37, no. 1, 안암어문학회, 1998.
3) 신현규, 「「수로부인」 조 수로의 정체와 제의성 연구」, 『어문논집』 32, 중앙어문학회, 2004.

고 있다. 그러나 필자가 보기에 기존의 연구가 매진해왔던 두 주인
공의 정체 규명은 이 설화의 진정한 이해를 위해서 본질적인 문제
처럼 보이지 않는다. 이 설화의 진정한 의미는 주인공인 수로부인
의 '아름다움'의 성격을 규명하는 것이라고 생각되기 때문이다. 일
연은 수로부인 설화를 구성하는 두 개의 병렬서사(「헌화가」와 「해
가」의 배경설화)를 나란히 배치한 후 두 서사를 관통하는 논평을 말
미에 덧붙인다.

　　수로부인은 용모가 세상에 견줄 이가 없었으므로 매양 깊은 산이나
못을 지날 때면 번번이 신물들에게 붙들리곤 하였던 것이다.[4]
　　水路姿容絶代 每經過深山大澤 屢被神物掠攬

　　즉 두 개의 병렬서사는 '수로의 아름다움'이라는 하나의 주제 안
으로 수렴되고 있는 것이다. 홍기삼은 '병렬설화'를 "같은 주인공
이 다른 무대를 배경"으로 등장하는 별개의 사건을 다룬 설화라고
정의하나 그 "별개의 사건들을 묶어주는, 전체를 통괄하는 그 무엇
의 역할이 있어야 한다"고 전제한다. 그리고 수로부인 설화에서는
"수로의 아름다움이 그 무엇의 역할"을 하고 있다는 점을 주지시킨
다.[5] 필자는 이 관점에 전적으로 동의한다. 이 설화 안에서 모든 화
소(話素)들은 수로의 '아름다움'이라는 주제를 둘러싸고 배치되어

---

[4] 『삼국유사』 권2, 기이 2, 「수로부인」, 232쪽.
[5] 홍기삼, 「수로부인 연구」, 『도남학보』 13, 도남학회, 1991, 47쪽.

있다. 그렇다면 그 '아름다움'의 특성을 이해하는 일이 수로부인 설화를 이해하는 데 가장 중요한 문제가 될 것이다.

기이 편에 편집된 특별한 여성

수로부인의 아름다움을 규명하기 전에 『삼국유사』 편제 안에서 「수로부인」 조의 위치를 먼저 규명할 필요가 있다. 잘 알다시피 일연은 기이 편 서두에서 자신의 편찬 의도를 명확히 밝히고 있으므로 「수로부인」 조가 기이 편에 편집된 것도 찬자 일연의 어떤 의도를 반영하고 있을 것이며, 그 사실이 이 논문의 주제인 수로부인의 '아름다움'의 성격 규명과 연관되어 있을 것이 분명하기 때문이다.

서술신모처럼 여신의 위격이 분명한 경우를 제외하고 인간으로서 『삼국유사』 조목명에 이름이 올라간 여성은 기이 편에 여섯, 감통 편에 하나, 모두 일곱 명에 불과하다. 기이 편에 여왕 세 명(「선덕여왕이 미리 알아낸 세 가지 일」善德王 知幾三事, 「진덕여왕」, 「진성여왕과 거타지」), 일반인 세 명(「수로부인」, 「연오랑과 세오녀」(그러나 세오녀는 여신에 가깝다), 「도화녀와 비형랑」), 감통 편에 한 명(「여종 욱면이 염불하여 서승하다」).

수백 명에 달하는 남성들 사이에서 독립 조목명으로 다루어진 여성이라면 특권적 지위임이 분명하다. 세 명은 여왕이므로 당연히 조목명이 할당될 만하니 제외한다면 수로부인, 세오녀, 도화녀, 욱면 정도가 특별대접을 누린 여성들이다. 그 가운데 노비였던 욱면은 명백히 불교 관련 인물이므로 승려 일연이 특별히 다룰 만하다. 나머지 세 여성인 수로, 도화녀, 세오녀 가운데 도화녀와 세오녀는 남성과 함께 이름이 올라가 있다. 오로지 수로만이 여성 단독으로 조목명에 이름을 올리고 있다. 이것은 특별대접 중에서도 특별대접이다.

더군다나 기이 편은 신비를 역사적 층위에서 포섭하는 목적을 가지고 집필된 부분으로, 국왕과 국사(國事) 서사가 중심축을 이루고 있다. 여왕이 아닌 일반인으로서 왕과 국사를 다룬 기이 편에 이름을 올린 수로, 도화녀, 세오녀 가운데 도화녀 서사는 진지왕, 세오녀 서사는 아달라왕과 연관되어 있다. 수로의 경우는 성덕왕대 인물이라는 사실을 빼면 서사 자체는 성덕왕과 아무 상관도 없다. 왕이나 국사와 아무 상관도 없는 여성이 단독으로 자신의 이름을 기이 편에 올리고 있는 것이다. 이렇게 보면 수로가 얼마나 특별대접을 받고 있는지 확연하게 드러난다.

「수로부인」 조는 기근, 가뭄 등으로 힘들었던 「성덕왕」 조 기사 바로 뒤에 별도의 조목으로 편집되어 있다. 즉 성덕왕대를 대표할 만한 신비한 이야기로 수로부인을 주인공으로 하는 이야기가 선택된 것이다. 그런데 겉으로 보기에 수로가 그렇게 특별대접을 받아야 할 이유는 없는 듯하다. 수로의 정체에 관해 『삼국유사』가 제공하고 있는 객관적인 정보는 그녀가 강릉태수 순정공의 부인이라는 사실뿐이다. 태수는 외직이라고 해도 "중앙에서 신임할 만한 인물을 기용했을 터이므로" 상당한 신분(관계官階 6~13등급)[6]이었

---

6) 윤영옥, 『신라시가의 연구』, 형설출판사, 1992, 165쪽.

고, 따라서 태수 부인도 만만치 않은 지위라는 것은 분명하다. 부인 (夫人)이라는 명칭은 누군가의 부인(婦人)이라는 뜻이 아니라 "왕 가의 여성들(왕비, 왕모, 왕매)이나, 김유신이나 박제상처럼 큰 공을 세운 일가의 부인들"[7]에게 극히 제한적으로 주어지는 경칭이었다. 따라서 수로가 고위층 여성이었음은 분명하다. 그런데 『삼국유사』 에는 다른 부인들도 많이 등장하므로 그것만으로 기이 편에 독립 조목명을 할당받았을 리는 없다. 또 하나의 보충 정보는 그녀가 빼어난 미인이었다는 사실이다. 그러나 그런 이유만으로 조목명을 부여받은 것처럼 보이지도 않는다. 도화녀는 너무나 아름다워서 진지 왕은 죽은 뒤에도 그녀를 못 잊어 찾아와 사랑을 나누었고, 처용의 부인도 귀신을 홀릴 만큼 미인이었다. 그러나 그녀들은 수로처럼 특별대접을 받지 못했다. 그렇다면 무엇인가가 더 있다.

장진호는 『삼국유사』 설화를 분석하기 위해서는 "일연의 일관된 기술 의도를 바탕으로 하여 고찰해야 한다"고 주장하면서 다음과 같이 덧붙였다.

일연이 채록한 설화들은 일견 잡다한 설화소의 단순한 집합인 듯 보이지만, 그 안에는 일관된 의미를 지닌, 짜여진 구조를 가지고 있는 경우가 많다. 수로부인 설화가 실려 있는 기이 편목에는 일관된 흐름이 있을 것이며, 그 일관된 맥락 안에서 해석되어야 할

---

7) 황병익, 「『삼국유사』 「수로부인」 조와 「헌화가」의 의미 재론」, 『한국시가연 구』 22, 한국시가학회, 2007, 9쪽.

것이다.[8)]

 그러고 나서 그는 기이 편에 등장한 인물들 가운데 역사적으로 실재했던 인물들을 제외하면 도화녀와 비형랑, 장춘랑과 파랑 그리고 수로부인이 남는데, 도화녀는 죽은 진지왕과의 사이에서 반신반인(半神半人) 비형랑을 낳았고, 장춘랑과 파랑은 죽은 혼의 모습으로 태종에게 현몽한 인물임을 지적한다. 요컨대 그가 내리는 결론은 "기이 편에 등장하는 설화적 인물들은 모두 기이한 신적 대상"이므로 "수로부인도 신이한 인물로 수로부인 설화도 단순한 현실 이야기가 아니"라는 것이다. 그에 따르면 "『삼국유사』의 이러한 전체적 의도를 배려하지 않은 해석은 무리"다. 그는 현실적 시각으로 수로부인을 읽는 모든 독법을 단호히 배격한다.
 필자는 장진호의 관점에 동의한다. 이 점을 놓치면 수로부인 설화의 진정한 의미를 파악할 수 없으며, 그녀의 '아름다움'의 의미도 이해할 수 없게 된다. 그녀의 '아름다움'은 현실적인 의미에서의 아름다움, 또는 육체적 의미의 아름다움과 전혀 다른 "신이한 존재"의 특성으로 이해되어야 한다. 그렇지 않다면 "신이와 역사의 통합"이라는 기이 편의 명확한 편집의도를 가지고 있었던 일연이 그녀에게 여성으로서 유일하게 독립 조목명을 할당했을 리가 없다. 그녀는 너무나 아름다워서 인간 남성과는 결혼할 수 없었던 그리스 신화의 프시케처럼 신비한 아름다움을 지닌 신이한 존재다. 그 아

---

8) 장진호, 「水路夫人說話考」, 『시문학』 47, 한국어문학회, 1986, 162쪽.

름다움은 일부 연구자들(특히 남성 연구자들)이 그렇게 생각하듯이 '관능적인' 아름다움에 불과한 것이 아니다.

어떤 '아름다움'인가

신라인의 미의식

신라인들은 후대의 고려인들이나 조선인들처럼 육체적인 아름다움을 무시하고 정신적인 아름다움만 추구하지는 않았던 것 같다. 이채강은 이어령과의 대담에서 "신화적 원형이 아직 작용하고 있는 신라는 고려나 조선조에 비해 여성의 정신미와 외형미가 동시에 찬미되는 시대"[9]였다고 말한다. 신라인들이 그리스인들만큼 육체미를 숭앙한 것 같지는 않지만, 육체적인 아름다움을 중요하게 여겼던 것은 분명해 보인다.

『삼국유사』에는 여성의 미모에 매혹되어 자신의 처지조차 망각하는 신라인들에 관한 이야기가 여러 차례 나온다. 진지왕은 제왕의 신분임에도 서녀(庶女)[10]인 도화녀를 사랑했고, 그녀를 잊지 못

---

9) 이어령, 『이어령의 삼국유사 이야기』, 서정시학, 2006, 201쪽 참조.

10) 이 명칭에 대해 강영경은 '서민 여자'를 뜻하는 말이 아니라 무(巫)를 의미한다고 주장한다. 그녀는 『설문해자』를 인용하면서 '서'(庶)의 고대적인 의미는 '평범한'이라는 뜻이 아니라 '제사를 드리는 곳'이라는 의미였다고 말한다. 그렇게 해석하면 도화녀와 진지왕 사령(死靈)의 결합은 무당의 접신행위로 해석된다. 강영경, 「고대 한국 무속의 역사적 전개: 신라 진평왕대의 辟邪를 중심으로」, 『한국무속학』 10, 2005, 57쪽.

해 죽은 뒤에 찾아와 사랑을 이룬다(「도화녀와 비형랑」). 세규사(世逵寺) 장지기 조신은 태수 김흔공의 딸에게 정신없이 빠져서(惑之甚) 승려의 신분을 망각하고 그녀를 간절히 원한다(「낙산의 두 보살 관음·정취와 조신」).

육체적 아름다움은 심지어 정신적인 덕보다 더 중요한 것으로 여겨지기도 했다. 일연은 화랑의 전신인 여성 화랑 원화제도의 기원을 이렇게 설명한다.

> 왕은 천성이 풍미(風味)가 있어서 크게 신선을 숭앙하여 민가 처녀들 중에서 아름다운 자를 뽑아 원화(原花)를 삼았으니 이는 무리를 모아 사람을 뽑고 그들에게 효제(孝悌)와 충신(忠信)을 가르치려 함이었으며, 이것은 또한 나라를 다스리는 대요(大要)이기도 했다.[11]

위의 인용문에서 나라를 다스리는 '대요'의 주체가 될 만한 사람은 지혜롭거나 덕 있는 사람이 아니라 '아름다운' 사람이다. 물론 이 '아름다움'이 단지 육체적 아름다움만을 의미하지는 않았을 것이다. 그러나 육체적 아름다움에 방점이 찍혀 있는 것은 분명하며, 육체적인 아름다움이 정신적 가치들을 불러낼 수 있을 정도로 뛰어난 자질로 여겨졌음도 분명하다. 이 원칙이 신라 전 시대에 걸쳐 적용된 것은 아니며, 신라인들이 생각했던 '아름다움'이 오로지 육체

---

11) 『삼국유사』 권3, 탑상, 「미륵선화·미시랑·진자 스님」.

적인 것에만 머물러 있었던 것도 아니다.[12] 그러나 신라인들이 후대의 한국인들보다 훨씬 더 육체적 아름다움에 민감한 미의식을 가지고 있었던 것은 사실인 듯하다. 지혜로운 말로 헌안왕을 감동시켰고, 그로 인해 왕의 사위가 되어 훗날 왕위에 오르기까지 했던 응렴(경문왕)조차 처음에는 "어떤 공주를 택하겠는가?"라는 왕의 제안에 관습을 무시하고 "얼굴이 매우 궁색하고 못생긴"(兒甚寒寢) 맏딸이 아니라 "지극히 아름다운"(甚美) 둘째 딸을 택하기로 마음먹는다. 낭도(郎徒) 범교사의 충언을 받아들여 실제로는 맏딸을 아내로 맞이하기는 했지만.[13]

『삼국유사』를 읽어보면 신라인들 전체가 아름다움에 깊이 매혹되어 있었던 것 같다. 이러한 섬세한 미의식은 신라의 빼어난 미술품에서도 잘 드러나고 있다. 김혜진은 향가 창작도 신라인들의 특별한 미의식과 연관이 있다고 보면서 「서동요」 「헌화가」 「모죽지랑가」 「처용가」 등이 아름다움에 의해 촉발된 감성으로 쓰여진 작품들이라고 보고 있다.[14]

『삼국유사』에는 많은 미인들이 등장한다. 이채강은 『삼국유사』에 의거해 처용의 아내와 도화녀 그리고 수로부인을 신라 3대 미인으로 꼽으며 그 가운데서도 수로부인이 으뜸이라고 말한다.[15] 일

---

12) 김혜진은 신라인들의 미의식의 대상을 신체적 아름다움, 도덕적 아름다움, 선의 개념으로서의 아름다움으로 나누어 설명한다. 김혜진, 「향가 창작 동인으로서의 '아름다움'과 신라인의 미의식」, 『고전문학과 교육』 15, 한국고전문학교육학회, 2008, 293~297쪽 참조.
13) 『삼국유사』 권2, 기이 2, 「제48대 경문대왕」.
14) 김혜진, 앞의 글, 293~297쪽.

연은 처용의 아내에게는 '매우 아름답다'(甚美), 도화녀에게는 '곱고 아름답다'(姿容艶美)라는 형용사를 사용하지만, 수로에 대해서는 '그 아름다움을 견줄 자가 없다'(姿容絶代)라는 표현을 썼다. 그야말로 비교불가의 '절대적' 미인인 것이다. 그녀의 아름다움은 인간뿐 아니라 신들조차 매혹시키는 힘이 있다. 이채강은 그녀의 아름다움을 "신성미"라고 부르고,[16] 이승남은 "수로부인의 아름다움" 그 자체가 "「수로부인」 조 신이성의 내막"이라고 규정한다. 얼핏 보면 이러한 분석은 이 글의 분석과 같아 보이지만, 실은 정반대다. 이 연구자들의 분석은 수로부인이 "너무나 아름다워서 신성해졌다"라는 것이고, 이 글의 분석은 그녀가 "신성하기 때문에 아름답다"라는 것이기 때문이다.

수로부인의 존재론적 위상

이제 설화 안으로 들어가서 수로부인의 '아름다움'을 자세히 들여다보도록 하자. 이어령을 위시한 많은 남성 연구자들은 수로의 아름다움을 '관능성'에 초점을 맞추어 읽는다. 이어령에 따르면 수로부인은 "품행이 좀 수상쩍은"[17] 단정하지 못한 여성이다. 이승남에 따르면 "원초적 본능에 기인한" "관능성이 수로의 아름다움의 본질"이며, 「수로부인」 조의 신이성은 수로부인의 관능적 욕망의 "은밀한 내막을 신이로써 채색하는 서사적 장치"다.[18] 즉 그녀를

---

15) 이어령, 앞의 책, 203쪽 참조.
16) 같은 곳.
17) 같은 책, 208쪽.

둘러싼 신이성은 일종의 상징적 가장(假裝)이라는 것이다.

물론 수로는 육체적으로도 아름다운 여성이었을 것이다. 그러나 수로의 아름다움이 단지 관능적인 아름다움만을 의미한다고 보기는 어렵다. 사랑의 신 에로스마저 매혹할 정도의 미모를 가졌던 프시케의 아름다움이 단지 관능적 아름다움이 아니었던 것과 같다. 프시케의 아름다움이 단지 관능적인 것에 불과했다면 그녀가 순수한 인간 출신으로서 유일하게 신격화된 존재라는 명예를 누릴 수는 없었을 것이다.[19] 필자는 수로부인의 아름다움도 프시케의 아름다움과 같은 의미를 지니고 있다고 본다. 그녀의 '아름다움'의 의미는 이야기 뒤쪽에 등장하는 「해가」를 분석한 뒤에야 분명하게 드러날 것이지만, 「해가」를 읽기 전에 일단 전반부 서사의 몇 가지 특징을 짚어두고 넘어가자.[20]

---

18) 이승남, 「수로부인은 어떻게 아름다웠나」, 『한국문학연구』 37, 동국대학교 한국문학연구소, 2009, 18~20쪽.

19) 폴 디엘, 안용철 옮김, 『그리스 신화의 상징성』, 현대미학사, 1994, 167~171쪽.

20) 많은 연구자들은 각기 다른 이유에서 「헌화가」를 분석하기 전에 「해가」를 먼저 분석한다. 그 단초는 일연 자신이 설화는 「헌화가」와 「해가」 순서로 편집하고, 첨부된 시는 거꾸로 「해가」와 「헌화가」 순으로 배치하고 있다는 사실에 의해 제공되고 있기도 하지만, 그보다는 연구자들의 관점을 「해가」가 더욱 집약적으로 드러내고 있기 때문인 것으로 보인다. 일연은 같은 편집기법을 여러 차례 사용하는데, 그 일관된 목표는 분명하지 않다. 그러나 「수로부인」 조에서 그 이유는 서사적으로 분명하다. 순정공 일행은 헌화가 사건이 있은 후, "또 이틀을 더 간"(便行二日程) 시점에 수로 납치 사건을 겪게 되는데, 이 부사구는 「해가」 에피소드가 「헌화가」 에피소드와 유기적으로 연계되어 있으며, 앞의 에피소드의 발전적 전개, 또는 귀결이

이야기는 강릉태수로 부임해 가는 순정공 일행이 바닷가에 도착하여 '주선'(晝饍, 점심식사)을 하는 것으로 시작된다. 이 '주선'에 대해서도 학자들 간에 의견이 분분하다. 수로의 관능미에 초점을 두고 읽는 학자들은 '식욕'이 인간의 원초적 욕망 가운데 하나이므로 이 점심식사는 수로의 원초적 본능이 드러나는 계기라고 보며, 종교적 관점에서 접근하는 학자들은 제의에 진설된 제물이라고 본다. 후자의 주장은 '선'(饍)이라는 글자가 임금의 식사에만 사용되었던 글자라는 점을 논의의 출발로 삼는다. 옛날 사람들은 직급에 따라 그들의 식사를 다른 용어로 불렀는데, 아무리 직급이 높다고 해도 신하의 식사에 '선' 자를 쓰는 법은 없었다고 한다. 태수가 낮은 직급은 아니지만, 그렇다고 그가 하는 식사를 '선'으로 부를 정도로 높은 직급은 분명히 아니라는 것이다. 따라서 이 '주선'은 훨씬 더 의미 있고 진지한 식사와 관련된 행위, 즉 제의와 연관된 식사, 신에게 바치는 제물을 나타낸다고 해석한다.[21]

이 글의 분석은 두 번째 분석에 기울어져 있지만, 주선이 단순한 식사든, 제의에서 이루어지는 제물 진설행위든 별 차이가 없다고 본다. 더 중요한 것은 사건이 순정공의 '공직 부임행차' 도중에 벌어진 일이라는 사실이다.

순정공과 수로부인은 역사적으로 실재했던 인물인 것으로 보인다. 『삼국유사』 왕력 편과 『삼국사기』 신라본기의 「경덕왕」 2년 기

라는 것을 드러내고 있다. 즉, 「해가」가 「헌화가」를 감싸고 있는 것이다.
21) 김광순, 「헌화가 설화에 대한 일고찰」, 『한국논총연구』, 형설출판사, 1981, 18~19쪽.

록에 따르면 경덕왕의 첫째 왕비는 삼모부인인데, 그녀는 "이찬 순정(順貞)의 딸"로 되어 있다. 아마도 『삼국사기』에 나오는 이 순정공(順貞公)이 설화의 순정공(純貞公)과 동일인인 듯하다.[22] 34대 효성왕이 후사 없이 죽자, 효성왕의 아우 35대 경덕왕이 왕위를 계승했는데, 경덕왕은 즉위 후 순정공의 부인 수로를 왕비모로서 부인(夫人)으로 책봉했다. 조태영은 『삼국유사』와 『삼국사기』에서 동일인의 이름을 동음이사(同音異寫)하는 경우는 허다하므로 두 순정공을 동일인물이라고 보는 것은 무리 없는 가정이라고 주장한다.

순정공과 수로부인이 실제 인물이었을 수 있다. 그러나 실제 인물이 역사적 맥락을 떠나 신화적 맥락으로 옮겨오면 그들의 삶과 행위는 전혀 다른 질서의 지배를 받는다. 예를 들어 유명한 켈트신화의 영웅 아서왕은 실재했던 인물이라고 여겨진다.[23] 그는 실제로는 왕이 아니라 로마의 용병대장(Dux Bellorum)이었다고 한다. 그러나 아서왕 신화 이야기들은 역사적 아서와는 아무 상관도 없이 자신의 고유한 서사논리를 따라간다. 수로부인의 경우에도 이미 이야기는 역사적인 순정공과 수로부인과 전혀 별개의 맥락으로 미끄러져 들어가 있다. 따라서 그 의미를 역사적 틀 안에서 살피는 것은―적어도 신화연구 분야에서는―큰 의미가 없다. 프랑스의 신화학자 피에르 그리말은 신화에서 역사적 지수를 찾아내 신화를 합

---

22) 조태영, 「『삼국유사』 수로부인 설화의 신화적 성층(成層)과 역사적 실재」, 『고전문학연구』16, 한국고전문학회, 1999, 20쪽.

23) Jean Markale, *Arthur, Merlin et le Graal*, Éditions du Rochered, Monacco, 2000, p. 42 참조.

리화하려는 에우헤메리즘적인 모든 시도가 신화를 "가난하게 만드는" 데 기여할 뿐이라고 말한다.

> 신화를 합리화하려는 노력은 신화의 생생한 실체를 비워버린 다음, 신화로부터 모든 존재 이유를 빼앗기에 이르렀다. 에우헤메리즘은, 매우 유혹적이기는 하나, 신화적 사유에 대한 부정 그 자체다.[24]

두 인물이 역사적 인물인지 아닌지는 신화적으로는 중요한 일이 아니다. 일연 자신이 순정(順貞)을 순정(純貞)으로 표기함으로써 이 남성 주인공에게 역사에서와 전혀 다른 역할을 부여하고 있다. 역사적 순정공은 그의 사후에 일본 왕이 애도의 조서와 황색 비단 그리고 면을 보냈다는 사실이 『속일본기』(續日本記)에 등장할 정도로 상당한 위세를 지닌 인물이었던 것 같다.[25] 장진호는 '순정'(純貞)이라는 이름은 "순진하고 천진한 아이 같은 사람이라는 뜻을 함축"하고 있다고 분석한다.[26] 설화 안에서 보이는 성격과 일치하는 이름이라는 것이다. 설화적 순정공의 이름은 수동적이며, 체제가 시키는 대로 하는, 말 잘 듣는(순한), 거의 중성적인 이름이다. 수로부인 설화에서 고위 관리 순정공은 아무 역할도 하지 못한다. 이어령이 "바보"라고 부르는 이 무능한 남편[27]은 수로가 꽃을 따달라

---

24) Pierre Grimal, *La Mythologie Grecque*, Paris: PUF, 2013, p. 109.
25) 황병익, 앞의 글, 8쪽.
26) 장진호, 앞의 글, 171쪽.
27) 이어령, 앞의 책, 209쪽.

고 했을 때도 아무것도 하지 못하며, 아내가 해룡에게 잡혀갔을 때도 "비틀거리며 땅에 주저앉아"(顚倒躄足之) 발만 동동 구른다. 그러고는 백성들이 힘을 합쳐서 수로를 되찾고 나자 아내에게 "해중이 어떻더냐?"는 한가한 질문이나 던지고 있다. 『삼국유사』 전체를 통틀어서 이처럼 한심한 남편은 없을 것 같다. 그러나 이 설정은 분명히 '설화적'인 의미가 있다.

수로를 관능적 욕망의 화신으로 보는 이승남은 이 무기력한 남편의 존재가 수로의 뜨거운 성적 욕망을 두드러지게 하기 위한 설화적 연출[28]이라고 본다. 남편 순정공의 무력함 때문에 수로의 싱싱한 관능이 더 돋보인다는 것이다. 순정공이 상징적으로 수로의 정반대편에 놓여 있다는 것에는 동의하지만, 필자의 해석은 전혀 다르다. 순정공은 이 신화적 배치 안에서 무력할 수밖에 없는 존재다.

사건은 '부임행차' 도중에 일어난다. 즉 세속적 질서로의 완벽한 합류(부임)의 흐름을 끊고 들이닥치는 것이다. 따라서 주선은 그것이 평범한 점심식사든, 제의적 진설이든 아무 상관이 없다. 주선이 부임행차의 흐름을 '끊는' 계기로 작동한다는 것이 중요하다. 그 세속적 질서가 중단된 틈을 타서 전혀 다른 질서에 속한, 미래의 강릉태수 순정공이 통제할 수 없는 사건이 일어난다. 그 사건이 일어나는 장소가 바닷가라는 사실에도 주목해야 한다. 바다는 일상적 논리가 통용되지 않는 장소다. 바닷가는 이승이 끝나고 저승이 시작되는 곳이다. 그곳은 이승과 저승의 경계다. 그곳에 천길 까마득한 낭떠

---

28) 이승남, 앞의 글, 24쪽

러지 위에 자색 철쭉꽃(척촉화)이 흐드러지게 피어 있다. 수로는 그 꽃을 가지고 싶어한다. 그것에 관해서도 에로티시즘을 강조하는 학자들은 꽃이 수로의 성적 욕망의 상징이라고 보고, 제의적 맥락으로 읽는 학자들은 꽃이 지혜를 상징한다고 읽는다. 필자의 눈길은 다른 신화소에 머문다. 수로는 그 꽃을 가지고 싶다는 희망을 피력한 것, 즉 "가져다주면 좋겠다"라고 말한 것이 아니라 가져오라고 좌우에 명령했다.

> 공의 부인 수로가 (철쭉꽃을) 보고 좌우를 돌아보며 말하길, 꽃을 꺾어 바칠 자 누구냐?
> 公之夫人水路見之 謂左右曰 折花獻者其誰

이재호 번역에는 수로가 "청했다"[29]고 되어 있지만, 원문의 뉘앙스는 그것이 아니라 명령 또는 지시에 가깝다. 게다가 "꽃을 꺾을"(折花) 뿐 아니라 "바치라"(獻)고 말하고 있다. 매우 당당한 태도다. 이 '바치다' 동사는 수로설화에서 수로와 연관되어 세 차례 나타나는데, 그것은 수로의 높은 존재론적 위상을 드러내는 동사로 보인다.

아울러 수로가 주체적으로 '말했다'는 사실에 주목해야 한다. 『삼국유사』 전체를 통틀어서 이렇게 당당하게 말하는 여성은 여왕들 빼면 수로 말고는 없다. 그녀는 자신의 말을 가지고 있다. 해중에서

---

29) 『삼국유사』 권2, 기이2, 「수로부인」, 231쪽.

「헌화가」의 배경이 되는 삼척시 남화산에 조성된 수로부인 헌화공원.

의 경험을 묻는 남편의 질문에도 그녀는 스스럼없이 대답한다. 이 대답에 대해서도 어떤 연구자들은 수로가 뻔뻔스러울 정도로 성적 쾌락에 몰두했다고 분석한다. 채수영은 수로 서사를 "수로의 유별 난 적극성으로 인해 인구에 회자된 사랑의 스캔들"[30]이라고 정의 한다. 그러나 수로의 태도는 뻔뻔함이 아니라 당당함 또는 독립성 을 드러낸다. 수로가 이야기한 해중에서의 경험은 성적 체험이 아 니라 세상질서를 벗어난 신성한 공간에서 가진 종교적 환희다.

꽃은 천길 낭떠러지 위에 피어 있다. 수로의 일행(순정공의 일행이

---

30) 채수영, 「색채와 헌화가」, 『한국문학연구』 10, 동국대학교 한국문화연구 소, 1987, 12~13쪽.

라는 표현이 더 맞는다)은 그 낭떠러지가 "인간의 자취가 이를 수 없는 곳"(非人跡所到)이라고 답한다. 그때 암소를 끌고 그곳을 지나가던 노옹(老翁)이 수로의 말을 "듣고" 꽃을 따왔고, 노래도 지어 바쳤다(獻之). 그 노옹이 누구인지는 알 수 없다. 이 꽃이 가지고 있는 신성한 성격은 그것이 "인간의 자취가 닿을 수 없는" 곳에 피어 있다는 사실로 분명하게 드러난다. 그 꽃을 따온 노옹은 따라서 평범한 사람일 리 없다. 이 노인의 정체를 둘러싸고 20여 가지 해석[31]이 제시되어 있는데, 그 각각의 논의가 모두 흥미롭다. 그러나 그가 도사이든 승려이든 거사이든 촌로이든 중요한 것은 그가 신성함의 질서에 속해 있는 수로의 말을 "알아듣고"(聞) 인적이 닿지 못하는 까마득한 언덕을 올라가 꽃을 따다가 수로에게 바친 특별한 능력의 소유자로, 어디서 왔는지 알 수 없는(정체를 알 수 없는) 신비한 인물이라는 것이다. 『삼국유사』에 등장하는 노인들은 모두 이 노옹처럼 신비한 존재들이다.

꽃의 색채에 대해서도 많은 해석이 제기되어 있으나, 꽃의 색채는 크게 중요하지 않다. 그러나 자주색이 예로부터 가장 귀한 색채로 여겨져(동양에서는 명계의 신들을 위한 제의에 사용되었고, 서양에서도 티루스Tyrus산 특별한 조개에서 소량 채취되는 염료로 만들었기 때문에 무척 비싼 물감이었다. 『성서』에도 티루스〔두로〕에서 자주

---

31) 선승, 도옹, 초인적 인물, 이인(異人), 신선, 현자, 산신, 신격, 촌로, 촌장(촌주), 농부, 주술사, 용의 변신, 신화적 인물, 사제, 일관, 농신, 산신령, 몸주 등. 김완식, 앞의 글, 107~108쪽 참조.

색 물감으로 큰돈을 벌어 부자가 된 여자의 이야기가 나온다[32]) 그 때문에 왕이나 성직자의 옷을 염색할 때나 제한적으로 사용되었으며, 따라서 신성함을 드러내기에 적절한 색채라는 사실을 짚어두자. 황병익은 '자색'(紫色)을 "제왕이나 현자가 나타날 상서로운 기운"으로 보면서 수로왕 설화의 '자승'(紫繩), 혁거세 설화의 '자란'(紫卵), 김알지 설화의 '자운'(紫雲)을 그 예로 든다. 도교 전설의 최고 신선은 '자황'(紫皇)이라고 불리며, 중국 전통에서 제왕이 사는 곳은 '자궁'(紫宮)이라고 명명된다.[33]) 황병익이 인용하는 신선의 '자색' 은거지에 대한 묘사는 아름답다.

은자가 어디에서 살 것인가? 선촉(仙躅) 고운 자암(紫巖)에서, 달 밤에 거문고 뜯으면 무엇을 더 바라겠는가?[34]

따라서 「헌화가」를 사랑노래로 해석하는 것은 이 설화의 본질에서 벗어나는 일이다. 「헌화가」를 사랑노래로 해석하는 연구자들은 설화에서 하필 노인으로 하여금 사랑을 노래하게 했을까, 라는 의문에 대해 젊은이에게 사랑을 노래하게 하면 "지극히 성적인 서사"[35]가 되어버리므로(게다가 수로부인은 남의 아내이고, 그 자리

---

32) *Dictionnaire des Symboles*, T. V, pp. 396~397 참조.
33) 황병익, 앞의 글, 24쪽.
34) 王績, 『文淵閣四庫全書』, 황병익, 앞의 글에서 재인용.
35) 김수경, 「남성성과 여성성의 대립으로 본 헌화가」, 『이화어문논집』 17, 이화여자대학교 한국어문학연구소, 1999.

에 순정공도 함께 있지 않은가) 지나친 속화(俗化)를 막기 위해서라고 설명한다. 이어령은 노인이 수로부인에게 품은 사랑을 "성자의 사랑"[36]이라고 부르면서 설화가 수로부인의 사랑 대상을 노인으로 그린 이유는 "성자의 연심을 이상으로 그리기 위해"서이며, 그 사랑은 "뜨거우나 욕정에 끓지 않으며, 헌신적이나 음란하지 않은" 것이라고 말한다. 이러한 설명들은 본질을 비켜가는 피상적인 해석이라고 여겨진다.

천길 낭떠러지에 피어 있는 자주색 꽃과 그것을 따다 바치는 노옹에 대한 해석의 본질을 가장 정확하게 지적하고 있는 학자는 안영희다. 그녀는 직접 채록한 현대 무당들의 꿈 이야기에 '꽃' 이야기가 무수히 나온다는 것을 확인했다.

① 길 가다 꽃을 꺾지 못하면 불안하다. 주인에게 허락받고 꺾어야 마음이 풀린다. 벼랑 같은 데 있는 꽃을 꺾으려다가 못 꺾게 되면 안타까워 견디기 힘듦. 그럴 때는 대개 꿈에 산신 할아버지가 벼랑에 있는 꽃을 따서 준다고 함. 생시에 벼랑에 있는 꽃을 꺾으려다가 몇 차례 부상. 그래도 벼랑에 꽃이 있으면 또 올라가게 된다.

② 바다 한가운데에 이르자 줄을 타고 물속으로 들어간다. 입에는 흙을 물었는데 흙이 아니고 용궁에 들어가니 은편(銀片)으로 바뀌었다. 은편을 물고 있지 않으면 용궁에 들어갈 수도 나올 수도 없다고

---

36) 이어령, 앞의 책, 221쪽.

한다. 호화찬란한 용궁이 보인다. (…) 용궁 안에는 세상과 다른 향기가 가득 차 있다. (…) 꿈에서 깨었는데도 용궁의 향기가 코에도 배어 있고 옷에도 배어 있어 냄새를 맡으니 정말 향기로웠다.

인용한 구절들은 현대의 무당들이 무병을 앓는 도중에 꾼 꿈 이야기들이다. 수로 이야기와 놀라울 정도로 똑같다는 것을 확인할 수 있다. 그녀들의 꿈에 나타나는 꽃은 수로 이야기에 나오는 꽃의 의미와 완전히 같다. 꽃은 그녀들이 이제 바야흐로 받아들여야 할 인간계 너머의 가치를 상징하고 있다. 수로를 무당으로 보는 학자들도 많은데, 장진호는 「헌화가」 배경설화를 수로의 무병 단계로, 「해가」 배경설화를 내림굿 단계로 분석한다. 매우 치밀하고 설득력 있는 뛰어난 연구[37]지만, 수로가 무당인지 아닌지를 밝히는 것은 그렇게 중요하게 여겨지지 않는다. 수로가 일상적 질서를 벗어난 신성성과 관계를 맺고 있는 인물이라는 점을 이해하는 것으로 설화의 의미는 충분히 밝혀진다고 생각되기 때문이다. 수로는 남편 순정공이 관여할 수 없는 세계에 속해 있다. 따라서 수로에게 닥친 일에 대해 순정공이 무력한 것은 당연하다. 그녀는 순정공의 손이 닿지 못하는 높은 존재론적 질서에 속해 있는 신화적 인물이기 때문이다. 따라서 수로의 아름다움은 그녀가 의미를 생성시키는 신성한 중심과 관련 있는 존재라는 사실로부터 온다. 그녀는 신비한 노인으로부터 '꽃'을 받음으로써 바닷속 깊은 곳(水路)으로 내려갈 자격을 획득

---

37) 장진호, 앞의 글.

한 것이다.

「구지가」와 「해가」

수로부인 설화의 진정한 의미는 「헌화가」 배경설화보다는 「해가」 배경설화로 더욱 분명히 드러난다. 그런데 「해가」는 무려 700년 정도 앞선 시대에 형성된 「구지가」와 그 형태가 거의 똑같다. 『삼국유사』 『가락국기』에 전하는 「구지가」 배경 설화에는 금관가야 건국시조 수로왕(首露王) 출현설화가 기록되어 있다.

개벽한 후로 이곳에 아직 나라의 이름이 없고, 또한 군신의 칭호도 없더니 (…) 후한 세조 광무제 건무 18년 임인 3월 계욕일에 그곳 북쪽 구지(龜旨)에서 무엇을 부르는 소리가 났다. 중서(衆庶) 이삼백 명이 이곳에 모이니, 사람의 소리는 나는 듯하되 그 형상은 보이지 않고 소리만 내어 말하기를 여기가 어디냐 대답하되 구지라 하였다. 또 말하되 황천이 나에게 명하기를 "머리를 내밀지 않으면 구워 먹으리라" 하고 무도(舞蹈)하면 대왕을 맞이하여 환희용약(歡喜勇躍)할 것이라 하였다. 처음 나타났다 하여 휘를 수로(首露)라 하고

그리하여 "봉우리를 파면서 흙을 파헤치면서"(掘峰撮土) 「구지가」를 불렀더니 수로왕이 출현했다고 한다. 「구지가」는 「해가」와

그 구조가 거의 똑같다.

구지가

거북아 거북아 머리를 내어라	龜何龜何 首其現也
내어놓지 않으면 구워 먹겠다	若不現也 燔作而喫也

해가

거북아 거북아 수로를 내놓아라	龜乎龜乎出水路
남의 부녀 빼앗아간 죄 얼마나 큰가	掠人婦女罪何極
이네 만일 거역하여 내놓지 않으면	汝若悖逆不出獻
그물로 잡아 구워 먹으리라	入網捕掠燔之喫

두 노래의 공통점은 1) 나타나기를 원하는 대상이 모두 수로(한자 표기는 다르지만)이며, 2) 노래를 부른 사람들이 모두 군중이고, 3) 협박 대상이 모두 거북이며, 4) 일정한 제의적 행동을 수반(흙을 파헤치며 춤을 추다—「구지가」/막대기로 해안을 때리다—「해가」)하고 있다는 점이다. 「해가」에 덧붙여진 것이라고는 "부녀 약탈"이 죄라고 언급한 부분과, "그물로 잡겠"다는 거북 포획방식이 구체적으로 언급된 것뿐이다. 유교적 도덕관과 포획방법의 합리화가 덧붙여졌을 뿐이다. 700여 년 뒤에 다시 나타난 「구지가」는 무슨 의미를 가지고 있는 것일까? 남성인 수로왕이 여성인 수로부인으로 다시 등장한 이유는 무엇일까?

김난주는 「구지가」와 「해가」를 비교한 논문에서 수로왕에 대한

수로왕 표준영정(오낭자, 1991).

흥미로운 사실을 알려준다. 금관가야(가락국)의 왕세계(王世系)는 기원후 1세기부터 6세기에 멸망할 때까지 고작 10대의 왕으로 이루어져 있다. 반면에 고령가야는 16대로 이루어져 있다. 그런데 1~3세기까지 수로가 159년간 통치한 것으로 되어 있다. 따라서 수로는 고유명사가 아니라 '통치자'를 의미하는 일반명사였으리라는 가정이 가능하다. 그러나 2대 거등왕부터는 왕의 성이 '김씨'라는 사실이 명확하게 밝혀져 있다. 따라서 김난주는 수로왕으로 통칭되는 여러 왕들이 거등왕 이후 확립된 부권 계승 이전의 어떤 다른 원칙에 의해 왕위를 계승했을 것이라고 추정한다(아마도 고대 신라처럼 모계 계승이었을지 모른다).[38]

---

38) 김난주, 「굿노래서의 「구지가」와 「해가」 소고」, 『국문학논총』 14, 단국대

가락국 건국신화가 「구지가」 배경설화 말고 또 하나의 설화가 있다는 사실을 참고하면 이 가정은 보다 사실일 가능성이 높아진다. 조선시대 지리서인 『신증동국여지승람』 권29, 「고령」 조에는 가락국 건국시조가 가야산 여신인 정견모주(正見母主)로 되어 있다. 그렇다면 원래는 정견모주를 시조신으로 모시다가 거등왕 이후 통치권 세습이 이루어지면서 원래의 건국신화를 밀어내고 김씨 시조신화가 새로운 건국신화로 형성되었을 가능성이 있다.[39]

그런데 그 수로왕이 어째서 신라시대에 들어와 여성으로 변하게 된 것일까? 김난주는 수로왕 설화가 두 개의 경로로 구전되었을 가설을 제시한다. 지식계층을 중심으로 수로왕 설화가 건국신화로 전해져 내려오다가 문헌으로 정착되었고, 서민층을 중심으로 구전되어온 다른 판본에서는 수로가 여성으로 되어 있었을 것이라는 점이다. 이 가설을 증명할 수 있는 자료는 없다. 그러나 충분히 설득력 있는 가설이라고 여겨진다. 어쩌면 수로는 원래 여신-여왕이었을 수도 있다. 그 여신-여왕이 문헌설화로 정착되는 과정에서 남신-남왕으로 변했을 수 있다.

이 노래가 주인공을 남성에서 여성으로 바꾸고, 전혀 다른 배경설화를 만들어내면서까지 그토록 오랫동안 구전되어 내려온 것은 「구지가」가 지니고 있는 강력한 주술적 능력 때문인 것으로 보인다(이 노래는 조선시대까지도 살아남았다. 조선시대 기우제 때 불렀

학교 국어국문학과, 1994, 296~304쪽.
39) 같은 글, 298쪽.

던「도마뱀노래」[蜥蜴歌]도 그 기본 구조는「구지가」와 똑같다[40]). 가락국 시조 수로는 막강한 능력을 지닌 사제왕이었던 것 같다. 신라 4대 탈해왕은 혈통 때문이 아니라 재능(대장장이) 때문에 왕이 되었는데, 그런 탈해마저도 수로와 변신경기를 해서 패하는 이야기가 『가락국기』에 전한다. 그처럼 능력 있는 사제왕인 수로를 출현시켰던「구지가」는 소원을 풀어주는 주술적 노래로 민간에 오래 전해져 내려왔을 가능성이 크다.

'거북'의 이미지는 종종 남성 성기를 상징하는 것으로 본다. 그 때문에 수로부인의 아름다움을 관능미로 보는 연구자들은「해가」를 에로틱한 노래로 해석한다.「구지가」나「해가」에 성적 상징성이 내포되어 있는 것은 사실이다. 흙을 파헤친다는 것도 여성인 대지와 거북의 머리(남근)가 만나는 것으로 해석할 수 있다.「해가」에서는 "막대기로 해안을 두들기는" 몸짓이 수반되는데, 이것 역시 성적 상징성을 가지고 있다(막대기-남근/해안-땅-여성). 그러나 중요한 것은 성적 상징성 자체가 아니다. 현대인들이 보기에 음란해 보이는 성적 상징성은 고대인들에게는 엄숙하고 신성한 것으로 여겨졌다. 고대 신화에는 현대적 성관념으로 보면 음란하기 짝이 없는 이야기들이 무수하게 나타난다. 그것을 현대적 관점으로 해석하는 것은 신화의 본질을 이해하지 못하는 것이다. 고대 그리스의 디오니소스 제전에는 거대한 남근 모형에 씌운 베일을 벗기는 제의가

---

40) 이동철,「수로부인 설화의 의미」,『한민족문화연구』18, 한민족문화학회, 2006, 232쪽 참조.

수로왕 탄생 설화가 전해져 오는 김해시 구지봉(龜旨峰) 정상에 있는 구지봉석. 백성들은 이곳에서 수로왕을 맞이하기 위해 춤을 추며「구지가」를 불렀다고 한다.

포함되어 있었으며, 신도들은 거대한 남근 모양의 조형물을 들고 엄숙하게 행진했다.[41] 이 이미지들은 폼페이의 "신비의식의 마을" (Villa of the Mysteries) 벽화에 남아 있다. 이러한 고대 이미지들을 현대적 성관념으로 파악하는 것은 아무 의미도 없다.

신화적으로 중요하게 여겨져야 하는 것은 그러한 성행위를 모방한 제의적 행위에 "새로운 탄생"이 뒤따른다는 사실이다. 수로(首露)는 대중이 흙을 파헤치며「구지가」를 부르자 모습을 드러낸다.

---

41) 스티픈 앨 해리스·글로리아 플래츠너, 이영순 옮김,『신화의 미로 찾기』 1, 동인, 2000, 297쪽.

용에게 잡혀갔던 수로(水路)는 사람들이 막대기로 땅을 두드리며 「해가」를 부르자 바다로부터 솟아나온다. 설화는 용이 "수로를 받들고 나와 바쳤다"(奉獻)라고 기록한다. 수로와 연관해 되풀이되는 '헌' 자는 그녀가 속인이 아니라 신성한 존재라는 것을 나타내고 있다. 성적 환기력을 가지는 주술적인 노래와 행위(춤)는 남성적 원리와 여성적 원리의 결합을 통한 새로운 존재의 탄생을 준비하는 제의적 절차로 해석되어야 한다.

용궁에서 돌아온 수로는 예전의 수로가 아니라 완전히 새로워진 수로[42]다. 많은 남성 연구자들은 해룡에게 납치되었던 수로가 해룡과 성관계를 가졌을 것이며, 바다에서 돌아온 수로가 더욱 아름다워진 것은 그 때문이라고 말한다. 이상설은 수로부인 설화를 '염정설화'로 분류한다.[43] 이어령은 아예 '밀통'이라는 단어를 사용한다.[44]

---

42) 앞에서 수로의 신성성은 이미 신비한 노인에 의해 인지되었으므로, 해룡에게 납치된 뒤 "완전히 새로워진 수로"의 탄생은 설화적인 췌사로 여겨질 수 있다. 그러나 「헌화가」 배경설화에서 수로의 신성성을 확실하게 인지하고 있는 사람은 노인뿐이며, 「해가」 배경설화에 이르러서야 수로의 신성성을 공동체 전체가 자신들의 안녕과 연관된 중요한 문제로 인지하는 것이다. 따라서 두 번째 설화에 이르러서야 비로소 수로의 신성성에 대한 인지는 공적으로 확고해진 것이라고 볼 수 있다. 한 인물의 신성성의 공적 인지는 반드시 일정한 제의 절차를 필요로 한다. 장진호는 「해가」 배경설화를 내림굿 단계로 가정하고, 무당인 수로가 공적으로 영능(靈能)을 인정받는 제의과정의 설화적 표현으로 본다(앞의 글, 172쪽 참조). 필자는 수로가 무당이었다는 것을 확인하는 것은 수로설화 이해에서 필수적인 부분은 아니라고 보지만, 「헌화가」와 「해가」가 수로의 신성성의 점진적 강화라는 구도를 따라가고 있다고 보는 점에서는 장진호와 같은 견해를 가지고 있다.

43) 이상설, 「염정설화의 의미체계와 서사문학」, 『명지어문학』 23, 명지어문

그렇다면 수로의 해중 경험을 아무렇지도 않게 물어보는 순정공과 아무렇지도 않게 대답하는 수로부인을 어떻게 이해해야 하는가? 수로의 수중 납치가 성적 경험을 드러내는 것에 불과하다면 수로의 납치를 해결하는 당사자는 순정공이 되어야 마땅하다. 그러나 순정공은 발만 동동 구를 뿐 또다시 신비한 노인이 나타나 문제를 해결하며,[45] 수로의 납치는 순정공 개인의 문제가 아니라 공동체 전체와 연관된 문제로 묘사된다. 다중이 모여 노래를 부르고 제의적 행동을 함으로써 전혀 새로워진 수로를 돌려받는다. 즉 「해가」는 그 기원인 「구지가」처럼 공동체 전체의 안녕과 관련된 문제인 '수로의 출현'을 촉발시키는 주술적 노래로서 작용하는 것이다.

　해룡에게 납치되어 바다에 들어간 수로는 저승여행을 한 것이다. 즉 그녀는 노인이 꺾어다 준 꽃을 손에 들고(신성성의 표지를 들고), 바닷속에 들어가 죽고 다시 태어난 것이다. 돌아온 수로는 해중 경험을 묻는 남편에게 "그곳의 음식은 달고 향기로우며 인간계의 요리방식으로 익힌 음식이 아니다"(所饍甘滑香潔 非人間煙火)라고 대답한다. 이승남은 수로가 음식과 향기에 관해 얘기하는 것은 "미각, 후각과 같은 관능적 체험"을 드러내는 것이며, "인간의 원초적 본능"[46]과 관계있다고 해석한다. 수로가 하필 '음식' 이야기를 한

　　학회, 1996.

44) 이어령, 앞의 책, 209쪽.

45) 이 노인이 「헌화가」의 노인과 같은 인물인지 다른 인물인지도 논쟁의 대상이다. 그러나 그것은 크게 중요해 보이지 않는다. 그가 문제해결 능력을 가진 신비한 인물이라는 점을 이해하는 것으로 설화적 의미는 충분히 드러난다고 여겨지기 때문이다.

것이 인간의 '원초적 본능'과 관계있다는 분석에는 필자도 동의한다. 먹는 행위는 인간의 원초적 조건과 연관 있기 때문이다. 그러나 수로가 '음식' 이야기를 한 것은 바로 인간의 원초적 조건인 음식의 특질 자체가 '그곳'에서는 '다르다'라는 것을 말하기 위해서였다고 본다. 따라서 수로의 대답에서 방점이 찍혀야 하는 구절은 '비인간연화', 인간의 요리방식과 다르다는 진술이다. 그녀는 세상의 음식과 '다른' 음식을 먹고 '다른' 존재가 된 것이다.

이제 「해가」의 분석 결과를 가지고 「헌화가」로 돌아가보자. 이 노래에서 가장 논란이 많은 부분은 "나를 아니 부끄리신다면"(吾肹不喩慚肹伊賜等)이라는 구절이다. 이것을 두고 많은 연구자들은 노인과 수로의 사회적 신분 차이를 말한다. 수로가 고귀한 신분이기 때문에 초라한 자신을 부끄럽게 여길 터이므로 꽃을 꺾어 바치는 것이 두렵다는 뜻으로 이해하는 것이다. 두 사람이 차이가 나는 것은 분명하다. 그러나 그것은 사회적 신분의 차이라기보다는 존재론적 위상의 차이다. 노인은 수로의 신성성을 알아차렸다. 그러므로 그녀에게 꽃을 바치는 것은 암소를 끌고 가는 일상의 삶과 전혀 다른 질서에 속한 일이라는 것을 수로의 말을 "듣고" 알았다. 그는 수로에게 "암소를 놓게 하시고"라고 말한다. 노인은 수로에게 당신이 내가 당신을 섬길 만한 자격이 있는 자라고 여기신다면—나를 부끄럽게 여기지 않으신다면, 일상을 잠시 떠나는 것을 허락해달라고

---

46) 이승남, 앞의 글, 17쪽.

청원하는 것이다.

노옹은 수로의 말을 "듣고" 수로의 명령을 수납한다. 그것은 단지 노인이 수로의 발화 기호를 감각적으로 지각했다는 말을 의미할 수도 있다. 그러나 이 설화 전체 구도를 놓고 볼 때 노인이 "들었다"는 것은 좀더 깊은 의미를 내포하고 있을 수도 있다. 왜냐하면 "듣는다"는 것은 신성한 메시지에 신자가 반응하는 방식이기 때문이다. 진리는 눈으로 들어오지 않고 귀로 들어온다. 『성서』는 "볼 눈이 있는 자는 볼지어다"라고 말하지 않고, "들을 귀 있는 자는 들을지어다"라고 말한다. 청각은 가장 초월적 감각으로 여겨진다.[47] 부처는 눈을 내리깔고 있다. 그런데 그의 귀는 속인들의 귀보다 훨씬 더 크다. 부처에게는 "보는" 일보다 "듣는" 일이 중요하다. 사물의 외양은 진실을 숨긴다. 진실을 알기 위해서는 사물 안으로 깊이 들어가야 한다. 노인은 내면을 깊이 내려가 "듣는" 자다. 수로왕(首露王)이 육체적으로 모습을 나타내기 전에(신도들이 눈으로 지각하기 전에) 먼저 "소리"로 자신을 계시했다는 사실은 이 상징적 맥락에서 깊은 의미를 가진다. 수로왕을 진실로 받아들이려면 신도의 내면이 미리 왕의 존재 의미를 "알아듣는" 준비를 마쳐야 하는 것이다.

수로가 해룡에게 납치되었던 것은 여러 연구자들이 지적하듯이 입무(入巫) 경험을 말하는 것일 수 있다. 장진호는 해룡에 의한 수로 납치는 몸주인 수신-용신의 신내림을 의미하는 것이며, 용신이 천신-노인(높은 산꼭대기에 올라간 것으로 보아 천신과 연관되어 있

---

47) *Dictionnaire des Symboles*, T. III, p. 328.

다는 분석)에게 항복한 것은 전통적으로 우리 신화에서 천신과 용신의 싸움이 늘 천신의 승리로 끝나기 때문이라고 설명한다(예컨대 수신 하백과 천신 해모수의 변신경기에서 해모수의 승리. 현대의 무巫 독트린에서도 이 도식 유지).[48] 매우 뛰어난 분석이다. 그러나 수로가 무당이었다는 것을 설화 문맥으로는 확인할 방법이 없다. 불교가 국교인 나라에서 고위층 부인이 무당일 가능성은 없다, 라는 주장도 설득력 있어 보인다.[49]

필자의 관심은 수로가 무당이었는가 하는 문제보다도 그녀가 특별한 능력의 소유자였다는 사실에 맞추어진다. 그녀의 아름다움을 그녀가 신성함과 맺고 있는 관계에게 생겨난 특질로 분석한다면 그녀가 용에게 납치되고, 깊은 산과 큰 연못을 지날 때 늘상 신적 존재들에게 "약람"(掠攬)되곤 했다는 사실을 그녀의 신성함에 대한 감지능력으로 이해할 수 있다. 그것을 샤머니즘적으로 표현한다면 '접신'이라고 부를 수 있을 것이다. 수로는 신성한 존재들과의 소통능력을 가진 존재, 신성함에 대한 감응능력, 일연의 용어를 빌린다면, '감통'(感通) 능력을 가진 존재였기 때문이다. 그것이 속인들의 눈에 '납치'로 여겨진 것은 그녀의 그 감통 능력이 세속성과의 관계를 갑작스럽게, 폭력적으로 단절하는 것으로 보였기 때문일 것이다. 성스러움은 천천히 시간을 두고 다가오는 것이 아니라 번개처럼 폭력적으로 들이닥치는 것이다. 『성서』는 성(聖)이 임재하는 급박한 방식을 "천

---

48) 장진호, 앞의 글, 174쪽.
49) 이동철, 앞의 글, 239쪽,

국은 도둑처럼 온다"[50]라고 묘사하기도 한다.

수로, 우리 내면의 여자

수로부인 설화를 둘러싸고 이루어진 여러 연구의 다양한 해석은 한국 설화가 가지고 있는 문화적 다원성의 힘을 보여주고 있다. 그러나 지나치게 등장인물의 정체성을 밝히는 데 몰두함으로써, 설화 자체가 가진 신화적 의미를 밝히는 데 소홀한 것은 아닌가 하는 우려가 든다. 이러한 학문적 방향은 사실 『삼국유사』가 가진 복합성에서 유래한다. 『삼국유사』가 역사와 신화를 동시에 나란히 다룸으로써, 역사와 신화 양쪽으로 모두 읽힐 수 있는 가능성을 열어놓고 있기 때문이다. 지금까지 한국의 설화 연구는 설화 안에서 역사적 지수를 찾아내어 합리화하는 데 치중해왔던 것처럼 보인다. 그것은 역사학적으로, 또는 문헌학적·문학적으로 분명히 의미있는 작업이다. 그러나 신화 연구에서는 오히려 신화를 "가난하게 만들어버리는" 결과를 가져올 수도 있다.

「구지가」와 「해가」의 명백한 연속성으로 볼 때 가락국 시조 수로와 수로부인이 어떤 연관성을 가지고 있다는 것은 분명하다. 수로가 수로왕을 계승하는 순수한 신화적 인물인지, 아니면 가뭄에 시달리던 성덕왕대에 우연히 수로왕의 이름과 발음이 같은 '물길'이

---

50) 『신약성서』, 「데살로니가전서」 5:2~6.

라는 이름을 가진 미모의 고위층 부인이 있어 그녀에게 민중의 신화적 환상이 투사되어 설화가 형성된 것인지 그것을 명확히 밝히는 일은 불가능하다. 그러나 지금까지 살펴본 바처럼 수로의 '아름다움'은 육체적·현실적 아름다움만이 아님은 분명하다. 그녀의 아름다움은 신적 존재의 권능과 이어져 있다. 그녀가 설화에서 직접적으로 권능을 나타내 보인 바는 없다. 그러나 그녀가 『삼국유사』에서 여성으로서는 매우 특별한 대접을 받은 인물이라는 것, 관련 설화가 국사(國事)를 다루는 기이 편에 편집되어 있다는 것, 『삼국유사』에 등장하는 여성으로서는 매우 드물게 "자기의 말"을 가지고 있다는 것, 그리고 그녀의 존재가 공동체의 안위와 연결될 정도로 매우 중요하게 여겨진 인물이었다는 사실로 미루어볼 때, 그녀를 단순히 역사적 관점으로 이해하는 것은 설화의 본질로부터 멀어지는 일이라는 생각이 든다.

물론 수로부인은 육체적으로도 빼어나게 아름다운 여성이었을 것이다. 그러나 그 아름다움은 육체적인 특질에 머무는 것이 아니라 힘과 능력, 자유로움, 자기충족성 등 정신적·영적 자질과 이어져 있다. 그러한 특질은 그녀가 신적 질서와 관계를 맺고 있는 높은 존재론적 위상을 지닌 인물이라는 사실을 나타낸다. 그녀가 신들의 사랑을 받았던 것은 그 때문이다. 그녀의 특질은 순수하게 현실적 인물인 무력한 남편 순정공으로 인해 더욱 두드러져 보인다.

수로부인의 주제를 인류학적으로 좀더 확장하면 우리는 '물길'이라는 그녀의 이름을 인간 각자 안에 내재되어 있는 내면 추구의 상징으로 읽을 수도 있다. 분석심리학자 융은 임상실험을 통해 진정한 자아를 찾는 사람들이 꿈속에서 종종 "아래로 내려가는 물길"을 따라간다는 사실을 보고하고 있다.[51] 그 길은 육지에 난 길이 아니라, 존재의 깊은 내면, 생성 이전 미분화의 세계, 즉 용궁으로 가는 길, 세상의 번잡함을 벗어나 신성한 공간으로 내려가는 길, 인간 각자의 내면 안에 놓인 영혼의 길이다. 그렇게 읽으면 수로는 우리 내면의 여자, 우리의 영혼이다.

---

51) C. G. Jung, *Psycholigie et Alchimie*, Paris: Buchet-Chastel, 2014, p. 245.

새, 빛, 여조의 신비
알영 설화

진한 땅에는 옛날에 6촌이 있었다.

첫째, 알천(閼川) 양산촌(楊山村). 남쪽은 지금 담엄사(曇嚴寺). 촌장 알평(閼平). 처음에 하늘에서 표암봉(瓢嵓峯)에 내려오니 급량부(及梁部) 이(李)씨의 조상이 됨.

둘째, 돌산(突山) 고허촌(高墟村). 촌장 소벌도리(蘇伐都利). 처음 형산(兄山)에 내려오니 사량부(沙梁部, 양은 도道라고 읽고 또는 탁涿이라고도 쓰나 역시 도라고 발음) 정(鄭)씨 조상.

셋째, 무산(茂山) 대수촌(大樹村). 촌장 구례마(俱禮馬, 구仇라고도 쓴다). 처음 이산(伊山, 개비산皆比山이라고도 씀)에 하산. 점량부(漸梁部, 양梁 또는 탁涿이라고도 쓴다) 또는 모량부(牟梁部) 손(孫)씨 조상.

넷째, 자산(觜山) 진지촌(珍支村, 또는 빈지賓之, 빈자賓子, 빙지氷之로도 쓴다). 촌장 지백호(智佰虎). 화산(花山)에 내려옴. 본피부(本彼部) 최씨 조상. 최치원은 본피부 사람.

다섯째, 금산(金山) 가리촌(加利村). 촌장 지타(只沱/只他라고도 쓴다). 명활산(明活山)에 내려옴. 한기부(漢歧部) 배(裵)씨 조상.

여섯째, 명활산 고야촌(高耶村). 촌장 호진(虎珍). 금강산에 내려옴. 습비부(習比部) 설(薛)씨 조상.

6부 조상들은 모두 하늘에서 내려온 듯. 노례왕 9년(32)에 비로소 6부의 이름을 고치고 6성(姓)을 줌.

전한 지절 원년 임자(기원전 69) 3월 초하루에 6부 조상들은 각기 자제들을 거느리고 알천 언덕에 모여 의논했다. "백성을 다스릴 임금이 없으므로 백성이 모두 방자하여 제 마음대로 하게 되었소. 어찌 덕 있는 사람을 찾아 임금을 삼아 나라를 세우고 도읍을 정하지 않겠소."

높은 곳에 올라 남쪽을 바라보니 양산(楊山) 밑 나정(蘿井) 곁에 이상한 기운이 전광처럼 비치고 흰 말 한 마리가 꿇어앉아 절하는 형상. 찾아가 보니 붉은 알(크고 푸른 알이라고도 함)이 하나 있는데, 말은 사람을 보고 길게 울다가 하늘로 올라감. 알을 깨어 보니 단정하고 아름다운 사내아이 하나. 아이를 동천(東川)에서 목욕시킴. 몸에서 광채가 나고, 새와 짐승이 따라 춤추며 천지가 진동하고 해와 달이 청명해짐. 그로 인하여 아이를 혁거세왕이라 함(아마 우리말일 것). 불구내왕(弗矩内王)이라고도 하니 밝게 세상을 다스린다는 뜻이다. 해설자는 말한다. "서술성모가 낳은 바니, 중국인들이 선도성모를 찬양하여 현인을 낳아 건국했다는 말이 있음은 이것이다." 계룡이 상서를 나타내 알영을 낳았다는 이야기도 서술성모의 현신을 말한 것이 아닐까?

위호(位號)는 거슬한(居瑟邯) 혹은 거서간(居西干). 그가 처음 말할 때에 스스로 알지거서간(閼智居西干)이 한번 일어났다고 했으므로 그렇게 부른 것인데 이로부터 왕자의 존칭이 됨.

사람들이 서로 다투어 치하하기를, "이제 천자가 하늘에서 내려왔으니 마땅히 덕 있는 왕후를 찾아서 배필을 삼아야 할 것이다."

이날 사량리(沙梁里) 알영정(閼英井)─혹은 아리영정(娥利英井)이라고도 함─가에 계룡이 나타나 왼쪽 갈비뼈에서 계집아이를 낳았는데─혹은 용이 나타나 죽었는데, 배를 갈라서 계집아이를 얻었다고도 한다─모습과 얼굴이 유달리 고왔으나 입술이 닭의 부리와 같았다. 월성 북천에서 목욕을 시키니 부리가 떨어졌다. 그 때문에 그 내를 발천(撥川)이라 함.

남산 서쪽 산기슭─지금의 창림사─에 궁실을 짓고 두 성스러운 아이들을 받들어 기름. 사내아이는 알에서 나왔으며 그 알은 박과 같았다. 향인들이 박을 '朴'이라 하므로 성을 박이라 함. 계집아이는 그가 나온 우물 이름 알령으로써 이름을 지음. 두 성인이 열세 살 되던 해(기원전 57)에 왕과 왕후가 됨.

나라 이름을 서라벌(徐羅伐) 또는 서벌(徐伐)─지금 세간에서 경京 자를 서벌이라 훈독하는 것도 이 까닭─이라 하고, 사라(斯羅) 또는 사로(斯盧)라고도 함.

왕이[1] 계정(鷄井)에서 탄생한 까닭으로 혹은 계림국(鷄林國)이라 하니, 계룡이 상서를 나타냈기 때문. 일설에는 탈해왕 때 김알지를 얻어 닭이 숲속에서 울었으므로 국호를 계림으로 고쳤다 하는데, 후세에 신라를 국호로 정함.

나라를 다스린 지 61년 만에 왕은 하늘로 올라가고 7일 후에 몸이 땅에 흩어져 떨어짐. 왕후도 세상을 떠났다고 함. 합장하고자 하니 큰 뱀이 쫓아와 방해했다. 머리와 사지를 각각 장사지내어 오릉[2]을 만들고, 또한 사릉이라고 했으니 담엄사 북릉이 바로 이것. 태자 남해왕이 왕위 계승.[3]

여러 개의 기원

박혁거세신화는 단군신화·주몽신화와 더불어 우리 민족의 대표적인 건국신화로 꼽힌다. 그러나 여러 가지 점에서 북방계의 두 신화와 다르다. 특히 주몽신화와 대조적이다.

박혁거세신화는 다른 신화들에 비해 부자연스러운 설정이 많다. 그래서인지 신화에 거부감을 가지고 있는 김부식조차 고주몽신화는 비교적 상세히 기술하고 있는 데 반해 박혁거세신화는 간략히 처리해버리고 만다. 고려 이전에 망한 나라의 시조여서 그랬는지도

---

1) 이재호는 『삼국유사』 본문의 '王'을 일연이 '后'를 오기한 것으로 보고 "왕후가"라고 번역했으나, 우리는 이 대목의 '王'이 매우 중요한 신화적 요소라고 보았고, 앞뒤 문장으로 보아 오기일 리가 없다고 판단해서 원문대로 '왕'으로 고쳤다.
2) 머리와 양 손발을 뜻하는 오체(五體)를 이르는 말.
3) 『삼국유사』 권2, 기이1, 「신라 시조 혁거세왕」.

알 수 없지만.

박혁거세신화는 단일한 기원에서 출발해 스토리가 풍부해진 주몽신화의 비교적 단일한 바탕색과 달리 매우 여러 가지 색채를 띠고 있다. 이 신화는 후대에 들어와 여러 개의 기원을 의도적으로 종합한 것처럼 보인다. 이것은 여러 학자들이 동의하고 있는 견해로, 신라 고대국가 형성과 조정 시기에 건국 주도세력이 신라 시조의 신성성을 강조해 국론을 통일하려는 목적으로 여러 부족들 사이에서 내려오던 다양한 기원을 가진 이야기를 하나로 이어붙인 것처럼 보인다.[4] 김선주도 오늘날 전하는 건국신화가 후대에 형성된 것이라는 사실에 동의하며, 적어도 중고기 진흥왕대『국사』(國史) 편찬 당시에는 기본 골격이 갖추어졌을 것으로 보고 있다.[5] 진흥왕대는 삼국의 경쟁 상황에서 신라가 앞으로 치고 나가기 시작했던 때이므로 고구려·백제 못지않은 건국신화가 필요하다고 느꼈을 것이다. 그 때문에 이전에 각 혈연 계보로 연결되어 족단별로 내려오던 시조설화를 토대로 전체적 구성이 마무리되었을 것이다.

따라서 우리는 이 정치적인 목적의 이어붙이기를 분리시켜야 이 신화의 진정한 모습을 알 수 있다고 생각한다. 자세히 들여다보면 신화를 이어붙인 분절선들이 여러 개 보인다. 신화를 향유하는 집

---

4) 나희라는 혁거세를 주인공으로 신라 건국신화가 재구성된 때를 이사금 시기로 보며, 일본학자 미시나 쇼에이(三品彰英)는 신라 하대에 이루어진 것으로 본다. 김선주,「신라의 알영 전승 의미와 시조묘」,『역사와 현실』76, 한국역사연구회, 2010, 189쪽.

5) 같은 곳.

단 사이에서 자생적으로 생성된 신화를 지배계층이 정치적 목적으로 손댄 듯한 흔적이 그 분절선을 더욱 두드러져 보이게 한다. 무엇인가 체계적으로 은폐되고 과도하게 신비화되어 있다.

가장 특이한 것은 태조신화 앞에 신라 6성(六姓) 시조의 천강신화(天降神話)가 줄줄이 달려 있고, 시조 혁거세의 경우도 '박'(朴)이라는 성씨가 강조되어 있다는 사실이다. 거기에 6성씨가 배출한 뛰어난 역사적 인물까지 언급되어 있고, 6성이 왕에 의해 공인된 연도까지 명시되어 있다. 이런 형식의 건국신화는 혁거세신화에서만 보인다. 그러므로 기원후 1세기경에 그 기본적 틀이 이미 갖추어진 주몽신화[6]에 비해 아주 훗날에 형성된 것으로 볼 수밖에 없다. 주몽신화에서도 그가 고씨(高氏)라는 것이 밝혀져 있기는 하지만, 강조되지는 않는다.[7] 그런데 박혁거세와 같은 날 태어나 '이성'(二聖, 두 사람의 성인)으로 불리는 알영(閼英)의 성씨는 어디에도 언급되어 있지 않다.

이러한 특성들은 이 신화가 성씨 개념이 생겨난 뒤 특정세력에 의해 의도적으로 수정·가필되었을 가능성을 시사하는 듯하다.

---

6) 앞의 책, 45쪽.

7) 더욱이 해모수와 고주몽의 경우 성씨는 관념적 세계관을 반영하거나 기원의 우수함을 나타낸다(태양의 밝음/높음). 식물인 박이 알과 비슷하게 생겨 성이 박씨가 되었다는 것은 '빛의 신' 혁거세의 성씨 기원으로는 너무 비신화적으로 보인다. 이미 형성되어 있는 성씨를 신화화하기 위해 후대에 덧붙여진 신화적 설정일 것이다. 아마도 농경민족의 시조로서 농산물이 성씨 기원의 상징으로 선택되었을 수도 있지만, 그것을 인정한다면 휘황찬란한 백마-천신의 이미지가 후대에 억지로 가필되었다는 의구심이 더욱 커진다.

북방신화와 남방신화

첫 번째 분절선은 북방신화와 남방신화의 분절선이다. 일반적으로 천손강림은 북방계 기마민족의 신화소, 난생설화는 남방계 농경 민족의 신화소로 여겨진다. 주몽신화에도 천손강림 신화소와 난생 신화소가 뒤섞여 있다. 따라서 주몽신화도 두 이질적 문화집단의 결합을 보여주고 있다. 그러나 혁거세신화의 경우 이 결합은 여러 가지 후대의 정치적 가필로 보이는 흔적을 드러낸다.

첫째, 어머니의 실종. 알을 낳은 주체가 사라지고 없다. 난생설화 는 세계 각지에서 등장하는 신화소인데, 그 본질은 아버지 없이 어 머니 혼자 낳은 아기, 즉 우리가 여러 차례 살펴본 바 있는 '과부 의 아들', '아비 없는 아들'이라는 주제로 드러난다. '알'은 전 세 계적으로 우주의 기원에 등장하는 상징으로, 그 안에 자생적으 로 생명을 품고 있다. 알은 '스스로 생성됨'이라는 주제를 드러낸 다. 그러나 천지창조에 비현시적 우주적 형태(Être cosmique non-manisfesté)로 나타나 세계를 창조하는 우주란(Oeuf cosmique) 어느 특정 종족의 시조만을 생산하지는 않는다. 도곤족의 상형문자 **呈**은 '세계의 생명'이라는 뜻으로, 여성적인 단지(자궁) 위에 우주알이 놓여 있는 모양이다. 이 경우에도 알은 특정 종족의 시조를 생산하 는 것이 아니라 우주 전체를 이루는 스물두 가지 원소들을 생성시 킨다. 핀란드 서사시 『칼레발라』에서 시간이 탄생하기 전 물의 처 녀가 원초적 물 표면에 무릎을 드러내자 공기의 주인인 오리가 그 위에 일곱 알을 올려놓는다. 그 가운데 여섯 개는 황금알이고 한 개 는 쇠알이다. 처녀가 물속에 들어가자 알들은 처녀의 자궁 물속에

서 깨어져 천지를 창조했고, 시간이 흐르기 시작했다.[8]

　가끔 개별적인 족조(族祖)를 생산하기도 하나(타이완), 그 경우에도 남녀 한 쌍을 낳거나 중요 사회 직능자 여럿을 낳는다(페루). 어쨌든 이 경우에도 어머니가 알을 낳은 다음의 일이다.

　신화적인 알에게는 거의 늘 어머니가 있고, 알은 세상에 태어나기 위해 여성의 육체를 통과한다. 알이 여성의 육체를 통과하지 않는 경우에도 신적 존재의 탄생을 위해서는 여성원리의 참여가 필수적이다. 그토록 육체를 원수처럼 여기고, 물질을 경멸하는 기독교의 신조차 마리아의 육체를 빌려 이 세상에 태어난다. 부처도 어머니의 육체를 빌려 태어난다(자궁이 아니라 겨드랑이/옆구리이기는 하지만). 어머니의 육체를 빌리지 않은 신인(神人) 탄생설화는 거의 없다. 그만큼 어머니의 육체는 세계적으로 부인할 수 없는 명백한 원형적 신화소다.

　난생설화의 가장 전형적인 특징은 감생(感生)의 원칙이다. 즉 알의 어머니가 남성과의 육체적 접촉 없이 신적 원리(대부분은 햇빛)에 감응해 아기를 가지게 되고, 그 아기를 '알'의 형태로 낳는다는 것이다. 이 '알'은 하늘을 자유롭게 날아다니는 초월적 존재이며, 신의 전령인 새가 세상에 생명을 내어놓는 방식이다. '알'의 형태로 세상에 태어난 존재는 하늘의 소질을 가지고 태어나는 것이다. 난생 신화소가 좀더 합리적으로 변하면, 은(殷)나라 시조 설(契)의 탄생설화처럼 우연히 새가 떨어뜨린 알을 어머니가 삼키고 임신하게

---

8) *Dictionnaire des Symboles*, T. III, pp. 300, 302.

경주시 탑동에 있는 신라 시조 박혁거세의 탄생지 나정 일대.

되는 모티프로 변한다. 그 경우에도 어머니의 육체는 여전히 신화의 복판에 있다.

그런데 박혁거세신화에서는 아예 어머니가 사라지고 없다. 하늘에서 빛이 쏟아져 가보니 흰 말이 붉은 알 앞에 무릎을 꿇고 절을 하고 있었다는 것이 전부다. 이 흰 말이 어머니일까? 그러나 이 점에 관해서 신화는 명시하지 않는다. 다만 말이 하늘로 날아올랐다고 말함으로써 말이 알을 가져온 천신의 사자(使者)였을 것이라는 암시만 주어져 있을 뿐이다.

이 흰 말이 말을 토템으로 섬기는 집단의 존재를 증명한다는 주장도 있지만, 신라 시조의 신성성을 강조하기 위해 신라 지배층이 휘황찬란한 백마의 이미지를 덧붙였을 가능성도 배제할 수 없다.

신라를 구성하는 주 집단은 기마민족이 아니라 농경민족이다. 농경민족의 토템이 말이었을 가능성은 적다. 오히려 여러 정황으로 보아 닭이 원시시대 신라의 토템이었음이 분명하다. 동일한 북방 기마민족의 후예인 백제와 고구려를 누르기 위해 곰이 북방신화에서 사라진 것과 같은 가부장적 이유에서 닭으로 상징되는 원래의 신화적 어머니의 존재를 지워버리고, 극적이고 웅장한 그 무엇인가를 가져와야 할 정치적인 이유가 있었던 것 같다.

둘째, 말이 하강한 지역이 신화적으로 엉뚱하다. 일반적으로 천신은 산으로 하강한다. 태백산에 하강한 환웅이 대표적인 경우다. 주몽신화에서 해모수도 웅심연에서 유화를 만나기 전에 웅심산에 머문다. 천신의 사자인 백마가 우물로 하강하여, 알을 가져다주고 그곳에서 혁거세가 탄생하는 것은, 같은 날 알영정에서 알영이 탄생한 것과 비교해보면 뭔가 이상해 보인다. 음의 원칙이 같은 날 두 차례 겹쳐 나타나고 있는 것이다.[9] 두 신이 모두 여신이라면 자연스럽게 풀리는 문제겠지만.

셋째, 알에서 태어난 혁거세는 스스로 알을 깨고 나오지 못하고, 사람들이 깨어주어서 비로소 밖으로 나온다. '알'의 중요한 상징성은 그것의 자기 부화 능력에 있다. 알에서 태어난 영웅들은 모두 스스로 알을 깨고 나온다. 알을 스스로 깨고 나오는 새의 능력이 고대인들을 매혹한 중요한 신화적 모티프였을 것이다. 중국 서언왕(徐

---

9) 김태식, 「신라 國母廟로서의 神宮」, 『한국고대사탐구』 4, 한국고대사탐구학회, 2010, 55쪽.

偃王) 설화의 서언왕이 그렇고, 주몽신화의 주몽이 그렇다. 그런데
혁거세는 스스로 알을 깨고 나오지 못해서 사람들이 알을 깨어주어
야 했다. 왜 '알'의 신화소가 도입되었는지 알 수 없게 만드는 대목
이다. 결국, 이것은 "알을 깨고 스스로 태어남"이라는 신화소가 자
연스럽게 받아들여지지 않는, 사람들의 인식이 충분히 합리화된 시
대에 뒤늦게 의도적으로 도입되었을 가능성을 말해주는 것 같다.

이와 관련해서 김선주는 신라 건국신화를 "토착세력에 의한 추
대형 신화"라고 정의하면서, 혁거세 출현에 앞서 조선 유민이 내려
와[10) 토착세력을 형성했고, 그들이 혁거세(또는 알영)를 왕으로 추
대했다는 역사적 사실을 반영한다고 본다.[11)

반면에 알영 쪽에 나타나는 신화소들은 처음부터 끝까지 전부 자
연스럽다. 그녀를 태어나게 한 계룡, 그녀가 태어난 알영정, 그녀의
이름, 그녀의 어머니 계룡의 이름을 딴 나라의 이름, 그녀가 맡아서
하는 신직(神職)등 모든 것이 자연스럽다.

토착신화와 불교신화

혁거세신화에는 불교신화가 덧붙여진 흔적도 보인다. 알영의 탄
생과 관련된 부분인데, 알영이 계룡의 옆구리에서 태어났다는 신화
소가 그러하다. 이것은 명백하게 신라가 불교를 수입한 훗날 불교

---

10) 그것은 6촌장들의 천강형 신화로 확인된다. 북방에서 온 이주민들이 천강
형 신화를 가지고 왔으리라는 것. 박혁거세신화는 완벽한 천강형 신화가
아니다.
11) 김선주, 앞의 글 180쪽.

에서 가져온 이미지인 것 같다. 『팔상록』(八相錄)은 부처의 생애 가운데서 여덟 가지 중요한 장면들을 뽑아 부처의 일생을 소설작품처럼 극화한 책인데, 그 팔상(八相) 가운데 두 번째 장면이 바로 「비람강생상」(毘藍降生相), 즉 부처가 룸비니 동산에서 이 세상에 태어나는 장면이다. 부처는 마야부인의 오른쪽 옆구리(또는 겨드랑이)에서 태어났다고 한다. 이것은 육체적 조건으로부터 자유로운 부처의 특별한 탄생조건을 표현하는 이미지일 것이다. 아테나 여신이 아버지 제우스 신의 머리에서 태어났던 것처럼[12] 부처는 어머니의 자궁을 피해 정신적으로 탄생한 것이다. 이 신화소가 알영의 탄생에 덧붙여져 있다.[13] 그것은 여시조의 탄생을 신비하게 포장하기 위해 불교의 이미지를 빌려온 것이 분명하다. 그런데 왜 이 신화적 분장, 당대 최고의 종교로 여겨졌던 불교의 문명적 신화소가 왜 하필 혁거세가 아니라 알영의 일화에 덧붙여진 것일까? 신화에 가필을 했던 신라 후대의 세련된 지식인들은 혁거세보다 알영 쪽에

---

12) 그러나 이것은 신화적 기만이다. 아테나를 머리로 낳기 전에 제우스는 만삭의 상태였던 고대 지혜의 여신 메티스를 통째로 집어삼켰다. 그러므로 아테나는 제우스의 딸이 아니라 메티스의 딸이다. 그러나 철저한 가부장제 옹호 여신 아테나는 딸 이피게니아를 희생제물로 바친 책임을 물어 남편 아가멤논을 죽인 어머니 클뤼타임네스트라를 살해한 오레스테스 심판에서 "나는 뼛속까지 아버지의 편"이라고 말하면서 오레스테스에게 무죄 판결을 내린다.

Georges Devreux, *Femme et Mythe*, Paris: Flammarion, 1988, p. 109.

13) 흥미롭게도 『삼국사기』에서 유학자 김부식은 "오른쪽 옆구리"라고 쓰고, 『삼국유사』에서 승려 일연은 "왼쪽 옆구리"라고 쓴다. 일연은 부처님의 탄생 신화소를 그대로 알영에게 적용하는 것이 불경하다고 여겼던 것일까?

숨겨야 할 것, 더욱더 합리화하지 않으면 안 되는, 그들이 부끄럽게 느껴 감추고 싶어하는 어떤 토착적인 것이 더욱 강하게 남아 있다고 생각했던 것은 아닐까?

또 한 가지, 불교적인 것은 아니지만 인도 기원의 신화소가 있다. 그것은 혁거세신화를 매우 인상적인 것으로 만들어주고 있는, 승천 7일 후 유체(遺體)가 산락(散落)했다는 주제다. 이 신체 절단 신화소는 시베리아 샤먼 성무(成巫)의식에서 매우 흥미롭게 나타난다.[14]

그러나 이 '신체 절단'의 인류학적 기원은 샤머니즘이라는 특정한 종교적 맥락 형성보다 더 보편적 근원을 가지고 있다. 이 환상(그리스신화에서 자주 나타나는 '찢어발겨져' 죽는 영웅들의 죽음. 스파라그모스Sparagmos라는 이 신화소가 가장 대표적으로 나타나는 경우는 포도주의 신 디오니소스와 음악의 영웅 오르페우스의 경우. 둘 다 찢겨 죽는다. 이 경우에도 그 본질적 바탕은 같다)의 근원은 농경사회적인 시조의 죽음과 연관된 풍요제의의 흔적으로 본다(적도 근방 동남아시아에서 매우 잔인한 형태로 묘사되는 죽어서 갈가리 찢긴 후 여기저기 묻힌 다음 공동체의 주식으로 부활하는 조상의 이야기—하이누웰레 유형).[15] 박혁거세의 유체 산락의 경우 후자의 해석을 적용하는 것이 옳다고 보인다. 시베리아 샤먼의 상징주의처럼 존재의 부활, 경신과 연관되어 있다면 승천했다가 도로 땅으로 떨어지는 신화소는 설명되지 않는다.

---

14) 이 책, 390~391쪽.

15) 조지프 캠벨, 이진구 옮김, 『신의 가면 I: 원시 신화』, 까치, 2003, 201~ 203쪽.

그런데 흥미롭게도 혁거세의 유체 산락은 인도의 『리그베다』의 한 대목과 완전히 똑같다. 이 주제 역시 한국 신화에서는 혁거세신화에서만 유일하게 나타난다. 따라서 의도적 가필일 가능성이 높다. 그런데 흥미로운 것은 원래의 신화에서는 유체 산락의 주체가 여신이라는 사실이다.

> 푸라자바티(辯才天女)는 죽어서 승천. 7일 만에 유체가 다섯으로 나뉘어 땅에 떨어졌다. 모으고자 했으나 큰 뱀이 나타나 방해하여 오릉에 묻혔다.
> •『리그베다』

그렇다면 혁거세는 원래 여신이었던 것은 아닐까?

모계신화와 부계신화

앞에서 우리는 혁거세신화가 알의 출산자인 어머니를 체계적으로 지워버렸다고 말했다. 그러나 이 지워버리기는 완전히 성공하지 못했다. 일연은 알영의 탄생 기사에 주를 달아서 알영을 탄생시킨 계룡이 선도산(仙桃山) 성모인지도 모른다고 조심스럽게 덧붙이고 있다.

> 해설자는 말한다. "서술성모가 낳은 바니, 중국인들이 선도성모를 찬양하여 현인을 낳아 건국했다는 말이 있음은 이것이다." 계룡이 상서를 나타내어 알영을 낳았다는 이야기도 서술성모의 현신을 말한

것이 아닐까?[16)]

　혁거세와 알영의 어머니가 선도산 성모라는 설명이다. 그런데 일
연은 같은 책 다른 곳에서 보다 직접적으로 이 사실을 거론한다.

　신모는 본디 중국 제실(帝室)의 딸. 이름 사소(沙蘇). 일찍이 신선
의 술법을 배워 신라에 와서 머물며 오랫동안 돌아가지 않음. 아버
지인 황제가 서신을 소리개 발에 서신을 매달아 보냄. "소리개가
머무는 곳을 따라 집을 삼아라." 사소는 서신을 받고 소리개를 놓
아보냈더니 선도산에 날아가 멈춤. 신모는 그곳에서 살며 지선(地
仙)이 되었다. 그래서 산 이름을 서연산(西鳶山)이라 했다.
　신모는 오랫동안 이 산에 웅거, 나라를 진호. 신령하고 이상한
일이 아주 많았다. 그러므로 나라가 건립된 이래 늘 삼사(三祀)의 하나
로 했고, 그 차례도 여러 망제(望祭)[17)]의 위에 있었다.
　제54대 경명왕은 매 사냥을 좋아했는데, 이 산에 올라 매를 놓
았다가 잃어버림. 매를 찾게 되면 작(爵)을 봉해 드리겠다고 신모
에게 기도. 조금 후에 매가 날아와 걸상에 앉음. 이 때문에 신모를
대왕으로 봉함. 신모가 처음 진한에 오자 성자를 낳아 동국의 첫 임금
이 되었으니, 아마 혁거세왕과 알영의 두 성인을 낳았을 것.
　그러므로 계룡·계림·백마 등으로 일컬으니 닭은 서쪽에 속하기

---

16) 『삼국유사』 권 1, 기이 1, 「신라 시조 혁거세왕」, 111쪽.
17) 명산대천에 지내는 제사.

때문. 신모는 일찍이 제천(諸天)의 선녀에게 비단을 짜게 해서 붉은 색으로 물들여 조복을 만들어 남편에게 주었으므로, 나랏사람들이 이로 인하여 비로소 그의 신비한 영검을 알았다.

『국사』에서 사신(史臣)이 말하길,

"김부식이 정화(政和, 송나라 휘종 연호) 연간에 사신으로 송나라에 들어가 우신관(佑神館)에 나아가니 한 당에 여신상이 모셔져 있음. 관반학사(館伴學士) 왕보가 "이것은 귀국의 신인데 공은 알고 있습니까? 옛날 어떤 중국 왕실의 딸이 바다를 건너 진한으로 가서 아들을 낳았더니 해동의 시조가 되었으며, 그 여인은 지선이 되어 길이 선도산에 있다. 이것이 그녀의 상."

또 송나라 사신 왕양이 우리 조정에 와서 동신성모(東神聖母)를 제사지낼 때, 그 제문에 "어진 사람을 낳아 처음으로 나라를 세웠다"는 글귀가 있었다.[18]

따라서 이 기사에 따르면 혁거세에게는 어머니가 없었던 것이 아니라 지배층의 어떤 필요에 의해 이야기 밖으로 쫓겨났을 뿐이다. 이 성모에 대한 신라 기층민의 신앙은 매우 실체적인 것으로서 중국에까지 그 신앙이 실제 전해질 정도로 뿌리 깊은 것이었다. 기층민은 이 성모를 오랫동안 신라의 최고신으로 섬겼다(신라의 산신들은 모두 여신들이었는데, 이런 경향은 조선시대까지 이어진다).[19] 혁

---

18) 『삼국유사』 권5, 감통, 「선도성모가 불사를 수희하다」, 329~331쪽.

19) 고대의 산신은 모두 여신. 지리산 노고(老姑), 영취산 변재천녀, 운제산 성모(제2대 남해차차웅 비), 치술령 치술신모(제상의 아내) 등. 문경현, 「신라

거세신화는 매우 강력한 모계적 흔적을 그 아래 감추고 있었던 것이다. 그 때문에 더욱더 부계사회 지배자들에 의해 어머니의 존재가 체계적으로 지워져버린 것으로 보인다. 다시 말하면 혁거세신화는 강력한 모계신화를 지워버리기 위해서 더욱 강력한 부계신화의 외피를 씌운 경우에 해당하며, 그것이 이 신화를 매우 불균형스럽게 보이게 만드는 원인이 되고 있는 것 같다는 말이다.

혁거세 왕권의 근원은 알영인가

혁거세와 알영은 같은 날 태어나고 같은 날 세상을 떠난다. 이것은 여러 가지 의미에서 매우 흥미로운 신화적 장치다. 결론부터 말한다면 혁거세와 알영은 공동운명체에 불과했던 것이 아니라 두 몸을 가지고 있는 한 인물이었다고 할 수 있다. 이제 하나씩 살펴보자.

알영의 탄생 자체가 심상치 않다. 그녀는 그 자체로 신비를 드러내는 존재인 듯하다. 혁거세는 나정(蘿井)에서 태어난다. 그의 이름은 장소와 따로 논다. '밝게 다스린다'라는 이름의 뜻, '거서간'(居西干)이라는 왕호, 그의 존재를 설명하는 이름들은 그가 태어난 나정과 아무 상관도 없다. 즉 그의 존재 의미는 존재 자체에서 저절로 파생되는 것이 아니라 관념적 국가관을 통해 사회적인 방식으로 구축되어 그의 존재에 덧붙여진다.

건국설화의 연구」, 『대구사학』, vol. 4 no. 1, 대구사학회, 1972, 5쪽 참조.

경주 오릉 안에 있는 알영정 비각. 뒤쪽에 세 개의 장대석이 놓인 곳이 알영 우물터다.

그러나 알영의 존재 의미는 사회적으로 구축되지 않는다. 그녀는 존재 의미를 구축할 필요가 없다. 그녀 자체가 의미를 생성시키는 자이기 때문이다. 알영은 알영정에서 태어난다. 알영은 대지 그 자체다. 닭-용인 계룡에게서 태어난 알영이 속한 땅은 '계림', '계림 국'이라고 명명된다. 그녀 자체가 대지이며 국가이기 때문이다.

계룡이라는 존재 자체가 아주 흥미롭다. '용'은 왕권을 상징한다. '닭'은 태양의 상징이며, 어둠을 몰아내는 상서로운 동물이다. 이 하늘의 주민(조류/빛/태양)과 물의 주민(용/풍우)의 결합은 하늘의 기상조건과 물의 조절을 상징하면서 알영이 지닌 농업신의 면모를 확실하게 보여준다. 농업의 능력자로서 계룡에게서 태어난 알영은 자신이 속한 공동체에 이름을 부여하고(후대에 그 이름이 부계적

알영정 옆 숭덕정 안에 있는 연못.

으로 바뀌기는 하지만), 왕권을 획득한다. 그렇게 보면 혁거세의 왕권은 후에 얻어진 것이고, 알영은 탄생과 더불어 왕권을 자연스럽게 얻은 존재인 셈이다. 그녀를 둘러싼 모든 신화소는 아주 자연스럽게 배열되어 있다. 이름＝태어난 장소(우물)＝그녀의 신화적 어머니(계룡)의 이름을 따라 지어진 그녀가 다스리는 국가 이름＝농업신의 신직능(神職能). 주몽이 지모신/수신 유화와 결연하여 왕이 될 수 있었던 것처럼, 서동이 선화와 결합해 왕이 된 것처럼 혁거세의 왕권의 근원도 여신 알영이라고 할 수 있다.

일연은 어쩌면 실수로, 또는 어쩌면 그가 『삼국유사』를 기록할 당시까지도 완강하게 남아 있었을지도 모르는 전승에 따라 알영＝왕으로 기록한다.

國號徐羅伐 又徐伐 惑云斯羅 又斯盧 初王生於鷄井 故惑云鷄
林國 以其鷄龍現瑞也.[20]

"왕이 처음 계정에서 태어났으므로." 어떤 학자들은 이 대목에
서 일연이 '后'를 실수로 '王'이라고 기록했다고 주장하기도 하지
만,[21] 그렇다면 '계정'도 실수일까? 혁거세는 나정에서 태어났지
계정에서 태어나지 않았다. 이 대목의 계정이 계룡이 알영을 낳은
알영정을 의미하는 것은 분명하다. "따라서 어떤 이들은 계림국이
라 부르기도 했다." 일연이 실수한 것이라면, 이 대목은 어떻게 이
해해야 하는가?

알영은 혁거세의 다른 이름인지도 모른다. 또는 알영이 먼저 국
조로 추대되었고, 박혁거세가 나중에 알영의 지위를 차지한 것인지
도 모른다. 알영은 얌전히 혁거세를 따라다니며 왕의 업무를 보좌
하는 것으로 기록되지만, 고대국가로서는 매우 특이하게 왕과 왕비
를 나란히 이성(二聖)이라고 부른 것으로 보아 알영의 지위는 알려
진 것처럼 종속적인 것이 아니었는지도 모른다.

박혁거세와 같은 날 태어나 같은 날 죽은 알영. 그것을 왕비의 순
장 풍습으로 해석하는 학자들도 있지만, 우리가 보기에 이 신화소
는 훨씬 더 근본적인 무엇인가를 나타내고 있다. 다른 고대국가 국

---

20) 『삼국유사』 권1, 기이 1, 「신라 시조 혁거세왕」, 112쪽. 우리가 인용 판본
으로 택한 이재호 역본에서 '초왕생'(初王生)을 "처음에 왕후가"라고 번
역하고 있어서 『삼국유사』 원문을 그대로 인용했다.
21) 『삼국유사』 권1, 기이 1, 「신라 시조 혁거세왕」, 112쪽.

조의 아내가 이름조차 거론되지 않는 데 반해, 알영은 자신의 이름과 독립적인 탄생설화도 있으며, 국조인 혁거세와 나란히 이성이라고 불리며, 농업신으로서의 신직(神職)도 당당히 수행하고 있다(비록 혁거세를 보좌한다는 명목이기는 하나).

그 의미를 좀더 잘 이해하기 위해 우리는 알영의 새부리 이미지를 살펴보려고 한다.

남신에게 빼앗긴 새의 여신적 속성

알영은 새부리를 달고 태어난다. 유화부인도 아버지 하백에게 입을 잡아 뽑혀서 새부리를 가진 적이 있었다.[22] 뿐만 아니라 유화는 남쪽으로 도망가는 주몽에게 곡식을 보낼 때 새 두 마리를 보내는데, 그 새 두 마리는 주몽과 단위체를 이루는 새 모습 여신으로 볼 수 있다.[23] 사람들은 알영을 발천(撥川)으로 데려다 씻겨서 새부리를 떼어버린다. 그러자 "아름다워졌다"고 한다. 그러나 이 아름다워지는 과정은 가부장제에 따른 순치과정에 불과하다. 알영이 새부리를 뽑히는 장면은 가부장 권력자들(박혁거세신화에서는 6부 연맹)이 고대 여신 알영으로부터 신의 권능을 빼앗는 장면이다.

세계적으로 고대사회 여신상들 가운데 새 모습을 한 여신상들이

---

22) 이 책, 151쪽.
23) 같은 곳.

다수 발견된다. 특히 지중해 지역에서 많이 발견되었다. 그 여신상들은 가부장체제를 가진 인도유럽어족이 침범하기 전의 것들이다. 이 주제에 관한 매우 흥미로운 논문에서 최혜영은 고대 새여신들이 그 권능을 빼앗기는 과정을 상세히 설명하고 있다.[24]

짐부타스(Marija Gimbutas)는 지중해를 비롯한 석기시대 여신이 새와 놀라울 정도로 유사하다는 점을 지적한다. 새의 모습은 여러 여신과 결합된다(예를 들어 이집트 여신들인 무트〔독수리〕, 이시스〔제비〕, 네프티스〔솔개〕 등). 후기로 가면 여신들은 새들을 데리고 다닌다(아프로디테〔비둘기〕, 헤라〔공작〕, 아테나〔올빼미〕 등). 우리는 앞에서 관음을 알아보지 못하는 원효를 질책하는 파랑새를 보았다.[25] 이 파랑새도 가난한 여성으로 응신한 관음의 수행조(遂行鳥)라고 볼 수 있다. 이 설화가 후대로 가면서 변형되어 관음 친견에 성공한 의상의 어트리뷰트(attribute)[26]인 수정염주를 관음 친견에 실패한 원효의 어트리뷰트인 파랑새가 점점 더 압도하는 것도 보게 된다.[27] 그것은 결국 불교의 엄숙한 교리 아래 억압당했던 어떤 원시적/고대적 아름다움에 대한 갈망이 대중의 무의식 안에서 부활하는 과정으로 해석해도 무리가 없을 듯하다(원효대사와 아무 상관도 없이).

---

24) 최혜영, 「고대 '새 모습 여인'에 나타난 여성상」, 『역사교육논집』 36, 역사교육학회, 2006 참조. 이하 새 모습 여신 내용의 중요한 부분은 이 논문을 요약한 것임.

25) 이 책, 61쪽.

26) 신화적 주인공의 속성이나 임무 등을 암시하는 상징물. 예컨대 아테나의 방패, 아서왕의 엑스칼리버 등.

27) 이 책, 431쪽.

유자량(庾資諒)이 써낸 이 아름다운 이미지를 보라.

명주(明珠)는 내가 욕심내는 것 아니며, 청조는 이 사람이 만나는 것일세. 다만 원하노니 큰 물결 위에서, 친히 만월 같은 모습 뵈옵기를.[28]

시인은 종교적 고결함보다 파랑새가 수행할 아름다운 관음을 뵙기를 원한다. 그 아름다움은 고대적이며 직접적인 것이다.

반면에 우리가 앞에서도 살펴본 바와 같이 후대로 가면서 새의 속성이 몸에 통합되어 있는 여신들은 모두 흉측한 괴물로 변한다(하르퓌아, 스핑크스, 스퀼라 등 새의 여신적 속성을 남신이 빼앗아가면서[29] 여신의 새 속성이 악마화한 것. 유화와 알영의 경우에도 부정적이다).

우리나라에도 새의 모습 여성들에 관한 고고학 자료가 아주 드물게나마 전하는데, 일부 학자들은 이 새부리 여인을 신라의 시조모 알영과 연관시킨다.[30]

---

28) 이 책, 432~433쪽.
29) 새는 위대한 남성의 속성에 덧붙여진다. 제우스 신은 독수리, 이집트 호루스 신의 얼굴은 송골매, 토트 신은 따오기. 로마 건국자인 로물루스와 레무스는 각자에게 나타난 독수리의 숫자로 우위를 정했다. 로마 황제 칭호 아우구스투스는 '새 점에 의해 신성해진 자'라는 뜻이다. 알타이족 시조들은 건국을 위해 진군할 때 항상 새를 동행했다. 최혜영, 앞의 글, 392쪽 참조.
30) 이 책, 151쪽. 그러나 새의 모습이 등장하는 우리나라 고고학 유물은 무수히 많다.

그렇다면 왜 남성들은 원래 여성의 것이었던 새의 이미지를 그렇게 질투하며 빼앗아 자기들의 것으로 만들고, 새의 속성을 지닌 여신들을 모조리 괴물로 만들어버렸을까? 지역에 따라 조금씩 차이는 있지만, 새가 날개를 가지고 마음껏 하늘을 날아다닌다는 사실 때문에 하늘의 메시지를 전하는 전령으로 여겨졌기 때문이다.[31]

그 때문에 새는 예언의 능력을 지닌 것으로 여겨졌고, 그로 인해 새 모습 여신들은 그토록 남성 권력자들에게 질투를 받는 대상이 되었던 것 같다.

그러나 가부장제가 확립되면서 새는 이제 여신들의 동반자가 아니라 남성들의 위대함을 장식하는 역할을 하게 된다. "여러 민족의 민속에서 위대한 인물의 탄생과 죽음에 거의 반드시 새가 등장한다. 이때 새는 특히 왕권과 연관되며 남성과 결합되는 경향이 강하다."[32]

최혜영이 들고 있는 예들은 아름답고 신비하다.

① 투르칸스크의 야쿠트족은 독수리가 최초의 샤먼의 창조라고 믿음. 이 독수리는 창조자(Ai) 또는 빛의 창조자(Ai Toyon)라고 불림.
② 마자르족이 신천지 헝가리를 향해 진군할 때 신비한 새 한 마리가 괴상한 소리를 지르며 병사들을 인도함.
③ 징기스칸이 몽골 제국을 세우고 즉위식을 거행하고 있을 때 새

---

31) 새는 태양숭배와 연관되기도 한다. 우리나라 삼족오는 태양 안에 들어있다. 연오랑, 세오녀 등 신화적 인물들의 이름에도 새가 종종 나타난다.
32) 최혜영, 앞의 글.

한 마리가 날아와 "징기스, 징기스"라고 울었기 때문에 징기스 칸이라고 이름지었다고 함.

④ 부여 대소왕과 고구려 대무신왕 사이에 붉은 까마귀를 둘러싼 공방전 은 새와 왕권과의 관계를 잘 나타낸다.

위의 경우들을 정리하면 고대인들은 새가 샤먼의 기능과 왕의 기능을 상징하는 것으로 보았다고 할 수 있다. 새와 연관된 샤먼의 기능은 우리 사회 안에서도 일정한 시기까지 유지되었던 것으로 보인다. 신라 19대 눌지마립간의 딸인 "새가 낳았다"는 뜻의 이름을 가진 '조생부인'(鳥生夫人, 『삼국사기』 『삼국유사』에는 오생부인〔烏生夫人〕으로도 표기)은 제관이었다.[33] 그러나 왕권과 연관된 새의 상징성은 이제 완전히 남성들에게 넘어갔다.

그러므로 닭의 부리를 가지고 태어난 알영은 제관(샤먼)이며 동시에 왕인 존재였다. 이 '새 주둥이를 가진' 여신의 위험을 제거하지 않으면 안 되었다. 그러나 신라사회의 여신숭배가 기층민 사이에서 워낙 강했으므로 그녀를 완전히 평범하게 만들 수는 없었다. 신화 개변자들은 그녀의 수신적 성격을 압도해버릴 휘황한 군장자 박혁거세를 나정에 탄생하게 만들고,[34] 빛으로 물을 덮어버리려고

---

33) 같은 글, 389쪽.
34) 나정은 알영정에 대한 상징적 대안으로 만들어진 신화적 덮기인지도 모른다. 최근에 나정에 대한 고고학 발굴(경주시 탑동)이 있었고, 그 자리에 건물의 흔적과 우물의 흔적이 있다는 것이 보고되었으나(문화콘텐츠닷컴 자료 참조) 그 장소의 존재 자체가 혁거세 천강의 신화적 의미를 확립시켜주지는 못하는 것 같다(신궁 존재의 고고학적 증명은 된다 해도). 천마가 우물

시도했으나 그녀에게서 박혁거세와 동일한 성인(聖人)의 칭호마저 빼앗지는 못했다. 알영은 고대 신화 어디에도 없는 남성 군장자와 동일한 이성(二聖)이라는 타이틀을 누리며 혁거세와 나란히 수신(水神)/농신(農神)의 역할을 해나간다.

시조묘 외에 신궁을 건립한 까닭

알영을 둘러싼 미스터리는 그뿐이 아니다. 고대국가에서 국가제사가 얼마나 중요한 역할을 했는지는 누구나 알고 있다. 이른바 '종묘사직'(宗廟社稷)이라는 거창한 이데올로기는 고대국가 시작부터 20세기 초 조선조까지도 끊임없이 강조되어온 것이었다. 유교가 국가이념으로 자리 잡은 조선조 이후에 더욱더 체계화되고 전국가적인 것이 되기는 했지만, 그 전의 고대국가에서도 국가제사는 아주 중요한 것이었다.

그런데 이 문제를 둘러싸고, 고대 삼국 가운데 신라에 대해서만 유난히 문제가 제기된다. 왜냐하면 국가제사가 이원화되어 있었기 때문이다.

가에 알을 가져다놓는다는 설정은 아무래도 작위적으로 느껴진다. '붉은 알'이라고 한 것으로 보아 태양의 상징성을 가진 것이 분명해 보이지만, 옆에 "크고 푸른 알이라고도 한다"는 주가 달려 있는 것으로 보아 알영정 물가에서 태어난 수신 알영 탄생에 대한 상징적 우위 형성('크고'라는 형용사에서 같은 날 물가[푸른]에서 태어난 수신적 존재에 대한 우위를 노리는 의도가 읽힌다) 시도라는 의구심을 떨쳐버릴 수 없다.

애초에 신라의 국가제사는 2대 남해왕이 시조묘(始祖廟)를 세우고(기원후 6) 누이 아로(阿老)를 제관으로 임명해 사계절 제사를 지내면서 시작되었다.[35] 그 시조는 당연히 박혁거세로 여겨질 수밖에 없다. 그런데 22대 지증왕이 '시조 탄강지' 나을(奈乙, '나정'의 우리말 표기)에 또 신궁(神宮)을 세웠다(487년[소지마립간 9년]이라고도 하고 지증왕대[500~513]라고도 한다. 둘 다 『삼국사기』에 기록되어 있음). 이후에도 시조묘와 신궁제사는 병립된 것으로 기록에 나타난다.

그렇다면 왜 시조묘와 따로 신궁을 건립해야 했고, 두 묘에 동시에 제사를 지내야 했던 것일까? 두 묘의 주신(主神)은 누구였을까?

김태식은 고대중국, 고구려, 백제, 심지어 일본의 이세신궁(伊勢神宮)과의 비교 고찰을 통해 주변 문화국에 비해 흠향(歆饗) 주체가 명시되지 않은 종묘는 신라 신궁뿐이라고 진단한다.[36] 그가 이 비교문화학적 연구를 통해 내린 결론은 신궁은 시조 혁거세의 종묘가 아니라 그 시조를 있게 한 국모(國母) 선도성모(仙桃聖母)를 봉사하는 사당, 즉 국모묘(國母廟)였다는 것. 주신이 다르므로 다른 신전을 건립할 수밖에 없었다는 주장이다.[37]

나희라는 시조묘는 혁거세가 죽어서 묻힌 곳이며, 신궁은 그의 탄생지에 세워진 사당이라고 주장하고, 신종원은 두 사당의 주신

---

35) 『삼국사기』 권32, 잡지 1, 「제사」.

36) 김태식, 「신라 國母廟로서의 神宮」, 『한국고대사탐구』 4, 한국고대사탐구학회, 2010, 65쪽.

37) 같은 글, 90쪽.

(主神)은 같은 혁거세이지만, 시조묘는 시조의례, 신궁은 천지의례를 담당했을 것이라고 추정하기도 한다.[38]

김선주는 애초에 시조묘 제사의 숭배 대상은 알영이었는데, 훗날 혁거세 지지세력이 권력을 장악하면서 그 지위를 빼앗겼으리라고 추정한다. 그러면서 신라에서 이루어지고 있었던 다른 여성 시조숭배의 예를 들고 있다(김유신이 속한 가야계 김씨의 한 지파 시조인 김재매金財買 부인의 경우[39]). 그녀는 이 제사에 여성들이 능동적으로 참여하고 있다는 사실도 특기한다. 그녀는 경주에 현재 있는 오릉(다섯 개로 산락한 혁거세의 유체를 수습한 곳)이 시조릉으로 불리고 있다는 사실에 착안, 이 시신 해체의 신화적 주제는 농업신적인 것이므로 신라 초기 농업신 역할을 했던 알영의 시신이 묻혔을 것으로 추정한다.

> 시조가 묻혔다는 사릉, 또는 오릉의 주인공은 알영이었는데, 후대에 혁거세를 중심으로 건국신화로 재정립되면서 혁거세가 중심이 되고, 알영의 죽음은 거기에 부회되어 설명된 것이 아닐까.[40]

현재 경주에 '알영정'으로 불리는 우물이 있는데, 오릉 권역 내에 위치하고 있다고 한다. 그래서 김선주는 오릉이 알영의 무덤일 것

---

38) 같은 글, 91쪽.
39) 『삼국유사』 권1, 기이2, 「김유신」.
40) 김선주, 「신라의 알영 전승 의미와 시조묘」, 『역사와 현실』 76, 한국역사연구회, 2010, 186쪽.

경주 오릉. 박혁거세가 죽은 뒤 하늘에서 다섯 개의 유체(遺體)가 땅에 떨어져 묻혔다.

으로 추정한다. "오릉을 사릉"이라고도 한다는 『삼국유사』의 기록
도 용에게서 태어난 알영의 무덤으로 여길 수 있게 한다고 보는 것.

이 학자가 내리는 결론은 이사금 시대 부족신의 성격을 가진 시
조묘의 봉사 대상은 알영이었으나 왕조의 관점 변화로 범국가적 신
앙의 대상이 필요해졌고, 그래서 박혁거세를 주신으로 하는 새로운
사당인 신궁을 건립할 필요성이 생겨났다는 것이다.

그녀는 눌지마립간을 마지막으로 사제자의 역할을 하던 왕실 여
성 호칭 '알Ar'이 더 이상 보이지 않는다는 것도 이 변화와 관련 있
다고 본다.

역사학자가 아닌 우리로서는 두 학자의 주장 가운데 어느 쪽이
맞는지 판단할 수 없으나 건국신화에서 그토록 여신을 지워내려고

했던 신라 지배세력이 새삼스럽게 여신 신궁을 건립했을 것 같지는 않다. 따라서 김선주의 주장이 더 설득력이 있어 보인다.

다만 한 가지 좀더 신화적인 해석을 덧붙일 수 있다면, 같은 날 태어나 같은 날 죽은 혁거세와 알영은 두 사람이 아니라 동일 인격체일 수 있으며, 하늘에서 산락한 혁거세의 다섯 유체를 한무덤에 합장하려 하자, 큰 뱀이 나타나 하지 못하게 했다는 『삼국유사』의 기록은 어쩌면 혁거세가 죽은 날 같이 죽어 다시 용(『삼국유사』 기록의 '큰 뱀')으로 돌아간 알영이 나타나 혁거세왕(또는 자신)이 자신의 몸을 찢어 백성에게 풍요를 주려고 하는 거룩한 뜻을 막지 말라고 했던 것은 아닐까. 아마 그 뱀은 오릉(五陵)의 의미가 사릉(蛇陵)의 의미와 같으며, 혁거세왕의 희생은 자신의 희생과 같다는 것을 눈 밝은 백성에게 알려주려 했던 것은 아니었을까.

박혁거세는 여신이었을까

'거서간'이라는 명칭의 의미에 대해 학자들의 견해는 분분하다. 대체로 왕이나 군장자라고 해석하지만, 그것이 '칭기스칸'의 '기스칸'을 의미하며, 따라서 혁거세가 "알지거서간이 한번 일어났다"라고 말한 것은 혁거세가 제1대 기스칸으로서 후대의 제2대 기스칸인 칭기스칸의 존재를 예언한 것이라는 믿기 어려운 주장을 하는 학자도 있다. 어쨌든 '거서간' 또는 '거슬한'은 혁거세의 고유 왕호다. 그런데 '거서간'이라고 불린 신라왕이 또 한 명 있었는데, 제

2대 남해왕에게 '거서간'과 '차차웅'의 왕호가 동시에 주어진다.

문경현은 제2대 남해왕이 실제의 역사적인 시조왕이었을 것이라고 본다.[41] 그 이유 가운데 하나로 그는 남해왕의 아들 이름이 유례왕(儒禮王, 일명 노례왕弩禮王)이라는 사실에 주목한다. 주몽의 아들도 유리(琉璃 惑云 類利 孺留)인데, 따라서 '유례' 또는 '유리'라는 이름은 특정한 왕의 이름이 아니라 '계승자'라는 뜻이라고 해석한다. 그렇다면 혁거세는 실제의 왕이 아니라 상징적 인물로 실제의 시조왕의 머리 위에 덧붙여진 인물이라고 볼 수 있다(똑같은 경우가 김씨 왕조의 시조인 미추이사금대에도 일어난다. 미추이사금 이전에 신화적 시조인 김알지가 있었고, 미추이사금 다음 왕명도 역시 유례儒禮이사금이다). 이렇게 읽으면 혁거세는 왕이 아니라 왕보다 지극히 더 높은 어떤 신성한 존재였을 수 있다.

알영의 이름 자체가 매우 상징적이다. 그것은 어떤 고유명사가 아니라 어떤 고위직을 수행하는 여성들에게 붙여졌던 직능명인 듯하다(신라 상대에는 '알'[Ar-] 계열의 이름을 가진 여성들이 제사장의 역할을 했다).[42] 신라 역사를 통틀어서 '알' 계열의 이름은 무수하게 나타난다. 알영=알로, 남성에게는 알치, 여성에게는 아루라는 이름이 주어진 듯하다.

알영: 아로(남해매), 아루(남해비), 아효(니·로: 아로阿孝나 아니阿尼

---

41) 문경현, 앞의 글, 11쪽.
42) 남해왕은 시조묘를 세우고 누이 아로(阿老)를 제관으로 임명했다(『삼국사기』 권32, 잡지 1, 「제사」).

는 아로의 오자인 듯. 탈해비), 아이혜(阿爾兮, 조책助責비), 아류(阿留, 실성비), 아로(阿老, 눌지訥祗비). 미추왕 비 광명부인과 같다(후대의 한자 번역).

그런데 문경현에 따르면 알=아루의 원래 뜻은 황금(식)을 의미해 그로부터 광명·고귀의 뜻이 파생된다. 신라 후대로 가면 이 이름은 한자로 번역되어 계속 왕비들의 이름에 나타난다.

미추왕 비 광명랑(光明娘(부인) 아로의 한문 차자(훈역). 진덕왕 어머니 아니부인(아니는 아로의 오자)은 월명(月明)부인이라고도 불렸으며, 태종무열왕의 어머니 천명부인, 비는 문명황후, 청(听)명부인(헌안모), 소명(炤明)왕후(문성비), 의(懿/義)명왕후(헌강비), 광화(光和)부인(경문모), 소(炤)덕왕후(성덕비) 등 붉(광명)의 뜻을 진 왕녀들이 많았다.

문경현은 혁거세가 태양신(알)을 섬기는 여제관으로서 신의 지위에까지 올라간 신성한 존재였을 가능성을 조심스럽게 제기한다.[43] 그리고 혁거세·알영·선도산 성모의 삼위일체론을 주장한다. 그렇게 읽는다면 왕=알영이라는 일연의 기록에는 아무 모순도 없게 된다. 고대 여신들 특유의 트리아드를 우리는 이 책 여러 곳에서 확인했다. 이것은 현재로서는 대단히 과감한 주장이지만, 충분

---

43) 문경현, 앞의 글, 16쪽.

히 깊이 연구해볼 만한 주제라고 생각된다. 실제로 신라 설화에서 가장 중요한 여산신으로 여겨졌던 여신들은 여전히 고대적 트리아드로 등장한다. 김유신을 도와준 호국여신들은 전형적인 고대적 트리아드를 이루고 있다.

> 두 여자가 나타나 따라옴. 골화천(骨火川)에 이르러 유숙하니 또 한 여자가 문득 오다. 즐겁게 세 낭자와 얘기할 때 낭자들이 과일을 줌. 낭이 받아먹고 마음으로 서로 허락하여 이에 그 실정을 얘기하자, 낭자들이 말하기를 "백석과 작별하고 우리와 함께 숲속으로 들어가면 다시 실정을 말하겠다." 숲으로 들어가니 낭자들이 신으로 변함. "우리들은 내림(奈林), 혈례(穴禮), 골화(骨火) 등 세 곳의 호국신."[44]

"두 여자"가 먼저 오고, 나중에 "한 여자"가 또 왔다는 기술은 이 3여신의 고대성에 대한 설화 형성자들의 무의식적 검열로 보인다. 그 고대 여신적 트리아드를 완성시켜주는 세 번째 여자가 나타나는 방식이 '문득'이라는 부사로 표현되고 있다는 것이 무척 흥미롭다. 그녀는 사람들이 눈치 채지 못하는 사이에 신처럼 '스윽' 나타나 부족한 트리아드를 완성하는 것이다!

지금으로서는 혁거세가 여신이라는 주장을 하기에는 관련 연구들이 미흡한 것은 사실이다. 그러나 이 신화를 몇 겹으로 둘러싸고 있는 남성주의적인 어색한 의도적 포장들이 무엇인가를 지워버리

---

44) 『삼국유사』 권1, 기이 2, 「김유신」, 169~170쪽.

고자 했던 신화형성 계층의 무의식을 드러내고 있는 것만은 사실인 듯하다. 그들이 지워버리고자 했던 것은 무엇보다도 민중을 사로잡고 있었던 모계적 신성사상이었던 것 같다. 실제로 신라 말기까지도 여계 족보가 사용되었다는 기록이 『삼국유사』 권5, 신주, 「명랑법사의 신인종」(明朗神印) 조에 분명하게 나타난다. 어쨌든 이성(二聖)이라는, 순전히 명목뿐이라 하더라도 평등한 지위를 여조(女祖) 알영에게 부여하지 않을 수 없게 만들 만큼 신라사회의 토착적인 여신 숭배사상은 강렬했던 것 같다(선도성모 숭배사상은 고려시대까지 지속된다). 삼국을 통일하고, 신라의 절대적 우위를 확보하기 위해 가부장적 시각으로 신화를 각색한 후대의 신라 지배계층은 그것을 특히 불편해했을 가능성이 있다. 그것이 가부장제를 일찍 확립한 고구려와 백제에 비해 문화적인 약점이라고 여겼을 수 있으므로.

그런데 삼국통일을 이룬 문무왕 원년에 왕에 대한 기록이 나타나기도 전에 문무왕 기사의 맨 앞줄에 너무나 이상한 존재가 하나 나타난다.

왕이 처음 즉위한 용삭 신유(661)에 사비의 남쪽 바닷속에 여자의 시체가 있었다. 키가 73척이요, 발이 6척이고, 음문의 길이가 3척이었다. 어떤 이는 키가 18척이며, 건봉 2년 정묘(667)의 사실이라 한다.[45]

---

45) 『삼국유사』 권2, 기이 2, 「문무왕 법민」, 205쪽.

삼국통일(676)에 약 10년쯤 앞선 시기에 앞으로 망하게 될 나라의 바닷속에 죽어 누워 있는 이 거녀(巨女)는 누구일까? 과문한 탓이겠지만 나는 이 거녀에 대한 학자들의 언급을 단 한 번도 접하지 못했다. 그녀는 죽어서 여전히 바닷속 침묵 가운데 누워 있다. 일연은 왜 이 기이한 이야기를 위대한 왕의 기록 맨 앞에 붙여둔 것일까? 왕의 연대기가 본격적으로 시작되기도 전에? 장차 삼국통일의 위업을 달성할 위대한 왕이 망할 나라 백제로부터 탈취하게 될 승리의 예조로? 실패자들은 언제나 약자인 여성이므로?

나는 이 거녀가 훗날 "물 아래 긴 서방"이라고 불리게 되는 도깨비의 어머니이거나 연인이리라 생각한다. 세상으로부터 원래 자기의 것인 가치들을 모두 빼앗기고 괴물로 살아갈 수밖에 없는, 지상에는 있을 곳이 없어 물속으로 숨을 수밖에 없는 거대하고 위대한 어머니의 시체. 신라의 삼국통일로 인해 이제 위대함은 단 한 곳, 신라 왕실로 모일 것이다. 위대한 어머니들의 흔적은 체계적으로 철저하게 지워졌다. "물 아래 긴 할망"은 그곳에 오래 누워 있어야 했을 것이다.

그러나 누가 알겠는가. 어느 날 그녀가 잃어버렸던 자신의 위대함과 아름다움 그리고 부드러움을 되찾아 "물 위의 긴 할망"으로 되살아날지… 남성들이 세계를 경영했던 것과 전혀 다른 방식으로 세계를 이해하고 이끌어나가는 부드럽고 강한 거녀가 되어 되살아날지….

제3부
신성함의 현현

稱貴歌未詳

處容郎　望海寺

第四十九憲康大王之代自京師至於海內比屋連墻
無一草屋笙歌不絕道路風雨調於四時於是大王遊
開雲浦（在鶴城西南今蔚州）王將還駕晝歇於汀過忽雲霧冥曀
迷失道路恠問左右日官奏云此東海龍所變也宜
行勝事以解之扒是勅有司為龍刱佛寺近境施令已
出雲開霧散因名開雲浦東海龍喜乃率七子現於駕
前讚德獻舞奏樂其一子隨駕入京輔佐王政名日
處容王以美女妻之欲留其意又賜級干職其妻甚美

신들이 상징으로 '처용'하다
처용 설화

처용 설화의 해석학적 카오스

일연의 『삼국유사』 권2, 기이 2, 「처용랑 망해사」 조에 기록되어 전해져 오고 있는 처용 설화는 한국문학을 통틀어 아마도 가장 많은 연구가 이루어진 텍스트일 것이다. 어마어마한 연구성과가 쌓여 있다. 어학과 민속학, 역사학, 철학, 정신분석학 등 다양한 분야의 연구자들이 수많은 연구결과를 발표했다. 연구들은 저마다 흥미로운 독법을 제시하고 있으며 모두 나름의 학문적 성과를 가지고 있다. 그러나 처용과 처용 설화에 대한 연구는 여전히 현재 진행형이다.

김영수는 연구자들이 유난히 이 설화 연구에 몰두하는 이유를 네가지 정도로 진단한다.[1]

---

1) 김영수, 「처용가 연구의 종합적 검토」, 『국문학논집』 16, 단국대학교 국어

① 해독이 쉽다: 향가는 향찰로 쓰여 있기 때문에 해독이 어렵다. 그러나 「처용가」는 『악학궤범』에 한역시가 전하고, 또 「고려처용가」가 훈민정음으로 기록되어 있기 때문에 해독이 쉽다. 몇 가지 이견이 없는 것은 아니지만, 연구자들은 이 향가의 한글 해독에 대체로 동의하는 편이다.

② 민족적 전승력이 강하다: 「처용가」는 전해 오는 향가 14수 가운데 고려시대를 지나 조선시대까지 살아남은 유일한 노래다. 김영수는 이 설화가 한국인의 심층에 자리 잡은 핵심적 요소를 지니고 있기 때문에 전승력이 강하다고 본다. 그 핵심 요소의 실체는 '무속'이다.

③ 전승 형태가 다양하다: 어의 해독과 설화, 역사, 무용, 연극, 무가, 무속, 민속 등 다양하게 전승되고 있다.

④ 연구자의 역량 과시.

④번 항목을 제외하면 대체로 동의할 수 있는 진단이다. 그럼에도 불구하고 처용 설화 연구 열기는 이상의 이유들로 모두 설명되지 않는 예외적인 데가 있다. 더더욱 이해하기 힘든 것은 그 오랜 기간 수많은 연구가 진행되었는데도 연구자들 사이에 합의가 이루어지지 않고 있다는 사실이다. 처용 설화 관련 논문들을 읽다보면 너무나 다양하고 상충되는 주장 때문에 혼란스럽다는 느낌마저 든다. 이 설화를 둘러싸고 어떤 해석학적 카오스가 형성되어 있는 것처럼

국문학과, 1999, 82쪽.

느껴진다. 대부분의 한국 신화에 대한 해석들은 아무리 다양한 경우라고 하더라도 몇 가지 범주로 묶을 수 있다. 그러나 처용 설화는 연구자들 각자가 매우 다른 주장을 하고 있기 때문에 범주화가 쉽지 않다.

우리는 김영수가 들고 있는 것과는 다른 이유로 처용 설화 해석이 이렇게 다양해졌으리라 본다. 이 다양한 해석과 연구의 열기는 보다 근원적인 이유가 있는 것처럼 보인다. 이 설화는 연구자들이 그것을 인지하든 못하든 문맥에 드러나 있는 사건과는 다른 심층적 차원을 감추고 있다. 연구자들은 이 설화의 숨겨진 근원성에 매혹되는 것 같다. 우리는 처용 설화 연구 열기의 원인을 두 가지 정도로 살펴볼 수 있다고 본다.

① 어떤 해석도 연구자의 내면을, 지적 호기심과 정신적 추구를 만족시켜주지 못한다. 무엇인가가 더 있을 것이다.
② 처용 설화는 우리 신화가 유불(儒佛) 이데올로기에 의해 지워져버린 어떤 원형적 사건에 대해 말하고 있다. 그 안에 숨겨진 것을 찾아내야 한다.

우리는 처용 설화가 그토록 많은 연구자들을 끌어들이고, 시인들과 소설가들마저 매료시키는 이유[2]는 이 설화가 문맥에 드러나 있

---

2) 김춘수의 「처용단장」과 신석초의 「처용은 말한다」가 유명하며, 그 외에도 정숙, 윤석산 등의 시인과 구광본, 김소진 등의 소설가들도 처용을 주제로 한 작품들을 발표했다.

는 것과는 다른 어떤 심층성을 숨기고 있기 때문이라고 생각한다. 그러나 현존하는 어느 해석도 그 심층성을 충분히 밝혀주지 못한다. 따라서 우리는 이 설화의 심층성을 드러내기 위해서는 모든 해석들을 참고하되, 지금까지 이루어지지 않은 방향에서 이 설화를 근본적으로 다르게 다시 읽어야 한다는 결론에 이르렀다.

우리가 처용 설화를 읽기 위해 지금까지와는 다른 독법을 택하면서 중요하게 생각했던 논점들은 대개 다음 사항들로 수렴된다.

① 서사구조: 지금까지 많은 연구자들은 처용 설화를 「처용랑 망해사」 조의 서사 구조를 살피지 않고 전체 문맥에서 떼어내 독립적인 이야기로 다루어 왔다. 그러나 일연은 『삼국유사』 기이 편 서문에서 밝히고 있듯이 일정한 서술전략을 세우고 『삼국유사』를 집필했다. 따라서 서사구조를 살피는 일은 설화의 진정한 의미를 알기 위해서는 필수적인 과정이다.

② 「처용랑 망해사」 조의 주제: 서사구조를 분석해보면 처용 설화는 문맥과 독립된 별도의 이야기가 아니라, 이 조의 전체 주제인 '신들의 메시지 전달과 해독의 실패로 인한 亡國'이라는 결과와 밀접하게 연관되어 있음을 알 수 있다. 따라서 전체 주제와의 관련 속에서 처용 설화와 「처용가」를 읽어야 한다.

③ 처용의 이름: 『삼국유사』에 기록되어 전해져 오는 14수 향가의 작자명은 우리말 이름인 경우가 없으며, 모두 향가의 내용을 축약한 한자 이름이다. 처용의 이름도 그 원칙에 따라 지어졌을 확률이 높다. 그런 전제 아래서 읽으면 처용 설화와 「처용가」는

전혀 다른 의미를 드러낸다.

　이렇게 세워진 방법론에 따라 세밀하게 읽으면 처용 설화와 「처
용가」는 앞서 이루어진 어떤 해석과도 다른 의미를 드러낸다. 기존
의 연구와 근본적으로 다른 이 독법은 보기에 따라서는 학문적인
모험이라고 여겨질 수도 있다. 그러나 창조적인 독법이란 어느 정
도 모험적인 반독서(反讀書, contre-lecture)일 수밖에 없다고 생각
한다. 그것은 주어진 안전한 독법을 거스르며 자신만의 독법을 창
조한다. 이 방법은 모든 텍스트 읽기에 적용될 수 있지만, 특히 신화
읽기에 더 잘 적용될 수 있다. 신화론의 역사는 어떤 의미에서는 신
화 해석의, 신화 읽기의 역사다. 신화 자체는 인간 심성의 어떤 원형
성을 담고 있고, 그것이 바로 신화가 시대를 관통하며 살아남아 의
미를 생성시키는 한 요인이지만, 신화를 이루고 있는 각각의 요소
들은 그것을 받아들이는 당대의 맥락 안에서 다시 해석된다. 아이
스킬로스와 퍼시 셸리의 프로메테우스는 같으면서도 전혀 다른 프
로메테우스다. 셸리의 프로메테우스는, 우리 식으로 말하면 아이스
킬로스의 프로메테우스에 대한 반독서다. 그렇게 거슬러 다시 읽음
으로써 신화 해석은 보편성에 근거를 둔 채로 새로운 의미를 생성
시킨다.

　그것은 자유로운 해석이 허용되는 창작의 문제이며, 학문적 대상
으로서의 신화 해석은 어느 정도 닫혀 있을 수밖에 없다는 주장도
있을 수 있다. 그것도 일리 있는 주장이다. 무턱대고 자유롭게 읽는
것이 무한정 허용되는 것은 아니다. 인문학적 설득력을 갖추지 못

한 신화 해석은 자의성의 덫에 빠질 수밖에 없기 때문이다. 따라서 신화학적 읽기에 관한 한, 하나의 의미 있는 독법은 분명한 인문학적 근거를 갖추고 있지 않으면 안 된다. 그러나 신화에 나타난 사건을 한 가지로 해석할 수는 없다. 신화가 과거에 일어났던 어떤 사건에 관계된 것인지 증명할 수 있는 방법은 전혀 없다. 우리는 이미 신화 형성기에서 멀리 떨어진 시대를 살아가고 있기 때문이다.

역사로서의 신이

우리의 처용 설화 읽기가 텍스트의 꼼꼼한 읽기에 기반을 두고 있으므로 논의의 편의를 위해 분석 대상이 되는 텍스트를 요약해서 언급해두자.

제49대 헌강왕대는 서울로부터 지방에 이르기까지 집과 담이 연이어 있었고, 초가는 하나도 없었다. 풍악과 노랫소리는 길에서 끊이지 않았으며, 바람과 비는 철마다 순조로웠다.

왕이 개운포(開雲浦, 지금의 울주)에 나가 놀다가 돌아가려 함. 낮에 물가에서 쉬고 있는데, 갑자기 구름과 안개가 자욱해져 길을 잃게 됨. 왕이 괴이히 여겨 측근에게 물으니, 일관이 대답하기를 "이것은 동해 용의 조화이니 마땅히 좋은 일을 해주어서 이를 풀어야 할 것." 이에 관원에게 명해 그 근처에 용을 위해 절을 세우도록 함. 왕의 명령이 내려지자 구름과 안개가 걷혔으므로 이로 말미암아 지

울산시 남구 황성동에 있는 처용암. 공업화로 인해 개운포 주변에 공장들이 둘러서 있다.

명을 개운포라 한다. 동해 용이 기뻐하며 아들 일곱을 거느리고 왕 앞에 나와 왕의 덕을 찬양하고 춤을 추며 음악 연주. 한 아들이 왕을 따라 서울로 들어가 정사를 도왔는데 이름을 처용(處容)이라 한다.

　왕은 미녀를 처용에게 아내로 주어 그의 생각을 잡아두게 했으며, 또한 급간(級干)이라는 관직을 주었다. 그런데 그의 아내가 너무 아름다웠으므로 역신(疫神)이 그녀를 흠모해 사람의 모습으로 바꾸더니 밤에 그 집에 가서 몰래 그녀와 동침했다. 처용이 밖에서 집에 돌아와 잠자리에 두 사람이 누워 있는 것을 보자 이에 노래를 부르고 춤을 추며 물러나왔다.

서울 밝은 달에

밤들어 노니다가

들어와서 자리를 보니

가랑이가 넷일러라

둘은 내 것인데

둘은 뉘 것이뇨

본디는 내 것이다마는

앗은 것을 어찌할꼬

그때에 역신이 형체를 나타내 처용 앞에 꿇어앉았다. "제가 공의 아내를 사모해 지금 그녀와 관계했는데, 공은 노여움을 나타내지 않으시니 감동해 칭송하는 바입니다. 맹세코 이후로는 공의 형용을 그린 것만 보아도 그 문에 들어가지 않겠습니다."

그로 말미암아 나랏사람들이 처용 형상을 문에 붙여 사귀(邪鬼)를 물리쳐 경사를 맞아들이게 되었다.

왕이 서울에 돌아오자 영취산(靈鷲山) 동쪽 기슭의 경치 좋은 곳을 선정해 절을 세우고 이름을 망해사(望海寺)라 함. 또한 신방사(新房寺)라 하니 용을 위해 세운 것이다.

왕이 또(又王) 포석정에 행차했더니, 남산의 신이 왕 앞에 나타나서 춤을 추었다. 좌우 사람들은 보지 못했으나 왕만 홀로 그것을 보았다. 어떤 사람(신)이 나타나 춤을 추니 왕 자신이 춤을 추어 그 형상을 보였다. 신의 이름을 혹 상심(祥審)이라 했으므로 지금까지 나랏사람들이 이 춤을 전하여 어무상심(御舞祥審) 또는 어무산신(御舞山神)이라 한다. 어떤 이는 신이 이미 나와 춤을 추자 그 모습을 살펴 공인(工人)에게 명해 모습에 따라 새겨[摹刻] 후세 사람들에게 보이게 했으므로 상심(象審)이라고 한다고 했다. 또 어떤 이는 상염무(霜髯舞)라고도 하니 이는 그 형상에 따라 일컬은 것이다.

왕이 또 금강령에 행차했을 때 북악의 신이 나타나 춤을 추었으므로 그의 이름을 옥도검(玉刀鈐)이라 했고, 또 동례전 잔치 때에는 지신이 나타나 춤을 추었으므로 이름을 지백급간(地伯級干)이라 했다.

어법집에는 그때 산신이 춤을 추고 노래를 부르되 지리다도파도파(智理多都波都波)라 한 것은 대개 지혜로 나라를 다스리는 사람이 사태를 미리 알고 많이 도망했으므로 도읍이 장차 파괴된다는 것을 말함. 곧 지신과 산신은 나라가 장차 멸망할 것을 알았으므로 춤을 추어 그것을 경고했던 것이나 나랏사람들은 이를 깨닫지 못하고 도리어 상서가 나타났다고 해 탐락(耽樂)이 더욱 심해졌으므로 나라는 마침내 멸망했다.[3]

처용 설화 해석이 카오스를 이루고 있는 가장 큰 원인은 『삼국유사』 자체에 있다. 『삼국유사』가 설화를 역사적 사실과 병치해 기술하고 있기 때문에 역사학자들은 역사적 기록으로 간주하고, 문학자

---

3) 『삼국유사』 권1, 기이 2, 「처용랑 망해사」, 265~269쪽.

들이나 민속학자들은 문학 텍스트나 설화로 접근한다. 송효섭은 이러한 『삼국유사』 기술의 복합적인 두 원리를 뮈토스와 로고스로 정의하기도 했다.[4] 그러나 일연은 아무렇게나 설화와 역사를 뒤섞어 놓은 것이 아니라 명확한 서술전략에 따라 집필했으며, 그 전략은 『삼국유사』 전체에 일관되게 작용하고 있다.

앞서 이야기한 바와 같이[5] 일연은 이(異)를 유교학자들처럼 괴(怪)로 파악하지 않았고, 신령함으로 파악했으며, 그런 기본적 관점에서 국사를 신비를 통해 기술했다. 『삼국유사』의 절반 정도를 차지하고 있는 기이는 기이(記異)가 아니라 기이(紀異), 즉 역사서 편제의 본기를 의미한다. 김문태는 일연이 불승임에도 불구하고 토속설화에 작용하는 이(異)를 신성함의 표지로 받아들여 수용한 것이라고 진단한다.[6] 일연은 예악(禮樂)과 인의(仁義) 못지않게 신이(神異)의 의미를 통한 깨달음이 중요시되어야 한다고 보고, 삼국 시조가 모두 신이한 출생이라는 것은 괴이한 일이 아니고 신성한 일이므로 기이가 첫머리에 놓이는 것은 당연하다고 말한다. 즉 일연은 신비가 역사 안에서 어떻게 구체화되고 있는가를 밝히고자 했던 것이다.

그런데 일연의 관점은 철저하게 불교적이다. 승려였던 그는 신비를 그 자체로 이해하는 것이 아니라 불교의 가치가 이루어지는 매체로 이해한다(이 관점은 「처용랑 망해사」 조에서 아주 명확하게 드

---

4) 송효섭, 『초월의 기호학: 뮈토스와 로고스로 읽는 삼국유사』, 소나무, 2002.
5) 이 책, 17~19쪽.
6) 김문태, 「삼국유사의 체재와 성격」, 『도남학보』 12, 도남학회, 1989, 83쪽.

러난다). 일연에게 신비의 현현은 불교적 가치에 토대를 둔 역사적인 불국토 건설이라는 목표 아래서 조명된다. 몽고의 침략으로 참혹한 고통을 겪고 있던 시대에 일연은 신비라는 탈역사적 근원으로 돌아가 완전히 새로운 개념으로 역사를 다시 바라보고, 불교의 가르침에 의해 다시 건설된 역사를 제시하고자 했던 것이다. 따라서 일연이 신화를 바라보는 관점은,

신비 ∈ 역사 ∈ 불교

로 도식화할 수 있다. 이 독특한 관점은 우리가 앞서 살펴본 바대로 오로지 17개의 창사 기록만을 언급하고 있는 왕력 편「고려 태조」조에서 매우 확연하게 드러난다.

고려 태조 기록을 창사 기록만으로 구성한 것은 일연 당대인 고려시대에 신이로서의 상대(上代)의 역사를 불교적 가치 구현의 역사로 극복·계승해야 한다는 저자의 이념을 강력하게 드러내는 전략이다. 따라서 이러한 이데올로기적인 의도를 이해해야만 『삼국유사』에 나오는 신이한 현상들의 진정한 의미가 파악된다. 처용 설화는 일연의 이러한 관점이 아주 잘 드러난 예다. 따라서「처용가」를 전체 서사 문맥에서 따로 떼어놓고 읽는다면 이 설화의 의미는 제대로 이해되지 않는다.

일연의 서술전략

「처용랑 망해사」 조의 서술전략은 조목(條目) 제목에 이미 암시되어 있다. 처용이라는 신비한 인물의 행적을 망해사라는 불교적 사실과 연결하거나 그것으로 감싸려는 일연의 의도가 읽히는 것이다. 일연은 처용의 신비한 일화를 망해사 연기(緣起)설화에 묶어두는 것이다. 그러나 처용과 망해사 두 항 사이에 헌강왕이라는 역사적 인물이 있다. 다시 신화(처용) ∈ 역사(헌강왕) ∈ 불교(망해사)로 도식화된다.

처용의 이름 뒤에 '랑'(郎)이 붙은 것으로 보아 처용이 화랑이었을 것이라는 주장이 있다. 처용의 정체를 둘러싸고 여러 가지 해석이 존재한다(화랑, 동해 용의 아들, 동해 용을 섬기는 사제, 무당, 의무〔醫巫, 메디신맨〕, 이슬람 상인, 지방 호족의 아들 등). 그러나 그의 역사적 정체를 밝히는 것은 흥미로운 일이기는 하나 신화적 관점에서는 결정적인 중요성을 갖지는 않는다. 신화적으로 중요하게 여겨지는 것은 신화적 인물이 역사적으로 누구인가보다는 그의 행위와 이야기가 근원적 층위에서 인간정신의 어떤 요소를 나타내고 있는가 하는 것이기 때문이다. 헤라클레스가 역사적 인물인지 아닌지, 그가 정말로 지옥에 내려가 케르베로스를 잡았는지 그렇지 않은지를 아는 것은 신화적 관심사가 아니다.

처용이 화랑이었는지 무당이었는지 아랍 상인이었는지를 밝히는 것은 신화적으로는 큰 의미가 없다. 그러나 그의 이름 뒤에 '랑' 자가 붙은 것은 일정한 의미가 있다. '랑'은 일반적으로 화랑에게 붙여지는 명칭이었다.[7] 그러나 철저하게 골품제에 묶여 있었던 신라에서 왕경인 출신이 아닌 지방 출신 처용은 화랑이 될 수 없는 신분이었다.[8] 그런데 『삼국유사』와 『삼국사기』에서 '랑' 자가 붙여지는 화랑인지 아닌지 분명치 않은 인물들이 있는데, '연오랑' '비형랑', '장춘랑' 등 신비한 세계에 속한 인물들에게 '랑'이 붙여지는 것을 알 수 있다. 처용랑은 바로 이 경우에 해당된다. 이 신비한 인물에게 '랑'이라는 세속적 명칭을 부여함으로써 일연은 그를 역사의 이쪽에 묶어두려는 의도를 드러낸 것이라고 볼 수 있다.

신비를 역사에 귀속시키고, 최종적으로 불교적 가치로 수렴시키려는 일연의 서술전략은 「처용랑 망해사」 조의 서술구조를 분석해 보면 더욱 확연하게 드러난다.

---

7) 전기웅, 「헌강왕대의 정치사회와 '처용랑 망해사' 조 설화」, 『신라문화』 26, 동국대학교 신라문화연구소, 2005, 67쪽 참조.
『삼국사기』와 『삼국유사』에서 '랑'(郎) 호칭이 붙은 화랑들: 武官郎, 薛原郎, 未尸郎, 近郎, 好世郎, 居烈郎, 實處郎, 寶同郎(竹曼郎), 夫禮郎, 俊永郎(永郎), 述郎, 南郎, 耆婆郎, 邀元郎, 譽昕郎, 叔宗郎, 孝宗郎, 鸞郎, 原郎. 이름에 '랑'이 없으나 본문에서 '랑'으로 부르는 경우: 擧眞, 金庾信, 明基, 安樂, 金膺廉 등. 斯多含, 金欽春(純), 金令胤, 官昌, 文努, 安詳, 桂元 등 칭호가 붙지 않은 경우는 대개 '랑'이 생략되었거나 瞿旵公처럼 다른 직함이나 경칭이 있는 경우. 화랑인지 분명치 않은 사람 중에도 '랑'의 호칭을 가진 경우: 鼻荊郎, 長春郎, 罷郎, 處容郎, 延烏郎, 善宗郎 등. 자장율사의 출가 전 이름인 선종랑(善宗郎)을 제외하더라도 죽은 왕의 영혼의 아들, 전사한 영혼, 동해 용의 아들, 해와 달의 정령 등 신이함과 연관. 울주 천전리 각석에서 보이는 ○○랑 형태도 그곳이 화랑이 자주 출유하던 신성 지역이라는 점에서 종교적 신성함과 연관.
8) 같은 글, 69쪽 참조.

A. 헌강왕 개운포 나들이

1) 헌강왕이 개운포에 놀러가다.

2) 돌아오는 길에 운무를 만나다.

3) 일관이 용의 조화라고 한다.

4) 헌강왕이 근방에 절을 창건하라고 명하다.

5) 운무 걷히다.

6) 동해 용왕이 나와 덕을 찬양하며 춤을 추고 음악을 아뢰다.

B. 처용 설화와 「처용가」

1) 처용랑이 헌강왕을 따라 경주에 와서 왕정을 보필하다.

2) 왕이 미녀를 주어 그의 아내로 삼고 급간 벼슬을 내리다.

3) 처용의 아내가 몹시 아름다웠으므로 역신이 욕심을 내어 동침하다.

4) 처용이 집에 돌아와 잠자리에 있는 두 사람을 보고 가무를 하며 물러가다.

5) 「처용가」

6) 역신이 처용의 관용에 감동하다.

7) 처용의 화상이 그려진 집에는 침입하지 않겠다는 약조를 하다.

8) 이후로 나라 사람들이 처용의 화상을 대문에 붙여 벽사진경하다.

A1. 헌강왕의 귀경

1) 헌강왕이 돌아오다.

2) 영취산 기슭에 망해사를 세우다.

C. 헌강왕의 포석정 나들이

1) 헌강왕이 포석정에 나들이하다.

2) 남산신이 어전에서 춤을 추다.

3) 왕의 눈에만 춤추는 모양이 보이므로 왕이 따라 추어 춤의 형상
   을 보이다.

4) 나라 사람들이 이 춤을 전하다.

5) 춤의 이름을 상심(祥審)이라 하다.

   ① 혹은 어무상심(御舞祥審)이라 하다.

   ② 혹은 어무산신(御舞山神)이라 하다.

   ③ 혹은 춤추는 꼴을 본떠 모각해 뒷세상에 보였으므로 상심(象
      審)이라 하다.

   ④ 혹은 그 꼴을 보아 상염무(霜髥舞)라 하다.

D. 헌강왕의 금강령 나들이

1) 헌강왕이 금강령에 나들이하다.

2) 북악의 신이 춤을 바치다.

3) 춤의 이름을 옥도검(玉刀鈐)이라 하다.

E. 헌강왕이 동례전에서 잔치

1) 헌강왕이 동례전에서 잔치를 열다.

2) 지신이 나와 춤을 추다.

3) 지신의 이름을 지백급간이라 하다.

F. 어법집

1) 그때(헌강왕이 이곳저곳 놀러 다닐 때),

2) 산신이 춤을 추면서 "지리다도파도파"(智理多都波都波)라고 노래하다.

3) 슬기로 나라를 다스리는 이들이 미리 알고 도망하므로 장차 도읍이 깨질 것이라는 뜻의 노래.

4) 이는 지신과 산신이 장차 나라가 망할 것임을 알고 춤과 노래로 경고한 것이다.

5) 나라 사람들이 이를 깨닫지 못하고 상서로운 일이 나타났다고 하다.

6) 탐락이 심해 나라가 마침내 망하다.[9]

전체적으로「처용랑 망해사」조는 신들의 경고를 알아듣지 못하고 망해버린 신라의 비극을 이야기하고 있다. 겉으로 보기에 처용 설화는 이 이야기의 전체 구조와 동떨어져 있는 것처럼 보인다(처용은 앞부분에서 나타났다가 사라진 후 이야기의 후반부에는 등장하지 않는다). 그러나 처용 설화를 전체 이야기에서 떼어내 이해하면 그 진정한 의미가 드러나지 않는다. 찬자 일연이 명확한 서술전략

---

9) 서사구조: 나경수,「처용가의 서사적 이해」,『국어국문학』108, 국어국문학회, 1992, 81~82쪽에서 인용.

을 가지고 있었으므로 더욱더 그러하다.

자세히 들여다보면 B의 이야기(처용 설화)가 중간에 들어가 있는 것을 알 수 있다. 흥미로운 것은 A의 결말 부분이 B 뒤에 나온다는 사실이다. 시간적으로 보면 B는 A1보다 뒤에 일어난 사건일 확률이 높다. 동해에서 돌아온 왕이 즉시 망해사 건립에 착수한 것처럼 보이기 때문이다. 그렇다면 이 순서 뒤바꾸기에는 어떤 의미가 있다. 헌강왕은 동해에서 만난 짙은 운무의 해결책으로 망해사를 건립하겠다고 용에게 약속했고, 그 약속을 지킨다. 따라서 A-B-A1은 '문제의 발생과 해결'이라는 서사적으로 완결된 한 덩어리로 이야기 앞부분에 배치된 것이다. 전체 사건과 상관없어 보이는 B가 가운데 삽입된 것은 이 맥락에서 이해되어야 한다.[10]

왕이 동해로 '놀러나갔다'[遊]는 것을 둘러싸고 어떤 이들은 문자 그대로 '놀이'한 것이라고 해석하고, 어떤 이들은 행정 순찰 또는 제의적 행위[11]라고 분석한다. "밤드리 노닌" 처용의 놀이에 대해서도 마찬가지로 해석의 차이가 있다. 우리가 보기에 헌강왕의 '遊'는 단순한 '놀이'가 아니다. 헌강왕대는 앞의 이야기 A 앞부분

---

10) 최근의 연구들은 처용 설화를 「처용랑 망해사」 조의 전체 서사구조 안에서 파악하려는 경향을 드러낸다. 최선경도 운무 출현의 문제가 처용 설화 말미에 가서야 온전하게 매듭지어지는 것으로 파악하고 있다. 최선경, 『향가의 제의적 성격 연구』, 연세대학교 국문학과 박사학위논문, 2001, 83쪽 참조.

11) 무당들은 굿을 할 때 '논다'고 이야기한다. 그것은 '노는' 행위가 인간 행위 중에서 일상적 목적을 갖지 않는 무목적적인 행위, 가장 자유로운 행위이기 때문이며, 인간이 하는 행위 가운데 가장 높은 수준의 행위이기 때문이다.

울주군 청량읍 율리에 위치한 망해사 터의 승탑. 『삼국유사』에 따르면 망해사는 신라 헌강왕이 동해 용을 위해 창건한 절이다.

에 태평성대로 묘사되고 있기는 하지만, 실제로는 매우 문제가 많은 복잡한 시대였다.[12] 그런 시대에 왕이 '놀러' 갔을 것 같지는 않다. 그리고 「처용랑 망해사」 전체 주제와의 연관성에서도 '놀이'로 해석하는 것은 무리가 있어 보인다. 그러나 '놀이'보다 더욱 주목해야 하는 것은 왕이 만난 '짙은 안개'다. 이와 관련해 이를 일식현상으로 보면서 고려 「처용가」에 나오는 '나후'(羅睺)와 연결시켜 처용=나후직성(일식신)으로 해석하기도 한다(양주동).[13] 민간에

12) 전기웅, 앞의 글, 73~82쪽 참조.

서 처용이 나후직성으로 여겨졌던 것은 사실이다. 조선조까지 나후
직성(인간사를 주재하는 아홉 직성 중에서 불길한 별)에 든 젊은이들
이 '제웅'이라고 불리는 짚으로 만든 인형을 땅에 집어던지는 타추
놀이[14]를 했다고 한다. 그러나 우리가 이 대목에서 관심을 가지는
것은 '운무'의 상징적 의미다. 이 짙은 안개는 「처용랑 망해사」 전
체 구조에서 보면 단순한 자연현상이 아니라 국가에 드리워진 암울
한 전망을 의미한다. 왕은 동해 용이 보낸 그 상징의 의미를 알아차
렸고, 불법(佛法)으로 그 문제를 해결할 것을 '즉시' 결정한다. 이
에 동해 용은 왕의 지혜를 찬미하며 일곱 아들을 데리고 나와 춤을
추고 아들 가운데 하나인 처용을 딸려 보내 지혜로운 왕을 돕도록
한다.

이 사찰 건립의 즉각적인 결정은 당대의 상황을 살펴보면 더욱
더 우연한 결정이 아님을 알 수 있다. 신라에서 사찰 건립은 애장
왕 7년(806) 이후 공식적으로 금지되었고, 오로지 수리만 허락되
었다.[15] 아마도 많은 비용이 원인이었을 것이다. 따라서 헌강왕대
(875~886)에 새로운 사찰을 건립하는 것은 왕으로서도 쉬운 결정

---

13) 공남식, 「처용가의 변이과정 연구」, 연세대학교 교육대학원 석사학위논문,
    1999, 24쪽 참조.

14) 타추희(打芻戲)는 어휘 그대로 제웅(芻)을 치는(打) 놀이다. 짚을 재료로
    사람의 형상을 만든 것이 제웅이다. 한자로 추령(芻靈), 초우인(草偶人)이
    라고 적는다. 민속에서는 나후직성에 든 인물을 대신하는 존재로 사용된
    다(『한국민속신앙사전』 참조).

15) 김학성, 「처용가의 화랑문화권적 이해」, 『신동익박사정년기념논총』, 경인
    문화사, 1995, 257쪽.

이 아니었을 것이다. 그런데도 왕은 '즉시' 사찰 건립을 결정한다. 806년 이후 왕실 원당(願堂)인 해인사를 제외하고는 망해사가 처음으로 건립되었다.[16)

왕은 '운무'의 상징적 의미를 알아차렸고, 그것을 해결하기 위해 불법에 의지한다. 일연은 이 예를 '하늘의 뜻을 알아차린' 모범답안으로 제시한 것이다. 그에게 궁극의 지혜는 불법이기 때문이다. 이 해결은 뒤쪽에 나오는 신들의 계속되는 경고와 그것을 알아차리지 못하는 인간들의 어리석음과 극적인 대조를 이룬다. 그렇다면 문제와 문제의 해결 사이에 끼여 있는 처용 설화는 이 전체적인 서사적 맥락에서 읽어야 한다. 즉 일연이 명백한 서사적 의도를 가지고 이 설화를 '망해사 건립'으로 상징되는 궁극적 해결책 바로 앞부분에 배치한 것으로 보아야 한다는 것이다.

처용 설화의 의미: 아ᄉᆞᄂᆞᆯ 엇디 ᄒᆞ릿고

처용 설화는 대체로 역신과 처용 아내의 간통 장면(또는 역신의 일방적인 강간)을 목격하고 용서한 처용의 '관대함'과 연관지어 해석되어왔다. 밤새워 경주 시내를 놀러 다니다가 늦게 집에 들어와 보니 다리가 네 개 보인다. 두 개는 내 것인데, 두 개는 누구 것인가.

---

16) 이연숙, 「신라 처용 설화의 생성 배경에 관한 연구」, 『한국문학논총』 32, 한국문학회, 2002, 10쪽.

원래 내 것이었지만 빼앗긴 것을 어찌하겠는가. 그래서 노래를 부르고 춤을 추며 물러나오자, 역신이 감탄해 다시는 처용의 그림이 그려진 곳에는 얼씬도 하지 않겠다고 약속한 이후 처용이 문신(門神)이 되었다는 것이다. 그리하여 처용은 사악함을 물리치고 경사로움을 맞아들이는 벽사진경(辟邪進慶)의 상징적인 존재가 되었다. 이것은 일연이 기록한 처용 설화의 표면적 문맥이기도 하다.

우리의 의구심은 이 "성적으로 관대한" 처용으로부터 출발했다. 성적 일탈을 저지른(또는 강간당한) 아내와 역신을 너그럽게 용서해주어 그 후 수백 년 동안 고려와 조선에서 사랑받는 신이 되었다? 단지 그것만으로 그토록 오랫동안 사람들의 사랑을 받았다? 그 관대한 용서의 덕이 그토록 중요하게 여겨졌다면 어째서 이 땅의 사람들은 여성의 정조에 대해 그토록 가혹했는가? 심지어 임진왜란과 병자호란으로 타국에 끌려가 어쩔 수 없이 정조를 유린당한 여성들에게 '환향녀'(還鄕女, '화냥년'의 어원)라는 이름을 붙여 경멸을 퍼붓기까지 하지 않았는가? 우리 역사에서 아내와 간부(姦夫)의 성적 일탈에 대한 관대함이 '모범적 행위'로서 모방 대상이 되었던 문화의 자취는 전혀 확인되지 않는다. 따라서 처용이 단지 성적 일탈에 대한 '관대함' 때문에 문신으로 좌정하게 되었다는 해석은 믿기 어렵다. 다른 무엇이 분명히 있다.

신라 하대는 여성에게 엄격한 정조를 강요하는 가부장적 성윤리가 확립되어 있었던 시대다(실제로는 문란했다는 보고가 많지만, 그것이 공개적으로 권장되거나 용납되었던 것은 아니다). 신라의 성윤리가 다른 시대에 비해 훨씬 자유로웠다는 보고도 많이 있지만, 적어도 『삼국유사』에 나타난 고위층 여성에게 요구된 성윤리는 매우 엄격하다. 신라 초기인 400년대 망부석설화[17]에서 남편을 기다리다가 돌이 된 김제상의 아내는 다른 공덕 없이 단지 남편을 그리워하다가 죽었다는 사실 하나만으로 진작에 신적 존재로 격상되어 치술령 신모(神母)가 되었으며, 신라 중기인 600년대 「도화녀와 비형랑」 설화에서 아름다운 도화녀는 "여자가 하지 말아야 할 일은 두 남편을 섬기는 것"이라며 왕의 구애를 물리쳤고,[18] 비슷한 시기에 김유신은 결혼도 하지 않고 김춘추의 아기를 가졌다는 이유로 누이동생 문희를 태워 죽이겠다고 위협한다.[19] 그런데 900년대에 형성된 설화에서 아내의 정조를 유린한 간부와, 그와 통정한 또는 겁탈당한 아내를 "관대하게 용서했기 때문에" 신의 지위에 올랐다는 것은 매우 부자연스럽게 여겨진다.

「처용가」에 대한 자세한 해석은 뒤로 미루고, 이 설화가 중간에 끼워져 있는 이유를 먼저 살펴보자. 우리는 일연이 이 설화를 헌강왕이 만난 운무와 그 해결방식과 같은 의미를 가진 다른 예로 들고 있다고 본다. 뒤에 나올 "하늘의 뜻을 알아차리지 못하고" 망한 예와 정반대되는 예로 미리 제시하고 있는 것이다. 따라서 처용의 가무는 짙은 안개를 사라지게 한 망해사 창건과 같은 의미를 가진다. 일연은 그 때문에 이 일화 뒤에 바로 망해사 창건을 언급한 것이다 (이 감싸기에는 불교에 의한 토속종교인 무교 습합의 의미도 있다). 궁

---

17) 『삼국유사』 권2, 기이 1, 「내물왕과 김제상」.
18) 『삼국유사』 권2, 기이 1, 「도화녀와 비형랑」.
19) 『삼국유사』 권2, 기이 1, 「태종 춘추공」.

극적 해결은 불법이라는 것을 보이기 위해 자연스러운 시간적 배치를 무시하고 망해사 창건 기사 앞에 처용 설화를 배치한 것으로 보인다.

이러한 관점에서 살펴보면 질병을 가져오는 역신에 의한 처용 아내 범간(犯姦)은 병에 걸림 이상의 의미를 가진다. 그것은 망조가 든 신라사회의 환유다. 처용은 그 사실을 알아차렸고, 적절한 방식으로 대처했다. 그 덕에 그는 문신의 지위로 격상되었다. 그런데 헌강왕은 이 지혜로운 대처방식(망해사 창건과 처용의 역신 퇴치)의 의미를 마음속에 깊이 새기지 못했고, 계속되는 신들의 경고를 알아차리지 못해 나라를 망하게 만들었다. 그것이 일연이 전하고자 하는 메시지다.

그런 점에서 「처용가」는 귀신을 물리치는 주가(呪歌)인 동시에 참요(讖謠, 정치적 예언의 노래)이다. 들을 귀 있는 자는 들을지어다. 종말이 다가왔다. 마치 역신이 덮치듯이 어느 날 문득 나라가 망할 것이다. 그러나 사람들은 알아들을 귀를 가지고 있지 못했다. 신라는 곧 망했다.

「처용가」의 해독에서는 학자들 간에 거의 이견이 없으나 마지막 구절 "아ᅀᅡᄂᆞᆯ 엇디 ᄒᆞ릿고" 해독에서는 심하게 엇갈린다. 많은 연구자들이 이 대목을 처용의 '관대함'으로 읽는 것을 납득하지 못하는 듯하다. 그래서 어떤 이들은 언어학적 근거를 제시하며 이 구절이 "빼앗긴 것을 어찌겠는가"가 아니라 아내를 사랑하는 역신이 가여워서 "(아내를 도로) 빼앗아 오는 일을 (차마) 못하겠다"라는 뜻으로 해석하기도 한다.[20] 체념은 체념이되 적극적 체념이라는 것이다. 양주동은 고려「처용가」의 나후(羅睺)를 석가의 맏아들 라후라(羅睺羅, Rahula)와 연관지어 처용의 '관대함'을 불교적 인욕행(忍辱行)으로 설명한다.[21] 모든 욕됨을 꾹꾹 참아 넘기기. 상대가 달라는 거 다 주기, 아내마저도, 내 눈, 내 팔, 내 장기, 무엇이든 달라는 대로 다 주기. 관대함이나 체념보다는 한 걸음 더 나아간 해석이지만, 이 해석 역시 처용의 태도를 충분히 설명하고 있지 못한 듯하다. 무엇보다 처용 설화에서 처용은 결코 불교적 인물이 아니며, 오히려 무교적 인물이라는 것을 간과하고 있다.

이 대목이 처용을 문신으로 만든 결정적 언술이라면 벽사진경을 목표로 하는 순수한 무가로 변모하는 고려시대의「처용가」에서 이 구절이 빠져버린 이유가 납득되지 않는다.

> 머자 왜야자 綠李야 셜리 나 내 신 고흘 미야라
>
> 미시면 나리어다 머즌 말
>
> 동경 블근 두래 새도록 노니다가
>
> 드러 내 자리를 보니 가루리 네히로새라
>
> 아으 둘흔 내해어니와 둘흔 뉘해어니오
>
> 이런 저긔 처용 아비옷 보시면 열병신이 사 膾ㅅ가시로다 千金을 주리여
>
> 처용 아바 七寶를 주리여 처용 아바

20) 양희철,「처용가의 어문학적 연구: 오판의 상황적 반어와 戲引을 중심으로」,『인문과학논집』17, 청주대학교 인문과학연구소, 1997, 112쪽.
21) 공남식, 앞의 글, 24쪽 참조.

千金 七寶도 말오 열병신을 날 자바 주쇼서

산이여 미히여 千里 外예

처용아비롤 어여려거져

아으 열병대신의 발원이샸다

• 『악학궤범』

고려 「처용가」에는 마지막 구절 "아ᅀᆞ늘 엇디 ᄒᆞ릿고"가 완전히 빠져 있다. 역신을 위엄 있는 모습으로 내쫓는 고려 처용은 이 말을 하지 않는다. 만일 이 구절에서 처용이 보인 성적 관대함의 덕성으로 그가 문신이 된 것이라면 벽사의 목적으로 궁중 나례행사에까지 등장하는 「처용가」에서 왜 이 마지막 구절이 사라진 것일까?

우리는 이 구절을 전혀 다른 각도에서 해석한다. 우선 처용의 기원을 살펴보자. 처용은 동해 용의 아들이다. 즉 신적 존재. 그 자신이 용신이었는지도 모른다. 조선시대 울산 지역 지리지에 수록되어 있는 '처용암' 전설을 보면 처용은 용의 아들이 아니라 용 자신인 것처럼 보인다.

군의 남쪽 37리 되는 곳에 개운포가 있고 그 가운데 바위가 하나 있는데 처용암이라 한다. 신라 때 사람이 그 바위에서 나왔는데 모양이 기괴하여 당시 사람들은 처용옹이라 불렀다.

郡之南三十七里 有浦曰開雲 中有一巖 曰處容巖 新羅時有人 出其上 狀貌奇異 時人謂之處容翁.[22]

처용암은 읍내 남쪽 37리 되는 곳 개운포 가운데 있다. 세상에 전해오는 말에 의하면 신라 때 이 바위 위에서 사람이 나왔는데 생김이 기괴하고 춤과 노래를 좋아했다. 그 당시 사람들은 처용옹이라 불렀다. 지금도 향악에 처용희라는 것이 있다.

處容巖在(蔚山)郡南三十七里開雲浦中 世傳新羅時有人出其上 狀貌奇異 好歌舞 時人謂之處容翁 今鄕樂油處容戲.[23]

그런데 이 신적 존재 또는 신 자신이 헌강왕을 따라 신라의 수도로 와서 아름다운 미인을 아내로 얻고 벼슬도 얻었다. 세속에 물들어 자신의 신적 지위를 망각해버린 것이다. 처용 설화는 헌강왕이 신의 세계에 속한 처용의 마음을 세속에 붙들어 두기 위해 미인과 벼슬을 주었다는 것을 분명히 언급하고 있다. "왕은 미녀를 처용에게 아내로 주어 그의 생각을 잡아두게 했으며, 또한 급간이라는 관직을 주었다." 그렇게 세속의 열락에 빠져 있던 어느 날 밤, 밤새 놀다가 집에 돌아와 보니 아내가 역신과 동침하고 있다. 그 순간 처용은 깊은 회의에 빠진다. 우리는 처용이 네 개의 다리를 보고 "두 개는 내 것이었는데 두 개는 누구 것이냐"라고 자문했다는 사실에 주목한다. 거의 대부분의 학자들은 그 두 개의 다리에 대해 '아내의 것'이라고 해석한다. 아내의 다리를 내 소유라고 말한 것이라면 더더욱 그의

---

22) 『경상도지리지』(우리나라 최고最古의 지리지), 울산군 편. 김진, 「처용 무당설 및 아랍인설의 해석학적 오류: 처용 설화의 철학적 연구(1)」, 『철학논총』 34, 새한철학회, 2008, 9쪽에서 재인용.

23) 『세종실록 지리지』 권150, 지리지, 「경상도 울산군」.

『악학궤범』에 나오는 처용의 모습. 처용 설화는 헌강왕이 처용의 마음을 세속에 붙들어 두기 위해 미인과 벼슬을 주었다고 언급하고 있다.

성적 관대함은 설명되지 않는다. 아내의 육체를 '내 것'이라고 생각하는 사고방식의 소유자가 아내의 성적 일탈을 너그럽게 용서한다는 것은 이해하기 어려운 일이다.

우리는 처용이 '내 다리'라고 부른 것은 정말 자신의 다리를 말한 것이라고 생각한다. 처용은 그 두 다리를 세속의 안일함에 빠져 자신의 기원을 잃어버린 자, 일상의 쾌락에 자신을 던져버린 자, 역신의 위협에 굴복한 자신의 다리로 인식한 것이다. 처용의 아내는 그의 밖에 있는 존재인 그의 아내가 아니라 처용 안에 있는 존재, 그의 내적 자아다. 그녀를 발견한 시간이 '달밤'이라는 사실도 이 내면적 자아가 활발해지는 시간이 밤이라는 사실과 연관될 수 있다. "아름다운 아내"는 처용에게 주어진 물질적인 풍요, 일상적 기쁨의 상징(상징 전통에서 여성이 인간의 육체적/물질적 조건을 상징한다는 사실을 짚어두자. 아담이 아니라 이브가 뱀의 꼬드김에 먼저 넘어간 것도 그렇게 이해해야 한다)일 것이다. 역신의 도래와 더불어 처용은 자신이 아내로 상징되는 물질적/세속적 기쁨에 빠져 역신으로 상징되는 악에 투항해 자신의 신적 기원을 잃었다는 것을, 경주의 하늘에 떠 있는 명월의 광채를 잃었다는 것을 통렬하게 깨달은 것이다. "원래 나였던 나는 어디로 갔는가? 역신, 이 악의 존재가 제공하는 물질적 만족에 빠져 있는 내 다리는 대체 누구의 다리인가? 나여, 어쩌다가 너의 숭고한 기원을 망각했는가?"

물질적 안일에 대한 만족은 영혼의 역병이다. 그 역병에 투항하는 순간 영혼은 병들고, 나라는 멸망으로 다가간다.

그 순간 처용은 자신의 신적 근원의 상실을 통렬하게 자각한 것이다. 따라서 "아사늘 엇디 ᄒᆞ릿고"는 "빼앗긴 것을 어쩌겠는가"가 아니라 "빼앗겼으니 이를 어찌하나"라고 해석되어야 한다고 본다. 따라서 이 마지막 구절은 한탄이나 체념이나 관용이 아니라 참회의 언술이다.[24] 그 순간은 처용이 자신의 신적 근원을 되찾는 순간이다. 역신은 그것을 알아차린 것이다. 세속적 기쁨에 빠져 타락한 줄 알았더니, 이 자의 가슴에 자신의 신성한 기원에 대한 기억이 살아있었구나. 처용은 여전히 위대한 신이다. 역신은 조용히 물러난다. 처용은 자신의 신적 지위를 회복한다. 그는 문신으로 좌정한다.[25]

---

24) 세부적 분석에서는 우리와 견해가 다르지만, 설성경도 이 구절을 참회의 언술로 보고 있다. 설성경, 「처용의 가무행위가 지닌 의미 층위」, 『동방학지』 67, 연세대학교 국학연구원, 1990, 298쪽 참조.

25) 최선경은 망해사가 신방사(新房寺)라고도 불렸다는 점을 들어 망해사를

그 순간은 처용이 신으로서 현현하는 순간, 즉 에피파니(Epiphanie)의 순간이다. 그가 그 순간 노래를 부르고 춤을 춘 것은 신적 인식을 세속인들이 인지할 수 있는 유형적 기호로 바꾸어 전달한 것이다. 그는 춤과 노래로 신으로서의 자신의 현현을 세계에 읽을거리로, 해석 대상이 되는 텍스트로, 해독해야 할 기호로 던진 것이다. 예술은 신과의 소통으로 태어났다. 그런데 신과의 최초의 소통은 언어 이전에 몸짓(춤)으로 먼저 이루어졌다. 신적 존재의 기호 발신과 기호 해독의 요구는 이어지는 신들의 춤으로 더욱 명확하게 드러난다.

이렇게 읽으면 고려 「처용가」에서 "아ᄉᆞ늘 엇디 ᄒᆞ릿고"가 빠져버린 이유도 설명된다. 그것은 고려 「처용가」의 처용이 강력한 벽사진경의 신으로 등극하게 된 사실과 연관 있다. 위풍당당한 모습으로 역신을 내쫓는 처용은 약한 모습을 보여서는 안 되는 것이다. "아ᄉᆞ늘 엇디 ᄒᆞ릿고"에 숨겨진 회오와 참회의 감정은 신자들에게

_____

새로운 탄생의 결과를 가져오는 일종의 입문의식이 이루어진 제의공간으로 해석하고 있다. 이 관점은 「처용가」를 처용의 변화를 이야기하는 노래로 보고 있다는 점에서 우리의 분석과 상통하는 점이 있다. 그는 망해사의 '멸'이 단순히 바다를 '바라보는' 절이라는 의미를 넘어서 망제(멸祭)를 올린 공간을 나타낸다고 보고, 그곳이 용신제가 이루어진 장소였을 것으로 추정한다. 최선경, 앞의 글, 94쪽 참조. 망해사는 바다를 '바라보고' 있는 절이다. 그때의 바다는 단순히 지리적 장소를 의미하는 것이 아니라, 세계의 너머, 신성한 세계를 나타낸다. 따라서 '바라보다'는 존재가 장차 이르러야 할 목적지(telos)를 지칭하는 동사적 도식이다. 그러므로 '망해사'는 용제가 치러진 제의공간이라는 의미를 넘어 처용이 회복해야 할 본래의 존재론적 위상(용자 또는 용)을 나타내고 있다고 보는 것이 옳다. 그곳이 신방사라고 불렸다는 것도 처용이 세속적 추락을 경험하고 그것을 참회함으로써 다시 새로운 존재로 거듭났다고 하는 의미를 포함하는 것으로 해석할 수 있다.

절대적 강력함으로 군림해야 하는 신의 위엄을 약화시키는 것으로 여겨질 수 있다. 귀신을 내쫓는 강력한 신 처용은 외향성을 지향해야 한다. 강한 신을 원하는 민중은 신으로부터 내향성의 머뭇거림을 제거한다.

처용: 장소와 얼굴 또는 장소와 춤

우리의 이러한 분석은 '처용'의 이름에 대한 명상으로부터 출발했다. 우리는 이 기이한 이름 안에 처용의 진짜 비밀이 숨겨져 있을 것이라고 생각했다. 이 이름을 해독하는 것이 처용 설화뿐 아니라 헌강왕 관련 설화의 의미를 밝히는 열쇠가 되리라 보았다. 이 기이한 이름은 무엇을 의미하는 것일까? '처용'이라는 이름의 의미에 대해서도 수많은 해석이 존재한다. 그 가운데 가장 잘 알려져 있는 것이 양주동의 견해다.

처용의 어의는 미상. 현대음 '제용'. 처용이 차재(借字)임은 분명하나, 그 원의(原義)를 풀지 못했다. "재래의 男女年值羅睺直星者, 造芻靈, 方言謂之處容… 上元前後初昏, 棄于途以消厄…. 處容之稱, 出於新羅, …以芻靈謂處容 盖假此也에서 「추령」(芻靈)[26]

---

26) 풀을 묶어서 만든 허수아비 인형. 순사자(殉死者) 대신 쓰이거나 액막이를 위한 목적으로 만들었다(『한국고전용어사전』 참조).

에 의(擬)함과 「초용」(草俑)으로써 원의를 풀려는 것은 한자의 전회(傳會)에 불과하다. … 처용은 반드시 한자의(漢子義)가 아닌 제융(혹 치융)이라는 말에서 그 원의를 찾아야 한다."[27]

우리 민속에서 액막이 풀인형으로 사용하던 '제융'이 '처용'의 차자(借字)라는 것이다. 처용이 훗날 우리말 '제융' 또는 '제웅'으로 변한 것은 분명한 것 같다. 그러나 양주동은 처용의 원래 의미는 밝히지 못했다고 말하고 있다.

'처용'의 의미에 대해서는 우리말 이름으로 보고 풀이하는 입장과 한자로 보고 풀이하는 입장이 있다. 이연숙이 이를 잘 정리해놓고 있어 그 논문을 요약한다.

1) 국어의 음차로 보는 경우

양주동: 한자어가 아닌 「치융·제융」 등의 원어에서 음차. 그러나 그 원의는 밝히지 못했다.

김동욱: '줄', '츙'의 한자음일 것. 동해 용신의 아들 – 사제자(司祭者)

강신항: 용＝처용＝칭(稱). 고대 국어의 동일어를 한 자 또는 두 자의 한자로 음사한 예가 많다. 고대 국어에서 '용'을 뜻하는 단어로 '처용' 또는 이와 유사한 한 음절의 단어가 있었을 것.

---

27) 강헌규, 「처용의 어의고」, 『한국언어문학』 20, 한국언어문학회, 1981, 118쪽에서 재인용.

강길운: 고대 국어에서 '용'을 뜻하는 단어의 한자 음사.

'용'을 뜻하는 우리말에는 '미르·미리'와 '덜~들', '쳐-쳥'과 유사한 고유어가 쓰인 동시에 청룡(靑龍)≒처용이 쓰임. 청룡이 처용으로 음운 변화.

김사엽: 처(處)의 훈(訓)은 '곧', 용(容)의 훈(訓)은 '즁', 따라서 처용= 곧즁

곧: 화(花), 용(龍)의 고어 '구, 구스, 굳'과 동일.

즁: 용(容), 즉 안(顔): 처용=용안(龍顔)=용안의 가면을 쓴 사람.

김승찬: 처용=해신(海神) 따라서 용(稱)

그래서 그때 사람들은 그를 용암에서 나왔다 하여 처용옹이라 불렀다.

2) 한자 뜻으로 풀이하는 경우

최철: 처용가와 연관되는 신명(神名): "관용으로 처리하다."

양희철: 한자의 원래 뜻 그대로 해석하면서도 체념, 사심(捨心), 관용, 포용 등의 의미가 아니라 "항상 경계하지 않으면 안 되는 마음" [28].

양주동을 제외하면 처용을 우리말로 보고 있는 경우에는 대체로 '용'과 관련된 이름으로 해석하고 있다. 처용이 용의 아들이거나 용

---

28) 이연숙, 앞의 글, 18~20쪽.

자신인 만큼 이러한 해석은 충분히 설득력이 있다. 그러나 이러한 해석들은 너무 에둘러 간 해석이라는 생각이 든다. 왜냐하면 『삼국유사』 소재 14수 향가의 작가명은 순수 우리말인 경우가 단 하나도 없으며, 모두 향가의 내용을 축약한 이름이기 때문이다. 달의 운행을 마음대로 조종할 줄 알았던 월명사(月明師), 왕에게 충성스러운 충언을 했던 충담사(忠談師), 혜성의 변괴를 가라앉혀 우주질서를 융합시킨 융천사(融天師), 마를 구워 아이들을 꼬드긴 서동(薯童), 도둑들마저 감화시킨 재주꾼 영재(英才), 아들의 눈이 멀자 눈뜨게 해달라고 기도한 어머니 희명(希明), 임금에 대한 애절한 사랑을 원망(怨望)의 감정으로 노래한 신충(信忠) 등. 따라서 처용만 예외적으로 우리말 이름으로 볼 근거는 희박해 보인다. 처용 역시 향가의 내용을 축약한 이름으로 보는 것이 옳다.

이연숙은 처용의 이름을 한자로 풀이하는 것이 옳다고 보면서 전통적인 처용 설화 해석방식에 기대어 처용의 가장 큰 덕목이 '관용'이므로 처용의 이름을 "처분이 관대하다", "처분이 관용적이다"라고 해석하고 있다.[29]

그러나 우리는 다른 향가 작가들의 작명 원칙대로 처용의 이름을 향가 자체의 내용에 집중해서 풀어내야 한다고 본다. 처용을 "관용적 처분"이라고 읽은 경우도 「처용가」 자체의 내용이라기보다는 그것에 대한 해석, 즉 2차 정보에 근거한 이름풀이다. 따라서 보다 단순하게 문제에 접근할 필요가 있다. 그러나 처용의 경우 향가 내용

---

29) 같은 글, 21쪽.

과 해석에 대해 이견이 많기 때문에 역방향으로 문제에 접근해볼 필요가 있다. 처용의 이름을 가장 단순하게 풀이한 후, 그 풀이를 기반으로 「처용가」의 내용을 살펴보자는 것이다.

처(處)의 훈은 '장소', 우리말로 '곳'이다. 앞서 우리는 처용 설화를 신의 에피파니(顯現)로 풀이했다. 이 훈은 우리의 처용 설화 해석에 완전히 부합한다. 에피파니는 신성한 세계에 속하므로 모습을 가지지 않는 신, 즉 장소를 가지지 않는 신이 장소를 가지게 되는 사건이다. 신의 현현과 더불어 비장소(non-lieu)는 장소(lieu)로 변한다. 비가시적인 존재가 가시적 존재로 모습을 드러내기 때문이다.

이와 관련해 처용의 '처'를 "무(巫)를 의미하는 곧ᄌ, 굳ᄌ의 한역 차용"으로 보면서 그 근원을 무(巫)를 의미하는 차차웅(자충)에까지 올려 잡는 강헌규의 견해가 주목된다.[30] 강헌규에 따르면 '곳, 굿' 등은 "퉁구스, 만주, 몽고어에 공통으로 있는 말"[31]로서 "무당의 마법, 행운, 영혼, 신령스런 물건 등의 의미"를 가진다고 한다. 그는 이와 관련된 챠달인의 무속제의 장면을 소개하고 있다.

여자는 이를 부득부득 갈고 굿굿(Gutt-Gutt)이라는 규성(叫聲)을 내어 악마를 불러서 악마가 나타나면 껄껄거리고 웃어서 코이

---

30) 강헌규, 앞의 글, 125쪽.
31) 같은 글, 127쪽.

코이(Choi-Choi)라는 말로 환영한다. 반시간 후 악마는 떨어진다.[32)]

이 해설은 처용의 '처'를 '巫'를 의미하는 '곳' 또는 '굿'의 뜻으로 보고, 처용=굿의 주재자인 무당이라고 보는 경우다. 매우 흥미롭고 설득력 있는 분석이다. 그러나 이 분석은 처=장소로 보는 우리의 해석과 충돌하지 않는다. '굿'이란 눈에 보이지 않는 저세상의 존재들을 눈에 보이는 이 세상으로 초대하는 행위이기 때문이다. 즉 '굿'에서 신들은 '곳'을, 다시 말해 '장소'를 가지도록 초대되는 것이다(물리적/지상적인 존재들만이 '장소'를, 공간을 가진다).[33)]

용(容)의 훈은 '얼굴'이다. 그래서 '처용'을 '처'가 용을 의미하는 고어 '츙'에서 온 것으로 가정해 '용안', 용의 얼굴을 의미한다고 해석하기도 한다.[34)] '용'에 대해서 강헌규는 "얼골, 꼴, 모양, 쌀, 용납할, 안존할, 펄넝거릴(최남선 신자전)" 등으로 풀이되지만 시대를 거슬러 올라갈수록 "'용'의 훈차는 '얼굴'보다 '즛'"[35)]이라고 말하면서 "'즛'이 '용모'의 원의로부터 신형(身形), 자태, 행동 등을 칭하는 사(辭)"로 변했다는 양주동의 견해를 원용한다. 그러므로 고

---

32) 같은 글, 126쪽.
33) 정호완, 『우리말로 본 단군신화』, 명문당, 1994, 136쪽 참조. 정호완에 따르면 처(處)는 원래 처(処)인데 뒤에 변형되었다고 한다. 처(処) = 夂(止를 아래로 향하게 씀) + 几(책상·궤·신단을 의미). 궤는 신주를 모시는 곳을 의미하므로 '처'라는 단어 자체가 신의 장소라는 뜻이라고 한다.
34) 강신항·강길운의 견해. 이연숙, 앞의 글, 18쪽 참조.
35) 강헌규, 앞의 글, 123쪽.

려 「처용가」 서두에 나오는 "어와 아븨즈이여 처용아븨 즈이여"라는 구절을 "굿아비의 즛, 즉 무격의 모습〔容態〕"[36]을 나타내는 것으로 본다. 쉽게 풀이하면 "오 처용아비가 하는 행위와 모습을 보라"라는 뜻이 될 것이다.

이연숙은 용＝짓과 관련해 용＝무용으로 볼 수 있다고 주장한다. 용은 몸짓을 의미하기 때문에 예(禮)와 악(樂)을 다루는 중국 고대 예술서에서 '춤'과 동의어로 쓰이기도 한다. 이연숙은 『문심조룡』에 따라 "송(頌)은 사시(四始, 시詩의 네 가지 근원) 가운데서 으뜸에 위치하며, '송'(頌)은 '용'(容)으로, 성덕(成德)을 찬미하여 용태를 서술한 것"으로 "무용과 밀접한 관련이 있다"고 말하면서 송(頌)에 대한 이시카와 다다히사(石川忠久)의 설명을 소개하고 있다.

> 송(頌)이라는 것은 무용을 의미하는 용(容)의 가차자(假借字)이며 (…) '송'(頌)의 제편(諸篇)은 (…) 종묘에 있어서의 종교가(宗敎歌)이며, 종교를 섬기던 무(巫)들이 아뢰고 부르고 춤추던 것이었다. 그 목적은 기본적으로는 각 나라 조령의 위업을 찬양하고 그것을 조령에게 바침으로써 집안의 새로운 번영을 조령에게 기원하기 위한 것이었다.[37]

---

36) 같은 글, 124쪽.
37) 石川忠久, 『詩經』上, 明治書院, 1997; 이연숙, 앞의 글, 21쪽에서 재인용.

따라서 처용의 '용'은 "관용적이라는 뜻 외에 춤추는 것이 그 주된 역할이었던 처용의 기능을 암시"[38] 한다는 것이다.

이렇게 해석하면 '처용'은 장소의 얼굴(장소와 얼굴), 또는 장소와 춤이라는 뜻이 된다. '처'와 '용'은 동일한 상징적 의미를 가진다. 즉 그것은 비장소인, 비물질적인, 따라서 얼굴이 없는 신이 장소를, 얼굴을 가지게 된 사건을, 신의 에피파니를 나타내는 이름이다. 「처용가」를 부르며 자신의 신적 기원을 되찾은 처용은 그 순간 신으로 현현한 것이다. '용'을 '춤'이라고 보아도 해석은 달라지지 않는다. '춤'은 눈에 보이지 않는 신의 언어를 인간의 몸으로 표현한 것이기 때문이다. 예술의 최초 형태는 춤, 즉 신으로부터 받은 영감을 몸으로 표현하는 것이었다. 따라서 이렇게 '처용'의 어의를 단순하게 풀어낸 우리의 해석은 처용이 신으로서의 얼굴을 되찾고, 신성기호를 발한 후(노래와 무용), 문신으로 좌정한 「처용가」의 내용에 완전히 합치된다. 처용의 이름은 다른 향가 작가들처럼 그 내용을 축약한 한자 이름인 것이다.

현현하여 노래와 춤으로 신성기호를 발한 처용의 모습은 이어지는 신들의 춤 안에서 훨씬 더 분명하게 드러난다.

---

38) 같은 글, 22쪽.

국가무형문화재로 지정된 처용무. 처용이 아내를 범하려는 역신 앞에서 노래 부르고 춤을 춰서 귀신을 물리쳤다는 설화에 근거하고 있다.

신들의 춤: 신성한 기호의 발신과 해독의 실패

일연은 "왕이 또"라는 말로 이어지는 왕의 행차를 연이어 들려준 다. 이 등위접속사 '또'는 뒤이어지는 이야기들이 앞서 언급된 동해 의 운무-망해사 건립/역신의 출현-처용의 역신 퇴치와 신적 현현 에 나타난 바 있는 문제의 제시와 해결이라는 같은 메시지를 그 안 에 숨기고 있는 이야기들이라는 사실을 나타낸다. '또' 똑같은 사건 이 일어났다는 것이다. 즉 신들은 운무로 상징되었던 신라의 임박 한 멸망을 막을 수 있는 조치를 '또' 요구한 것이다. 신들은 '또' 나 타나서 처용처럼 '춤'으로 메시지를 전한다. 우리 식으로 표현하면

270

'처용'한다. 장소에 얼굴을 보인다, 또는 장소에 나타나 춤을 춘다. 신들은 방향을 바꾸어가며 계속 나타나 춤으로 경고가 담긴 신성기호를 발한다. 동서남북 가운데서 서쪽은 빠져 있지만, 전체적으로 보아 사방 호국신이 나타났다고 볼 수 있을 것 같다. 사방에서 신들이 나타나 춤으로 메시지를 전하고 있는 이 이야기를 이어령은 "우주론적 언술"이라고 부른다.[39]

신들의 출현 가운데서 남산신이 가장 흥미로운데, '남'이라는 방위는 태양이 절정에 올라가는 곳으로, 존재의 의미가 가장 충만했을 때를 의미한다. 그때 신은 왕에게만 나타난다. 왕의 영적 능력을 확인시켜주는 대목이다.[40] 좌우의 신하들은 신의 모습을 보지 못한다. 그때 신을 흉내 내어 헌강왕이 춘 춤의 이름이 매우 흥미롭다. 그 춤을 어무상심(御舞祥審) 또는 어무산신(御舞山神)이라고 했다고 한다. 그 남산신의 이름이 '상심'(祥審)이라는 '산신'(山神)이었으므로 왕이 신을 따라 춘 춤을 "임금께서 상심을 추시다" 또는 "임금께서 산신을 추시다"라고 불렀다는 것이다. 왕은 뛰어난 영감으로 신의 춤을 모방했다. 그러나 가장 흥미로운 이름은 이 춤의 세 번째 이름인 '상심'(象審)이다. 왕이 그 모습을 모각하게 해[象] 춤을 표현했으므로 상심(象審)이라고도 불렀다는 것이다. 이 이름은 신들이 춘 춤의 성격이 어떠한 것인지 극명하게 보여준다.

---

39) 이어령, 『이어령의 삼국유사 이야기』, 서정시학, 2006.
40) 실제로 헌강왕은 매우 명민했으며, 일정 수준의 영적 능력을 보유하고 있었다고 알려져 있다.
   전기웅, 앞의 글, 58쪽.

우리는 한자 문화권에서 상(象)이라는 글자가 '상징'(象徵)이라는 단어에서 가장 잘 드러나는바 '이미지'를 나타내는 단어라는 점에 주의를 기울여야 한다. 즉 이때 왕은 이미지로 신의 춤을 표현한 것이다. 그러나 그것이 전부가 아니다. 상(象) 옆에 심(審)이 붙어 있다는 사실에 주목해야 한다. 심(審)의 훈은 '살피다, 알다, 판단하다'라는 뜻이다. 즉 상심이란 '이미지 해독'을 의미한다. 남산신은 뛰어난 영적 능력을 가진 왕에게 춤으로 신성기호를 발신하고 그것을 해독하기를 요구했다. 외적 이미지를 흉내 내는 것으로 하늘의 메시지는 전달되지 않는다. 그 이미지의 본뜻을 알아야 한다. 왕은 뛰어난 혜안으로 하늘의 춤을 겉으로 흉내 내는 데까지는, '상'을 파악하는 데까지는 성공했다. 그러나 '심'에 이르지는 못했다. 상심은 표면적인 기호로만 머물렀다. 신들의 신성기호 수신자인 헌강왕과 신라인들은 '상'의 표면만 바라보았을 뿐 '상'을 '심'하는 데 이르지 못했다. 심볼론의 한쪽은 텅 비어 있었다. 신성기호는 해독되지 않은 채 미지의 영역에 머물렀다. 즉 처용하지 못했다. 신들은 사람들이 처용처럼 진정한 자신을 깨우치도록 계속 장소를 바꾸며(처) 얼굴을 보인다, 또는 춤을 춘다(용). 왕과 신라인들이 춤으로 표현된 이미지라는 간접적 기호를 알아듣지 못하자 지신(地神, 인간 세상과 가장 가까운 신. 그의 이름이 '지백급간'[41]이라는 구체적 관직명으로 불리고 있다는 것도 이 신이 세속의 일에 가장 직접적으

---

41) '급간'이 처용의 관직명이므로 이 신을 처용의 재출현으로 해석할 여지도 있다. 그러나 지백급간이 처용이든 아니든 그가 발한 신성기호의 의미가 달라지는 것은 아니다.

로 관여하는 신이라는 것을 알려준다)이 "지리다도파도파"라는 언어로 이루어진 직접 기호를 발하지만, 역시 왕과 신라인들은 그 의미를 '심'하지 못하고 신이 내린 상서로운 '상'으로만 여겨 반성하지 않았다. 그들은 역신의 두 다리에 깔린 처용의 아내처럼 현실적 탐락에만 몰두했다. 처용의 아내로 상징되는 현실적인 삶에만 매몰된 신라인들은 신들이 발한 신성기호를 해독하지 못했다. 신들의 처용은 신들의 세계로 돌아갔다. 그리고 신라는 망했다.

신화 담론이 콘텐츠 생성의 운영체제(OS)로서 한 민족의 매우 중요한 원형적 자산이라는 것은 새삼 강조할 필요 없이 광범위하게 인정되고 있는 사실이다. 그러나 신화는 그 자체로서 생명력을 가지는 것이 아니다. 신화를 경쟁력 있는 콘텐츠가 되게 만드는 힘은 무엇보다도 의미 있는 해석으로부터 나온다. 그리스 신화가 그토록 오랫동안 매력을 발산하면서 서구 문화의 한 축으로 지금까지도 영향력을 행사할 수 있는 힘은 신화 그 자체에서 나온 것이 아니다. 그 힘은 전적으로 그것을 주제로 하여 끊임없이 당대적 멘탈리티에 적용시키며 새롭게 해석해 뛰어난 문학작품으로 육화시켰던 작가들의 힘이다. 소포클레스, 아이스킬로스, 에우리피데스 등의 뛰어난 해석이 아니었다면 그리스 신화는 결코 오늘날처럼 마르지 않는 영감의 원천이 될 수 없었을 것이다. 이미 기원전 8세기에 호메로스라는 천재가 문자화할 당시부터 정해진 방향이기는 하지만 말이다.

개인적으로 엘라 영(Ella Young)이라는 아일랜드 여성작가의 작품[42]을 읽고 깊은 충격을 받았던 적이 있다. 켈트신화 원본은 매우 조잡하다.[43] 이야기가 단순하고, 등장인물도 너무나 야만적이다. 그러나 엘라 영의 펜을 통해 재해석된 신화는 너무나 환상적인 아름다움으로 빛나고 있었다. 아일랜드는 12세기에 영국의 지배를 받기 시작해서 20세기 초에야 겨우 독립하는데, 아일랜드인들은 그들의 고유어를 잃어버린 상태에서도 무려 8세기 이상을 자신의 정체성을 지킬 수 있었다. 거기에는 그들의 고유한 신화가 있었으며, 그것을 끊임없이 재해석하며 지켜왔다는 사실이 하나의 이유로 자리하고 있었던 것 같다.

신화를 운영체제로 한 콘텐츠 생성에서 무엇보다 중요한 것은 설득력 있는 인문학적 재해석이다. 아무리 자본을 투자하고, 남다른 마케팅을 한다고 해도 그것이 밑바탕되지 않으면 콘텐츠는 의미를 잃는다. 그리스 신화를 주제로 한 할리우드 제작 영화들이 그리 높은 성취를 이루지 못하는 이유는, 바로 그 재해석이 인문학적 설득력과 깊이를 결하고 있기 때문이다.

한국 신화는 아직 세계적으로 잘 알려져 있지 않다는 점과 독특한 지역성을 띠고 있다는 점 등으로 인해 무한한 미래 콘텐츠로서 경쟁력을 지니는 원천 소스다. 그러나 우리 신화 역시 창조적 재해석이 뒷받침되지 않으면 공허한 결과를 만들어낼 수밖에 없다.

처용 설화는 한국의 대표적인 설화다. 그동안 수많은 연구자들이 매달려왔다는 것은 이 설화가 그만큼 지속적으로 매력을 발산하고

---

42) Ella Young, *Celtic Wonder Tales*, London: Apps Publisher, 2012.

43) Lady Gregory, *Lady Gregory's Complete Irish Mythology*, Dublin: Sutton Publishing, 2005

있다는 사실을 말해준다. 그러나 지금까지의 해석에는 무엇인가 근본적인 것, 또는 보편적인 것이 빠져 있었다는 느낌이 든다. 모든 분석은 지나치게 지역적·개별적인 것에 매몰되어 있다(문헌적, 민속적, 역사적, 지역문화적). 우리는 좀더 보편적인 차원으로 이 설화를 옮겨놓고 분석해보고 싶었다.

우리는 처용 설화의 전통적 읽기인 '성적 관대함'이라는 주제에 의문을 품고, 보다 형이상학적 차원으로 설화를 옮겨놓고 읽어보았다. 우리가 아는 한, 처용 설화에 대한 이러한 독법은 일찍이 없었다. 새로운 독법이라고 해서 무조건 의미 있는 것은 아니다. 그러나 아무렇게나 읽기가 아니라 일정한 인문학적 근거를 가진 새로운 읽기일 때 그 독법은 창조적인 결과를 가져올 수 있으며, 따라서 완전히 새로운 콘텐츠 생성의 계기가 될 수 있다고 확신한다.

우리가 제안한 독법으로 읽으면 처용 설화와 「처용가」는 전혀 다른 의미로 다가온다. 그것은 아내의 성적 일탈을 너그럽게 용서한 남편의 이야기가 아니라 그보다 훨씬 더 근원적인 문제에 관한 진지한 이야기가 된다. 그것은 신들의 현현과, 신들이 보낸 상징을 읽는 능력에 관한 신화가 된다. 즉 어두운 운명에 대비하는 인간의 지혜에 관한 신화라는 것이다. 신들은 상징으로 처용했다. 즉 이미지-지각 가능한 지상의 형태로 현현했다. 그러나 지혜로운 자들은 그 뜻을 알아차리고 일찌감치 지리다도파도파하여 썰물처럼 빠져나가고, 어리석은 자들만 남아 거짓 행복과 환상의 상(象)에 빠져 신들이 보낸 메시지를 해독(審)하지 못하고 스스로 파멸하고 말았다. 그것은 1200여 년 전에 신라 패망 직전에 일어난 이야기일 뿐인가? 혹시 우리 당대에도 하늘은 이런 무서운 상징들을 보내고 있는 것은 아닐까? 우리는 그것을 알아보지 못하고 스스로 어두운 미래를 자초하고 있는 것은 아닐까? 현대의 처용들은 어디에 숨어 있는가?

백제 유민의 상상적 구원
서동 설화

서동 설화의 표면과 이면

무왕[1]

제30대 무왕의 이름은 장(璋). 어머니는 과부가 되어 서울 남쪽 못가에 집을 짓고 살았는데, 그 못의 용과 관계해 장을 낳았다. 아이 때 이름 서동(薯童). 재기와 도량이 커서 혜아리기가 어려웠다. 늘 마를 캐어 살아서 생업을 삼았으므로 나라 사람들이 그 때문에 서동이

---

1) (원주) 고본에는 무강武康이라 했으나 잘못이다. 백제에는 무강왕이 없다. [역사적 문맥만 살피면 백제 제30 무왕이 아니라 제25대 무령왕인 듯함. 원주에서 말하는 무강은 무령왕을 일컫는 것 같다. 제24대 동성왕 15년(493)에 백제에서 신라에 청혼, 이벌찬(伊伐飡) 비지(比智)의 딸이 시집온 일이 있었다. 무령왕은 동성왕의 아들. 이런 사실이 로맨스화했는지도 모른다. 이는 신라 소지왕 15년(493)의 일. 제26대 진평왕 시대의 일이라는 것도 백제 무왕과 같은 시대를 만들기 위해 조작한 것으로 보인다.]

라 함.

신라 진평왕의 셋째 공주 선화(善花/善化)가 아름답기 짝이 없다는 말을 듣고 머리를 깎고 신라 서울로 가서 마를 동네 아이들에게 먹이니 아이들이 친해져 그를 따르게 되었다. 그는 동요를 지어 여러 아이들을 꾀어서 그것을 부르게 했다.

선화 공주님은
남 몰래 얼려두고
서동방을 밤에 몰래 안고 간다

동요가 서울에까지 들리니 백관이 임금에게 극력 간하여 공주를 먼 곳으로 귀양 보내게 했다. 떠날 때쯤 왕후가 순금 한 말을 노자로 주었다. 공주가 귀양터에 이르려 하는데, 서동은 도중에서 나와 모시고 가겠다고 함. 공주는 그가 어디서 왔는지 알지 못했으나 우연히 믿고 좋아했다. 서동을 따라가 몰래 관계. 그 후에야 서동의 이름을 알았고, 동요의 영험을 알았다. 함께 백제로 와서 모후가 준 금으로 생계를 도모하려 하자, 서동이 웃으면서 "이것이 무엇이오?" "황금입니다. 한평생의 부를 이룰 만합니다."

서동은 어릴 때부터 마를 캐던 곳에 금을 흙처럼 많이 쌓아놓았다고 함. 공주가 크게 놀라며 그 금을 부모님이 계신 궁전으로 보내자고 함. 서동 찬성. 금을 모아 용화산(龍華山) 사자사의 지명법사(知命法師)에게 금을 수송할 계책을 물으니 법사는 신통한 도의 힘으로 보낼 수 있으니 가져오라 이름. 공주가 편지를 써서 금과 함께 사자사 앞에 가져다 놓으니, 법사는 신통한 도의 힘으로 하룻밤 사이에 신라 궁중으로 보내주었다. 진평왕은 그 신비로운 변화를 이상히 여겨 더욱 서동을 존경해서 늘 편지를 보내 안부를 물었다. 서동은 이로 말미암아 인심을 얻어 왕위에 올랐다.

어느 날 무왕이 부인과 함께 사자사에 가려고 용화산 밑의 큰 못 가에 이르니 미륵삼존이 못 가운데서 나타나므로 수레를 멈추고 절을 올렸다. 부인이 진실로 소원이라 하며 그곳에 절을 세워달라 함. 왕이 허락하고 지명법사에게 못을 메울 일을 묻자, 법사는 신통한 도의 힘으로 하룻밤 사이에 산을 무너뜨려 못을 메워 평지로 만들었다. 이에 미륵삼존의 상을 모방해 만들고 전(殿)과 탑 그리고 낭무(廊廡)[2]를 각각 세 곳에 세우고 절 이름을 미륵사(『국사』에서는 왕흥사王興寺라 했다)[3]라 했다. 진평왕은 각종 공인을 보내어 역사를 도와주었다. 그 절은 지금도 남아 있다. ─『삼국사』에는 이분을 법왕의 아들이라 했는데, 여기서는 독녀의 아들이라 하니 자세히 알 수 없다.[4]

「서동요」는 이어령[5]이나 다른 많은 연구자들이 생각하듯이 서동이라는 가난하지만 재기발랄한 한 청년, 영리하지만 부도덕한 '지

---

2) 궁궐이나 종묘의 정전(正殿) 아래에 동서(東西)로 붙여 지은 건물(네이버 국어사전 참조).
3) (역주) 이 일을 무왕 때의 일로 보았기 때문에 왕흥사로 오인한 듯함.
4) 『삼국유사』 권2, 기이 2, 「백제 무왕」, 303~307쪽.
5) 이어령, 앞의 책, 94~102쪽.

모의 승부사'가 아름다운 신라의 공주를 꼬드겨내려고 간계로써 부른 사랑노래에 불과한 것일까? 과연 그것이 전부일까? 그렇게 보기에 이 노래와 이 노래의 탄생을 둘러싼 배경설화의 양상은 너무나 복잡하다. 그렇게 읽어버리고 말기에는 주어져 있는 객관적 정보들이 명확하다. 이 노래와 연관해서 우리가 처음으로 부딪치게 되는 문제는 이 노래를 둘러싸고 제시되는 명확한 역사적인 지표들이다.

일연은 우리가 앞서 여러 차례 확인한 바와 같이 명확한 찬술 의도를 가지고 『삼국유사』를 집필했다. 서동 설화는 일연의 『삼국유사』에서 가장 중요한 비중을 차지하고 있는 기이 편에 들어 있다 (즉 신비와 역사의 관계 맺기, 신비의 구현으로서의 역사). 「서동요」가 단순한 사랑노래에 불과하다면 기이 편에 들어 있을 이유는 전혀 없다. 일연은 「서동요」와 서동 설화를 신비의 역사적 구현이라는 관점에서 파악하고 있는 것이다.

그런데 「백제 무왕」조는 시작부터 삐걱거린다. 일연은 무왕에 대해 언급하면서 "고본에는 무강(武康)이라 했으나 잘못. 백제에는 무강왕이 없다"고 주를 단다. 이 언급은 일연이 무왕 설화(서동 설화)를 역사적 사실로 파악했다는 것을 의미한다. 즉 그가 활용한 고본 수록 자료에는 '무강왕 전설'이라고 되어 있으나, 백제에는 무강왕이 없으므로 무왕에 관한 것으로 여긴다는 뜻이다. 그런데 이것은 역사적 사실과 전혀 부합하지 않는다.

이 점에 대해 많은 연구자들이 연구에 매진해서 서동 설화에 나오는 서동이 무왕이 아니라는 사실을 밝혀냈다. 그동안 서동이 누구인가를 놓고 이루어진 연구성과는 실로 엄청나다. 백제 동성왕,

백제 무령왕, 삼국시대 이전 부족국가 시대 마한 건마국(乾馬國)의 무강왕, 원효, 건마국의 서동 등 수많은 가설이 제기되었다(그러나 우리가 보기에 서동은 무왕이 맞다. 왜 그렇게 생각하는가는 뒤에서 밝히겠다).

정사인 『삼국사기』 무왕 관련 기록에는 서동 설화 비슷한 것도 없다. 객관적인 지표로만 살펴보면 서동이 무왕일 가능성은 전무하다. 무왕은 백제 말기의 제30대 왕(백제가 패망했던 제31대 의자왕의 아버지)이다. 왕실 혈통 계승이 완전히 갖추어진 국가에서 과부가 용과 사통해 낳은 사생아가 왕이 된다는 것은 역사적으로는 전혀 불가능한 이야기다. 실제로 무왕은 제29대 법왕의 아들이었다. 게다가 백제 땅에서 난 금을 신라 진평왕에게 몽땅 가져다 바치고 진평왕의 환심을 사서 백제의 왕이 된다? 그것이 사실이었다면 백제 땅에서 반란이 일어나 왕이 되기는커녕 쫓겨나거나 살해당했을 것이다(당시에 백제와 신라는 원수지간이었다). 일연 자신도 「무왕」 조 기록 말미에 "『삼국사』에는 이분을 법왕의 아들이라 했는데, 여기서는 독녀의 아들이라 하니 자세히 알 수 없다"라고 주를 달아서 자신도 이 설화의 역사성에 대해 확신하지 못하고 있다는 것을 고백하고 있다.

그렇다면 왜 일연은 서동 설화를 「무왕」 조에 편집한 것일까? 그 이유와 의미를 이해하기 위해서 우리는 조금 참을성을 가지고, 이 설화의 표층에 덧붙여져 있는 비본질적인 요소들을 한 겹씩 벗겨내야 한다. 「서동요」와 서동 설화는 복잡한 내용을 숨기고 있다. 그것은 일부 연구자들이 생각하듯이 그렇게 단순한 이야기가 아니다.

역사적인 무왕

역사 속의 무왕은 설화에 나타난 서동과 전혀 다른 인물이었다. 그의 시대는 마치 꺼져가는 불꽃이 마지막으로 타올라 환히 빛났던 때였다. 사료에 따르면 무왕은 정치적·문화적으로 백제의 마지막 전성기를 이룬 인물이다. 왕위에 오른 뒤 맨 먼저 한 것이 신라를 공격한 일일 정도로 문화적·정치적으로 백제의 위용을 과시했다. 『삼국사기』 기록에 따르면 무왕대는 설화의 문맥과는 달리 백제와 신라가 자주 충돌한 시대였다. 무왕대 백제의 신라 공격이 10여 차례, 신라의 선제 공격이 3회, 고구려의 공격이 1회 기록되어 있다.[6]

당대의 정치적 역량과 개인적 야심도 작용했겠으나 무왕은 빼앗긴 구토(舊土)를 회복하고 성왕과 위덕왕대에 위축되었던 백제의 힘을 되살렸다. 신라를 치는 데 성공함으로써 왕권을 강화했고, 대외 공략에 여념이 없으면서도 익산 지역에 왕흥사(미륵사)를 건립했다. '왕흥'(王興)이라는 이름으로 유추해보면 이 절의 건립은 왕권강화 의지를 표출한 것이 분명하다.

백제의 문화적 역량은 일본 아스카 문화 건설에 일조했다.[7] 왜국에 지은 대사찰에 위덕왕, 법왕, 무왕 3대가 조사공(造寺工), 조불공(造佛工), 와박사(瓦博士), 화사(畫師), 고승을 보내 건설을 도왔다. 무왕대는 위축되었던 백제의 정치적·문화적 역량이 다시 피어

---

6) 『삼국사기』 권27, 백제본기 5.

7) 최맹식, 「무왕시대의 불교건축과 기와」, 『백제문화』 34, 공주대학교 백제문화연구소, 2005 참조.

익산 미륵사지 석탑. 무왕이 창건한 미륵사는 당대 백제의 문화적 역량을 보여준다.

나기 시작한 시대였다. 무왕은 백제의 마지막 전성기를 이룬 인물이며, 고구려와 신라에 빼앗긴 옛 영토를 되찾기 위해 적극적인 군사정책을 펼친 인물이다.

역사 속의 무왕은 설화 속의 무왕과 손톱만큼도 겹치는 바 없다. 그러므로 서동 설화를 역사적 무왕과의 관계 아래서 조명하려는 시도는 모두 실패할 수밖에 없다.

참요로서의 「서동요」

「서동요」와 서동 설화를 자세히 분석하기 전에 우선 25자로 이루어진 단순한 노래 「서동요」를 읽어보자.

> 선화공주님은
> 늠 그스기 어러 두고
> 서동 방올(으로)
> 바매 알홀 안고 가다
> 善花公主主隱
> 他密只嫁良置古
> **薯童房乙**
> 夜矣夘乙抱遣去如

「서동요」는 30개 이상의 해독이 제시되어 있을 만큼 유난히 논쟁이 많다. 그런데 진한 글씨로 강조한 위의 대목이 학자들 사이에 수많은 논쟁을 불러일으켰다. 어학적으로 향찰 해독을 문제삼기에는 필자의 전문지식이 부족하여 불가능한 일일 뿐 아니라 신화 분석에서 크게 필요한 부분도 아니다. 중요한 것은 서동이 아이들을 시켜 퍼뜨린 이 노래가 선화공주가 신라 궁중에서 쫓겨나는 원인이 되었고, 또한 서동이 선화공주를 아내로 얻는 방편이 되었다는 것이다.

이 노래의 작자는 누구일까? 누가 이런 고약한 노래를 만들어 아름다운 선화공주를 곤경에 빠뜨렸을까? 작자를 추정하기 위해서는 이 노래의 성격이 먼저 규명되어야 한다. 단순히 아름다운 여자를 얻기 위한 사랑노래라면 서동이 작자일 수 있다. 설화의 문맥을 따라 이해하면 훗날 무왕이 된 서동. 그러나 만일 민요 또는 다른 형태의 노래로 본다면 작자는 달라질 수 있다.

이 노래를 단순한 사랑노래로 보는 학자들은 이제 많지 않다. 사랑노래로 보는 경우에도 자신이 희망하는 것을 미리 앞질러 모방하는 선행모방으로서의 주가(呪歌, 주술적 노래)로 본다. 최근에는 민요나 참요(讖謠)로 보는 관점이 설득력을 얻어가고 있다. 어떤 학자는 이 노래가 최근까지도 아동들 사이에서 널리 불렸던(요즈음도 불리고 있을 듯) '알나리깔나리' 유의 민요 형태라고 본다. "알나리깔나리 누가 누구랑 어디에서 뭐뭐 했대요." 특히 성적 행위를 놀려대기 위해 부르는 노래로 설득력 있는 주장이다. 그러나 그것뿐일까? 그 얘기를 하려고 성공한 왕이었던 백제 무왕을 가난뱅이 사생아 맛둥이로 만들고 신라 진평왕의 셋째 딸까지 불러들였을까?

우리는 이 노래를 정치적인 참요로 본다. 그 이유는 우선 『삼국유사』의 편찬자 일연의 진지한 기술 태도를 믿기 때문이다. 그가 개인적인 혼란스러움까지 고백하면서 이 설화를 기이 편에 편집했다면 이 설화와 무왕의 관계를 믿을 만한 충분한 근거가 있었다고 보아야 한다. 적어도 이 설화를 전승하는 집단이 매우 진지하게 이 설화의 주인공을 무왕으로 믿고 있었다는 사실을 어떤 식으로든 일연이 확인했고, 따라서 그것이 신비의 역사적 구현이라는 기이 편 기술 정신을 배반하지 않는다는 판단을 내렸을 것이라고 본다.

이런 관점에서 「서동요」와 서동 설화를 살펴보면 전혀 다른 해석의 지평이 열린다. 「서동요」를 만들어 부르고, 부대 설화를 만든 사람들은 나라를 잃은 백제 유민들이었을 것이다. 잘 알다시피 백제는 정치적으로는 패망했으나 문화적으로는 오히려 신라보다 선진국이었다. 통일신라가 이후에 형성하기 위해 매진했던 문화에서 백제에 대한 경쟁심이 분명히 읽힌다. 특히 백제가 본산지였던 미륵사상과 유식(有識)사상은 통일신라에 큰 영향을 주었다. 그러한 높은 문화의 향유자들이었던 백제 유민들에게 나라의 패망이라는 사건은 받아들이기 힘든 고통이었을 것이다. 더군다나 패망 군주인 의자왕 직전에 무왕이라는 뛰어난 임금이 다스리던 시대에 마지막 불꽃을 경험했던 만큼 그 고통은 더욱더 컸으리라. 그들은 무왕 시대에 대한 고통스러운 향수를 간직하고 있었을 것이다. 그들은 역사적 인물인 무왕을 신화적으로 불러낸다. 그러나 노골적인 방식으로 무왕을 되살릴 수는 없다. 무왕은 신라인들에게는 매우 위험하게 여겨지는 인물이었기 때문이다. 망한 나라의 백성은 무왕의 정치적 위험성을 주도면밀하게 제거한다. 지지리 가난한 과부의 아들 맛둥이, 그러나 그에게 뛰어난 신화적 근원을 부여한다. 용의 아들, 과부의 아들인 서동[8]이 향수의 길을 따라 되살아난다. 따라서 역사적으로 서동은 무왕이 아니다. 그러나 신화적으로 서동은 무왕이 분명하다.

---

8) '과부의 아들' 신화소의 신화적 의미 참조(이 책, 99쪽). 서동이 '과부의 아들'이라는 것은 서동의 계급적 열등함의 표지이기는커녕, 신화적 특권의 장치다. 그는 초인간적 근원을 가진 인물임을 표방하는 것이다.

이렇게 읽으면 「서동요」는 전혀 다른 의미를 가지게 된다. 선화(善花)공주는 선화(善化)공주로도 표기된다.[9] 선화(善花)는 아름다운 꽃이며, 선화(善化)는 선을 구현한 뛰어난 인물이다. 이때의 선(善)이란 미(美)의 다른 이름이다. 달리 말하면 존재의 완벽한(이상적인) 상태. 백제의 유민들이 잃어버린, 지금은 남의 것이 되어버린 충일의 상태. 선화의 존재에서 결정적인 언술은 찬자 일연이 선화(善花)라는 이름 옆에 "선화(善化)라고 표기하기도 한다"라고 주를 붙이고 있다는 점이다. 이 신화소는 계시적이다! 일연은 정말로 꼼꼼하게 설화를 조사하고 수록했던 것이다. 설화를 전수한 계층이 선화(善花)를 선화(善化)라고도 기록하는 것을 일연은 분명히 확인했을 것이다. '될 화(化)'가 의미하는 것은 선화의 존재론적 표지가 현재의 상태가 아니라 미래의 상태를 의미한다는 뜻이다(대중은 때로 천재적이다!). 선화의 아름다움은 "앞으로 선(善)이, 완벽함이 될[化]" 미래의 아름다움이라는 것이다. 선화는 앞으로 아름다운 꽃이 '될' 미래의 아름다움이다. 그 미래의 아름다움(善花/善化)을 얻기 위해 영리한 서동은 머리를 깎고[10] 신라에 잠입한다.

서동이 중처럼 "머리를 깎았다는 것", 그리고 원효의 아명(兒名)이 서동(薯童)과 발음이 비슷한 서당(誓幢)이었다는 사실, 또한 원

---

9) 이것은 일연 자신이 붙인 주다("聞新羅眞平王第三公主善花 一作善化").

10) '머리를 깎는 행위'는 분명한 종교적 표지다. 무속신화에서 천신 격으로 나오는 주인공들은 모두 '중'이다. 제주도 당신본풀이에서도 각시당 당주는 천상에서 죄를 짓고 쫓겨나 중의 모습으로 지상에 내려온다(중=천신적 존재의 표지). 지리산성모의 상대도 법우화상이라는 중이다.

서동과 선화공주의 표준영정(최웅, 2001). 마를 캐서 생활하던 서동을 잘 표현하고 있다. 서동은 패망한 백제 유민이 신화적으로 불러낸 무왕이며, 선화공주는 '선화'(善花/善化)라는 이름이 함의하듯 백제의 비통한 상황을 충일함으로 바꾸어줄 상징적 존재다.

효가 요석공주를 얻기 위해 「서동요」의 내용과 상당히 비슷한 노래를 부른 적이 있다는 사실 때문에 「서동요」의 작자를 원효로 여기는 학자들도 있다. 그럴듯한 가설이지만, 서동 설화의 문맥은 원효와는 전혀 관계가 없다. 우리가 보기에 서동이 선화를 얻기 위해 "머리를 깎았다는 것"은 그가 얻으려고 하는 선화가 육체적인 의미의 미인이 아니라 훨씬 더 진지한, 종교적인 의미를 지닌 미인(완벽함: 동요지험童謠之驗)임을 의미하는 설정이라고 본다. 서동의 퀘스트는 많은 학자들의 생각처럼 육체적이고 성적인 것이 아니다.

두 사람의 결합은 성적인 결합 이상의 것이다. 그렇지 않다면 지엄한 공주가 길에서 만난 이름도 모르는 외간 남자와 "몰래" 정을 통하고 나서야 비로소 그의 이름을 알게 되어 '동요지험'(동요의 영험)을 깨달았을 리 없다. 두 사람의 결합은 개별적 존재의 이름이 발생하기 전의, 어떤 신화적인 원초적인 익명성 안에서의 결합이기 때문이다.

선화공주는 "남 몰래", 즉 체제의 감시자들의 눈을 피해서 서동과 맺어지도록 되어 있었다. 서동은 현재의 비통한 유민의 상태가 아니라 선화공주로 상징되는 미의 상태, 완벽한 상태로 돌아가도록 약속되어 있는 것이다. 이렇게 해석하면 학자들로 하여금 수십 년 동안 논쟁하게 만든 "서동방을"(薯童房乙)과 "원을"(夘乙)의 의미도 저절로 풀린다. 이 해석 안에서 "서동방을"은 "서동방으로"라는 처소격으로 읽힌다. 즉 서동—백제 유민의 장소, 백제의 현재의 비통한 존재 상태. 그곳으로 선화공주는 그곳의 비통함을 충일함으로 바꾸어줄 무엇인가를 가지고 온다. 『삼국유사』 원판의 활자가 마모되어 수많은 해석을 불러온 '원'(夘) 자는 많은 학자들의 생각처럼 '난'(卵, 알) 자가 맞는 것 같다. 문법적으로도 그 자리에는 명사가 오는 것이 맞다. 다만 그 '알'이 무엇인가에 대해 우리의 생각은 지금까지의 학자들 생각과 전혀 다르다. 「서동요」를 성적인 노래로만 간주하는 일부 학자들은 그 '알'을 심지어 남성의 고환, 여성의 음핵이라고까지 해석한다. 이런 계열의 해석에서 가장 진전된 것은 "임신하여 부른 배" 정도의 해석이다.

'알'은 상징적으로 존재의 완벽한 상태를 상징한다.[11] 세계의 수많은 신화에서 우주는 '우주알'에서 태어났다. 그것의 타원 형태는 존재의 원초적 결핍(길쭉함)을 충일함(동그란 구球)으로 에워싼다. 그것은 죽음과 생명을 동시에 품고 있다. 달걀이 부활의 전 세계적인 상징인 것은 그 때문이다. 선화공주는 서동-백제를 충일한 상태로 되돌려놓기 위해 서동의 처소로, 백제 유민의 상황으로 그 '알'을 가지고 오는 것이다. 그렇게 멀리까지 가지 않더라도『삼국유사』도처에 나오는 수많은 신비한 '알'들에 왜 학자들의 생각이 미치지 않은 것일까? 장차 신성한 존재가 태어나게 될 '알'들이『삼국유사』전체에 가득한데 말이다. 그 '알'은 서동과 선화공주의 결합으로 태어날 새로운 존재, 결핍을 뛰어넘은 백제, 선화(善化)다.

「서동요」는 그렇게 은밀한 방식으로 백제의 영광을 꿈꾸는 나라 잃은 백성들이 지배국인 신라 몰래 신화적 무왕을 시켜 퍼뜨린 상상적 구원의 노래다. 겉으로 보기에 멍청해 보이는 노래를 통해 그들은 매우 진지하고 절박한 내용을 노래했던 것이다. 김종진도 이러한 해석에 동의하고 있다.

「백제 무왕」조의 이야기는 백제 망국 후 백제 유민이 마음에 담고 있던 영웅에 대한 향수와 갈망, 신라로 흡수된 뒤 새로운 질서에 편입되고자 하는 현실적 욕구, 당시 민중의 가난을 벗어나고자 하는 욕구 등이 설화의 형성 동인이며 전승의 동인이 되었을 것으로 추론된다.[12]

---

11) *Dictionnaire des Symboles*, T. III, 'Oeuf', Paris: Seghers, pp. 299~303.

12) 김종진, 「무왕설화 형성과 「서동요」의 비평적 해석」, 『한국문학연구』 27, 동국대학교 한국문학연구소, 2004, 256쪽.

따라서 「서동요」는 우리가 보기에는 전형적인 참요다. 참요의 특징은 그것이 장차 이루어지기를 바라는(또는 예상되는) 내용을 이미 이루어진 것처럼 말한다는 것이며, 그것을 부르는 사람들이 불특정 다수이며, 또한 듣는 사람들이 무슨 말인지 금방 알아들을 수 없도록 수사학적으로 위장한다는 것이다. 임기준은 "참요의 시문법은 소망한 바를 이미 이룬 것으로 표현하는 '선험적 시문법'"이라고 정의한다.[13]

「서동요」는 이 요건을 완벽하게 충족시킨다. 이 노래는 정치적으로 매우 위험한 노래이기 때문에 여러 가지 위장전략이 필요했다. 마치 성적인 노래처럼 보이게 한 것도 위장이며, 부대 설화에서 선화공주 덕에 찾아낸 금을 서동이 진평왕에게(그것도 신라의 유명한 고승의 힘을 빌려서) 몽땅 가져다 바치는 것도 전형적인 참요적 위장전략이다. '아, 글쎄, 아니라니까. 우리는 서동을 통해 무왕의 시대로 돌아가기를 꿈꾸는 거 아니라니까. 자, 봐, 서동이 금을 몽땅 진평왕에게 바치잖아. 그리고 진평왕의 인정을 받고 나서야 겨우 서동이 백제의 왕이 되잖아. 우리에게 금은 존재의 완벽한 상태를 나타내는 상징이 아냐. 그건 그냥 물질이야. 그러니까 위험한 눈으로 바라보지 마.' 이 위장전략은 완벽하게 성공했다. 수백 년 동안 서동은 선화공주를 간계로 꼬드긴 야비한 인물, '지모의 승부사'라고 여겨져 왔으므로.

---

13) 같은 글, 250쪽에서 재인용.

서동 설화의 더욱 깊은 심층

그런데 서동 설화는 우리가 앞서 말한 것보다 더 깊은 아주 오래된 심층을 하나 더 가지고 있다. 「서동요」와 별개로 서동 설화만을 따로 떼어놓고 보면 이 심층이 확연하게 드러난다. 미리 말해 두자면 이 심층은 앞서 우리의 해석과 충돌하지 않는다. 오히려 보완하고 확실하게 해준다.

그 신화적 심층은 우리나라 전역에 가장 널리 퍼져 있는 신화 가운데 하나인 「내 복에 산다」 유형 신화의 민속적 층위인데, 전국에서 60여 종의 판본이 발견되었다. 흔히 「숯구이 총각 생금장」의 형태로 전해지는 이 이야기는 제주도 큰 굿거리 열두 마당에서 다섯 번째 제차에 구송되는 「삼공본풀이」에 그 가장 고대적인 형태로 보존되어 있다. 문헌화되지 못하고 무당들에 의한 구비전승 형태로 전해졌기 때문에 신화소들이 제각각이지만, 대체로 다음과 같은 줄거리를 가지고 있다.

① 옛날 강이영성이서불이라는 거지 총각과 구에궁전녀설궁이라는 거지 처녀가 살았다. 두 사람은 길에서 만나 결혼. 첫째 딸 이름은 은장애기, 둘째 딸 이름은 놋장애기, 셋째 딸 이름은 감은장애기.

② 그런데 감은장애기가 태어난 뒤 갑자기 재산이 불어나 거부가 되었다.

③ 감은장애기가 열다섯 살이 되는 해, 비가 부슬부슬 내리는 어느

날, 아버지가 세 딸을 차례로 불러 누구 덕에 호강하며 사느냐고 물었다. 큰딸과 둘째 딸은 하늘님과 땅님, 그리고 어멍아방 덕이라고 대답, 칭찬을 들었다. 막내딸 감은장애기는 "하늘님, 땅님, 어멍아방 덕이기도 하지만, 내 배또롱(배꼽) 아래 선그뭇 덕이라고 대답했다. 아버지는 화를 내며 딸을 쫓아냈다.

④ 감은장애기는 검은 암소 등에 옷과 쌀을 싣고 집을 나왔다. 마음이 아팠던 어머니가 식은 밥이라도 먹여 보내게 감은장애기를 불러오라고 큰딸과 둘째 딸에게 시켰다. 그러나 언니들은 어머니 아버지가 너를 때리려고 나오니 도망가라고 거짓말을 했다. 거짓말임을 알아챈 감은장애기가 은장애기는 청지네로, 놋장애기는 말똥버섯으로 만들어버렸다.

⑤ 부부는 아무리 기다려도 첫째와 둘째가 오지 않아 답답해서 나가다가 문지방에 걸려 넘어져 그만 눈이 멀어버렸다. 부부는 옛날처럼 거지 신세로 몰락.

⑥ 한편 집을 나온 감은장애기는 정처 없이 걸었다. 날이 저물었을 때 산에서 마를 캐는 총각(마퉁이)이 있어 이 근처에 사람 사는 집이 있느냐 물었다. 처음 만난 총각과 두 번째 만난 총각은 퉁명스럽게 눈만 부라렸다. 세 번째 만난 총각은 산 아래에 초가집 한 채가 있는데 늙으신 할머니가 계시니 하룻밤 재워달라 부탁하라고 싹싹하게 잘 가르쳐주었다.

⑦ 감은장애기는 할머니 집에서 하룻밤 묵어가게 되었다. 마퉁이들은 할머니의 세 아들. 첫째와 둘째는 마를 캐와서 어머니에게는 꼬랭이만 주고, 좋은 부분은 자기들이 먹음. 조금 뒤에 온 조

근(막내)마퉁이는 제일 좋은 부분은 어머니에게 드리고, 두 번째로 좋은 부분은 감은장애기에게 주고, 제일 나쁜 것은 자기가 먹었다.

⑧ 감은장애기는 마음 착한 조근마퉁이와 결혼했다. 결혼한 뒤, 마퉁이들이 마 파던 구덩이로 가보니 첫째가 캐던 구덩이에는 물찌똥, 둘째의 구덩이에서는 마른 똥만 잔뜩 나오는데, 막내의 구덩이에는 금이 가득했다. 그 금을 팔아서 큰부자가 되었다.

⑨ 부모님이 그리워진 감은장애기는 어머니 아버지 생각이 나서 석 달 열흘 동안 거지 잔치를 열어 부모님을 만났다. 감은장애기가 옛이야기를 해보라고 하자, 부모가 옛이야기를 하며 울었다. 그러자 감은장애기가 자기 정체를 밝혔고, 두 거지 장님들은 놀라서 눈이 번쩍 떠졌다. 눈을 뜬 어머니 아버지와 함께 전에 살던 집으로 간 감은장애기는 하늘 보고 절하고 땅보고 절하고 진언을 쳐서 큰언니 작은언니를 원래 모습으로 되돌아오게 했다. 그 뒤로 감은장애기는 전상차지 신이 되었다.

세 딸 중 막내, 아버지와의 불화로 쫓겨남, 마퉁이(서동, 맛둥)를 만나 결혼함, 마퉁이 마 파는 곳에서 금을 찾아 부자가 됨. 「삼공본풀이」의 중요한 신화소들은 서동 설화의 신화소와 완전히 똑같다. 서동 설화가 「삼공본풀이」의 요약판이라고 해도 과언이 아니다.

「삼공본풀이」에서 가장 주목해야 할 부분은 "누구 덕에 사느냐"는 아버지의 질문에 셋째 딸이 "내 배또롱 아래 선 그뭇"이라고 대답하는 대목이다. 셋째 딸 감은장애기는 그 때문에 아버지에게 쫓겨난다. "배또롱 아래…"는 여성의 성기를 나타낸다. 제주도 「삼공본풀이」에서만 이 단어가 전승되고 있다. 그 때문에 가장 고형이라고 여겨지는 것(제주신화는 육지와의 교류가 적어서 매우 고대적인 요소를 유지하고 있다)이다. 이 성적인 어휘에 충격받을 필요는 없다. 그 대목에서 감은장애기가 하는 말은 "여성성의 독립적 자기충족성"을 의미하는 것이기 때문이다. 이 "배또롱 아래…" 덕에 먹고산다는 신화소는 아득한 모계사회적 사유를 나타내고 있는 것 같다. 즉 여성의 재생산에 남성이 하는 역할을 알지 못했던 시대, 여성이 자기 혼자 힘으로 생명을 만들어낸다고 생각했던 시대(성기가 유난히 강조되어 있는 구석기시대 여신상들 참조)의 흔적처럼 여겨진다. 그 시대에 여성의 성기는 자기 혼자 생명을 만들어내는 신비 그자체로 여겨졌다. 감은장애기라는 이름 안에 들어 있는 '검은' 색, 그녀가 데리고 떠나는 '검은 암소'도 같은 성적 환기력을 가진다. 자신의 성기를 존재의 신비의 근원이라고 대답하는 감은장애기의 발언은 이미 가부장화되어 있는 감은장애기의 아버지에게는 모욕으로 여겨진다. 아버지는 딸을 내쫓는다. 그러나 그 딸을, 신비의 근원을 잃은 가족은 다시 거지가 된다.

감은장애기는 신비를 간직한 채 셋째 마퉁이를 만난다. 조근마퉁이만이 감은장애기를 알아본다. 그가 마 파던 구덩이에는 금이 가득 차 있다. 그것은 조근마퉁이의 권력의 근원이 감은장애기의 '대지'로부터 온다는 뜻이다. 즉 감은장애기가 조근마퉁이의 구덩이를 금이라고 인지해주었기 때문에 조근마퉁이는 부자(왕)가 될 수 있는 것이다. 감은장애기가 부인한 첫째·둘째 마퉁이의 대지에는 똥만 가득 차 있다. 서동이 왕이 될 수 있었던 것은 선화공주가 서동이 파낸 흙이 '금'이라고 인지해주었기 때문이다. 선화공주 없이 그 금은 금이 아닌 것이다. 서동이 금도 못 알아보는, "물질적 욕심이 없는 성자"[14]라는 분석은 신화학적 무지에서 생겨난 해석이다. 선화공주(대지-금) 없이 서동의 왕권은 성립되지 않는다. 서동의 왕권의 근원은 선화공주다. 그는 선화공주를 얻었기 때문에 금을 얻은 것이고, 선화공주가 금을 금이라고 인지해주었기 때문에 왕이 될 수 있었다. 선화공주의 아버지 진평왕에게 금을 모두 바치고 백제의 왕이 되었다는 이야기는 역사적 합리화 또는 은폐전략에 불과하다.

「삼공본풀이」와 서동 설화에서 흥미로운 점은 '3'의 신화소가 끈질기게 나타난다는 점이다. 세 딸, 세 마퉁이, 삼미륵. 선화공주는 진평왕의 셋째 딸이다. 역사적인 진평왕에게는 셋째 딸이 없다. 맏딸은 훗날 선덕여왕이 된 덕만공주이며, 둘째 딸은 용수와의 사이에서 김춘추를 낳은 천명공주다. 셋째 딸 선화공주에 대한 기록은 없다. 그녀는 철저하게 신화적으로 창조된 인물이 분명하다. 감은장애기도 셋째 딸이다. 감은장애기 이야기는 「삼공본풀이」라고 명명되는데, '삼공'이란 3의 신이라는 뜻이다. 이 3은 우리가 앞에서 여러 차례 이야기했듯이 고대적 여신의 신성성을 나타내는 숫자다. 따라서 선화공주가 하필 셋째 딸이며, 세 명의 미륵불의 현신을 목격한다는 것은 이 고대적 여신의 흔적이 그녀에게서 유지되고 있음

---

14) 이어령, 앞의 책, 100쪽.

을 암시한다.

「삼공본풀이」에서는 이 3이 더욱 흥미롭게 드러나는데, 제주도 무당의 구송 일부 채록본에서 둘째 놋장애기는 '세딸'이라고 불리고, 둘째 마퉁이는 '세마퉁'이라고 불린다. 즉 감은장애기로부터 3의 위엄을 탈취하려는 의도가 흥미롭게 드러나는 것이다. 그러나 감은장애기는 3의 위엄을 회복한다. 지네와 말똥버섯이 되어 존재가 몰락했던 언니들은 다시 살아난다. 감은장애기는 그녀들과 함께 다시 신의 3을 회복해 '전상차지 신'이 된다. '전상차지'라는 표현에 대해 일부 학자들은 '전생'을 의미한다고 보기도 하지만, 우리가 보기에 이 표현은 "상을 몽땅 차지한다", 즉 신으로서의 운명을 온전히 회복해 다시 3의 신, 삼공이 되었다는 뜻인 것 같다. 전상=운명이라고 해설하기도 한다.

까마득한 옛날 옛적에 형성된 듯한 신화소를 포함하고 있는 「내복에 산다」 이야기는 흔히 '부자되기'를 염원하는 민중의 소망이 투영된 것으로 여겨져 왔다. 그러나 이 이야기가 오랜 세월 구송되어 온 것은 부에 대한 갈망 때문만은 아니며, 여성성 자체의 신비한 충일성에 대한 고대적 심성의 끈질긴 생명력 때문인 것으로 보인다. 즉 민중은 '부자되기' 이야기 아래서 훨씬 더 고대적인 여성적 충일성에 대한 주제를 이런 유형의 설화를 통해 소비해왔던 것이다. 그것은 의식 이전의 문제다.

서동 설화 밑바탕에 남아 있는 이 설화는 그 고대성을 잃지 않은 채 정치적 참요의 기능에 동원된다. 민중이 그것을 인지했든 안 했든 상관없이 그것은 사라진 원초성의 회복이라는 주제를 여성적 존재를 통해 드러내고 있다. 감은장애기의 원시적 언명은 백제 유민들의 정치적 향수 아래서 보다 더 근원적인 충일의 메시지를 전달한다. 원시적 존재론의 자기충족성은 정치적 함의 아래서 보다 근원적인 향수를 부추긴다.

따라서 원시여신의 3의 충일성은 매우 세련된 불교적 메시지를 담고 있는 서동 설화 말미의 미륵사 창건 연기담에서 고스란히 드러난다. 3의 위엄은 현신한다. 미륵삼존을 본 것이 서동이 아니라 선화공주라는 것은 따라서 매우 흥미롭고 결정적인 중요성을 가지는 신화소다. 설화 문맥의 원초성 안에서 미륵사를 건립한 것은 무왕이 아니라 선화공주. 선화는 미륵을 본 것이 아니라 오랫동안 어두움 속에 파묻혀 잊힌 자신의 원초적 신성을 본 것이다. 감은장애기의 당당한 원시적 자기충일성, 즉 '삼공'의 현신을 본 것이다. 이제 선화(善花)는 선화(善化)가 되었다.

두 겹의 생명 숨을 내쉬다
만파식적 설화

숨 쉬는 마술피리

'만파식적'(萬波息笛)은 한 번 불면 적군이 도망치고, 병이 나으며, 가물었을 때에는 비가 내리고, 비가 내릴 때에는 맑은 날이 찾아오며, 바람을 재우고 파도를 가라앉힌다는 기적의 마술피리다. 그 이름도 매우 시적이다. 이 이름의 뜻을 어떻게 풀이해야 할까?

일만 파도의 숨 쉬는 피리
일만 파도를 타고 숨 쉬는 피리
일만 파도에 숨을 불어넣는 피리
일만 파도를 숨을 불어 가라앉히는 피리
(두 개의 상징적 항: 물과 숨, 바다와 숨)

이 신비하고 아름다운 '숨 쉬는' 마술피리의 정체는 무엇일까?

벌써 물과 숨, 두 개의 상징적 대립항이 합쳐져 있는 것이 보인다.

우리가 보기에 이 설화의 진정한 의미 해석은 이 피리의 신비한 이름으로부터 출발해야 한다. 이름 안에 관련 설화의 진정한 의미가 숨겨져 있기 때문이다. 그런데 어떤 연구자도 이름에 주목하지 않는다. 만파식적의 부드러운 시적 이미지는 수성지보(守城之寶)라는 이데올로기적 의미, 곧 딱딱한 국가이념에 의해 지워진 것처럼 보인다. 학자들은 '호국의 보물'이라는 설화 표면의 엄숙한 이데올로기에 압도당한 듯 이 '숨 쉬는 피리' 앞에서, 숨도 쉬지 않고, 재빨리 그저 거룩한 호국사상에 대해서만 이야기한다. 학문적으로 이피리는 '숨 쉬는' 피리 또는 '숨 쉬게 하는' 피리가 아니라 '숨 막히게 하는' 피리인 것처럼 보인다. 어느 누가 감히 거룩한 '호국사상'에 토를 달고 나서겠는가?

그러나 이 숨 쉬는, 살아 있는 피리는 설화의 표면을 걷어내고 가만히 들여다보면 정말로 숨 쉬는 피리, 일만 파도 위로 멋진 숨을 내쉬는 시적인 피리가 맞다. 그 점을 이해하기 위해서 일단은 신화 형성자들 또는 관리자들, 그리고 그들의 뒤를 이어서 일연이 의도한 바대로 신화의 표면을 성실하게 살펴보도록 하자.

만파식적은 『삼국유사』에서도 매우 특별한 지위를 차지하고 있는 보물이다. 일연은 이 보물을 세 차례에 걸쳐 다루고 있다.

1) 『삼국유사』 권2, 기이 2, 「만파식적」 조

제31대 신문대왕의 이름 정명(政明). 성 김씨. 681년 7월 7일 즉위. 아버지 문무왕을 위해 동해가에 감은사(感恩寺)를 세웠다(절의 기록에는 문무왕이 왜병을 제압하려고 이 절을 처음 지었으나, 역사를 마치지 못하고 돌아가자 바다의 용이 되었다. 아들 신문왕이 즉위 2년(682)에 역사를 마쳤는데, 금당金堂 계하階下에 동쪽을 향해 구멍을 하나 뚫어두었다. 용이 절에 와서 돌아다니게 하기 위한 것. 대개 유언으로 유골을 간직한 곳은 대왕암이라 하고, 절은 감은사라 이름했으며, 후에 용이 나타난 곳을 이견대利見臺라고 한 것 같다).

이듬해 5월 초하루 해관 파진찬 박숙청이 아뢰기를, "동해 안에 있는 작은 산이 떠서 감은사를 향해 오는데 물결을 따라 왔다갔다 한다."

왕이 일관 김춘질(金春質, 혹은 춘일春日이라고 쓴다)에게 점을 치게 했더니, "대왕의 아버님께서 지금 바다의 용이 되시어 삼한을 진호하시고, 또 김유신 공도 삼십삼천의 한 아들로서 지금 인간으로 내려와 대신이 되었다. 두 성인이 덕을 같이 하여 성을 지키는 보물을 내어주시려 하니, 폐하께서 해변에 행차하시면 반드시 값을 칠 수 없는 큰 보물을 얻게 될 것."

왕이 기뻐하며 이견대에 가서 그 산을 바라보고 사자를 보내어 살펴보게 함. 산세는 거북이 머리 같은데 위에 한 그루 대나무가 있어 낮에는 둘이 되고, 밤에는 합하여 하나가 된다(어떤 이는 산도 또한 대나무처럼 낮에는 벌어지고, 밤에는 합해졌다고 한다). 사자가 돌아와 아뢰니, 왕은 감은사에 유숙. 이튿날 오시(午時)에 비바람이 불어 어두컴컴해지더니 이레 동안 계속됨. 그 달 16일에 이르러서야 바람이 자고 물결이 평온해짐. 왕은 배를 타고 바다로 나가 그 산에 들어가니 용이 검은 옥대를 왕에게 바침. 왕은 용을 맞아 같이 앉으며 물었다.

"이 산과 대나무가 혹은 갈라지기도 하고 혹은 합해지기도 하는데 무슨 까닭이냐?"

"비유해 말씀드리면 한 손으로 치면 소리가 나지 않고, 두 손으로 치면 소리가 나는 것과 같다. 이 대나무란 물건은 합쳐야만 소리가 나게 되므로 성왕께서 소리로 천하를 다스리게 될 상서로운 징조. 왕께서는 이 대나무로 피리를 만들어 불면 천하가 화평해질 것. 지금 왕의 아버님께서는 바닷속의 큰 용이 되셨고, 김유신은 다시 천신이 되셔서 두 성인이 마음을 합쳐 이 같은 값을 칠 수 없는 큰 보물을 저에게 주시어 저로 하여금 그것을 왕께 바치게 한 것."

왕이 놀라고 기뻐하며 오색비단과 금과 옥을 용에게 주고, 사자를 시켜 대나무를 베게 한 다음, 바다에서 나왔다. 그때 산과 용은 문득 없어지더니 보이지 않았다.

왕은 감은사에서 유숙하고 17일에 기림사(祇林寺) 서쪽에 있는 시냇가에 가서 수레를 멈추고 점심을 들었다. 태자 이공(理恭, 곧 효소대왕)이 대궐을 지키고 있다가 이 소식을 듣고 말을 달려와 경하하며 천천히 살펴보고 아뢰었다.

"이 옥대의 눈금이 모두 진짜 용."

"네가 어찌 아느냐?"

"눈금 하나를 떼어 물에 넣어 그것을 보이겠습니다."

이에 왼편 둘째 눈금을 떼어 시냇물에 넣으니 곧 용이 되어 하늘로 올라가고 그 땅은 못이 되었다. 이로 인해 용연(龍淵)이라 함.

왕은 돌아와 그 대나무로 피리를 만들어 월성의 천존고(天尊庫)에 보관. 이 피리를 불면 적병이 물러가고, 질병이 나으며, 가물 때는 비가 오고, 비가 올 때는 개이며, 바람이 가라앉고, 물결은 평온해짐. 이 피리를 만파식적이라고 부르고 국보로 삼다. 효소왕 때(693) 부례랑(夫禮郞)이 살아 돌아왔던 기이한 일로 인해 다시 만만파파식적이라 이름.

2)『삼국유사』권3, 탑상,「백률사」조

계림의 북산은 금강령. 산의 남쪽에는 백률사(栢栗寺)가 있다. 언제 만들었는지 알 수 없으나 영검이 뚜렷한 부처의 상 하나가 있다.

중국의 신장(神匠)이 중생사 관음상을 만들 때 함께 만들었다고 하기도 한다. 민간에서는 이 부처님이 도리천에 올라갔다가 돌아와 법당에 들어갈 때 밟았던 돌 위의 발자국이 아직 남아 있다고 한다. 부례랑을 구해서 돌아올 때 보였던 자취라고 하기도 한다.

692년 9월 7일에 효소왕은 대현살찬(大玄薩湌)[1]의 아들 부례랑을 국선으로. 그 문객이 1천, 그 가운데서도 안상(安常)과 가장 친했다.

693년 3월에 부례랑은 무리를 거느리고 금란(金蘭)[2]에 놀러가 북명(北溟)[3] 지경에 이르렀다가 말갈적(靺鞨賊)[4]에게 잡혀감.

---

1) 살찬은 17관등 제8위인 사찬(沙湌).
2) 지금의 강원도 통천.
3) 지금의 원산만 부근.
4) 말갈은 발해국.

안상만이 그를 뒤쫓음. 3월 11일의 일.

왕이 소식을 듣고 놀라며,

"선왕께서 신적(神笛)을 얻어 나에게 물려주어 지금 현금과 함께 내고에 간수해 두었는데 무슨 일로 국선이 갑자기 적에게 잡혀갔을까?"

때마침 서운(瑞雲)이 천존고를 덮었다. 왕이 두려워하며 알아보게 하니, 창고 안에 두었던 현금(弦琴)과 신적(神笛) 두 보물이 없어졌다.

"내가 어찌 복이 없어 어제는 국선을 잃고 또 현금과 신적까지 잃게 되었는가?"

즉시 창고를 지키던 관리 김정고(金正高) 등 다섯 명을 가둠. 4월에 국내에 사람을 모집.

"현금과 신적을 찾는 사람은 1년 조세로써 상을 주겠다."

5월 15일에 부례랑 양친이 백률사 부처님 앞에 가서 여러 날 저녁 기도. 난데없이 향탁 위에 현금과 신적 두 보물이 놓여 있고, 부례랑과 안상 두 사람도 불상 뒤에 와 있었다. 부례랑의 양친이 매우 기뻐하며 내력을 묻자, 부례랑이 말하기를,

"잡혀간 후부터 대도구라(大都仇羅) 집 목동이 되어 대오라니(大烏羅尼, 딴 책에는 도구都仇의 집 종이 되어 대마大磨 들에서 방목했다고 한다)란 들에서 방목하고 있었습니다. 갑자기 용의가 단정한 스님 한 분이 손에 현금과 신적을 가지고 와서 위로하면서 '고향 생각을 하느냐?' 하기에 저도 모르게 그 앞에 꿇어앉아 '임금과 부모를 그리워함을 어찌 다 말할 수 있겠습니까?' 그러자 스님

이 '나를 따라와야 한다' 하고 나를 데리고 해변으로 가는데, 또 안상과도 만나게 되었다. 스님은 신적을 둘로 쪼개어 우리 두 사람에게 각기 한 짝씩 타게 하고 자기는 현금을 탔는데, 둥실둥실 떠가더니 잠깐 동안에 여기까지 왔다."

왕에게 급히 알림. 왕이 크게 놀라 사람을 시켜 그들을 맞이하니 부례랑이 현금과 신적을 가지고 대궐 안으로 들어오는 것. 왕은 금은기(金銀器) 다섯 개씩 두 벌 각 50냥과 마납가사(磨衲袈裟) 다섯 벌, 대초(大綃)[5] 3천 필, 밭 1만 경(頃)을 백률사에 바쳐 부처님의 은덕에 보답. 국내에 모든 죄인을 놓아주고, 사람마다 관작 3급을 올려주며, 백성에게 3년간 조세를 면제해주고, 그 절의 주지 스님은 봉성사로 옮겨 살게 함.

부례랑을 대각간으로, 그 아버지 대현아찬을 태대각간으로, 어머니 용보(龍寶)부인을 사량부 경정궁주(鏡井宮主)로 삼았다. 안상은 대통(大統). 창고 맡은 관리 5명은 모두 놓아주고, 각 사람에게 관작 5급을 주었다.

6월 12일에 혜성이 동방에 나타나고 17일에 또 서방에 나타나 일관이 아뢰기를,

"이것은 현금과 신적에게 봉작(封爵)하지 않은 표징."

이에 신적을 책호(冊號)하여 만만파파식적(萬萬波波息笛)이라고 했더니 그제야 혜성이 사라졌다. 그 후에도 신령하고 이상한 일이 많았으나 글이 번거로워 적지 않는다. 세상에서는 안상을 준영랑

---

5) 비단 이름.

(俊永郎) 무리라 했으나 이 일은 자세히 알 수 없다.

3) 『삼국유사』 권2, 기이 2, 「원성대왕」 조

이찬[6] 김주원이 처음에 상재(上梓, 수상首相)가 되었고, 나중에 왕이 된 김경신은 각간으로 차재(次宰, 차상次相). 꿈에 복두(幞頭)[7]를 벗은 채 흰 갓을 쓰고 십이현금을 들고 천관사 우물 속으로 들어감. 왕은 꿈에서 깨어나자마자 사람을 시켜 점을 쳐보니, 복두를 벗은 것—관직을 떠남, 십이현금—칼을 쓸 조짐, 우물 속—감옥에 갇힘. 매우 근심해 문밖에 나가지 않음. 아찬[8] 여삼(餘三, 어떤 책에는 여산餘山이라 함)이 와서 뵙고자 했으나 병을 핑계로 나가지 않음. 아찬이 다시 청하므로 허락. 근심하는 이유를 물으니 꿈이야기를 함. 아찬이 일어나 절하며 길몽이라 함. 왕위에 올라 자기를 저버리지 않는다면 해몽해보겠다. 복두를 벗다—내 위에 앉을 사람이 없다. 흰 갓—면류관, 십이현금—12세손이 대를 이룰 징조.[9] 우물—궁궐로 들어감. 김경신이 내 위에 주원이 있으니 어찌 윗자리에 앉을 수 있겠는가 하자 비밀히 북천(알천) 신에게 제사지내면 좋을 것.

왕이 그대로 따름. 얼마 안 가 선덕왕이 세상을 떠나자 나라사람이 김주원을 받들어 왕으로 맞으려 했으나, 그의 집이 시내 북쪽에

---

6) 17관등 제2위.
7) 귀인의 모자 또는 과거 급제자가 홍패를 받을 때 쓰던 관.
8) 17관등 제6위.
9) 내물왕 12세손을 말함.

있어 갑자기 비가 와서 냇물이 불어 건너오지 못했다. 때문에 왕이 먼저 궁궐에 들어가 왕위에 오름. 상재의 무리들이 모두 따르고 새 임금에게 치하, 그가 원성대왕(元聖大王). 이름 경신, 성은 김씨.

그때 이미 여산은 죽었으므로 그의 자손에게 벼슬을 줌.

대왕은 진실로 인생의 곤궁하고 영달하는 이치를 알았으므로 「신공사뇌가」(身空詞腦歌)를 지었으나 전하지 않는다.

왕의 아버지 대각간 효양이 조종(祖宗)의 만파식적을 간직해서 왕에게 전했다. 왕이 이를 얻었으므로 천은을 후하게 입어 그 덕이 멀리 빛났었다.

786년 10월 11일에 일본왕 문경(『일본기』〔日本記〕에 보면 55대 문덕왕인 듯. 그 밖에 문경은 없다. 어떤 책에는 그의 태자라 함)이 군사를 일으켜 신라를 치려다가 신라에 만파식적이 있어 군사를 물리친다는 말을 듣고 사자를 보내어 금 쉰 냥으로 피리를 보자고 했으나, 원성왕은 상대 진평왕 때 그것이 있었을 뿐 지금은 있는 곳을 알 수 없다고 대답. 다시 7월 7일에 일본왕이 금 천 냥으로 다시 만파식적을 청함. 왕은 다시 거절. 사자에게 은 3천 냥을 주고 금은 돌려줌. 8월에 일본 사자 돌아감. 피리를 내황전에 간직.

한 가지 신화적 사물을 일연이 이처럼 세 차례씩이나 언급하고 있는 경우는 이것이 유일하다. 그만큼 일연이 이 보물에 대해 느끼는 애착이 남달랐다는 것을 알 수 있다. 그 마음자락을 우리는 너무나 선연하게 느낄 수 있다. 몽골의 발아래 짓밟힌 조국의 비참함을 목도해야 했던 13세기의 한 지식인에게 단숨에 적을 쫓아내고, 모

든 문제를 한번에 해결해버린다는 이 마술피리가 얼마나 큰 울림을
가져왔겠는가.

만파식적 설화의 정치사회적 읽기

문무왕과 화룡(化龍)

『삼국유사』 기록을 읽어보면 만파식적 설화는 강한 전승력으로
오랫동안 신라사회에 유포되어 있었음을 알 수 있다. 그 전승력은
상당 부분 이 설화가 겉으로 드러내고 있는 정치성에 기인하고 있
다고 보아야 할 것이다. 즉 이 설화를 지배계층이 정치적인 목적으
로 유포시켰다는 사실이 강한 전승력의 한 요인일 것으로 보인다.

정당한 왕위 계승자 김주원(金周元)을 밀어내고 왕위에 오른 김
경신(金敬信, 원성왕元聖王)이 자신의 정통성을 주장하기 위해 신
라 하대에 다시 만파식적을 들고나온다는 사실은 만파식적이 얼마
나 정치적 상징으로 신라사회에서 힘이 있었는가를 증명한다. 그런
데 천존고(天尊庫)에 간직되어 있었던 왕실의 보물 만파식적을 어
떻게 대각간(大角干)이었던 원성왕의 아버지 효양(孝讓)이 간직해
올 수 있었을까? '조종(祖宗)의 만파식적'이란 무슨 뜻인가? '조종'은
'시조가 되는 조상'이라는 뜻이다. 그런데 원성왕의 왕통은 신문왕
처럼 무열왕(김춘추)계가 아니라 내물왕계다. 신라의 혈통 개념은
대단히 폐쇄적이었다. 원성왕은 진골계의 문을 연 태종무열왕-문
무왕-신문왕으로 이어진 왕들과 다른 왕통에 속한 인물이다. 만파

식적은 무열왕계 왕들의 정통성을 보장하는 신물(神物)이었다. 왕통이 다른 원성왕마저도 만파식적을 들고나옴으로써 모든 정통성에 대한 의구심을 해소한다. 만파식적은 그 정도로 막강한 정치적 힘을 가진 상징이었던 것이다.

신라 중고기(中古期)에는 세 가지 국보가 있었다. 진흥왕 때 건축된 황룡사장륙존상, 선덕여왕 때 건축된 황룡사구층탑, 진평왕이 천사에게서 받았다는 옥대(天賜玉帶). 이 세 가지는 삼국의 경쟁 상황에서 신라가 치고 올라오는 시기, 즉 진흥왕이 문을 연 신라 중고기를 상징하는 국가적 보물이었다. 만파식적은 삼국통일을 완수한 문무왕으로 시작되는 신라 중기와 관련된 새로운 국보다. 그렇다면 문무왕 재위 무렵에 전통적인 국보가 아닌 다른 국보가 필요했던 시대적 상황이 있었을 것이다. 이 사실을 좀더 명확하게 이해하기 위해 만파식적을 얻은 신문왕의 아버지 문무왕에게 돌아가보자.

문무왕은 삼국통일을 완수한 위대한 왕이었지만, 개인적으로는 불행한 사람이었던 것 같다. 아버지 김춘추가 왕위에 오르기도 전인 진덕여왕 때, 그는 젊은 나이로 당나라에 사신으로 다녀오기도 하고, 늦게서야 왕위에 오른 아버지를 도와 병부령의 자리에서 나라의 기강을 잡았다. 왕이 되고 난 다음에는 삼국통일 이후에 일어난 고구려 유민과 백제 유민들의 반란을 진압해야 했고, 신라를 도와 고구려와 백제를 무너뜨린 뒤 삼국을 통째로 삼키려고 혀를 널름대는 당군을 몰아내기 위해 고투해야 했다. 그렇게 문무왕은 21년간 재위했다.

그의 유조(遺詔, 임금의 유언)를 읽어보면 그가 끊이지 않는 전쟁에 얼마나 심신이 피폐해져 있었는지 확인할 수 있다. 유조에 나타난 문무왕의 사람됨은 참으로 매력적이다. 그는 정말로 국인(國人)이 그에게 문무(文武)라는 이름을 붙여줄 정도로 학문과 무예를 겸비했던 인물임을 알 수 있다. 한 나라의 권력의 정점에 있는 사람의 마음가짐이 어떠해야 하는가를 잘 보여주는데, 문무왕 유조의 핵심은 다음 구절에 집약되어 있다.

또 산골짜기가 바뀌고 세도도 변해 가니 저 오왕(吳王)의 북산 무덤에서 어찌 금향로의 광채를 볼 수 있으며. 위주(魏主)의 서릉(西陵)을 바라봄도 세월이 흐르면 오직 동작대(銅雀臺)의 이름만을 듣게 되는 것이다. 옛날에 나라를 다스리던 영주(英主)도 마침내 한 무더기 흙무덤이 되어 나무꾼과 목동들은 그 위에서 노래를 부르며, 여우와 토끼들은 그 곁에 구멍을 뚫고 사니, 한갓 재물만 허비하고 비방을 서책에 남길 뿐이며, 헛되이 사람만을 고되게 하고, 죽은 사람의 넋을 구제하지 못하는 것이다. 곰곰이 생각하면 마음이 상하고 아픔이 그지없으니, 이와 같은 것들은 나의 즐겨 하는 바가 아니다. 임종한 후 열흘이 되면 곧 고문(庫門) 바깥 들에서 서역의 의식에 따라 화장하라. 상복(喪服)의 경중은 스스로 정해진 법이 있거니와 상례의 제도는 힘써 검소하고 절약함을 좇을 일이다.[10]

---

10) 『삼국사기』 권7, 신라본기 7, 「문무왕」 21년.

왕은 자신의 무덤을 만들지 말고 화장하라고 명하고 있다. 그렇게 화장된 재는 어디에 묻혔을까? 왕은 바다에 묻혔다.[11]

　나라를 다스린 지 21년 만에 세상을 떠남(681). 유언에 따라 동해 큰 바위 위에 장사지냄. 왕은 평소에 지의법사에게 말했다.
　"나는 죽은 후에 나라를 수호하는 큰 용이 되어 불법을 받들어서 나라를 지키려고 하오."
　"용은 짐승의 응보이니 어찌 용이 되겠습니까?"
　"나는 세간의 영화를 싫어한 지 오래요. 만약 추한 응보로서 짐승이 된다면 나의 뜻에 맞지요."

불교가 국교로 정해져 있고, 정치적으로도 막강한 힘을 가지고 있었던 시대에 불교의 윤회론을 거슬러 다음 생에 짐승으로 태어나도 좋다고 말할 수 있는 배포는 아무나 가질 수 있는 것이 아니다. 문무왕은 "인간세상의 영화"에 넌덜머리가 나서 다음 생에 짐승으로 태어난다면 그것이 나의 뜻에 맞다고 말한다. 자신의 내면을 깊이 들여다본 자, 종교의 이데올로기에 실존적으로 반기를 들고, 생의 조건을 적극적으로 수납한 경지에 이른 사람이 아니면 할 수 없는 말이다. 하물며 그는 인간세상의 가장 높은 자리에 있었던 사람이 아닌가.
　유조에는 바위에 장골(葬骨)하라는 내용은 나타나 있지 않으나,

---

11) 『삼국유사』권2, 기이 2,「문무왕 법민」, 211쪽.

경주시 감포 앞바다에 있는 문무대왕암. 죽어서 용이 되어 나라를 지키겠다는 유언에 따라 문무왕은 동해 바닷속 바위 밑에 묻혔다고 한다.

『삼국사기』와 『삼국유사』가 동시에 그 사실을 전하고 있고, 감은사에서 멀지 않은 곳에 '대왕암'[12]이 실제로 존재하고 있는 것을 보면 왕이 직접 그렇게 명한 것이 맞는 듯하다.

문무왕은 죽어서 용이 되어 나라를 지키겠다는 의지를 드러냈다. 그리고 본인의 소망대로 동해구(東海口)의 한 작은 바위에 묻혔

---

12) 서정범, 「방언에서 본 만파식적과 문무왕릉」, 『한국민속학』 8, 민속학회, 1975, 94쪽. 만파식적 설화를 민속학적 방법으로 분석하고 있는 서정범에 따르면 현지 주민들은 대왕암을 '댕바위'라고 부르는데, 그것은 '대왕바위'의 준말이며, 그들은 대왕암을 '신(神)무덤'이라고 부르기도 한다고 한다.

다. 통일신라의 수도 경주에서 그리 멀지 않은 동해 입구에 묻히기를 소망한 것을 두고 여러 해석들이 있지만, 학자들이 대체로 합의하고 있는 사실은 그것이 그가 생전에 드러냈던 왜구를 진압하려는 의지와 관련 있다는 것이다. 그는 동해구에 감은사를 짓다가 공사를 끝내지 못하고 세상을 떠났다. 금석학 자료에 따르면 문무왕은 이 절을 원래 진국사(鎭國寺)라고 명명하고 싶어했다고 한다. 호국불교적 관점에서 선택된 이름이다. 서해 쪽의 외적의 침입을 막는 역할은 사천왕사(문무왕 19년 완공)[13]가 맡고 있었다. 그는 동해에 자주 출몰하는 왜구를 진압하기 위해 호국사를 창건했는데 끝내 못했고, 그의 유지를 이어받은 신문왕이 절을 완공하고, 선왕의 은혜에 감사한다는 뜻으로 '감은사'라고 이름을 지었다는 것이다.

신문왕은 감은사를 짓고, 금당 아래에 용이 드나들 수 있는 구멍을 뚫었다고 하는데(그 구멍은 현재 남아 있는 감은사지에서 실제로 확인할 수 있다), 그 사실로 미루어 보건대 신라인들은 문무왕이 죽어서 정말로 용이 되었다고 확신하고 있었던 것 같다. 아니면, 적어도 지배계층이 문무왕의 화룡(化龍)을 백성이 실제의 사건으로 믿게 하려는 적극적인 의지를 가지고 있었던 것 같다.

그런데 "불법을 숭봉(崇奉)하고 수호방가(守護邦家)하는 용이 되겠다"라고 했던 문무왕의 언명에서 우리는 당대를 지배하고 있던 호국룡 사상을 만나게 된다. 만파식적 설화에서 다루어야 할 주제가 너무나 많으므로 호국룡 사상을 길게 다룰 수는 없지만, 신라

---

13) 『삼국유사』 권2, 기이2, 「문무왕 법민」 참조.

중대와 하대를 지배했던 중요한 신화적 이념이므로 거칠게나마 살펴보고 지나가자.

문무왕 시대에 호국룡 사상은 이미 깊이 뿌리를 내린 종교적·국가주의적 이념이었다. 이 이념은 진흥왕대에 처음으로 분명한 모습을 갖추기 시작해서(황룡사 창건 기사 참조) 문무왕과 신문왕대에 절정을 이루다가 하대인 원성왕대에 이르러 축소되지만, 이후에도 명목상 존재에 불과하기는 하나 끈질긴 전승력을 가지고 살아남았고, 고려를 거쳐 조선시대에 이르러 다시 그 영향력을 회복한다(조선 개국신화인 『용비어천가』).

신라의 호국룡은 인도의 불법(佛法) 수호룡인 뱀신 나가(Naga)를 받아들여 신라식으로 변주한 것이다. 이 주제는 법흥왕의 불교 공인 자체가 처음부터 왕권강화를 목표로 했던 사실과 밀접한 관련이 있다. 불교의 본질인 현실부정 교리는 신라 불교에서 사라지고, 오히려 호국적 성격이 가미되어 현세적·기복적 불교로 변했고, 이러한 경향은 오늘날까지도 한국 불교의 특징으로 남아 있다.

어쨌든 문무왕이 불교 교리에 일정 부분 저항하면서도 '불법 숭봉'을 먼저 내세운 것은 신라의 호국룡이 본질적으로 불법을 수호하는 호법룡이었기 때문이다. 아마도 그로 인해 설화 형성 계층은 신문왕에게 문무왕–용이 직접 나타나 보물을 전해주게 하지 않고, 그의 사자인 용을 시켜 전해주게 하고 있는 것처럼 보인다. 아무리 왕의 소망이었다고는 하나 사후에 용으로 변했다는 것은 불교적 관점에서 보면 축생도에 빠진 것이 분명하므로 용이 된 왕을 직접 등장시키는 것은 부담스러웠으리라는 분석이 있다.[14]

감은사 터의 삼층석탑. 감은사는 불교의 힘으로 왜구를 물리치겠다는
문무왕의 뜻을 받들어 아들 신문왕이 동해 근처에 지은 절이다.

만파식적 설화와 더불어 신문왕이 이견대(利見臺)에서 용이 된 문무왕을 만나 불렀다는 「이견대가」(利見臺歌)라는 노래에 대한 기사도 전해지는데(『고려사』『세종실록지리지』), 노랫말은 전하지 않는다. 이 기사들을 참조하면 「이견대가」는 일연 당시에 이미 알려져 있었던 것으로 보이나 일연은 그 노래를 설화에서 완전히 배제하고 있다. 가사는 물론 그런 노래가 존재했다는 사실마저 누락했다. 문무왕을 용의 모습으로 등장시키는 것이 승려의 입장에서 불편하게 여겨졌을 수 있다. 호법-호국룡은 단지 상징적 존재일 뿐 실제 역사적 인물과 결합되어 있는 경우는 문무왕이 유일하기 때문이다. 불교적으로 상징적 용은 수용할 수 있으나 지고의 존재인 왕을 용으로 등장시키는 것은 부담스러웠을지도 모른다.

신문왕 당대의 정치적 상황

만파식적 설화를 정치사회적으로 제대로 이해하기 위해서는, 그리고 그 이해를 넘어서 이 설화에 대한 신화적 해석을 시도하기 위해서는 당대의 정치적 상황을 알 필요가 있다. 이 설화의 표면적 문맥은 매우 분명한 정치적 의도를 드러내고 있기 때문에, 이 설화 형성의 정치적 배경을 무시할 수 없다.

그에 앞서 우리는 문무왕이 유조에서 "태자는 구전(柩前, 관 앞)에서 왕위를 계승하라"라고 말했다는 사실을 짚어두어야 한다. "관

---

14) 정상진, 「신라 호국용신의 실상과 변모」, 『牛岩斯黎』 8, 부산외국어대학교 국어국문학과, 1997, 293쪽.

앞에서" 왕위를 계승해야 할 만큼 왕권의 상황이 위급했음을 짐작게 하는 언급이다. 신문왕은 문무왕이 승하한 후(681년 7월 1일) 장례(7월 10일)도 치르기 전인 7월 7일 왕위에 오른다. 문무왕의 유언대로 구전에서 왕위를 계승한 셈이다. 그렇게 서둘러야 하는 어떤 이유가 있었다고 볼 수밖에 없다.

만파식적 설화의 의미에 대해 "삼국통일의 위업을 달성하고 태평성대를 연 문무왕과 삼국통일을 달성한 김유신 이성(二聖)에 대한 찬양"[15]이라는 김영태의 분석에 대해 김상현은 당대의 "정치사회적 상황에 대한 이해가 결여"된 분석이라고 비판한다.[16]

이 설화가 형성되던 당시는 오히려 정치사회적으로 매우 불안정한 시기였다. 뿐만 아니라 문무왕대에는 유난히 불길한 징조가 많이 나타나기도 했다. 『삼국사기』 권7, 신라본기 7, 「문무왕」 조를 보면,

13년 정월: 큰 별이 황룡사와 재성(在城) 중간에 떨어졌다.

14년 7월: 대풍이 불어 황룡사 불전 훼손하다.

16년 7월: 혜성이 북하(北河) 적수(積水) 사이에 나타나다.

19년 4월: 형혹(熒惑, 화성)이 우림(羽林)을 지키다.

　　　6월: 태백성(금성)이 달에 들어가고 유성이 참대성(參大星)을 범하다.

---

15) 김영태, 「만파식적설화고」, 『논문집』 11, 동국대학교, 1973, 47쪽.

16) 김상현, 「만파식적 설화의 형성과 의미」, 『한국사연구』 34, 한국사연구회, 1981, 12쪽.

8월: 태백성이 달에 들어가다.

21년 정월: 날이 종일토록 밤처럼 어두워지다.

6월: 천구(天狗, 유성이나 혜성)가 곤방(坤方)에 떨어지다.

천체가 보이는 비정상적 상황을 재난의 징후로 받아들였던 고대인들의 심성을 생각해보면 이러한 징조를 신라인들이 어떻게 받아들였을지 짐작할 수 있다. 신문왕은 문무왕의 삼국통일의 위업뿐 아니라 정치적인 불안감과 상징적 불길함까지 물려받아야 했던 것이다.

그리고 급기야 신문왕이 즉위한 지 한 달 정도 되었을 때 왕비의 아버지 김흠돌과 고위관료 몇 명이 주축이 된 반란사건이 터진다(김흠돌의 난, 681년 8월 8일). 이 반란사건에 대해 왕비의 무자(無子)로 인해 미래가 불안해진 왕비의 아버지가 난을 일으켰다는 주장도 있으나 대부분의 학자들은 무열왕계의 정통성을 부정하는 내물왕계 후손들의 반란으로 본다. 진압하는 데 닷새나 걸린 것을 보면 상당한 규모의 반란이었던 것 같다.

신문왕은 이처럼 정치적 반란을 잠재우고, 아버지 시대에 출몰한 불길한 징조들이 야기한 불안을 가라앉히며, 자신의 왕권의 정통성을 보증할 강력한 상징적 도구를 필요로 했던 것이다. 정치를 잘하는 것만으로는 상징적 불안을 잠재울 수 없다. 강력한 상징에는 더욱더 강력한 상징으로 맞서야 한다. 이 영리한 왕은 그것을 만들어내는 데 성공한다. 그의 이름이 신문왕(神文王)이라는 것을 눈여겨보자. 할아버지 태종무열왕(太宗武烈王), 아버지 문무왕(文武王)을 이어

신문왕 시대로 넘어오면서 무에서 문으로의 이행이 뚜렷이 읽힌다. 순수 무력 또는 군사적 책략의 대가였던 무열왕, 무와 문을 동시에 갖추었던 아버지 문무왕을 거쳐 드디어 순수한 문으로의 시대, 신비한 문의 능력을 갖춘 왕이 왔던 것이다. 통일신라는 드디어 문화의 시대로 전격적으로 들어선다. 어떻게? 피리소리와 함께.

만파식적 설화와 정치사상

뒤집힌 계시과정

우리는 앞서 문무왕-신문왕 권력 이행기의 불안한 정치적 상황을 살펴보았다. 그리고 신문왕이 그 상황을 강력한 상징적 도구로 돌파하리라는 것도 살펴보았다.

이제 설화 안으로 들어가 이 상징적·정치적 전략이 어떻게 펼쳐지는지 자세히 살펴보자.

첫 장면은 5월 초하루 해관 파진찬 박숙청이 "동해안에 있는 작은 산이 떠서 감은사를 향해 오는데 물결을 따라 왔다갔다 한다"고 보고하는 장면이다. 그 말을 듣고 신문왕이 일관 김춘질에게 점을 치게 했더니, 용이 된 문무왕과 천신이 된 김유신이 마음을 합쳐 나라를 지키는 보물을 내려주려고 한다고 해독한다.

5월 초하루는 하지의 시작을 알리는 때다. 만파식적 설화 전체는 5월 1일~17일 사이, 즉 1년 가운데 태양이 가장 강력한 힘을 가지는 시기에 전개되고 있다. 이 시점이 상징적으로 일부러 선택되었음은 분명하다. 즉 설화 형성자들은 설화의 주인공인 용-물-바다-문무왕의 음(陰)의 요소와 강력한 상징적 조화를 이루는 시점을 선택한 것이다. 보물을 내주는 주체를 문무왕-용신과 김유신-천신의 이성(二聖)으로 설정한 것도 이러한 음양조화를 염두에 둔 것이라는 분석이 있다. 그러나 김유신이 끼어든 것은 그보다는 훨씬 더 정치적인 이유가 있었기 때문이다.

맨 먼저 주목해야 하는 것은 '떠도는 섬'이라는 주제다. 이에 관해서 에우헤메리즘에 강박적으로 매달려 있는 어떤 학자들은 단번에 그것은 '대왕암'이라고 단정 짓는다. 지리적 위치로 보아 그럴 가능성은 충분하다. 위대한 문무왕이 죽어서 묻힌 '댕바위', '신무덤'은 지극히 거룩한 장소로 여겨졌을 것이기 때문이다. 또 어떤 학자는 '떠도는'이라는 형용사에 매달려 '떠도는 섬'은 도래신인(到來神人)이 타고 온 배(「탈해설화」의 경우처럼)를 의미하는 것이라고 주장하기도 한다. 신화를 합리화하지 못하면 직성이 풀리지 않는 한국 신화학의 전형적인 에우헤메리즘적 강박을 보여주는 분석들이다.

중요한 것은 '떠도는'이라는 형용사다. 그것이 대왕암이든 배든 밝히는 일은 신화적으로 큰 의미가 없다. 우리가 주목해야 하는 것은 이 일이 '섬'에서, 그것도 '떠도는 섬'에서 일어났다는 점이며, 그 '떠도는' 속성이 바로 만파식적의 '만파'(萬波)의 진정한 의미라는 것이다.

'섬'은 세계 신화 안에서 전형적으로 '저승'의 의미를 가진다. 걸어서(즉 육체적 조건을 사용해서) 갈 수 없는 '섬'은 '영적 중심'의 의미를 가진다. 호메로스가 이야기하는 원시시대의 시리아(시리아의 어원은 산스크리트어로 태양을 의미하는 수리야Sûryâ와 같은 어원)는 섬이었다. 켈트인들은 언제나 저승을 세계의 서쪽 또는 북쪽에 있는 섬의 형태로 상상했다. 아일랜드의 신들, 투아하 데 다난(다누 여신의 종족)은 신비한 부적들을 가지고 세계의 북쪽에 있는 네 개의 섬들에서 왔다.

따라서 이 섬은 저승이라는 것을 의미한다. 게다가 그것은 '떠도는 섬'이다. '떠돈다'는 것은 세계 안에 어떤 뿌리도 가지고 있지 않다는, 어떤 연관성도 없다는 뜻이다. 세계적으로 유명한 '떠도는' 섬의 이미지는 아폴론과 아르테미스 쌍둥이를 낳은 레토 여신과 관련되어 나타난다. 제우스의 사랑을 받아 아기를 가진 레토를 질투한 헤라는 대지를 관장하는 여신으로서 세상의 모든 땅에게 분만의 순간에 이른 레토를 받아주지 말 것을 명령했다. 어떤 쪼가리 땅도 레토를 받아주지 않아 레토는 분만의 고통을 겪으며 세상을 헤매다녀야 했다. 그러다가 '떠도는 섬' 델로스를 발견하고 그곳에서 아기들을 낳는다. 세상과 어떤 연관도 없는 '떠도는' 섬이었기 때문에 헤라가 소유권을 주장할 수 없었던 것이다.

또 한 가지, 우리가 관심을 가져야 하는 신화소는 산이 "감은사를 향해" 오고 있다는 것. 이는 감은사의 신성성을 확보하기 위한 동사적 도식이다. 저승의 성스러움이 지금 감은사를 향해 임재(臨在, 와서 존재함)하고 있는 것이다. 성스러움이 향하는(성스러움이 그 은혜를 베풀고자 하는) 장소는 '감은사'라고 '미리' 확정된다.

왕은 보고를 받고 나서 일관에게 점을 치게 해 신탁을 구하게 한다. 우리가 여기서 확인할 수 있는 것은 보고체계가 이원화되어 있다는 것이다. 설화 형성계층이 그것을 인지했는지 안했는지는 알 수 없으나 이미 시대는 '신적 질서＝정치적 질서'라고 그냥 무작정 우길 수 없을 만큼 합리화된 시대이기 때문이다. 일단 사실을 보고하는 행정관리가 있고, 그것을 점쳐서 '해독'하는 종교관리가 있다.

저승은 기호(감은사를 향해 오는 부래소산)를 제시하고, 그 기호는 사실 보고와 종교적 해독의 이원적(제정분리적) 기호 해독과정을 통해 왕에게 전달된다. 그런데 우리가 여기서 주목해야 하는 것은 기호 해독과정이 귀납적이 아니라 연역적으로 이루어진다는 것이다. 결론이 '이미' 내려져 있는 것이다.

여기서 일관이 하는 행위는 일종의 신탁(공수, 신의 메시지를 받음)을 받는 행위(계시)다. 그러나 통상적인 계시의 해독은 기호 수용자에 의해 '연역적'으로 이루어지지 않는다. 신적 존재는 기호를 보내고, 통상적 방법으로는 이해할 수 없는 그 신성한 이미지를 신자가 자신의 내면에서 받아들이게 한 뒤, 내면에 수용된 미지의 기호의 진정한 의미를 '나중에' 귀납적으로 알려준다. 호렙산에서 불타는 가시덤불로 현현한 야훼는 모세가 그 이미지를 받아들여 그 의미를 자신의 내면에게 묻게 한 뒤, "나는 스스로 있는 자"(「출애굽기」 3:14)라고 해독해준다. 그런데 이 과정이 만파식적 설화에서는 뒤집혀 있다. 이 설화에서 해독 대상이 되는 암호는 '떠도는 산'뿐 아니라 '흑옥대'와 '낮에는 둘이 되고 밤에는 하나가 되는' 신비한 대나무다. 그런데 뒤의 두 암호가 나타나기 전에 이미 그 해독이 먼저 연역적으로 등장(문무왕과 김유신이 국보를 내려주겠다는 의미)

하는 것이다.

이 뒤집힌 과정은 만파식적 설화가 정치적 목적에서 작위적으로 형성되었다는 사실을 나타낸다. 흑옥대와 만파식적이 등장하기도 전에 이 설화의 모든 것이 어떤 방향으로 진행될지 이미 답이 다 나와 있는 것이다. 따라서 뒤에 등장한 용은 앞서 일관이 제시한 정해진 대답을 되풀이하고 있는 것에 불과하다. 이 설화의 신화적 부자연스러움은 거기서 유래한다.

김유신이 이 설화에 등장하고 있는 데는 분명히 이유가 있다. 김유신은 무열왕이나 문무왕 못지않게 신격화되었던 인물로 주변에 신비한 이야기를 많이 거느리고 있다. 그러나 이 설화 형성 시기는 김유신이 세상을 떠난 지(673) 겨우 9년 뒤다. 거의 당대인인 것이다. 죽은 지 9년 만에 왕도 아닌 신하가 천신으로 승격되었다는 것은 대단히 부자연스럽다. 김유신이 삼국통일에 큰 공을 세운 것은 사실이나 무열왕이 아닌 그가 천신으로 등장한다는 것은 어떤 의도적 상징전략이 아니고는 이해하기 어렵다.

여기서 우리는 다시 무열왕계가 처해 있었던 상황을 이해해야 한다. 태종무열왕 김춘추는 자연스럽게 왕이 되었던 사람이 아니다. 그는 폐위되었던 진지왕의 손자로서, 성골에서 진골로 강등되었던 혈통의 일원으로 정치적 콤플렉스를 가지고 있었다. 그는 신라에게 망한 가야국의 후손으로서 역시 정치적 콤플렉스가 있었고, 그 때문에 군사 분야에서 큰 공을 세워 그 콤플렉스를 극복한 김유신의 도움으로 가까스로 왕위에 오를 수 있었다. 김춘추는 김유신이 필요했고, 김유신은 김춘추가 필요했다. 김유신의 여동생 문희를 둘

태종무열왕이 김유신 장군 등과 작전회의를 갖는 역사 기록화(이종상, 1976). 무열왕은 김유신의 도움으로 왕위에 오를 수 있었다.

러싼 김춘추와 김유신의 이야기(『삼국유사』 권1, 기이 1, 「태종 춘추공」)는 두 사람이 정치적으로 결탁했던 이야기로 읽어야 한다. 김유신은 혈통적 불리함을 극복하고 무장(武將)으로서 어마어마한 공을 세우며 당대의 누구도 넘볼 수 없는 권력가로 성장했다. 김춘추 자신이 빼어난 인물이었다는 사실이 그를 왕으로 만든 근본 요건이지만 김유신의 힘을 등에 업고서야 비로소 진골 김춘추는 51세에 힘들게 왕이 될 수 있었던 것이다(김유신이 주도한 추대로 왕이 됨).

　문무왕은 바로 김춘추와 문희 사이에서 태어난 아들이다. 따라서 무열왕-문무왕-신문왕-효소왕으로 이어지는 무열왕계는 혈통에 대한 콤플렉스를 가질 수밖에 없었다. 김춘추는 왕이 된 후 아버지 용춘을 문흥대왕으로 추봉(追封, 죽은 뒤 사회적 지위를 높여주는 일)한다. 당시에 전대의 왕과 혈통이 다른 왕의 아버지들이 '갈문왕'으로 추봉되었던 사실과 비교해보면 태종무열왕이 자신의 가계를 드라마틱한 방식으로 존숭하려는 강한 의지가 있었음을 알 수 있고, 이것은 거꾸로 그만큼 왕이 혈통에 대해 어떤 강박을 느꼈다는 사실을 입증하는 것일 수 있다. 신문왕은 오묘제(五廟祭)를 도입해 왕실 제사제도를 바꾸는데, 그 주된 목표는 폐위된 진지왕을 제사 대상에 포함시키기 위한 것으로 보인다.

김유신은 그러한 정치적 목적에 따라 천신의 자격으로 문무왕과 나란히 신문왕에게 보물을 내려주게 된 것이다. 용이 된 문무왕 하나만으로는 신라 귀족사회에 잠재되어 있던 혈통적 반감을 잠재울 수 없었던 것이다(즉위 한 달 만에 혈통적 이유 때문에 반란을 겪은 왕의 불안을 상상해보자).

일단 방향은 정해졌다. 이후에 나타나는 모든 이야기는 문무왕과 김유신에 의한 신문왕 왕권의 정통성 인정이라는 정치적 목표를 설화적 이야기로 풀어내는 것에 불과하다.

왕은 감은사에 유숙. 이튿날 오시(午時)에 비바람이 불어 어두컴컴해지더니 이레 동안 계속됨. 그달 16일에 이르러서야 바람이 자고 물결이 평온해짐. 왕은 배를 타고 바다로 나가 그 산에 들어가니 용이 검은 옥대를 왕에게 바침. 왕은 용을 맞아 같이 앉으며 물었다.

"이 산과 대나무가 혹은 갈라지기도 하고 혹은 합해지기도 하는데 무슨 까닭이냐?"

"비유해 말씀드리면 한 손으로 치면 소리가 나지 않고, 두 손으로 치면 소리가 나는 것과 같다. 이 대나무란 물건은 합쳐야만 소리가 나게 되므로 성왕께서 소리로 천하를 다스리게 될 상서로운 징조. 왕께서는 이 대나무로 피리를 만들어 불면 천하가 화평해질 것. 지금 왕의 아버님께서는 바닷속의 큰 용이 되셨고, 김유신은 다시 천신이 되셔서 두 성인이 마음을 합쳐 이 같은 값을 칠 수 없는 큰 보물을 저에게 주시어 저로 하여금 그것을 왕께 바치게 한 것."

왕이 놀라고 기뻐하며 오색비단과 금과 옥을 용에게 주고, 사자를 시켜 대나무를 베게 한 다음 바다에서 나왔다. 그때 산과 용은 문득 없어지더니 보이지 않았다.

용이 두 개의 신물을 내리고, 그 의미를 계시하기 전에 왕이 "감은사에 유숙"한다는 사실을 눈여겨보자. 그것은 문무왕을 기리는 '감은사'를 신성한 장소로 만들려는 상징전략이다. 그렇지 않다면 감은사 유숙을 굳이 강조해야 할 이유는 없다. 왕이 감은사에 들자, 일주일간 비바람이 불고 기상이 변화한다. 이 설정은 신성한 곳(부래소산)으로 들어가기 전에 신자가 치러야 하는 정화의식의 기간을 나타낸다. 7일은 세속의 시간이 신성한 시간으로 변하기 위한 기간이다. 그동안 모든 것은 원초시대의 카오스로 돌아간다(어두움, 폭풍우). 인류학적으로 세계 도처의 시간에서 새로운 창조가 일어나기 전에는 반드시 카오스가 회복되고, 신성함과 세속성의 경계가 지워진다. 무덤 뚜껑이 열리고, 죽은 자들이 돌아오며, 산 자와 죽은 자들이 혼효 상태로 뒤섞인다. 핼러윈은 바로 그러한 생각이 전형적으로 반영된 대표적 축제로, 핼러윈 때 귀신들이 마음대로 돌아다니는 것은 그 때문이다. 그 카오스로의 귀환은 새로운 질서를 수립하기 위해 반드시 필요한 기간이다.

7일에 걸친 카오스로의 복귀가 끝난 뒤 왕은 용에게서 두 개의 보물을 받는다. 그런데 흥미롭게도 두 보물 가운데 흑옥대는 이후 거의 나타나지 않는다. 천존고에 보관된 것도 만파식적뿐이다. 그것이 무엇을 의미하는가는 뒤에서 다시 살펴보자.

왕에게 계시를 내리는 '용'의 정체에 대해 문무왕과 김유신의 사자라고 보는 설이 가장 일반적이지만, 감은사 일대에서 이루어진 국가적 규모의 제사를 주재한 국무(國巫)로 보는 독특한 견해도 있다. 이렇게 주장하는 학자는 왕이 용에게 "오색비단과 금옥을 내린" 행위를 『삼국유사』 원문에서 '수새'(酬賽, 굿의 비용을 지불함)라고 명명하고 있다는 점을 논거로 든다. 매우 흥미로운 지적이다.[17]

왕은 감은사에서 유숙하고 17일에 기림사(祈林寺) 서쪽에 있는 시냇가에 가서 수레를 멈추고 점심을 들었다. 태자 이공(理恭, 곧 효소대왕)이 대궐을 지키고 있다가 이 소식을 듣고 말을 달려와 경하하며 천천히 살펴보고 아뢰었다.

"이 옥대의 눈금이 모두 진짜 용."

---

17) 윤철중, 「만파식적 설화 연구」, 『대동문화연구』 26, 성균관대학교 대동문화연구원, 1991, 20쪽.

"네가 어찌 아느냐?"

"눈금 하나를 떼어 물에 넣어 그것을 보이겠습니다."

이에 왼편 둘째 눈금을 떼어 시냇물에 넣으니 곧 용이 되어 하늘로 올라가고 그 땅은 못이 되었다. 이로 인해 용연(龍淵)이라 함.

이 대목은 신문왕의 아들 효소왕을 신성화하기 위해 후대에 끼워 넣은 것으로 보인다. 이 시점은 태자 이공이 태어나기도 전이었다. 옥대의 눈금이 모두 '진짜 용'이라는 것은 앞으로 이어질 신문왕 자손들의 정통성을 확보하기 위한 상징전략인 것처럼 보인다. 그런데 왜 하필 "왼편 둘째" 눈금일까? 일반적으로 왼쪽은 불길한 방향으로 여겨진다. 그러나 오른쪽이 평범한 세속성을 상징한다고 본다면 왼쪽은 신성성을 상징할 수 있다. 아니면 귀족들이 '왼쪽', 즉 결핍된 왕통 혈통이라고 여기고, '으뜸'이 아니라 '버금'(두 번째)이라고 여기는 진골 혈통이 사실은 용, 그것도 상징적인, 오로지 상상적인 용이 아니라 '진짜 용'이라는 의미일까?

만파식적의 정치사상

앞서 살펴본 바대로 용의 계시는 신화적으로 큰 의미가 없다. 그럼에도 불구하고 우리 고대국가의 정치사상사 측면에서 중요한 의미를 담고 있기 때문에 꼼꼼하게 살펴볼 필요가 있다.

갈라지고 합쳐지는 대나무에 대해 용은 '군신의 화합'이라는 유교적 주제를 들고나온다. 우리에게 그 '갈라짐과 합쳐짐'은 신화적으로는 전혀 다른 의미를 가지고 있는 것으로 보이지만 일단은 설

신라 제31대 신문왕의 무덤. 삼국통일 이후에 즉위한 신문왕은 강력한 전제왕권을 확립했다. 만파식적은 왕의 정통성을 상징하는 신물이었다.

화 형성자들과 일연의 의도대로 정치사상적 의미를 짚어보자.

많은 연구자들은 용이 하는 말이 유교의 예악사상을 의미한다고 본다. 대나무를 피리로 만들었고, 그 피리가 내는 '소리'는 음악이므로 "소리로써 천하를 다스린다"라는 말이 유교이념을 반영하고 있다는 분석은 충분히 설득력이 있다. 또한 신문왕이 만파식적 설화 형성 연대(682년 5월) 바로 다음 달(6월)에 우리나라 최초의 유학 교육기관인 국학(國學)을 설립했기 때문에 용의 말이 곧 신문왕의 정치사상 기조를 보여주고 있는 것은 분명하다. 신문왕은 통일신라의 정치이념으로서 중고기의 불교와 차별화되는 유교를 선택했다. 즉위 9년 차에 이르기까지 유교를 이념으로 한 여러 가지 제도 정비를 완수했다. 신문왕대에는 강수(强首)와 설총(薛聰)이라는 뛰어난 유학자들이 활동했고, 제문(帝文)과 수진(守眞), 양도(良圖), 풍훈(風訓) 등 많은 문장가들이 존재했다.

그런데 "소리로써 세상을 다스린다"는 것은 무슨 의미일까? 이때의 '소리'가 '여론'을 의미한다는 주장도 있지만, 그보다는 훨씬 더 철학적 바탕을 가진 언명이다.

유교에서는 인간이 외부의 사물에 대해 가지는 태도를 성(性)과 정(情)으로 구분한다. 성(聲, 소리)이란 정이 드러나는 한 방식이다. 성(性)은 본래적인 것으로서 자연의 순리를 따르나 정은 욕망이 내포되어 자연을 거스른다. 따라서 인간의 정을 성으로 순화하지 않으면 세상은 욕망을 한없이 추구하는 아수라장이 되고 만다. 그러므로 정의 한 양상인 '소리'를 순화해야 한다. 그렇게 해서 정이 순화 단계에 이르는 것을 '화'(和)라고 부른다. 그런데 인간이 내는 소리를 '화'에 이르게 하는 것이 바로 '악'(樂)이다. 군주는 '악'을 잘 사용해 백성을 '화'로 이끌어야 한다. 그러면 왕도(王道)에 이르게 된다. 유가의 경세(經世) 방편을 요약하면 이렇다.

예(禮) – 민심을 절제시킴
악(樂) – 민심을 화(和)에 이르게 하는 것
정(政) – 이를(예·악) 행하는 것
형(刑) – 이에 어긋남을 방지하는 것

따라서 예·악을 행하는 것이 유가의 정치이념인 것이다. 『예기』

「악기」(樂記)에서는 "인심(人心)이 외물에 감촉되어 움직이면 성(聲)으로 표현되고, 다양하게 표현되는 소리가 서로 조응하여 일정한 질서를 갖추면 음(音)이 되며, 음을 안배하여 악기로 연주하고 방패·도끼·깃털 등을 잡고 춤추는 것이 악(樂)"(『예기』 권19, 「악기」)[18]이라고 정의한다.

이것이 거칠게 살펴본 예악을 통한 왕도정치에 대한 설명이다.

만파식적 설화의 신화적 읽기

우리는 앞에서 비교적 꼼꼼하게 만파식적 설화를 정치사회적으로 읽어보았다. 그것이 설화 표면에 드러나 있는 의미이기 때문이다. 그러나 우리가 보기에 이 설화의 진정한 의미는 이러한 독법을 거스름으로써 얻어진다. 그리고 그 가능성은 「백률사」 조에서 드러난다.

신문왕대에 왕권의 정통성을 강화하기 위해 정치적 목표로 형성된 만파식적 설화는 상당한 성공을 거둔 것처럼 보인다. 「백률사」 조에 이르러 만파식적은 다시 나타나는데, 몇 가지 미묘한 변화가 눈에 띈다. 우선 흑옥대가 감쪽같이 사라진 대신 '검은 가야금'(玄琴)이 나타난다. 우리는 앞에서 만파식적 설화에서 흑옥대가 별로

---

18) 김남형, 「만파식적 설화의 역사적 의미」, 『한국학논집』 38, 계명대학교 한국학연구원, 2009, 180~181쪽.

중요하게 취급되지 않은 점을 지적했다. 그것은 아마도 흑옥대 설화가 만파식적 설화에 덧붙여졌기 때문이리라 생각된다. 흑옥대는 성골 진평왕이 받은 천사옥대(天賜玉帶, 하늘이 내린 옥대)의 진골 신문왕대 복사판이다. 즉 의도적 베끼기라는 것이다. 만파식적 설화는 그 명백한 정치성에도 불구하고, 훨씬 더 고대적인 근원을 가지고 있었을 것이다. 대나무 피리에 대한 예악사상에 근거한 유교적 해석은 이미 존재하고 있던 고대적 설화를 설화 형성자들이 당대의 관점에서 합리적으로 해석한 것에 불과한 듯하다.

"밤에는 하나, 낮에는 둘"이라는 상징적 도식은 신화적으로는 군신의 화합을 의미하는 것이 아니라 카오스와 혼돈이라는 매우 오래된 세계적 신화 주제를 나타낸다. 카오스는 모든 것이 분별없이 뒤엉켜 있는 상태를 의미한다. 모든 창조는 '분리'에 의해 이루어진다.

야훼는 흑암으로부터 "빛이 있으라"고 명령해 세계를 만들어낸다. 그렇게 해서 하나였던 카오스가 둘(하늘과 바다)로 나뉘었다. 이 도식은 세계 전역에서 공통적으로 나타난다. 우리나라라고 예외일 리가 없다.

이 원초적 혼돈인 하나의 세계로부터 둘이 나오는 것인데, 그것은 군신의 화합이라는 지극히 현실적이고 정치적인 의미 이전에 형이상학적인 의미를 가지고 있다. 따라서 대나무가 밤에 하나가 된다는 것은 카오스 상태를, 낮에 둘이 된다는 것은 코스모스 상태를 나타내는 것이다. 그렇게 천지창조의 원초적 순간에 매일 참여하는 신비한 대나무로 만든 피리가 빚어내는 음악은 신비로울 수밖에 없다.

음악은 '예악정치'의 수단이기 이전에 세계 전역에서 신의 목소리, 신비한 지식의 상징으로 여겨졌다.

프랑스의 작곡가이며 음악학자인 자크 샤이이(Jacques Chailley)는 『4000년간의 음악』(*4000 ans de Musique*)에서 "음악은 인간이 파악할 수 있었던 신의 편린이다. 음악은 인간이 신들과 자기를 동일시하게 만들었다. 신들은 인간들과, 인간들은 신들과 음악을 통해 대화하는 것이다"[19]라고 썼다.

그리스 신화에는 신들이 발명하고 연주하고 인간에게 전해준 많은 악기들이 존재한다. 인간은 신들에게 청원하고 신들을 달래기 위한 수단으로 음악을 사용했다. 이러한 음악은 '죽음'과 싸우는 수단으로도 여겨졌다. 죽은 아내 에우리디케를 데려오기 위해 지옥으로 내려갔던 오르페우스가 칠현금의 대가였던 것은 전혀 우연이 아니다. 그는 아름다운 음악을 연주해서 저승의 왕 하데스를 감동시켜 죽은 에우리디케를 지옥 밖으로 데려가도 좋다는 허락을 받아낸다.

죽음은 일회성의 시간을 따라간다. 인간은 태어나면 '불가역적으로' 죽는다. 그런데 음악의 바탕은 시간의 되풀이(리듬, 박자)다. 그 되풀이를 통해 불가역적 시간은 가역적 시간으로 바뀐다. 음악은 죽음과 싸운다. 음악은 만파(시간의 막강한 흐름) 위로 숨(생명의 흔적)을 실어 보낸다. 만파식적이 온갖 신비한 일을 해낼 수 있는 것

---

19) 김상현, 앞의 글, 25쪽에서 재인용.

은 그것이 죽음과 싸워 이기는 음악을 만들어내기 때문이다.

그러한 음악의 인류학적 상징성이 만파식적 설화에서는 정치적 의미에 밀려 사라져버리고 있다. 그런데 그 음악이 「백률사」조에서 '현금'(弦琴)이라는 형태로 돌아오고 있는 것이다. 부례랑은 '북명'(北溟)으로 잡혀간다. 그것은 실제로 있었던 역사적 사건일 수 있다. 그러나 여기서 '북명'은 상징적으로 죽음의 나라를 나타낸다. 북명의 명(冥) 자가 '어두울 명'이라는 것을 눈여겨보자. 그것은 저승, 명부(冥府)의 이름이다. 부례랑과 안상은 죽음의 나라에 갔다가 음악(현금)의 힘으로 살아 돌아온 것이다.

부례랑과 안상은 스님이 두 쪽으로 가른 만파식적을 타고 온 것으로 되어 있지만, 실제로 이들을 삶으로 데려온 것은 현금(스님이 두 화랑을 데려온 것을 두고 만파식적이 불교에 통합되었다는 해석도 있지만, 우리가 보기에 이것은 만파식적이 가지고 있었던 원래의 종교적 성격을 회복시킨 것이다), 즉 음악이다. 음악이 이들을 죽음의 나라로부터 살려내 데리고 온 것이다. 오르페우스가 음악의 힘으로 죽은 아내 에우리디케를 저승에서 데리고 나올 수 있었던 것과 완전히 같은 의미다. 그런데 오르페우스는 음악의 힘이 지닌 그 의미를 잊고 지성으로(눈) 아내의 존재를 확인하려고 뒤돌아보았기 때문에 아내를 잃어버린 것이다. 그러나 아내를 다시 잃고 절망한 그가 마이나데스들에게 잡혀 찢겨 죽고 난 뒤 그의 잘린 목이 계속 노래를 불렀다는 것은 죽음을 극복하는 음악의 힘을 보여주는 놀라운 일화라고 볼 수 있다. 오르페우스의 거문고는 하늘에 올라가 별자리가 되었다.

이처럼 정치적 의미에서 자유로워진 만파식적은 본래의 인류학적·신화적 상징 기능을 되찾는다. 그것은 죽음-시간의 만 개의 거친 파도 위로 숨-생명을 불어 보낸다. 이처럼 의도적이고 인위적인 사용법을 걷어내면 신화는 그 본래 기능을 되찾고 시에 합류한다. 따라서 이 피리가 '만파식적'이라는 정치적 가짜 상징의 명칭을 못마땅해한 것은 너무나 당연하다. 왕은 '만만파파식적'이라는 두 겹의 이름과 높은 봉작을 내려 이 피리가 정치에 빼앗겼던 원래의 신화적 위엄을 복구한다. 피리가 부리는 심술은 보는 사람으로 하여금 웃음이 나게 만든다. 피리는 원래 자신의 것이었던 신화적 위엄을 정치에 빼앗겼다는 사실에 불만을 표하는 것이다.

만만파파식적은 바다 위로, 필멸의 인간 운명 위로 두 겹의 생명 숨을 뿜어낸다. 그는 가짜 상징을 부드럽게 흔들어 제치고 위로 치고 올라간다. 두 배의 갈망을 담고, 자신을 시대와 정치에 가둘 수 없음을 힘차게 말하며, 인간의 원형적 갈망의 이름으로, 신화의 이름으로 죽음과의 싸움에 나선다.

도깨비 설화와 연금술

도화녀와 비형랑 설화

도깨비의 어원

『삼국유사』, 기이 1, 「도화녀와 비형랑」 조가 도깨비의 기원 설화라는 주장은 널리 받아들여진다. 「도화녀와 비형랑」 조에 '도깨비'라는 단어가 나오는 것은 아니지만 비형이 귀신의 소생이라는 점, 비형(鼻荊, 가시나무코)이라는 이상한 이름, 그리고 그가 동료 귀신 길달(吉達)을 잡아죽인 후 처용처럼 문신(門神)이 되어 사람들에게 신앙의 대상이 되었다는 점 등이 후대의 도깨비 설화와 이어지는 상징적 접점이 되고 있다. 도깨비는 15세기 문헌 『석보상절』(釋譜詳節)에 처음으로 그 모습을 드러낸다.

> 돗가비 請ᄒ야 복을 비러 목숨길오져 ᄒ다가 乃終내 得디 몯ᄒ나니 어리여미 혹ᄒ야 邪曲ᄒ보믈 信ᄒᆞ씨 곧 橫死ᄒ야 地獄애 드러날 그지업스니 이를 첫 橫死가라 ᄒᆞ느니라.[1]

(도깨비를 청하여 복을 빌어 목숨을 길게 하고자 하다가 마침내 얻지 못하니 어리석어 정신이 없어 요사스러운 것을 믿음으로 곧 횡사하여 지옥에 들어가 나올 수 없으니 이를 첫 횡사라 한다.)

그러나 도깨비는 지역마다 그 이름이 다르다. 지금도 도채비, 도까비, 돗찌비, 토재비, 토개비 등 다양하게 불린다. 학자들은 대체로 도깨비의 표기가 시대적으로 돗가비 〉 도까비 〉 도까비 〉 도깨비로 변화해왔다는 데 동의한다. 그러나 그 어원이 무엇인가를 두고는 다양한 견해를 보인다. 서정범은 돗+아비의 합성어로 보면서 '돗'을 '도섭'의 원형으로 본다. '도섭'은 "수선하고 능청스럽게 변덕을 부리는 짓"이라는 뜻인데, 그 말에 '남자 어른'을 의미하는 '아비'가 붙고 그 사이에 사이음 'ㄱ'이 첨가되어 도깨비가 되었다고 한다.[2] 즉 도깨비는 "수선스럽게 법석을 떠는 남자"라는 뜻에서 유래했다는 것이다.

그러나 김종대는 도깨비의 그러한 특성은 매우 후대에 들어와 형성된 것이기 때문에 '도섭'을 도깨비의 어원으로 볼 수 없다고 반박한다.[3] 권재선은 어학적 견지에서 서정범의 견해를 반박한다.[4]

---

1) 김종대, 『저기 도깨비가 간다』, 다른세상, 2007, 13쪽에서 재인용.
2) 권재선, 「한국어의 도깨비(鬼)와 일본의 오니(鬼)의 어원과 그 설화의 비교」, 『동아인문학』 1, 동아인문학회, 2002, 207쪽.
3) 김종대, 앞의 책, 14쪽.
4) 권재선, 앞의 책, 207쪽.

첫째, 도섭은 돗-업으로 분석되는데, 그 원형이 '돗'이라는 증거가 없다.

둘째, '-업'의 기능과 뜻이 설명되어야 하는데 그런 설명이 없고, '-업'을 명사화 접미사로 볼 근거가 없다.

셋째, ㅅ 종성 뒤에 ㄱ 소리 첨가는 음운학상 불가능하다.

넷째, 돗가비와 헛가비, 허사비 등을 대비해 분석해보면 돗가비는 도-ㅅ-가비로 분석되어 '-아비'의 형태소가 아니고 '-가비'의 형태소라는 것이 드러난다.

권재선은 조금 복잡한 경로를 거쳐서 도깨비의 어원을 추적한다. 그는 돗가비를 도-ㅅ(사이음)-가비로 분석하는 것이 맞다고 하면서 경상도 방언 가운데 '야시도배기'라는 말이 있다는 것을 상기시킨다. '야시'는 '여우'의 방언이며, '도배기'는 '…되기'라는 뜻이다. 즉 '야시도배기'는 '여우 되기'(여우로 둔갑하기)라는 뜻이다. '되다'(為) 어간 '되'의 15세기 표기는 'ᄃᆞ외'이고, 신라·고려 때는 'ᄃᆞ비'였을 것으로 추정된다고 한다. 경상도 방언 '도배'는 신라·고려의 'ᄃᆞ비' 어형에서 'ㆍ' 모음이 변한 것이라는 사실이다.

신라·고려		15세기			현대
ᄃᆞ비	〉	ᄃᆞ외	〉	ᄃᆞ외	〉 되

순수한 우리말 ᄃᆞ비기(되기, 화化함)는 일찍이 한자어 '둔갑'으로 바뀌었다. 권재선은 도깨비는 처음에 무생물에서 화한 것이기 때문

에 명사화 접미사를 붙여서 '둔갑이'라고 불렸을 것이라고 추정한다. 그런데 이름은 흔히 한 자만 부르기 때문에 '갑이'라고 불렸을 것이며, 거기에 도깨비가 부리는 '도술'이라는 뜻이 합쳐져 도술갑이 〉도가비 〉돗가비가 되었을 것이라는 것이다. 이 분석은 도깨비의 '변신' 능력을 중심에 두고 어원을 추적한 것이다.

김종대는 좀더 넓은 지평에서 도깨비의 어원을 추적한다. 그는 인류학적 지평에서 출발한다. 그는 도깨비가 '불의 신'과 '풍요의 신'의 면모를 가지고 있다는 점에 착안한다. 따라서 도깨비의 어원을 돗+아비로 보는 데는 동의하지만, '돗'은 '도섭'이 아니라 '불이나 곡식의 씨앗'을 의미한다고 본다. 박상규도 '돗'의 발음 표기를 'tot'으로 본다면 그 어원이 불이나 씨앗을 의미한다고 말한다.[5] 일부 지방에서 도깨비를 '토째비'와 '토개비' 등으로 부르는 것으로 보면 이 주장이 타당성이 있는 듯하다.

또한 '도깨비'를 중국의 외다리 귀신 독각귀(獨脚鬼)의 한글 표기로 보기도 한다. 그러나 이 주장은 최근에는 폐기된 것으로 보인다. 오히려 일부 한자 문헌에 나타나는 독각귀가 우리말 '도깨비'의 한자어 표기라는 주장이 폭넓게 받아들여지고 있다.

그런데 이러한 분석과는 전혀 다른 매우 흥미로운 어원을 주장하고 있는 학자가 있다. 우리의 주제와 관련해 매우 중요한 내용을 보여주기에 자세히 언급해두자.

박은용은 『고려사』, 열전, 「이의민」 조의 다음 대목에 주목한다.

---

5) 김종대, 앞의 책, 14쪽.

의민은 문자를 알지 못하고 오로지 무격만 믿었다. 경주에는 사람들이 두두을이라고 부르는 목매가 있어 의민이 집에 당을 세워 이를 맞아두고 매일 제사하여 복을 빌었다. 홀연 하루는 당중에서 곡성이 있는지라 의민이 괴이하여 물으니 "내가 너의 집을 수호한지 오래 되었는데 이제 장차 하늘에서 벌을 내리려 하는지라 내가 의지할 곳이 없으므로 곡한다" 하더니 얼마 안 되어 패했다. 유사(有司)가 벽 위의 도형 제거하기를 주청하매 고하여 이를 흙바르게 했다.

義旼不會文字, 專信巫覡. 慶州有木魅, 土人呼爲豆豆乙. 義旼起堂於家, 邀置之, 日祀祈福. 忽一日, 堂中有哭聲, 義旼怪問之, 魅曰, "吾守護汝家久矣, 今天將降禍, 吾無所依故哭." 未幾敗. 有司奏請去壁上圖形, 詔墍之.[6]

두두을＝목매(木魅)란 나무의 정령을 말한다. 그런데 『동국여지승람』에서는 한결같이 두두리(豆豆里)라고 표기하고 있다. 박은용은 '두드리다'는 방언형에 '두들기다'와 같은 형태도 있음으로 보아 이 어근은 '두들'로 추정되며 '두들'의 표기로 두두을(豆豆乙)을 사용했으므로 『고려사』의 표기를 더 고형(古形)으로 보고 있다.[7]

---

6) 『고려사』 권128, 열전 41, 「이의민」; 이완형, 「도화녀·비형랑 조의 제의극적 성격 試考」, 『한국문학논총』 16, 한국문학회, 1995, 175쪽에서 재인용.
7) 박은용, 「木郞考: 도깨비의 語源攷」, 『한국전통문화연구』 2, 대구가톨릭대학교 인문과학연구소, 1986, 55쪽.

박은용은『설문해자』(說問解字)에서 매(魅)를 "老精物也"라 풀이했음을 들면서 목매를 '노목의 정(精)' 또는 '오래된 목기구의 정(精)'이라고 풀이한 뒤 그것을 도깨비와 연결하고 있다. "도깨비의 본체가 긴 세월에 걸쳐 사용하던 방앗공이나 마당 빗자루 또는 도리깨 따위가 어떠한 계기로 힘을 얻게 되어 그것이 도깨비로 화한다는 것과 일치점이 있다."[8] 그러고 나서 박은용은 목매가 탈곡에 쓰이는 몽둥이나 곡식을 찧는 데 쓰이는 절굿공이에 해당한다고 덧붙인다. 즉 '두두리' 또는 '두두을'은 '두드리다' 동사의 파생 단어로서 곡식을 두드릴 때 쓰는 나무 농기구의 정령을 지칭하고, 한자어로 목매라고 불렸으며, 그것이 곧 신앙 대상인 도깨비의 원형이 되었다는 것이다. 도깨비와 밤새 씨름하고 겨우 묶어놓고 왔는데, 다음날 가보니 절굿공이였더라(또는 막대기, 빗자루 등)는 이야기를 떠올려 보면 이 주장은 매우 타당성이 있어 보인다.

　'두드리는' 행위와 망치의 신화적 연계는 일본의 칠복신(七福神) 가운데 하나인 다이코쿠텐(大黑天)에서도 찾아볼 수 있는데, 이 신은 오른손에 작은 망치(小槌)를 들고 자루를 짊어지고 있으며, 두 발은 두 개의 쌀섬 위에 올려놓은 주방의 재물신이다. 일본어로 이 작은 망치는 시치(シチ, tsu-tʃi) 또는 시시이(シシイ, tsu-tsu-i)라고도 한다. 이와 관계되는 동사에 시시키(シシキ, 突·襲·漬·到)가 있는데, 이 단어의 고형은 투-투-키(tu-tu-ki)로 추정된다. 의성어 시시(シシ)에 접미사 키(キ)가 첨가되어 동사가 된 것인데, 두두리의

---

8) 같은 글, 56쪽.

어근 '투-투'(tu-tu)와 일치한다. 한국어에서는 '타'(打)의 뜻이지만, 일본어로는 '突, 挫' 등의 뜻으로 차이가 있으나 7세기경의 문헌으로 추정되는 일본의 가장 오래된 시가집인 『만요슈』(萬葉集)에서는 '두드리다'라는 뜻으로 쓰이고 있다고 한다.

'두드리다'라는 행위가 농기구인 망치와 연관되고, 그것이 종교적 외경 대상으로 여겨졌다는 것은 충분히 설득력 있는 주장이다. 그러나 그것이 '도깨비'의 어원과 무슨 상관이 있는 것일까? 우리는 박은용을 따라 좀더 멀리 돌아가야만 한다.

목매는 목랑(木郎)이라고도 불린다.

고종 18년 10월 을축에 동경에서 달려와 아뢰기를 목랑이라는 자가 있어 말하기를 "내가 이미 적영에 이르노니 적의 원수는 모모인(某某人)입니다. 우리들 다섯 사람이 적과 더불어 교전하고자 10월 18일로 기약했으나 만약 병장(兵仗)과 안마(鞍馬)를 보내주시면 우리들이 문득 첩보를 보낼 것입니다" 하고 인하여 목랑의 시를 최우에게 보내니, 이르기를 "오래 살고 일찍 죽고, 재화가 있고 상서가 있음은 본래 일정한 것이 아닌데, 사람들은 이에 대해 일찍이 알지 못한다. 재화를 없애고 복을 받게 함은 어려운 일이니 하늘이나 인간 중에 나를 두고 누가 하리오"라고 하였다. 최우가 그것을 자못 믿어 사사로 화첩 안마를 준비하여 내시 김지석에게 주어 보내었으나 그 뒤에 효험이 없었다. 목랑은 곧 목매다.

高宗十八年十月乙丑 東京馳奏, "有木郎言'我已到敵營 元帥某某人也. 我等五人, 欲與交戰, 期以十月十八日. 若送兵仗鞍

馬，我等便當報捷.'"因以時，寄崔瑀曰，"壽夭災祥非一貫，人人
居此未曾知，除災致福是難事，天上人閒捨我誰."瑀傾信，私備
畵韂鞍馬 授內侍金之席，送之，其後無驗．木郎，卽木魅．[9]

이 대목에서는 두두을 또는 두두리라고 부르지 않고 곧장 '목랑'
이라는 말을 사용하고 있으며, 그것이 곧 목매라고 하고 있다. 박은
용은 이 단어는 우리나라는 물론 중국·일본의 사전에도 나오지 않
는 말이라고 한다. 그러나 우리나라에서 간행된 만주어사전인 『한
한청문감』(韓漢淸文鑑)에 따르면,

　　　목랑두 메 tūku(두쿠) …. 一云 mala(말라)[10]

　　그리고

　　　連枷 도리깨 tūku[11]

라고 되어 있다고 한다. 따라서 만주어 두쿠(tūku)에는 목랑두와
도리깨 두 가지가 있는데, 앞의 설명을 보면 목랑두에는 또 말라
(mala)와 두쿠(tūku) 두 가지가 있음을 알 수 있다. 탈곡용 메는 말

---

9) 『고려사』 권54, 지(志) 8, 「오행 2」(五行二). 이완형, 앞의 글, 175쪽에서 재
　　인용.
10) 『한한청문감』, 권11, 39b. 박은용, 앞의 글, 57쪽에서 재인용.
11) 같은 글, 58쪽에서 재인용.

라라고 하며, 절굿공이(杵) 역할을 하는 것은 두쿠라고 불렸음을
알 수 있다.

여기에서 착안해 박은용은 도깨비의 고형인 돗가비가 돗구+아비
로 되어 있다고 가정하고, 돗구+아비 〉돗가비로 변했을 가능성을
제시한다. 그는 그렇게 볼 수 있는 근거로 오늘날 우리말 '절구'의
고형이 '졀구, 졀고'이며, 평안도 방언으로는 '덜구'라는 점을 든다.
그리고 우리나라 각지에 '덜구댕이', '돗구방', '도구대' 등의 방언
이 분포하고 있으므로 평안도 방언 '덜구'는 구개음화하기 이전의
'절구'의 고형으로 볼 수 있다는 것이다. 그렇다면 다음과 같은 음
운 변천을 가정할 수 있다.

$$tot\text{-}gu \quad \rightarrow \quad tol\text{-}gu \quad \rightarrow \quad to\text{-}gu$$
$$\downarrow$$
$$tɔl\text{-}gu \quad \rightarrow \quad tʃɔl\text{-}gu$$

박은용은 돗-구(tot-gu)에 남성을 의미하는 '아비'가 첨가된 돗-
구-아-비(tot-gu-a-bi)가 돗-가-비(tot-ga-bi)가 되었다고 주장한
다.[12] 도깨비의 어원은 '절구아비', 즉 의인화된 '절굿공이'라는 것
이다. 이 주장은 상징적으로도 매우 설득력이 있어 보인다. 모든 사
물을 살아 있는 것으로 보았던 고대인들의 세계관은 사물들을 성화
(性化)[13]하는 것으로 나타난다. 엘리아데는 고대인들에 의한 세계

---

12) 같은 글, 62쪽.

의 성화가 "질적인 형태학적 분류"라고 말한다. 그들은 주변 세계와 신비적 공감관계를 맺고 있기 때문에 그것이 살아 있는 것이라고 느꼈고, 모든 사물에 성을 부여하기에 이른다. 따라서 절구통이 여성으로, 그리고 절굿공이가 남성으로 상징화되었다는 것은 매우 자연스럽게 느껴진다.

박은용은 한 걸음 더 나아가 『삼국유사』에서 많은 이적(異蹟)을 이루어내는 불교 승려들의 석장(錫杖)이 몽고어로는 둘두이(duldui, 오늘날에도 봉, 긴 막대기, 지주, 근거 등을 의미)이며, 만주어로는 둘두리(dulduri)라는 사실을 병기해둔다. 두두리와 이 단어들의 유사성은 어떤 관련이 있을지도 모른다는 것이다.[14]

근원 설화들: 석탈해, 도화녀와 비형랑

두두리=목랑/목매의 정체가 무엇이든 간에 우리는 두두리가 신앙 대상이었다는 것을 앞에서 이미 살펴보았다. 권력의 정점에 있었던 이의민, 최우 등이 지성으로 섬겼던 대상이라면 백성 또한 그러했을 것이다(물론 이들에 관한 기록을 남기고 있는 조선시대 유학자들은 한결같이 목랑을 폄하하는 관점으로 접근하고 있지만). 이에 관해서는 여러 기록이 남아 있다. 『동국여지승람』의 기록을 보자.

---

13) 미르치아 엘리아데, 이재실 옮김, 『대장장이와 연금술사』, 문학동네, 2000, 36~37쪽 참조.
14) 박은용, 앞의 글, 64쪽.

『동국여지승람』에 나오는 '두두리'에 관한 기록.

　　왕가수는 부(府)의 남쪽 십 리에 있다. 주(州)의 사람들이 목랑을 제사지내던 땅이다. 목랑은 속에서 두두리라고 부르는데 비형이후 두두리 섬기기를 심히 성히 했다.

　　王家藪 在府南十里 州人祀木郎之地 木郎俗稱豆豆里, 自鼻荊之後 俗事豆豆里甚盛.[15]

　　우리는 여기에서 "비형 이후"라는 말에 주목할 필요가 있다. 비

---

15) 『동국여지승람』 21: 31, 「경주 고적」, 강은해, 「두두리 再考」, 『한국학논집』, vol. 16, no. 1, 계명대학교 한국학연구원, 1989, 59쪽에서 재인용.

형은『삼국유사』「도화녀와 비형랑」 조에 나오는 신비한 인물이다. 비형은 두두리교(敎)[16]의 비조로서 지극한 섬김을 받았던 것 같다.『동국여지승람』21 : 28,「경주 고적」 조는『삼국유사』의 도화녀와 비형랑 설화를 소개한 뒤 맨 끝에다가 "이것이 동경 두두리의 시초"(此東京豆豆里之始)라고 명기하고 있다. 그런가 하면 18세기 문인 이학규는『영남악부』(嶺南樂府)에서 비형랑이 곧 목랑-두두리라고 단언한다.

鼻荊郞或木郞稱亦名豆豆里.[17]

비형 설화가 두두리 섬기기의 근원이 되고 있는 것은 분명하다. 그런데 많은 학자들은 '도화녀와 비형랑'을 도깨비 설화의 근원 설화로 보고 있다. 그전에 또 다른 근원 설화로 여겨지는 석탈해 신화를 간단하게 언급하고 넘어가기로 하자.

강은해는「대장장이 신화와 야장(冶匠) 체험」[18]이라는 뛰어난 논문에서 두두리는 도깨비의 원형이며, 대장장이신(冶匠神)이었다는 가설을 제시한다. 강은해는 대장장이가 불을 통어하는 '불의 지배자'로서 광석을 새로운 형태로 탈바꿈시키는 능력의 소유자라는

---

16) 문헌에 두두리교라는 명칭은 나오지 않는다. 그러나 여러 문헌을 참조해 볼 때 두두리 섬기기는 단순한 개인 신앙의 차원을 넘어선 듯 보인다.

17) 이학규,「낙하생문집」,『영남악부』(한문악부자료집), 계명문화사, 1988. 이완형, 앞의 글, 14쪽에서 재인용.

18) 강은해,「대장장이 신화와 야장(冶匠) 체험」,『한중인문과학연구』12, 한중인문과학연구회, 2004.

데 착안해 신성한 장인으로서의 능력을 도깨비의 신출귀몰하는 능력에서 읽어낸다. 아닌 게 아니라 도깨비는 '불의 존재'다. 그는 도깨비불을 흔들며 돌아다니고 마음에 들지 않으면 불을 질러 복수하기도 한다. 김종대는 전라도 일대에서는 아직까지도 도깨비가 불을 내지 않도록 달래는 도깨비굿이 이루어지고 있다는 사실을 꼼꼼하게 보고한다.[19)]

강은해는 이러한 신비한 '불의 지배자'로서 석탈해가 왕이 될 수 있었다고 말한다. 석탈해는 알에서 태어난 뒤 불길하다 하여 궤에 넣어져 배에 실려 떠다니다가 신라의 아진의선((阿珍義先)이라는 늙은 할머니에게 발견된다. 탈해는 아름다운 동자의 모습으로 나타나 자신의 내력을 말한 뒤 지팡이를 끌고 두 종과 함께 토함산에 올라가 이레 동안 머물면서 성중에 살 만한 곳이 있는가를 살펴본다. 그는 호공(瓠公)의 집이 오래 살 만한 곳이라는 결론을 내리고 속임수를 써서 그 집 곁에 숫돌과 숯을 몰래 묻은 뒤 그 집이 원래 자기 집이라고 주장해 집을 빼앗는다. 숫돌과 숯은 대장장이의 표식이 분명하다.

  "우리는 본래 대장장이였는데, 잠시 이웃 고을에 나가 있는 동안 다른 사람이 빼앗아 살고 있으니, 땅을 파서 조사해봅시다."
  그 말대로 땅을 파보니, 과연 숫돌과 숯이 나왔으므로 이에 그 집을 빼앗아 살게 되었다. 이때 남해왕은 탈해가 지혜가 있는 사람

---

19) 김종대, 앞의 책, 193~211쪽.

임을 알고 맏공주로써 아내를 삼게 하니 이가 아니부인(阿尼夫人)이었다.[20]

강은해는 "석탈해는 대장장이의 업적을 드러내면서 비로소 샤먼으로서의 능력을 인정받고 국가의 왕이 되었다"고 말하면서 그가 김수로왕을 찾아가 왕위를 내놓으라고 했던 배경도 그의 직업적 능력에서 찾고 있다. 즉 불을 사용한 야장으로서 갖추게 된 물질 변형능력이 김수로왕과 변신능력 경기를 하게 했다는 것이다. 같은 맥락에서 변신 경기에서 탈해를 제압한 김수로왕도 대장장이 왕이었을 것이라고 추정한다. 그 증거로 김수로왕이 황금궤짝에 넣어진 알에서 탄생한 동자라는 것, 그리고 성이 쇠 김(金)씨[21]라는 사실을 든다. 김알지 역시 같은 특성을 지니고 있다고 본다.[22] 더욱이 김수로왕을 맞이할 때 사람들이 불렀던 영신가(迎神歌)인 「구지가」(『삼국유사』 권2, 기이 2)에서 산꼭대기 흙을 파내면서 "거북아, 거북아, 머리를 내어라. 내놓지 않으면, 구워먹겠다"라고 했던 것도 대장간에서 쇠부리를 만들며 쇠의 출현을 기다리는 대장장이들의 모습과 연관지어 설명하고 있다.[23] 탁견이라 하지 않을 수 없다.

---

20) 일연, 『삼국유사』 권1, 기이 1, 「제4대 탈해왕」, 123쪽.

21) 민속에서 도깨비도 김가(金哥)인 것으로 알려져 있다. 뿐만 아니라 도깨비는 사람을 보면 아무나 붙잡고 '김서방'이라고 부른다.

22) 강은해, 앞의 글, 192쪽. 우리의 견해를 덧붙인다면 왕을 상징하는 신성한 동물로 여겨지는 거북이의 늘어났다 줄어들었다 하는 목이 쇠의 성질과 관련 있을 것이다. 또한 도깨비가 응징의 방법으로 사용하는 신체의 일부 잡아빼기도 대장장이의 쇠 늘리기 기술과 관련 있는 것이 틀림없다.

그러나 변신능력을 대장장이의 고유한 능력으로 설명하는 것은 무리가 있는 것 같다. 변신능력은 단순한 대장장이의 물질 변형능력만이 아니라 보다 영적인 의미로 해석되는 능력이다. 변신능력 경기는 세계 신화 도처에서 나타난다. 특히 켈트 신화에 매우 흥미롭게 나타난다. 그것은 최고의 경지에 이른 마법사만이 보유할 수 있는 능력이다.[24] 따라서 일단 탁월한 마법사의 능력을 보유하게 된 신참 마법사는 종종 선배의 도전에 응하지 않으면 안 된다. 이 도전은 변신능력의 시험으로 드러난다. 실존 인물이라고 알려져 있는 켈트 신화 최고의 시인 탈리에신(Taliesin)은 탈리에신으로 태어나기 전 평범한 소년 그위온(Gwion)이었을 때 우연히 최고의 지식을 얻게 되었는데, 여마법사 케리드웬(Ceridwen)과의 변신경쟁에 패해 케리드웬에게 잡아먹힌다(낟알로 변신한 그위온을 암탉으로 변한 케리드웬이 쪼아 먹는다). 케리드웬의 몸을 빌려 뛰어난 어린아이로 환생한 탈리에신('빛나는 이마'라는 뜻)이 자신의 전생을 나열하는 시는 신비하고 아름답다.

지금의 이 모습을 가지기 전에, 내가 선명하게 기억하거니와, 나는 여러 가지 모습들을 가지고 있었다. 나는 날씬한 황금빛 창이었다. 나는 분명한 것을 믿는데, 나는 공기 중을 떠도는 빗방울이었다. 나는 가장 깊은 별이었고, 편지 속에 쓰여진 낱말이었으며,

23) 강은해, 「두두리 再考」, 1989, 67쪽.
24) Juliette Wood, *Le Livre de la Sagesse Celte*, Paris: Gründ, 2001, p. 86

근원 속에 있는 책이었고, 등잔의 불빛이었다. 1년 반 동안 나는 60여 개의 하구(河口)들 위에 걸쳐져 있는 거대한 다리였다. 나는 길이었고, 독수리였다. 나는 바다에 나가 고기잡이하는 배였으며, 잔치 음식이었고, 소낙비 방울, 두 손 안에 움켜쥐어진 검, 전투에서 사용된 방패였고, 하프의 현으로 9년을 지냈다. 물과 거품 속에서 나는 해면이었고, 신비한 숲속의 나무였다. (…) 나는 산꼭대기에 사는 얼룩 뱀이었고, 호수에 사는 살모사였으며, 부리가 구부러진 별이었고, 내 무릎 밑에서 노란 준마 여섯 마리를 길들였다. 그러나 내 말 멜리간이 그놈들보다 백배는 낫다. 멜리간은 고요한 해변을 결코 떠나지 않는 바닷새처럼 부드럽다. 나는 피 흘리는 초원에서 백 명의 장수들에게 에워싸여 있었던 영웅이었다. 내 허리띠의 보석은 붉은색이다. 그리고 나의 방패에는 금빛 테두리가 둘려져 있다. (…) 내 손가락은 길고 하얗다. 내가 목동 일을 했던 것은 오래전 일이다. 나는 학문에 통달하기 전에 오랫동안 땅 위를 헤매어 다녔다. 나는 헤매어 다니며 걸었다. 나는 백 개의 섬에서 잠잤고, 백 개의 도시에서 몸을 떨었다.[25]

탈리에신은 뛰어난 동자로 태어난 시인이며 전사이지만, 그가 대장장이였다는 표지는 어디에도 없다. 우리 신화에서 변신능력 경쟁에 관한 이야기는 해모수와 하백의 설화에서도 나타나는데, 이 경

---

25) Jean Markale, *Paroles Celtes*, Paris: Albin Michel, 1996, p. 42에서 재인용. 탈리에신이 썼다고 알려진 6세기경의 『나무 전쟁』(*Cad Goddeu*)의 일부.

우에도 해모수와 하백을 대장장이로 볼 근거는 없다. 그러나 어찌되었든 탈해가 대장장이 샤먼이었던 것은 분명하며, 변신능력을 포함한 그의 능력을 훗날의 도깨비가 물려받고 있는 것도 분명하다.

강은해는 대장장이 석탈해가 왕이 될 수 있었던 설화를 뒷받침하는 역사적 지수까지 제시하고 있다. 그는 신라가 삼국을 통일할 수 있었던 원동력이 "화랑정신 위에 농기구와 무기를 만드는 제철기술의 발달"에 있었다고 보는 권병탁의 견해를 원용한다.[26] 일본은 지리적으로 가까운 신라를 뛰어난 제철기술의 나라로 여겼던 것이 분명하다.

일본에서는 예부터 사철(沙鐵)을 원료로 하고 목탄을 땔감으로 하여 풀무로 바람을 보내 제련하는 제철시설 전반을 '다타라'(タタラ)라고 하였다. 다타라는 원래 풀무의 고어이며 풀무를 발로 밟아 송풍하는 장치를 뜻하였으나 이후 용광로와 그 작업장 전체를 총칭하는 말이 되었다[27]고 한다. 그리고 다타라에서 일하는 사람들을 다타라사(師)라고 하였다. 이들은 '삼일(三日) 다타라'라는 말이 나올 만큼 사철이 있는 산천을 따라 작업장을 옮겨서 이동표박민의 성격을 띠었고 그 결과 일본 각지에 '다타라'라는 지명이 두루 남게 되었다. 이 지명은 『일본서기』에 '눈부신 금·은·진보(珍

---

26) 권병탁, 『한국경제사 특수연구』, 영남대학교 부설 산업경제연구소, 1997; 강은해, 앞의 글, 170쪽 참조.
27) 미야자키 하야오 감독의 애니메이션 「모노노케히메」에서 제철소가 있는 마을의 이름은 '다타라'다.

寶)의 나라'로 표현된 신라의 지명으로 소개되어 있다.²⁸⁾[28]

'다타라'와 '두두리'의 발음이 지극히 유사한 것을 보면 '두두리'가 '다타라'의 원형이며, 이 말이 대장장이 작업과 연관이 있다는 것은 의심의 여지가 없어 보인다. 강은해는 우리나라에도 용광로가 있는 지역에 아직도 두두리, 두두을 등의 이름이 남아 있다는 것을 보고한다.

'두두리'가 대장장이와 연관 있다는 사실은 이로써 분명해 보인다. 이제 종교적 숭배의 대상으로까지 승격된 원조 두두리 비형의 설화를 들여다보도록 하자.

① 신라 제25대 사륜왕(舍輪王)의 시호는 진지대왕(眞智大王)이다. 그는 576년에 왕위에 올랐으나 정난황음(政亂荒淫)으로 인하여 재위 4년 만에 국인(國人)에 의해 폐위되었다.

② 진지왕 생전에 사량부에 뛰어난 미모를 가진 서녀(庶女)가 있었는데, 사람들은 그녀가 아름다워서 도화랑(桃花娘)이라고 불렀다. 왕은 그녀를 불러 관계하기를 청했으나, 도화랑은 불사이부(不事二夫)를 말하며 거절. 왕이 죽인다면 어쩌겠느냐고 묻자, "차라리 시(市)에서 죽음을 당할지언정 다른 마음을 품을 수 없다"고 대답. 왕이 "네 남편이 죽은 다음에는 되겠느냐?"라고 묻자, "그러면 가(可)합니다"라고 답변.

---

28) 강은해, 앞의 글, 193쪽.

③ 그 해에 왕은 폐위되어 죽었고, 도화랑의 남편도 그 후 2년 뒤에 죽었다.

④ 도화랑의 남편이 죽은 지 열흘 만에 진지왕이 생전의 모습으로 찾아와 생전의 약속을 지킬 것을 요구. 도화랑은 응하지 않고 부모에게 물어본다. 부모는 "임금의 명을 거절할 수 없다"고 대답.

⑤ 왕의 혼령이 도화랑과 결합한 뒤 이레 동안 머물렀는데, 그동안 늘 오색구름이 집에 덮여 있고 향기가 가득 차더니, 이레 뒤에 왕이 홀연히 사라졌다.

⑥ 도화랑에게 태기가 있어 달이 차서 해산하려 할 때 천지가 진동하더니 한 사내아이를 낳았다. 이름을 비형(鼻荊)이라 하였다.

⑦ 진평왕이 그 이상함을 듣고 궁중에 데려다 길렀다. 비형의 나이 열다섯이 되었을 때 집사에 임명했는데, 밤마다 멀리 도망가서 놀았다. 왕이 용사 50명을 시켜 그를 지키게 했는데, 번번이 월성(月城)을 넘어가 서쪽 황천(荒川) 언덕 위에 가서 귀신들과 놀았다. 용사들이 숨어서 지켜보니, 귀신들은 여러 절에서 나는 새벽 종소리를 듣고 헤어졌고, 비형도 돌아왔다.

⑧ 왕이 비형을 불러 귀신들과 노는 것이 사실이라면 신원사(神元寺) 북쪽 개천에 다리를 놓으라고 지시.

⑨ 비형이 귀신의 무리를 시켜 돌을 다듬어 하룻밤에 큰 다리를 놓았으므로 그 다리를 귀신다리(鬼橋)라고 불렀다.

⑩ 왕은 또한 비형을 불러 귀신들 중에 정사(政事)를 도울 만한 자가 있느냐고 묻자, 비형이 길달(吉達)을 추천. 비형이 길달을

데리고 오자 집사 벼슬을 주었는데, 매우 충직했다.

⑪ 마침 각간(角干) 임종에게 자식이 없었으므로 왕은 길달을 대를 이을 아들로 삼게 했다.

⑫ 임종이 길달을 시켜 흥륜사 남쪽에 문루(門樓)를 세우게 했는데, 길달이 밤마다 그 문 위에 가서 잤기 때문에 이 문을 길달문이라고 불렀다.

⑬ 어느 날 길달이 여우로 변하여 도망쳐버렸다. 비형이 귀신들을 시켜 잡아 죽였다. 그 후로 귀신들은 비형의 이름만 듣고도 두려워 도망쳤다.

⑭ 사람들이 "성제(聖帝)의 혼이 아들을 낳았구나/여기는 비형랑의 집이다/날고 뛰는 잡귀들아/이곳에 머물지 말아라"라는 시를 지어서 문에 붙여 귀신을 물리쳤다.

여자 귀신이 인간 남성과 성적 관계를 맺는 이야기는 무수히 많지만, 남자 귀신이 인간 여성과 관계를 맺는 이야기는 우리나라에서는 이 설화가 유일한 듯하다. 이 신비한 이야기는 별반 문학연구의 대상이 된 것처럼 보이지 않는다. 오히려 역사학자들이 이 설화를 진지한 사료로 참조해 신라 중고기 사회상을 매우 흥미롭게 분석해내고 있다. 이들의 분석은 우리의 주제와 관련해 매우 중요한 시사점들을 던져주고 있으므로 간략하게나마 언급할 필요가 있다.

이 설화를 사료로 받아들일 경우 당장 난감한 문제에 부딪친다. 관찬서(官撰書)인 『삼국사기』에는 진지왕이 정난황음(政亂荒淫)으로 인해 폐위되었다는 말이 일언반구도 없을뿐더러 오히려 왕의 업무를 썩 잘 수행한 왕으로 기술되어 있다. 왕의 죽음에 대해서 김부식은 그저 "왕이 죽었다"고 기술하고 있을 뿐이다. 왕의 폐위는 매우 중요한 사건이다. 그런 사건을 관찬서 필자가 완전히 누락시키고 있는 것이다. 이 점에 대해서 강봉룡은, 김부식이 진골계의 왕위세습을 확고하게 만든 태종무열왕 김춘추의 입장에 서서 신라사를 기술했기 때문에 사륜계 시조인 김춘추의 조부 진지왕의 폐위 사실을 언급하지 않았을 것이라고 말한다. 그러나 김민해는 『삼국사기』가 고려시대까지 남아 있었던 관찬 사서들을 근거로 서술했기 때문에 진지왕의 폐위 사실을 언급하지 않았을 것이라고 추정한다.[29] 진지왕을 폐위시킨 세력이 자신들이 왕을 폐위시켰다는 사실을 역사기록에서 누락시켰을 것이라는 가정이다. 반면에 『삼국유사』는 관찬 사서뿐 아니라 구전 자료나 설화들까지 참조하고 있기 때문에 이 사실이 포함되었다는 것이다.

그렇다면 설화로 전해져 내려온 이 '폐위'에서는 무엇인가 떳떳하지 못한 냄새가 난다. 정난황음 때문에 폐위되었다는 것도 매우 의심스럽다. 왜냐하면 진지왕이 도화랑을 대하는 태도는 '황음'한 왕의 태도로 보이지 않기 때문이며, 도화랑을 상대로 한 좌절된 성적 모험 외에 어떤 다른 성적 모험에 대한 언급도 보이지 않기 때문이다. 더욱이 진지왕의 경우와 비슷한 고구려 산상왕(『삼국사기』 권16, 고구려본기 4, 「산상왕」)이나, 신라의 소지마립간(『삼국사기』 권

---

29) 김민해, 『도화녀·비형랑 설화를 통해 본 신라 6부 통합과정』, 한국교원대학교 대학원 역사교육전공 석사학위논문, 2007, 20쪽.

3, 신라본기 3, 「소지마립간」) 또는 백제의 개로왕(『삼국사기』 권48, 열전 8, 「도미」)의 성적 모험을 비교해보면 진지왕은 오히려 매우 점잖고 이성적으로 행동하고 있다. 더욱이 설화의 말미에서 백성이 진지왕을 '성제'(聖帝)라고 부르는 것을 보면 왕을 폐위시킨 지배계층과 민중이 왕을 바라보는 시각에 큰 차이가 있음을 알 수 있다.

이 주제를 다루고 있는 역사학자들은 따라서 기존 사학계의 견해와 달리 정난황음이 진지왕을 제거한 세력이 만들어낸 정치적 명분에 불과하다고 보고 있다. 일부는 진흥왕의 태자인 동륜(銅輪)이 일찍 죽는 바람에 둘째 아들 사륜(舍輪)이 왕위를 이어받게 되었고, 이 일을 둘러싸고 동륜계와 사륜계 사이에 갈등이 있었으며, 이 일로 진지왕이 폐위된 것이라고 본다(폐위된 해에 죽은 것을 보면 살해된 것 같기도 하고, 죽은 지 3년 만에 나타난 것을 보면 3년간 유폐되어 있다가 죽은 것 같기도 하다).

그러나 김민해에 따르면 진지왕대까지만 해도 장자상속 원칙이 확고하게 뿌리박은 것은 아니었으므로 진지왕의 왕위계승은 지극히 정상적이었다고 한다.[30] 『삼국사기』에도 진흥왕의 태자 동륜이 죽어 진지왕이 왕위에 올랐다는 기록만이 남아 있다. 특기할 사항은 전혀 없다는 것이다. 따라서 진지왕의 폐위는 왕실의 갈등이 아니라 왕실과 귀족계급 간의 갈등을 그 원인으로 보아야 한다고 한다. 설화에서 진평왕이 비형을 등용하듯이 진지왕의 실제 아들 용춘(龍春, 또는 용수龍樹)은 진평왕의 고위관리로 매우 활발한 활동

---

30) 같은 글, 14쪽.

을 하다가 늙어서 죽었다. 그러한 사실을 보면 왕실 안에 큰 갈등은 없었다는 가정이 맞는 듯하다.

몇몇 학자들은 진지왕이 축출된 이유로 신라의 전통적인 귀족계급을 통합해 왕권 아래 두려고 시도했기 때문이라고 분석한다. 6부 통합은 진평왕대에 비로소 완전히 이루어진다. 삼촌의 실패를 보고 자란 진평왕은 왕권강화의 의지를 더욱더 확고하게 다졌으리라는 것이다. 진평왕은 재위 3년부터 11년까지 아주 천천히, 그러나 착실하게 6부 통합을 밀어붙였고, 결국 6부를 완전히 왕권 아래 복속하는 데 성공한다. 진평왕의 6부 통합에 귀족세력이 강하게 반발했다는 사실은 진평왕 말기의 칠숙(柒宿)과 석품(石品)의 난으로 나타난다. 진평왕은 9족을 멸하는 가혹한 벌을 반란자들에게 내린다.[31]

따라서 진지왕이 6부 통합을 시도하다가 좌절했다고 보는 학자들은 진지왕이 사량부 서녀 도화랑에게 접근한 것을 왕이 자신이 속한 양부와, 양부에 버금가는 세력을 가지고 있었던 사량부를 통합하려는 시도로 해석한다.[32] 일연은 '사량부 서녀'라고 했지만, 그녀와 부모의 행동거지로 보아 귀족계급이 틀림없다는 것이다.

그러나 이 점에 관해서 특히 우리의 관심을 끄는 것은 강영경의 관점이다. 강영경은 흥미로운 자신의 논문[33]에서 역사학자의 입장

---

31) 김부식, 『삼국사기』 권4, 신라본기 4, 「진평왕」 53년.
32) 김민해, 「도화녀·비형랑 설화를 통해 본 신라 6부 통합과정」, 한국교원대학교 역사교육전공 석사학위논문, 2007, 16쪽.
33) 강영경, 「고대 한국 무속의 역사적 전개: 신라 진평왕대의 辟邪를 중심으

에 머물러 있으면서도 전혀 다른 관점을 제시한다. 이 논문에 따르면 도화랑은 무녀(巫女)다. 김홍철도 진지왕과 도화랑의 결합을 무녀에게 신이 내리는 강신(降神) 과정으로 설명한다.[34] 그는 도화랑이 '불사이부'를 내세우며 왕을 물리쳤던 것이나, 부모의 허락을 받았던 것 등은 "신화 해석에 전혀 불필요한 부분"으로 "부도덕성을 변명하려는 화자나 일연의 부연"에 불과하다고 단정짓는다.[35]

이 주장은 매우 설득력이 있다. 우선 무엇보다도 우리는 도화라는 이름에 주목할 필요가 있다. 『삼국유사』는 그녀가 아름다워서 사람들이 도화랑이라고 불렀다고 말하지만, 그 아름다움은 단지 육체적인 아름다움만은 아니었던 것 같다. 그녀는 『삼국유사』에 등장하는 몇 안 되는 여성 주인공 가운데 하나다. 설화의 내용을 보면 도화랑은 실제로 아무 역할도 하지 않고 있다. 이 설화의 주인공은 비형이다. 그런데도 일연은 조목명에 그녀의 이름을 주인공 비형 옆에 나란히 배치하고 있다. 심지어 그녀의 이름이 앞에 나와 있다. 이 이름 뒤에는 무엇인가가 숨겨져 있다. 우리는 복숭아나무 가지가 동양 전통에서 가장 효과 있는 축귀(逐鬼) 도구 가운데 하나로 여겨졌다는 것을 기억해 둘 필요가 있다.

강영경은 냉수리비, 봉평비, 황초령비 등의 금석문을 분석하면서 무(巫)의 위상이 점차로 낮아져 온 역사를 밝혀낸다. 진흥왕 29년

로」, 『한국무속학』 10집, 한국무속학회, 2005.

34) 김홍철, 「도화녀 비형랑 설화 考」, 『교육과학연구』 11(3), 청주대학교 교육문제연구소, 1998, 65쪽.

35) 같은 글, 63쪽.

568년에 세워진 황초령비에는 종래의 무(巫)라는 관등(3관등) 대신 점인(占人, 12관등)과 약사(藥師, 13관등)라는 직종이 나타난다. 즉 전통적인 사제의 기능이 매우 실용적인 기능으로 변하면서 직종이 분화되었고, 관등도 현저하게 낮아진 것을 알 수 있다. 진흥왕은 불교 진흥정책을 매우 강력하게 추진했다. 따라서 진지왕대는 왕실에 의한 무교의 약화 또는 불교로의 습합이 본격적으로 이루어지기 시작한 전환기라는 것이다. 강영경은 도화랑과 비형랑 설화가 그 전환기의 무(巫)와 불(佛)의 관계를 선명하게 보여준다고 말한다.

강영경은 '서녀'(庶女)의 의미를 흥미롭게 분석한다. '서'(庶)는 고대 문헌에서는 제사와 관련된 용어로 많이 쓰였다고 한다.

- 서(庶)는 자(煮)로 읽히며, 약이라는 의미를 가지고 있다(『주례』周禮, 추관秋官).
- 서(庶)는 제사에 바치는 많은 고기(『시경』, 소아小雅).
- 서(庶)는 옥(屋)에 많은 사람이 모여 붐비는 것. 옥(屋)은 시(尸)가 거하는 곳인데, 시(尸)는 신상(神象)을 의미한다. 따라서 서(庶)는 제사를 드리기 위해 신상을 모신 신전에 사람들이 모여 있는 모양(『설문해자』).

강영경은 서녀란 종교적 의미에서 신상을 모신 옥(屋)에서 많은 고기를 바치며 제의를 거행하고 약으로 치병도 하는, 따르는 무리가 많은 여사제라고 주장한다.[36]

강영경의 해석에 따르면 도화랑이 왕의 구애를 물리칠 때 "시

(市)에서 죽음을 당할지언정"이라고 한 대답에서 '시'란 제단이 설치된 장소를 말한다. 이 해석은 환웅이 신단수(神檀樹) 아래에 내려와 신시(神市)를 베풀었다는 기록(『삼국유사』권1, 기이 1, 「고조선」)을 참조해보면 설득력이 있다. 그때의 '시'는 분명히 저잣거리라는 뜻을 가지고 있지는 않았을 것이다. 또한 『설문해자』에 따르면 사륜왕의 이름에 들어 있는 사(舍) 자는 "시에 머무는 것"(市居曰舍)[37]을 의미한다고 한다. 그렇다면 사륜왕은 "제단이 설치된 장소에 머물며 포불(布佛)의 바퀴를 굴린 왕"이라는 뜻이 된다. 따라서 강영경은 진지왕은 무속을 섬기는 무리에게 불교를 전파한 왕이라고 주장한다. 그리고 그 금석학적 증거로 성덕대왕 신종에 '진지대왕사'(眞智大王寺)라는 명문(銘文)이 나타난다는 사실을 든다. 그런데 그 절이 어디 있었는지는 알 수 없으나 지금까지 알려진 사찰 이름 가운데서 왕의 이름을 딴 유일한 절이라는 것이다.[38] 진지왕의 포불 성과를 말해주는 증거가 될 만하다.

이 해석을 따라가면 비형은 전통적 무교(巫敎)를 상징하는 여사제인 어머니와, 불교에 헌신했던 진지왕의 혼령 사이에서 태어난 반신반인의 존재다. 그리고 그는 적극적으로 왕실과 불교에 협조한다. 초기에는 옛날 어머니가 속한 공동체와 긴밀한 관계를 유지하지만, 위기상황이 닥치자 가차없이 옛날의 동지들을 배신한다. 그 결과 두두리의 비조로 섬김의 대상이 된다.

---

36) 강영경, 앞의 글, 57쪽.
37) 같은 곳.
38) 같은 글, 59쪽.

비형이 귀신들의 무리와 함께 놀았다는 귀교는 신원사 북쪽 개천에 놓인다. 여기서 우리가 주목해야 할 신화소는 '개천'이라는 장소다. 아울러 비형이 귀신 친구들과 함께 놀았다는 서쪽 황천(荒川)도 주목해야 한다. 일연은 개천에 "신중사(神衆寺)라 하나 잘못이며 또는 황천 동쪽 심거(深渠)라고도 한다"라고 주를 달아놓았다. 서쪽은 해가 지는 나라, 죽음의 장소, 귀신들의 장소다. 황천(荒川)은 저승을 의미하는 황천(黃泉)의 다른 표기일 수 있다. '황'이 거칠 황(荒)인 것에 주목하자. '심거'는 깊은 도랑이다. 역시 죽음의 상징성을 가지고 있다. 비형은 매일 밤 그곳으로 도망친다. 이 개천은 결국 상징적으로 이승과 저승의 경계를 뜻한다. 비형은 이승과 저승을 오가는 존재인 것이다. 그런데 우리의 시선은 신원사(神元寺)라는 표기에 붙잡힌다. '으뜸가는 신'이라니, 불교 사찰의 이름으로는 매우 특이해 보인다. 이 사찰은 원래 무교(巫教)의 성지였을 수 있다. 일연이 주를 달아 틀렸다고 애써 주장하는 신중사(神衆寺, 귀신들의 무리)라는 이름을 보면 더욱더 그런 생각이 든다.

신라 최초의 가람인 흥륜사는 천경림(天鏡林)에 지어졌다고 한다. 천경림은 그 이름의 상징성으로 미루어보건대 옛날 토속종교의 성지였음이 분명하다. 거울은 대표적인 무구(巫具)다. 이기백은 신라 "전불시(前佛時)의 7가람터는 천경림, 신유림(神遊林) 등의 이름으로 미루어 고대신앙의 신성 지역, 삼한시대의 소도(蘇塗)라고 불리던 지역들이 아닌가 싶다"라고 말한다.[39]

39) 이기백, 『신라사상사연구』, 일조각, 1986, 29쪽.

따라서 흥륜사에 길달이 배치된 것은 우연한 일이 아니라 왕실에 의해 전통적인 종교의 습합 또는 무력화가 매우 적극적인 방식으로 이루어졌다는 것을 의미한다. 그러나 지배자의 세계 원리에 투항한 비형과 달리 길달은 저항하고, 자신의 본성으로 돌아간다. 그가 여우로 변했다는 것은 그가 자신의 본성으로 귀환했음을 보여주는 것이다. 여우는 한국 설화 전통에서 가장 비참하게 몰락한 신화적 동물이다. 여름만 되면 원한에 사무치는 음성으로 안방을 찾아오는 구미호는 원래 중국 여신 서왕모가 타고 다니던 신성한 동물이었다. 『설문』은 여우에 관해 "鬼所乘也 有三德 其色中和 少前豊後 死則首丘"[40]라고 말하고 있는데, "여우는 죽을 때 머리를 제가 살던 굴이 있는 언덕으로 돌린다"는 뜻을 가진 '호사수구'(狐死首丘), 즉 '근본을 잃지 않는' 지극한 유교적 덕성을 나타내는 말은 바로 여우의 세 가지 덕 가운데 하나에서 유래한 관용적 표현이다. 그 여우가 이제는 여자귀신이 되어 머리를 풀어헤치고 돌아다닌다. 몰락하기 직전의 여우의 모습은 『삼국유사』, 의해, 「원광이 당나라로 유학하다」조에 극적으로 나타난다. 한국 설화에서 아마도 가장 마지막으로 긍정적으로 묘사된 여우일 것 같다.

따라서 우리는 길달에서 변모한 여우의 이미지를 현대 한국인에게 익숙한 설화적 클리셰로 해석해서는 안 된다. 여우는 고대인들에게는 오히려 신성한 동물로 여겨졌던 것이다. 길달은 매일 밤 누위에 올라가 잠잔다. 많은 학자들은 그의 양아버지 임종이 그에게

---

40) 강영경, 앞의 글, 63쪽.

문루를 짓게 하고 파수를 보게 했다고 말하는데, 『삼국유사』 원문에는 임종이 누에 가서 자게 했다는 표현은 없다.

　　임종이 길달을 시켜 흥륜사 남쪽에 문루(門樓)를 세우게 했는데, 길달이 밤마다 그 문 위에 가서 잤기 때문에 이 문을 길달문이라고 불렀다.
　　林宗命吉達 創樓門於興輪寺南 每夜去宿其門上 故 名吉達門.

　길달은 양부 임종이 시켜서 그 문 위에서 잔 것이 아니라 자진해서 그 문 위에 잤다고 보는 것이 옳을 듯하다. 길달의 이름에서 '달'은 우리말로 "높은 곳"[41]을 나타내는 말이다. 길달은 혹시 '길고 높은 자'라는 뜻은 아닐까? 길달의 운명으로 보아 그의 이름이 한자어로 명명되었을 것 같지는 않다(비형은 반대로 한자어 명명일 것이다. 그는 지배자의 원리에 통합된 자이므로). 따라서 길할 길, 달할 달이라는 한자 이름은 훈차가 아니라 단지 음차로 보아야 할 것 같다. 길달 혹시 시베리아 샤먼들이 입무식(入巫式) 때 인식의 초월을 의미하는 행위로 나무 꼭대기로 기어 올라갔듯이[42] 그렇게 높은 문 위로 기어 올라갔던 것은 아닐까. 그러다가 자신의 샤먼 본성을 되찾은 것은 아닐까. 또는 여우로 둔갑했다는 것은 그가 무(巫)로 완성되었다는 뜻은 아닐까. 그래서 비형은 위험을 알아차리고 잔혹하

---

41) 정호완, 『우리말로 본 단군신화』, 명문당, 1994, 83쪽.
42) 미르치아 엘리아데, 이윤기 옮김, 『샤머니즘』, 까치, 2007, 123~128쪽 참조.

게 그를 잡아 죽인 것은 아닐까.

길달을 '길고 높은 자'라고 해석할 때 우리는 도깨비를 민속에서 "물 아래 긴 서방"이라고 부른다는 것을 염두에 두고 있기도 하고, 또한 『삼국유사』, 의해, 「원광이 당나라로 유학하다」 조에서 원광이 그를 도와준 삼기산 신에게(나중에 그 본색이 검은 여우라는 것이 드러나는) "진용(眞容)을 보여달라"고 말하자, 신이 "내일 아침 동쪽 하늘 끝을 보라"고 말했는데, 법사가 보니 "큰 팔뚝이 구름을 뚫고 하늘 끝에 대어 있었다"는 것을 떠올리고 있기도 하다.

길달을 잡아 죽임으로써 두두리의 원조가 된 비형의 이름에 대해 언급하고 넘어가야 한다. 비형은 코 비(鼻)에 가시 형(荊) 자로 되어 있다. 이 '가시 코' 또는 '코의 가시'라는 괴상한 이름에 대해 학자들의 해석은 분분하다. 김기흥은 비형이 태어났을 것으로 추정되는 579년(진평왕이 즉위한 해)을 전후한 시기에는 인명의 차명 표기가 널리 사용되던 시대인데, 대체로 소박한 인명 표기를 사용했다고 한다. 그런데 비형의 표기는 이름 치고는 어려운 편이라고 한다. 그는 이 이름을 신라시대에 널리 사용되었던 귀면 기와의 형태에서 찾고 있다. 귀면의 형상은 기본 형태에서는 용의 얼굴과 일치하므로 비형이라는 이름은 귀면을 비유적으로 나타낼 수 있다고 추정한다. 그런데 "용을 귀면과 구분하는 데 가장 필수적인 요소"는 "용의 코 밑에 양옆으로 삐쳐 올라간 긴 수염과 같은 촉각"[43]인데,

---

43) 김기흥, 「도화녀·비형랑 설화의 역사적 진실」, 『한국사론』 41~42, 서울 대학교 국사학과, 1999, 144쪽.

통일신라시대의 귀면 기와.

그것을 가리켜 '코의 가시'라고 하지 않았을까, 라고 조심스럽게 추
정하고 있다. 여기에 비형의 실제 모델이라고 여겨지는 진지왕의
아들 용춘의 이름에 용(龍) 자가 들어 있다는 점도 아울러 환기시
키고 있다.[44)]

---

44) 김덕원은 아예 김용춘이 비형이라고 단정짓는다(김덕원,「신라 진지왕대의
　　정국 운영」,『이화사학연구』30, 이화사학연구소, 2003). 김용춘도 비형처럼
　　건축가였으며(『삼국유사』권3, 탑상,「황룡사 구층탑」조에 탑의 건립에 감독
　　자로 일했다는 기록이 있다), 비형처럼 귀신 같은 능력을 지니고 있었다는
　　것이다. 용춘의 손자 김인문(김춘추의 둘째 아들)은 "할아버지께서는 사물
　　의 기미를 알아채심이 신과 같은 점이 많은 분이었다"(祖文興王知機多其
　　神多)는 기록을 남겼다. 진지왕의 혼령과 도화랑의 결합에 대해서도 용춘
　　이 유복자로 태어난 사실을 나타낸다고 지극히 합리적으로 설명한다. 더
　　욱이 일연이 구층탑 건축을 감독한 용춘의 업적을 '간고'(幹蠱, 일을 잘 처
　　리함)라는 용어로 설명하는데, 이는 원래 "아들이 아버지의 실패한 사업을

우리는 비형의 이름이 도깨비가 들고 다닌다는 가시 방망이와 관련 있다고 본다. 쇠로 만들어진 도깨비 가시 방망이는 우리 도깨비의 것이 아니며, 일제시대에 일본의 오니에 대한 그림이 많이 퍼져서 그런 오해를 가져온 것이며, 우리의 착한 바보 도깨비는 절대로 그렇게 살벌한 무기를 들고 다니지 않는다고 주장하는 학자도 있지만, 도깨비 방망이 원형이 어떻게 생겼는지 확증할 수 있는 방법은 아무것도 없다. 게다가 『삼국유사』 「밀본법사가 요사한 귀신을 물리치다」(密本摧邪) 조에는 쇠몽둥이로 승려를 때려죽이는 귀(鬼)에 관한 이야기가 나온다.[45] 쇠방망이이든 나무방망이든 가시는 상징적으로 축귀의 도구다.[46] 이 이미지를 좀더 시적으로 해석하면 가시의 삐죽삐죽한 형태는 적을 잘 때려죽이기 위한 도구라는 의미를 넘어서 방망이 자체가 상징하는 원시성의 미분화를 표상하는 이미지일 수 있다. 이제 막 원초의 물질로부터 삐죽삐죽 솟아나온, 형태와 비형태 사이에서 꿈틀거리는 형태의 소질들. 미야자키 하야오의 「모노노케 히메」에서 자연의 신성한 원초성을 상징하는 밤의 사슴신의 몸에는 무수한 돌기들이 솟아 있다. 그것은 이제 바

회복함"을 뜻하는 단어라고 하면서 이러한 표현은 신라인들이 용춘을 진지왕의 실각과 더불어 연민의 감정으로 바라보았음을 증명한다고 주장한다. 그러나 이처럼 역사적 사실이 설화의 기록과 정확하게 맞아떨어진다 하더라도 비형=용춘의 등식은 성립할 수 없다. 신화는 신화의 길을 따라간다. 신화적 인물의 생은 어떤 역사적 인물의 생으로 결코 온전히 설명될 수 없다.

45) 『삼국유사』 권5, 신주, 「밀본법사가 요사한 귀신을 물리치다」.
46) *Dictionnaire des Symboles*, T. II, p. 274.

야흐로 형태가 되려고 하는, 무수한 비현시적 형태들이다. 켈트 신화에서 야만인들은 반드시 몽둥이를 들고 나타나는데, 그때 몽둥이는 무기이기 이전에 하나로 뭉뚱그려진, 분화 이전의 전체(야만의 상태)를 상징한다.

비형의 코는 동시에 팔루스일 수 있다. 도깨비 방망이가 팔루스의 표상이라는 것을 김열규는 아주 세심하게 짚어낸다.[47] 코와 팔루스에 대한 잘 알려진 속설의 유비관계가 아니더라도 우리는 도깨비가 벌을 줄 때 하필이면 코를 잡아 빼거나 성기를 잡아 뺀다는 사실에 주목할 필요가 있다. 도깨비가 팔을 잡아 빼거나 머리를 잡아 빼는 벌을 주는 이야기는 없는 것 같다. 그때 코가 성기의 상징적 대용물이라는 것은 쉽게 짐작할 수 있다.

비형이 귀신 무리를 시켜서 하룻밤에 귀교를 완성했다는 이야기에서 강은해는 대장장이의 면모를 읽어낸다.[48] 완숙한 장인(匠人)으로서 대장장이의 능력이 건축술로 발휘되고 있다고 본 것이다. 사실 대장장이 신화가 건축과 연계되는 것은 세계 신화 도처에서 확인되고 있다. 대장장이의 중세기 후예들이라고 할 수 있는 연금술사의 상징주의는 어떤 지점에서 석공들의 비밀결사인 프리메이슨의 상징주의에 겹쳐지는데, 이는 연금술의 목표가 자연을 완벽하게 만드는 것이었듯이 프리메이슨의 목표도 신의 뜻에 따라 완벽한 건축을 만드는 것이었기 때문이다.[49] 게다가 민속에서 비형랑의

---

47) 김열규, 『도깨비 날개를 달다』, 한국학술정보(주), 2003, 62쪽.
48) 강은해, 앞의 글, 182쪽.
49) Alexandre Roob, *Alchimie et Mystique*, Paris: Tachen, 1996.

후예들인 도깨비의 가장 뛰어난 능력으로 여겨지는 것은 바로 다름 아닌 건축술이다. 사람의 힘으로는 도저히 쌓을 수 없는 보를 도깨비는 하룻밤에 뚝딱 만들어버리는 것이다.

그런데 이 건축가 두두리 귀신 무리들의 활동 기록이 한 군데에 더 전한다. 선덕여왕 때 지어진 영묘사 건립 때 "절터는 원래 큰 연못이었는데, 두두리지중(豆豆里之衆)이 나타나 하룻밤 사이에 큰 못을 메워 수이한 체제의 3층 전우(殿宇)를 세웠다"[50]는 것이다. 그렇다면 서구의 프리메이슨들처럼 어떤 종교적 신비주의를 근간으로 하는 장인조합 같은 것이 있었던 것은 아닐까?

도깨비들도 두두리 무리처럼 떼로 몰려다닌다. 혼자 나타나는 도깨비도 물론 있지만 많은 경우에 도깨비는 우르르 몰려다닌다. 그 것은 혼자서는 감당하기 어려운 야장업을 위해서 무리를 이루어 이동했던 야장들의 기억일 수 있다.

그러나 두두리가 대장장이였다는 사실을 증명하기 위해서 멀리 갈 필요는 없다. 제주도의 도깨비 본풀이에는 도깨비가 야장신이라는 것이 분명하게 언급되어 있다.

(…)

도깨비 삼형제는 도민이 모이는 일월(日月) 조상이 되었는데, 한 가지는 갈라다 뱃선왕(船王神)으로 모시고, 한 가지는 갈라다 산신일월(山神日月, 목축 또는 수렵신)로 모시고, 한 가지는 갈라

---

50)『신증동국여지승람』권21,「영묘사」.

다 솥물뮈또(冶匠神)로 모셨다.[51]

제주도의 도깨비 본풀이는 오랜 세월 구전됨으로써 아주 오래된 원형에 무당이 구송하는 시대의 변화에 따른 문화적 반영들이 덧칠된 아주 기이한 형태를 하고 있다. 그러나 그 밑바탕에는 육지의 도깨비 설화 어디에도 나타나지 않는 태곳적 요소들이 간직되어 있다. 예를 들면 제주도 도깨비는 한국 설화 속에서 유일하게 양성구유자(兩性具有者) 또는 필요할 때마다 성을 바꾸는 존재로 나타나는데, 육지의 도깨비가 거의 한결같이 남성으로 나타나는 것과 비교해보았을 때 뚜렷한 태고성을 유지하고 있다. 아주 많은 세계 신화에서 양성구유 인간은 양성으로 분화된 인간보다 앞선 존재로 나타난다. 원형 도깨비의 양성구유적 특징은 도깨비 설화의 가장 세속화한 형태인 도깨비 씨름하기[52]에서 도깨비로 화한 절굿공이, 부지깽이, 빗자루 등에 여성의 생리혈이 종종 묻어 있다는 사실로 명확하게 확인된다. 민속에서는 "부정을 타서" 물건들이 도깨비로 화했다고 말하는데, 이것은 정신분석학적으로는 전형적인 거세 콤플렉스를 나타내는 동시에 도깨비의 원형적 양성구유성을 보여주

---

51) 문무병, 「제주도 도깨비당 연구」, 『탐라문화』, no. 1, 제주대학교 탐라문화연구소, 1990, 217쪽.

52) 이 씨름에 관한 김열규의 분석은 아주 흥미롭다. 그에게 도깨비는 "걸어다니는 팔루스", "한국 사내의 욕망덩어리"로 여겨지는데, 특히 남성성이 위협당하는 상황(술에 취해 있거나 밤새 노름하다가 돈을 다 털리고 비칠비칠 걸어올 때)에서 나타나 싸움을 건다. 싸움은 반드시 인간의 승리로 끝난다. 즉 팔루스는 다시 힘을 회복하는 것이다.

는 신화적 장치라고 말할 수 있다. 그 의미를 이해하면 도깨비가 왜 그렇게 여성을 좋아하는지, 그리고 판관이 사랑하는 여성에게 당하고 나가떨어지는지도 설명된다. 도깨비의 천적은 사실 여성이다. 전라도나 경상도 등지에서 전승되는 도깨비 고사에는 여성만이 참여할 수 있다.

원조 도깨비답게 제주도 도깨비는 천하의 '오소리잡놈'이며, '오입쟁이'인데, 그것은 단순히 도깨비가 플레이보이라는 사실을 의미하지는 않는다. 그것은 전혀 다른 의미로 해석되어야 한다.

이 야장신은 '뒷하르방', '갈매하르방, 할망'(양성구유적 특징에 주목할 것)이라고 불리는데, 제주도에 도깨비를 모시고 와서 낙천리를 설촌한 시조로 되어 있다. 실제로 낙천리 사람들의 생업은 대장장이였으며, 최초로 무구(巫具)들을 제작했다고 하는데, 이 무구들에서 시베리아 샤먼의 상당한 영향이 읽힌다고 한다.[53]

도깨비와 연금술

연금술의 기원은 분명하게 밝혀져 있지 않다. 기원전 1000년경에 이미 연금술이 등장했다고 보는 학자가 있는가 하면 본격적인 의미의 연금술은 서구의 중세기에 한정시켜야 한다고 보는 학자도 있다. 그러나 분명한 것은 연금술이 야금술에서 직접 유래했다는

---

53) 문무병, 앞의 글, 223쪽.

사실이다. 연금술은 그것에 종사했던 사람들의 의도와는 아무 상관도 없이 자기도 모르게 실험실에서의 그 미치광이 같은 실험 덕택에 근대화학으로 가는 길을 열었고, 자기가 문을 연 바로 그 화학 때문에 몰락했다. 따라서 과학사적 관점에서 연금술과 근대화학 사이에는 아무 단절도 없다. 그러나 정신사적 관점에서 연금술과 근대화학 사이에는 건널 수 없는 심연이 가로놓여 있다.[54) 연금술사들은 신화시대의 세계관을 소유하고 있는 사람들이었다. 자기도 모르게 근대화학의 초석을 닦기는 했지만, 그들의 우주는 근대화학자들의 우주처럼 역학적인 기계적 모델이 아니었다.

그와는 반대로 야금술과 연금술은 기술적 측면에서의 엄청난 차이에도 불구하고 정신적으로는 같은 바탕을 소유하고 있다. 야금술과 연금술은 세계와 자연을 숭고한 생명체로 파악한다는 점, 신의 은총으로 주어진 신성한 기술이라고 여긴 점, 그리고 그 기술의 핵심을 '불에 대한 지배'로 여겼다는 점에서 공통점을 가진다. 그들에게 세계와 물질은 살아 있는 거룩한 것이었다. 특히 연금술사들은 물질에 자신들의 영혼의 상태를 투사했다. 그들의 목표는 금을 만들어내는 것이 아니었다. 그들은 자신들이 하는 기술적 개입을 통해 불완전한 상태에 있는 자연을 완벽하게 만들고, 그렇게 함으로써 그들이 작업하고 있는 물질처럼 불완전한 상태에 있는 자신들의 영혼을 완벽한 것으로 만드는 것, 즉 구원의 드라마를 만들어내는 것을 최종 목표로 여겼다. 융은 『연금술과 심리학』[55)이라는 명저에

---

54) 미르치아 엘리아데, 『대장장이와 연금술사』, 11쪽 참조.

서 연금술의 화학적 조작이 어떻게 연금술사들의 내면 드라마를 드러내는가를 치밀하고 깊이 있게 밝혀 보인다. 그에게 연금술은 과학적으로는 별반 가치가 없을지 모르지만 심리학적으로는 엄청난 가치를 지닌 것으로 여겨졌다. 연금술사들이 가지고자 했던 것은 물질인 금이 아니라 영혼의 금이었다.

그렇다면 야장신을 선조로 가지는 우리의 도깨비 설화에서 연금술적 상상력이 나타날 수도 있지 않을까? 예를 들면 "금 나와라 뚝딱, 은 나와라 뚝딱" 할 때 방망이가 사용하는 변환의 도구인 도깨비 방망이를, 어떤 천한 물질이든 모두 금으로 바꿀 수 있다는 연금술사들의 '현자의 돌'과 비교할 수도 있지 않을까?

예를 들면 도깨비 설화 중에서 가장 오래되었다는 방이 설화를 보자. 당나라 사람 단성식(段成式)이 『유양잡조속집』(酉陽雜俎續集)에서 신라 이야기로 소개하고 있는 이 설화는 언제부터 전해졌는지 알 수 없으나 문헌에 처음 나타난 것은 9세기다.

　　신라 제일 귀족 김가가 있었는데 그 먼 조상의 이름은 방이다. 방이는 아우 한 명이 있었는데 아주 부자였다. 형 방이는 아우와 따로 살아서 옷과 밥을 구걸했다. 사람들이 방이에게 모퉁이 땅 한 이랑을 주어 방이는 아우에게 누에와 곡식 종자를 구하러 갔다. 아우는 그 종자를 삶아서 주었으나 방이는 알지 못했다.

---

55) 우리나라에서는 두 권으로 나뉘어 출간되었다. C. G. 융, 융저작번역위원회 옮김, 『꿈에 나타난 개성화 과정의 상징』, 솔, 2002; 융저작번역위원회 옮김, 『연금술에서 본 구원의 관념』, 솔, 2004.

누에가 알에서 깨어날 때, 한 마리가 살아서 나왔다. 이 누에는 하루에 한 치씩 자라 십여 일이 되자 소만큼 커져서 여러 그루의 뽕잎을 먹어도 모자랐다. 그 아우가 이를 알고 틈을 엿보아 그 누에를 죽여버렸다. 며칠 사이 사방 백 리 안의 누에가 다 날아와 그 집에 모였다. 사람들은 큰 누에(巨蠶)라 불렀는데 누에왕이라는 뜻이다. 모든 이웃들이 함께 모여서 누에에서 실을 켰다.

곡식이 주어지지 않았는데, 오직 한 줄기만 심었더니 그 이삭이 자라 한 자쯤 되었다. 방이는 늘 이를 지켰는데, 문득 새가 이삭을 꺾어 물고 갔다. 방이는 새를 쫓아 산으로 오 리쯤 올라갔는데 새는 돌 틈으로 들어갔다. 해는 지고 길은 어두워 방이는 돌 곁에 그냥 앉아 있었다. 한밤중 달은 밝은데, 여러 명의 아이들이 붉은 옷을 입고 놀고 있는 것을 보았다. 한 아이가 말했다.

"너는 무슨 물건을 필요로 하느냐?"

한 아이가

"술이야"라고 했다.

아이가 금방망이를 내어 돌에 쳤더니 술과 술잔이 다 갖추어 나왔다. 한 아이가 먹을 것을 요구했다. 또 금방망이를 돌에 쳤더니 떡과 국과 고기들이 돌 위에 벌어졌다. 아이들은 한동안 음식을 먹고는 흩어졌는데, 금방망이는 돌 틈에 끼워 두었다. 방이는 하고자 하는 대로 쳐서 구했다. 그래서 부가 임금과 같았다. 항상 구슬과 보배를 쓰니 그 동생이 부러워했다.

아우는 비로소 전에 누에와 곡식 종자를 속인 일을 뉘우쳐 방이에게 말했다.

"시험 삼아 누에와 곡식으로 저를 속이시면 저도 형님과 같이 쇠방망이를 얻을 수 있을는지요."

방이는 아우의 어리석음을 알고 그를 깨우쳤으나 미치지 못하여 그 말과 같이 했다. 아우는 누에를 쳐서 누에 한 마리를 얻었는데 보통 누에와 같았다. 곡식을 심었더니 한 줄기만 자랐다. 곡식이 익을 무렵 또한 새가 물고 가서는 아우는 크게 좋아하여 새를 따라 산으로 들어갔다. 새가 들어간 곳에 도착한 아우는 여러 아이를 만났다.

"네놈이 내 쇠방망이를 훔쳐갔지."

곧 그를 잡아 말했다.

"너는 세 판(한 판은 여덟 자)의 연못을 쌓겠느냐? 너의 코를 한 자 빼겠느냐?"

아우는 간청하여 연못 세 판을 쌓겠다고 했으나 삼 일을 굶주리고 피곤하여 쌓지 못하자 도깨비에게 애걸했으나 그 코를 뽑혔다. 아우는 코끼리 코같이 되어 집으로 돌아왔는데, 사람들이 모두 이상하게 생각하여 모여 구경했다. 그는 부끄러워 앓다가 죽었다.

그 자손들이 장난삼아 쇠방망이를 쳐 이리 똥을 구하려 하니 뇌성벽력이 내려쳐서 쇠방망이가 있는 곳을 잃어버렸다.[56]

권선징악의 전형적인 이야기 구조를 가지고 있는 이 설화는 『홍

---

56) 권효명, 「방이설화 모티프의 교과서 수록양상 연구」, 부산교육대학교 대학원 석사학위논문, 2003, 6~7쪽에서 재인용.

부전』의 기원 설화로 알려져 있다. 이 설화가 오래되었고, 오랜 생명력을 가지고 있다는 한 가지 증거로 권효명은 '내 코가 석 자'라든지, '코만 떼고 왔다', '큰코다치다' 등의 관용적 표현들이 이 설화에서 유래한 것 같다는 흥미로운 가설을 제시하고 있다.[57]

김종대는 도깨비 이야기를 분류하면서 도깨비가 인간과 가까워질수록 신성성(神性性)이 떨어지고, 인간과 멀수록 신성성을 유지한다고 말하면서 도깨비가 가장 신적인 존재로 등장하는 이야기 유형이 바로 도깨비방망이 이야기이며, 가장 인간적인 존재로 등장하는 이야기는 씨름 이야기라고 밝힌다.[58] 도깨비방망이 이야기에서 도깨비는 초월적인 심판자로 등장하며, 그때 심판의 힘을 상징하는 것은 바로 방망이다.

방이의 동생이 형에게 찐 곡식 종자와 누에를 주는 것은 겉으로 보기에는 단순히 심술궂은 행동처럼 보이지만, 연금술적으로 해석하면 자신의 의지와 상관없이 '불의 처리'를 끝낸 원물질을 제공한 것으로 해석할 수 있다. 연금술사들은 자신들의 작업 요체가 불의 힘을 사용해 자연의 시간을 앞당기는 것이라고 생각했다. 기술의 힘으로 자연의 성장을 촉진하기, 그것이 그들 작업의 가장 기본적인 플랜이다.[59] 방이의 동생이 곡식 종자와 누에를 '쪄서' 주지 않았더라면 곡식 종자와 누에는 그렇게 빨리 자라지 못했을 것이다. 흔히 도깨비방망이가 무엇인가 만들어낼 때 '뚝딱' 만들어낸다고

---

57) 같은 글, 9쪽.
58) 김종대, 앞의 책, 129~131쪽.
59) 미르치아 엘리아데, 앞의 책, 81쪽 참조.

말한다. 그것은 바로 연금술적 시간의 부사적 표현이다. "금 나와라 뚝딱, 은 나와라 뚝딱"은 연금술적 시간의 한국적 표현이다. '불의 처리'를 거친 방이의 누에와 종자는 '뚝딱' 자라서 자연보다 더 커진다. 연금술은 불을 사용한 기술의 개입에 의해서 자연을 자연보다 더 완벽한 것으로 만들기를 꿈꾸었다.

그런데 흥미로운 것은 방이 설화가 불의 처리를 통과한 원물질의 성장을 동시에 보여주고 있는 것이 아니라 순차적으로 보여주고 있다는 사실이다. 우선 동물인 누에가 성장하고, 그것을 동생이 죽인 다음에 식물인 나무가 자라난다. 이것은 연금술적으로 완벽하게 설명된다. 최초의 물질이 가진 동물적 상태는 새로운 상태로 거듭나기 위해 죽어 없어지지 않으면 안 된다. 따라서 연금술사들이 니그레도(Nigredo, 흑화)라고 표현했던 죽음을 상징하는 연금술 작업의 1단계는 용, 두꺼비, 까마귀 등의 동물 상징으로 나타난다. 이 단계를 지나면 알베도(Albedo, 백화)가 나타나고, 최종적으로 완성을 나타내는 루베도(Rubedo, 적화) 상태에 이르게 되는데, 이 단계는 물론 피닉스, 펠리칸 등의 동물로 표현되기도 하지만, 식물의 상징성이 많이 나타난다. 연금술사들은 작업의 최종 단계에서 플라스크 안에서 나무의 이미지들이 나타나는 것을 자주 증언한다. 아이작 뉴턴도 연금술 실험에 열심이었던 것으로 알려져 있는데(물론 연금술사들과 같은 목적이 아니라 순수한 화학적 관심에서였겠지만), 연금술 실험의 최종 단계에서 나무 모양을 보았다고 증언하고 있다.[60]

---

60) 앨리슨 쿠더트, 박진희 옮김, 『연금술 이야기』, 민음사, 1995, 190쪽.

융은 이것을 화학적이라기보다는 심리적 현상으로 해석한다. 융에게 나무는 자기 혼자의 힘으로 하늘을 향해 올라가는(심리적 승화) 심리적 성장의 상징이었기 때문이다. 따라서 방이의 영혼나무는 그 안의 동물이 죽은 다음에 순정한 모습으로 하늘을 향해 솟아올랐던 것이다. 그리고 그 성장의 결과, 초월의 상징인 새가 날아와 그를 초월적 존재들의 세계로 이끌어간다.

붉은 옷을 입은 아이들은 존재의 완성을 나타낸다. 그 붉은빛은 루베도의 붉은빛이며, 동시에 금방망이의 황금빛이기도 하다. "금의 예외적 중요성은 종교적 이유로 설명된다."[61] 인간이 그렇게 악착같이 모든 신상에 금칠을 하는 것은 금이 물질적 부의 상징이기 때문만은 아니다. 금은 "고도로 정신적인 상징"[62]이다. 최고로 완성된 자는 금빛으로 번쩍인다.[63] 흥미로운 것은 아이들이 금방망이를 '바위 틈'에 끼워두고 갔다는 것이다. 이 설정은 연금술적 상상력과 완전히 일치한다. 연금술을 다른 신비주의와 가르는 지점은 다른 신비주의가 순수 추상을 탐색하는 반면, 연금술은 물질을 통과하는 신비주의를 탐색한다는 점이다. 이 점에 대해 안드레아 아로마티코는 "연금술은 실험실의 신비주의"라고 명쾌하게 정의

---

61) 미르치아 엘리아데, 앞의 책, 53쪽.

62) 같은 책, 57쪽.

63) 그런데 켈트신화에서는 노란 황금색보다 붉은 황금색이 상징적으로 더 귀하게 여겨진다. 그것은 불타는 화염의 빛깔에 금빛이 더해진 색깔이다. 이를테면 아일랜드 최고 영웅 쿠홀린의 머리카락은 붉은 황금빛이며, 최고의 미인들은 모두 붉은 황금 목걸이로 치장한다. 연금술에서도 붉은색은 황금색과 거의 동의어로 여겨진다.

를 내린다.[64] 그들은 세계 밖으로 나가기를 꿈꾸었지만 이 세계를 통과해서 이 세계를 밀고 나가려고 한다. 그들이 추구하는 길은 하늘길이 아니라 땅 위의 길이었다. 방이의 금방망이는 무거운 바위 '틈'에 꽂혀 있었다. 즉 무거운 물질 사이에 난 '틈'에 꽂혀 있었던 것이다. 프랑스 최초의 소설가로 꼽히는 12세기의 크레티엥 드 트루아(Chrétien de Troyes)의 『페르스발 또는 성배 이야기』(*Perceval ou le Conte de Graal*)에서 주인공은 바위 사이에 난 좁은 틈을 타고 올라가 성배의 성에 이르는데, 이 장면의 상징성은 붉은 옷의 동자들이 황금방망이를 꽂아 둔 '바위 틈'의 상징성과 완전히 똑같다. 연금술적 모색은 세계의 무거움을 통과하는 것이다. 또한 그 황금방망이는 방이가 늘 쓰는 '구슬'과 똑같은 상징적 의미를 지니고 있기도 하다. 물론 구슬은 표면적으로는 부의 상징이다. 그러나 물질적 부만을 상징하기 위해서였다면 돈이든 비단이든 더 실용적인 다른 물건을 등장시킬 수도 있었을 것이다. 그러나 동서고금을 막론하고 가장 완벽한 형태라고 여겨져왔던 구(球)를 등장시킨 데에는 다른 심리적 원인이 있을 것이다. 이 구슬은 이 이야기를 기원 설화로 하는 「흥부전」에서는 둥근 박으로 변모한다. 황금방망이가 방이의 완성된 영혼을 나타내듯 구슬 또한 같은 상징적 의미를 가지고 있는 것이다.

그러나 방이의 동생은 똑같이 '불의 처리'를 거친 원물질을 사용했어도 코만 뽑히고 만다. 그것은 이 설화의 궁극적인 의미가 물질

---

64) 안드레아 아로마티코, 성기완 옮김, 『연금술』, 시공사, 1998.

의 축적에 있지 않음을 나타낸다. 방이의 동생은 형이 이른 비밀에 이를 수 없는 무자격자였다. 자격이 없는 자는 연금술의 비밀에 이를 수 없다. 연금술사 알피디우스는 말한다. "네가 너의 영을 신을 위해 정화하지 않는 한, 다시 말해 너의 심장에 있는 모든 부패와 타락을 모조리 청소하지 않는 한, 너는 이 학문을 가질 수 없을 것이다."[65] 연금술사들은 "실험자 자신이 그가 도달해야 할 과제의 높이에 서 있어야" 하며, "물질에 기대하는 과정을 자신 안에서 완성해야 한다"[66]고 생각했다.

그런데 왜 도깨비들은 하필 이 무자격자의 코를 뽑았을까? 우리는 앞에서 코가 팔루스의 대용물이라고 말한 바 있다. 민담 속에는 도깨비에게 성기를 뽑히는 벌을 받아서 그것을 허리에 둘둘 말고 다녔다는 얘기가 무수히 전한다. 물론 김종대의 분석처럼 이것은 유교적인 엄숙주의에 저항하는 민중의 해학적 반란일 수 있다.[67] 그러나 더 근본적인 어떤 의미를 감추고 있을 수도 있다. 우리는 조금 뒤에 이 주제로 돌아올 것이다.

그전에 우리는 방이의 방망이가 이리 똥을 찾다가 사라졌다는 사실에 흥미롭게 주목하게 된다. 여기에서 이리 똥은 연금술의 프리마 마테리아(Prima Materia, 원질료)에 해당한다. 즉 원초적인 카오스 상태의 물질을 말하는 것이다. 그 상태는 당연히 금방망이로 상징되는 최고의 질서 상태 맞은편에 놓일 수밖에 없다. 할 일을 다 끝

---

65) C. G. 융, 『연금술에서 본 구원의 관념』, 69쪽.
66) 같은 책, 65쪽.
67) 김종대, 앞의 책, 79~83쪽.

낸 금방망이는 신의 명령(번개)에 따라 다시 카오스로 돌아간다. 검고 깊은 존재의 밤으로.

이 장면에 나타나는 번개는 우리의 도깨비가 어쩌면 야장신보다 더 오래된, 더 상위의 신적 근원을 가지고 있을지 모른다는 가정을 하게 한다. 이 설화가 9세기의 문헌에 정착된 것이라면 비형 설화 문헌 정착 시기보다 무려 4세기를 앞선다. 도깨비는 등장할 때 으레 우르릉쾅쾅, 우당탕, 우지끈 등의 시끌벅적한 소리를 내는데, 이 소리는 도깨비의 천둥-번개신으로서의 면모를 나타내는 아득한 과거의 흔적일 수 있다. 이 점에 대해서 우리는 비형이 탄생할 때 "천지가 진동했다"는 『삼국유사』의 기록을 상기할 필요가 있다. 비형은 원래 천둥-번개신이었는지도 모른다. 세계적으로도 몽둥이를 들고 다니는 신들은 대개 천둥-번개신들이다. 쇠몽둥이 '묠니르'를 들고 다니는 게르만의 토르 신이 그 대표적인 예가 될 수 있다.[68]

도깨비방망이 민담 중에서 혹부리 영감 이야기는 음악의 주제와 관련해 보다 선명한 연금술적 주제의식을 드러낸다. 이 이야기는 방이 설화에서 이미 구조화된 전형적인 도깨비방망이 이야기 구조를 가지고 있다. 중요한 신화소는 혹과 음악, 그리고 방이 설화에서와 마찬가지로 무자격자에 의한 모방과 그에 대한 징벌이다. 그런데 이 이야기는 세계적으로 보편적인 어떤 구조를 나타내고 있는

---

68) 토르 신은 여러 가지 점에서 우리의 도깨비와 아주 유사하다. 주책바가지에다가 실수를 연발하며, 힘 좋은 장사지만, 머리가 나쁘다. 그래서 영리한 로키에게 늘 당한다. 토르 신과 도깨비를 비교해보면 흥미로운 연구결과를 얻을 수 있을 것 같다는 생각이 든다.

것 같다. 아일랜드 요정 이야기에 이와 거의 똑같은 이야기가 있다.

착한 꼽추 루스모어가 어느 날 녹그래프톤의 옛 호(해자)에 왔을 때 날이 저물었다. 피곤하고 지쳐서 호에 앉아 쉬고 있는데 어디선가 황홀한 음악이 들려왔다.

다 루안, 다 모트, 다 루안, 다 모트, 다 루안, 다 모트
Da Luan, Da Mort, Da Luan, Da Mort, Da Luan, Da Mort
월요일, 화요일, 월요일, 화요일, 월요일, 화요일

조금 쉬고 다시 들려오는 음악. 노래는 호 속에서 나오고 있었다. 처음에는 음악에 매료되었지만, 계속 반복되자 싫증이 났다. 루스모어는 다 루안, 다 모트가 세 번 반복되고 쉬는 틈을 이용해서 앵거스 다 다딘(Angus Da Dardeen, 그리고 수요일 또and Wednesday too)라는 뜻의 노래를 불렀다. 호 안의 목소리들이 월요일, 화요일을 부르고 잠시 쉴 때, 또 '그리고 수요일 또'를 불렀다.

녹그래프톤 안의 요정들은 그들의 노래에 첨가된 음을 듣고 아주 즐거워했다. 요정들은 순간적 화음으로 루스모어의 음악적 재능이 그들을 능가했으므로 그를 데려오기로 결정했다. 루스모어는 회오리바람처럼 빠르게 요정들에게로 옮겨졌다. 요정들은 그를 뛰어난 음악가로 모시고 존경했다. 그리고 요정들은 그에게 이제 등의 혹이 없어졌다고 말했다.

루스모어는 황홀해져서 정신을 잃었다. 깨어나 보니 녹그래프톤 아래에 누워 있었다. 그는 이제 말쑥하게 잘생긴 작은 사람이었다. 게다가 요정들이 지어준 새 옷을 입고 있었다.

마을에 돌아갔을 때 아무도 그를 알아보지 못했다. 루스모어의 이야기가 소문이 나자, 어느 날 노파 하나가 찾아와 등에 혹이 달린 친구의 아들을 위해 혹을 고친 연유를 설명해달라고 하자 착한 루스모어는 자기가 경험한 일을 사실 그대로 들려주었다.

노파와 친구는 꼽추 잭 매든을 데리고 녹그래프톤의 옛 호로 떠났다. 잭 매든은 성질이 고약하고 교활한 인물이었다. 밤이 되자 요정들이 "월요일 화요일, 월요일 화요일, 월요일 화요일, 그리고 수요일 또"라고 노래 불렀다. 잭은 얼른 혹을 떼고 싶어서 요정들이 노래를 쉬는 순간을 기다리지 못하고 그들의 노래에 끼어들어 "하루 날이 좋으면 이틀은 더 좋다. 그리고 루스모어가 새 옷 한 벌을 가졌다면 그는 두 벌이라야 한다고 생각한다"고 소리 질렀다. 요정들은 화가 나서 그를 낚아채가서 그를 둘러싸고 외쳤다.

"잭 매든, 잭 매든!
이 네 말은 우리가 즐거워하는 곡조를
아주 망가뜨렸다;
네가 들어온 이 성은
우리가 슬프게 할 너의 삶이다.
여기 잭 매든을 위한 두 개의 혹이 있다."
그러고는 20명의 힘센 요정들이 루스모어의 혹을 들고 와서 잭의 혹 위에 올려놓고 솜씨 좋은 목수가 12페니의 못으로 박은 것처럼 단단하게 고정시킨 다음에 쫓아냈다. 불행한 잭은 등에 달린 어마어마한 혹의 무게 때문에 집으로 돌아가는 도중에 죽었다.[69] (필자가 요약 인용)

이 이야기의 구조와 상징적 의미는 혹부리 영감 이야기와 완전히 똑같다. 영감의 혹과 꼽추의 혹은 상징적으로 음악의 맞은편에 놓여 있다. 즉 이때 음악은 혹이 상징하는 비정상적으로 비대해진 육체의 극복을 상징하는 이미지다. 육체는 지상의 삶, 부의 물질성을 상징한다. 음악은 이때 그것을 뛰어넘는 신성한 지식이라는 의미를 가진다. 착한 혹부리 영감과 착한 꼽추는 그것을 이해한 자들이기 때문에 무거운 혹으로부터 해방된다. 그것이 진정한 부의 의미다. 그러나 나쁜 혹부리 영감과 나쁜 꼽추는 그들의 이웃에게 주어진 행운이 단지 물질적인 부라고 이해했기 때문에 벌을 받는 것이다. 옜다, 여기 두 배의 살이 있다. 원하거든 실컷 가져라. 즉 두 개의 혹들은 지상조건에 매여 동동대는 인간에게 내리는 신의 징벌이다. 그 징벌의 완성은 존재의 물질적 조건의 종결인 죽음이다. 방이의 뽑힌 코와 잡아 뽑힌 성기는 그렇게 이해되어야 한다. 성기는 바로 지상조건인 육체를 만들어내는 기관이기 때문이다. 음악의 진정한 의미를 이해하지 못하는 자들은 존재의 육체적 조건 안에 두 겹으로 갇히게 되는 것이다.

---

69) 서혜숙, 『아일랜드 요정의 세계』, 건국대학교출판부, 2004, 27~31쪽.

모든 도깨비 연구자들은 우리나라 도깨비가 유난히 노래와 춤을 좋아한다는 사실에 주목한다. 그러나 그들은 대체로 그것이 도깨비의 카니발적 요소를 나타내는 것으로 이해하고 있다. 물론 분명히 그런 측면이 있다. 그러나 도깨비 이야기는 가장 원형적인 모습에서 분명히 음악을 다른 방식으로 표현하고 있다. 강은해만이 그 점에 주목한다.[70] 대장장이들은 음악의 창시자, 무용의 창시자이기도 했다. 대장장이들과 연금술사들에게 음악은 신성한 언어를 나타내는 것이었다. 그것은 분명히 제의적인 성격을 가진다. 지금도 아프리카의 대장장이들은 쇠를 제련할 때 나지막한 소리로 노래를 부른다고 한다. 연금술사들에게도 음악은 매우 중요한 것이었다. 연금술사 하인리히 쿤라트(Heinrich Khunrath)의『영원지혜의 원형극장』(*Amphitheatrum sapientiae aeternae*, 1602)에는 실험도구들 사이에 악기가 놓여 있는 삽화가 들어 있다. 중세시대 신비주의자들은 그 기원이 피타고라스에게까지 거슬러 올라가는 '천상의 음악'이라는 주제를 매우 정교하게 다듬었다.[71]

이 주제와 관련해 김종대는 아주 흥미로운 도깨비 이야기를 들려준다.

도깨비 고개 이야기. 글내기를 하는 도깨비가 있는데 그가 내놓은 시에 대구를 내놓지 못하면 죽게 된다. 도깨비가 어찌나 글을

---

70) 강은해, 앞의 글, 183쪽.
71) Alexandre Roob, 앞의 책, 89~90쪽 참조.

잘하는지 대답을 하는 사람이 없을뿐더러 도깨비의 글귀를 아는 사람도 없었다. 그래서 그곳을 지나는 사람들은 고개 아래 주막집에서 하룻밤을 보내고 다음날 고개를 넘었다. 어느 날 주막에 어떤 선비가 찾아들었다. 저녁 요기를 하고 떠나려고 하자 사람들이 도깨비에게 잡혀 먹힌다며 만류했다. 그러나 어머니의 병이 중하여 약을 구하러 가는 길이었던 선비는 지체할 수 없다며 길을 떠났다. 고갯마루에 가까이 갔을 때 앞을 볼 수 없을 정도로 캄캄해졌다. 비까지 세차게 퍼부었다.

도깨비가 나타나 자기의 시에 대구를 하라고 요구했다.

삼백 년이나 기다렸는데 조선 천지에 글 하나 제대로 하는 놈을 못 만났다는 것.

도깨비가 내놓은 시구는 "귀매망량 사대귀"(鬼魅魍魎 四大鬼).

선비는 잠시 생각을 가다듬은 뒤, "비파금슬 팔대왕"(琵琶琴瑟 八大王)이라고 대구.

그러자 도깨비는 넙죽 엎드려 세 번 절하며 경의를 표한 뒤,

"내 일찍이 삼백 년을 이곳에 머물러 대구를 구했으나 뜻을 이루지 못했는데 선생님을 몰라 뵈옵고 무례를 저질렀으니 용서해주십시오"라고 말하며 허리춤에서 약을 꺼내어 주었다.

선비가 약을 받아들자 도깨비는 사라지고 하늘에는 별이 총총 떴다. 그 후 선비의 어머니는 도깨비가 준 약을 먹고 병을 고쳐 잘 살았다고 한다.[72] (필자가 요약 인용)

---

72) 김종대, 앞의 책, 41쪽.

어머니의 병이라는 육체의 조건이 한 끝에 있고, 그 끝에 도깨비가 같이 서 있다. 그 조건을 뛰어넘는 방법은 도깨비보다 좋은 시를 쓰는 것이다. 도깨비는 귀(鬼)를 의미하는 네 개의 글자를 제시한다. 선비는 여덟 개의 왕(王) 자를 제시해 네 도깨비를 거꾸러뜨린다. 겉으로 보기에 왕이 귀를 이긴 형국이다. 그러나 비파금슬은 모두 악기다. 육체를 이긴 것은 사실 왕이 아니라 음악이다. 그리고 그 승리는 육체를 치유하는 약의 획득으로 이어진다. 음악이 육체를 이긴 상황은 비 내리던 하늘에 갑자기 별이 총총 떴다는 설정으로 한 번 더 분명해진다. 무거운 중력에 따라 내리는 비의 하강하는 이미지에 대비되는 가볍고 찬란한 하늘의 상승하는 이미지.

그러나 도깨비 설화에서 연금술적 상상력이 가장 뚜렷하게 드러나는 것은 도깨비 설화의 태곳적 요소가 살아남아 있는 제주도 신화 안에서다. 제주도의 도깨비 본풀이에는 신체 절단의 이미지가 나타난다. 김열규는 이것을 라캉의 거울 단계 이론과 연관지어 설명한다.[73] 라캉에 따르면 거울 단계 이전의 유아는 자신의 육체에 대해 통일된 이미지를 갖지 못하며, 자신의 육체를 조각난 단편으로 인지한다고 한다. 김열규는 제주도 신화에 나타나는 신체 절단은 바로 이 유아기의 '조각난 신체의 환상'을 보여주는 것이라고 진단한다. 그러나 우리가 보기에 이 이미지는 오히려 시베리아 샤먼 성무(成巫) 의식에 나타나는 제의적인 죽음의 환상에 더욱 가깝다. 이해를 위해 김열규가 요약한 도깨비 본풀이의 내용을 보자.

---

73) 김열규, 앞의 책, 75~76쪽.

① 서울 사는 진씨 아들 삼형제가 불량하여 처녀들의 몸을 더럽히니 만주 드른들거리로 귀양.

② 만주 드른들거리에 사는 가난한 송영감이 삼형제 도깨비를 만나 그들이 좋아하는 돼지를 잡고 수수떡 수수밥을 하여 전물제를 지내니 송영감이 삽시에 천하 거부가 됨.

③ 도깨비를 사서 부자가 된 소문이 마을에 퍼지자, 송영감은 병이 들어 이울어 감.

④ 송영감은 꾀를 내어 "세경 넓은 밭을 문밖에 떼어다 놓으면 데리고 살고, 그렇지 못하면 쫓아버리겠다"고 제의. 도깨비들이 제안에 응했으나 문밖에 밭을 떼어다 놓는 데 실패.

⑤ 이를 핑계 삼아 송영감은 도깨비를 나무에 묶고 네 토막으로 쳐 죽여서 쫓아버리고, 백마를 잡아 문밖에 말가죽을 잘라 붙이고, 집 주위로 돌아가며 말 피를 뿌리고, 백마의 고기를 걸어 도깨비가 들어오지 못하도록 예방.

⑥ 네 토막으로 잘려 쫓겨난 죽은 도깨비는 열두 도깨비가 되어 천기 별자리를 짚어 점을 치고 각기 사방으로 흩어짐. 위로 삼형제는 서양 각 나라 기계풀무(冶匠神)가 되고, 그 아래 삼형제는 일본 가미산 맛주리 대미리 공원 청도 청돌목(철도 철도목), 철공소, 방직회사 초하루 보름 제의를 받는 신이 되고, 그 아래 삼형제는 서울 호적계(戶曹)로 좌정. 막내 삼형제는 갈 길을 몰라 방황하다가 흉년이 들어 장사하러 온 제주 선주의 아들에게 "나를 잘 사귀면 부귀영화를 시켜준다" 하고 제주 절섬에 실어다 줄 것을 부탁. 두 형제의 허락을 받은 세 도깨비는 제각기 일

월조상(日月祖上)이 되었다.

⑦ 도깨비 삼형제는 모두 도민이 모시는 일월조상이 되었는데, 한 가지는 갈라다 뱃선왕(船主神)으로 모시고, 한 가지는 갈라다 산신일월(山神日月, 목축 또는 수렵신)으로 모시고, 한 가지는 갈라다 솥물뮈또(冶匠神)로 모시게 되었다.

⑤와 ⑦을 시베리아 샤먼의 환상과 비교해보자.

　　샤먼 후보자는 사흘을 걸어 산의 동굴에 당도했다. 동굴 안에는 벌거벗고 풀무질을 하고 있는 사내가 있고, 불 위에는 "땅덩어리의 반만큼이나 커 보이는 솥"이 걸려 있었다. 사내는 샤먼 후보자를 부지깽이로 잡아 목을 베고 몸을 토막 낸 다음, 3년 동안 끓였다. 동굴 안에는 세 개의 모루가 있었는데, 샤먼 후보자의 머리를 세 번째 모루 위에 올려놓고 망치질을 했다(가장 훌륭한 샤먼을 주조해내는 모루). 사내는 샤먼 후보자의 머리를 옆에 있는 찬물 항아리에 집어넣었으며, 강물에 떠 있던 그의 뼈를 건져내어 다시 짜맞춘 다음, 다시 살을 입히고 눈도 새 눈으로 갈아 끼워주었다.[74] (필자가 요약 인용)

　　이 환상에서는 대장장이의 물질 변형 기술에 의해 성무(成巫) 후보자가 새로운 존재로 변형된다는 주제가 선명하게 드러나 있다.

---

74) 미르치아 엘리아데, 『샤머니즘』, 58쪽.

이러한 환상은 연금술사들의 환상 도처에 넘친다. 중세시대의 연금술 채색삽화에는 신체가 조각난 잔혹하고 그로테스크한 그림들이 너무나 많다. 이러한 환상의 근저에는 새로운 존재로 환생하려는 종교적 열망이 놓여 있다.

우리는 제주도 도깨비의 신체 절단의 주제를 이와 같은 인류학적 지평에서 바라보아야 한다고 생각한다. 제주도 도깨비 신화는 비록 오랜 세월이 흐르며 조야한 행태로 변질되기는 했으나 근본적으로 '재생'에 대한 종교적 열망을 드러낸다. 이 이미지의 상징적 의미는 시베리아 샤먼이나 연금술사들의 신체 절단 이미지와 정확하게 일치한다. 우리는 이 이미지를 송영감이 떼어오라고 도깨비들에게 명령한, 그러나 도깨비들이 떼어올 수 없었던 땅의 이미지와 연관지어 이해해야 한다. 땅은 움직이지 않는다. 즉 존재의 물리적·자연적 조건은 있는 그대로 결코 변화하지 않는다. 그것을 변화시킬 수 있는 방법은 죽음뿐이다. 죽어서 찢긴 육체는 열두 조각으로 나뉘어 각기 새로운 신성(神性)을 획득한다.

살해당한 뒤 신으로 환생하는 조각난 도깨비들은 연금술 조작의 죽음–증식 단계에 해당한다고 볼 수 있다. 신으로 환생한 그들은 새로운 식량이나 금속이 아니라 새로운 직업을 창조해낸다. 이것은 이 신화가 구송되는 과정에서 당대의 사회적·문화적·정치적 상황에 따라 재조정되었기 때문이라고 생각된다. 어찌 되었든 이 신체 절단의 이미지는 육지의 세속화한 도깨비들이 오래전에 잃어버린 원시적이고 종교적인 의미의 바탕을 드러내 보여준다는 점에서 매우 흥미롭다. 그밖에도 제주도 도깨비 신화는 각기 파편화한 형태로 흩어져버린 육지의 도깨비 설화의 신화소들을 한데 뭉뚱그려 가지고 있다는 특징을 보인다.

도깨비의 시조 비형랑

도깨비는 풍요(풍어와 풍농)의 신, 불의 신, 수목의 신, 야장신(冶匠神) 등 다양한 특징을 드러내는 한국 고유의 신화적 존재다. 그 기원에 대해서는 무수히 많은 주장들이 있지만, 도깨비는 그 가운데 어떤 하나의 기원이 아니라 여러 기원에서 발생해 하나로 뭉뚱그려진 것처럼 보인다. 도깨비는 한국 민중의 깊은 무의식 속에 어떤 토속적인 종합신격으로 자리 잡고 있는 것 같다.

도깨비의 기원을 밝히려는 여러 가지 노력 가운데 우리는 도깨비의 기원을 대장장이 신화와 연계해 해석하는 입장에 관심을 가졌다. 야장신, 즉 대장장이신을 도깨비의 기원으로 가정하는 입장은 원하는 것은 무엇이든 만들어내는 도깨비의 탁월한 능력의 기원에 인류가 경악과 더불어 확인한 대장장이의 최초의 '물질 변형'에 대한 능력이 있다고 보는 것이다. 모든 신화에서 대장장이는 온갖 종류의 뛰어난 기술적 능력의 보유자로 여겨진다. 따라서 대장장이신은 경외의 대상이기도 하지만 두려움과 기피의 대상이 되기도 한다. 이는 많은 신화에서 대장장이가 '괴물'처럼 그려지고 있다는 사실과 무관하지 않다. 그리스 신화의 헤파이스토스가 가장 대표적인 경우일 것이다.

야장신으로서의 도깨비 기원은 도깨비의 원시 명칭 가운데 하나가 '두두리'였다는 가정에 의해 뒷받침된다. 『동국여지승람』은 신라시대의 신화적 인물인 비형랑을 '두두리'의 시조로 보고 있다. 다른 기록들을 참조하면 '두두리 섬기기'는 고려시대에는 매우 성행했다는 것을 알 수 있다. 그런데 '두두리'는 한자어로 목랑 또는 목매라고 불렸으며, 그것은 절굿공이를 지칭한다. 박은용은 음성학적으로 절구는 만주어의 두쿠(tūku)에서 유래했을 가능성이 있으며, 그것은 우리말 '절구'의 고형인 '돗구'로 변형되었다고 가정한다. '돗구'에 남자어른을 지칭하는 '아비'가 붙어 '도깨비'의 어원이 되었으리라는 것이다. 따라서 이 어원을 따라가면 우리는 '두두리'를 '도깨비'의 두드리는 행위의 동사적 표현으로 이해할 수 있다.

　그런데 '두두리'는 '다타라'라는 명칭으로 일본 서적에 제철기술이 발달한 신라를 지칭하는 말로 나타나며, 우리나라 지명에서도 대장간의 존재와 관련해 그 흔적을 보인다. 따라서 우리는 절굿공이의 두드리기와 대장간의 두드리기 사이에 상징적 동형성이 존재한다는 결론을 내릴 수 있다. 도깨비는 '두두리'의 '두드림'의 행위를 동사적 표상으로 가지는 뛰어난 기술을 지닌 대장장이신이라는 신화적 신격으로 정착되었을 것이다. 그 외에도 우리는 도깨비의 물질 변형 능력, 뛰어난 건축술, 불의 지배자 측면 등을 야장신의 특징으로 이해할 수 있다. 도깨비가 지니고 있는 야장신으로서의 성격은 신화적 원형이 육지 신화보다 훨씬 더 잘 보존되어 있는 제주도 신화에서 움직일 수 없이 명확해진다. 제주도 신화에서 도깨비는 명확하게 '솥물뮈또', 즉 야장신으로 명명된다.

도깨비의 여러 기원 가운데 하나가 대장장이라면 우리는 대장장이 신화의 연속인 연금술 신화를 도깨비에게서 찾아낼 수 있다고 생각했다. 도깨비가 연금술적 상상력의 직접적 육화라고 주장할 수는 없지만 도깨비의 여러 행위에서는 분명히 연금술적 상상력이 발견된다. 우리는 도깨비의 기원 설화 가운데 하나로 여겨지는 방이 설화에서 분명한 연금술적 특징을 찾아냈으며, 도깨비가 유난히 노래를 좋아한다는 사실을 연금술적인 '천상의 지식'으로서의 '음악'의 상징주의에서 새롭게 해석했다. 또한 제주도 도깨비 신화에 나타나는 '신체 절단'의 이미지를 새로운 탄생을 위한 연금술적 살해로 해석했다.[75]

---

75) 이 연구에서 언급된 비형랑 설화와 도깨비 비조로 여겨지는 두두리에 관한 모든 해석은 졸저 『불의 지배자 두룬』(전3권, 웅진주니어, 2014)이라는 판타지 소설에 스토리의 형태로 모두 녹아 있다.

제4부
길 위의 성인

元曉不羈

聖師元曉俗姓薛氏祖仍皮公亦云赤大公今赤大淵
側有仍皮公廟父談捺乃未初示生于押梁郡南今章
佛地村此栗谷淡羅樹下村名佛地或作發智村俚云
机衆羅樹者諺云師之家本住此谷西南母既娠而月
滿適過此谷栗樹下忽分娩而倉皇不能歸家且以夫
衣掛樹而寢家其中因號樹曰娑羅樹其樹之實亦異
於常至今稱娑羅栗昔有主寺者給寺奴一人一
夕饌栗二枚奴訟于官官吏怪之取栗撿之一枚盈一
钵乃飯狗給一枚故因名栗谷師既出家捨其宅為寺

구원으로서의 죽음
사복 설화

한 편의 시와 같은 '뱀아이' 설화

  서울 만선북리(萬善北里)에 한 과부가 있었다. 남편도 없이 아이를 가져 낳았는데, 그 아이는 열두 살이 되어도 말도 하지 않고, 또한 일어나지도 않았다. 그 때문에 사동(蛇童, 아래에서는 혹 사복蛇卜 또는 사피蛇巴·사복蛇伏 등으로 썼으나 모두 사동을 이름이다)이라고 불렀다.

  어느 날 그의 어머니가 죽었다. 그때 원효는 고선사(古仙寺)[1]에 있었다. 원효는 그를 보고 영접했으나 사복은 답례도 하지 않으며 말했다.

  "그대와 내가 옛날에 경을 싣고 다니던 암소가 지금 죽었으니 함께 장사 지냄이 어떨까?"

---

1) 경주시에 있던 절로 680년경에 원효가 머물렀던 곳이다.

"좋다."

마침내 원효는 그와 함께 사복의 집으로 갔다. 원효에게 포살 (布薩)[2]시켜 수계(授戒)하게 하니, 원효는 그 시체 앞에 가서 빌 었다.

"나지 말라, 죽는 것이 고통이니라. 죽지 말라, 나는 것이 고통이 니라."

사복은 말했다.

"말이 너무 길다."

원효는 이를 고쳐 말했다.

"사는 것도 죽는 것도 고통이니라."

두 사람이 상여를 메고 활리산(活理山) 동쪽 기슭으로 갔다. 원효 가 말했다.

"지혜 있는 범을 지혜의 숲속에 장사 지내는 것이 어찌 마땅하지 않겠 는가?"

사복은 이에 게송을 지어 불렀다.

그 옛날 석가모니 부처님께서는

사라수 사이에서 열반하셨는데

지금도 그와 같은 이가 있어

---

2) (역주) 불교의식의 하나. 출가한 이에게 보름마다 중들이 모여 계경(戒經) 을 풀어 들려, 보름 동안에 지은 죄가 있으면 참회시켜 선을 기르고 악을 없 이 해주는 일. 속인에게는 6재일(齋日)에 8계를 지니게 하여 선을 기르고 악을 없이 해주는 일.

연화장 세계에 들어가려 한다

> 말을 마치고 띠풀의 줄기를 뽑으니 그 속에 명랑하고 청허한 세계가 있어 칠보로 장식한 난간에 누각이 장엄했다. 아마 인간의 세계는 아니었다. 사복이 시체를 업고 안으로 들어가자 그 땅이 갑자기 합쳐졌다. 원효는 이에 혼자 돌아왔다.[3]

이 설화를 처음 읽었을 때 받았던 충격이 떠오른다. 내가 읽은 어떤 설화보다 아름다웠다. 아마도 세계 전체를 통틀어도 이토록 아름다운 설화는 없을 것이다. 언젠가 『삼국유사』를 본격적으로 한번 공부해보고 싶다고 생각한 것도 이 설화에서 받은 감명 때문이었다. 침묵과 침묵을 잇는 신비함, 죽음과 구원에 대한 깊은 깨달음, 절제된 언어로 존재의 비의를 전하는 솜씨, 나에게 이 설화는 한 편의 시로 다가왔다.

일연은 설화 기록자이기 전에 당대 명성을 누린 시인이었다. 『삼국유사』에는 불교의 덕을 전하는 이야기나 뛰어난 인물의 기록 아래 일연이 시 형식으로 찬(讚)을 달아 설화에 대한 자신의 느낌, 설화 내용의 복기, 주인공에 대한 찬사 등을 덧붙였다.[4] 그러나 「사복이 말을 하지 않다」(蛇福不言)가 주는 감동은 그 찬들을 훌쩍 뛰어넘는다. 내가 일연을 뛰어난 시인이라고 여긴 이유는 48편에 달하

---

3) 『삼국유사』 권4, 의해, 「사복이 말을 하지 않다」, 265~267쪽.
4) 고운기, 「삼국유사의 一然讚詩에 대한 연구」, 연세대학교대학원 석사학위 논문, 1986 참조.

는 찬 때문이 아니라 「사복이 말을 하지 않다」, 즉 '사복불언' 설화 때문이다.

이 설화를 연구한 많은 논문들을 읽었다. 그러나 마음에 큰 울림이 없었다. 뛰어난 연구들이었으나 거의 한결같이 불교 교리나 신라의 지하·저승 관념에 대해서만 말하고 있었다. 나에게 이 설화는 그런 것으로만 모두 설명될 수 없는, 다시 말해 거대 이데올로기들을 넘어서는 한 편의 완벽한 시, 그것도 민중의 영혼에서(이 이야기를 불교적으로 포장하려고 했던 일연의 의도에도 불구하고)[5] 터져나온 절절한 시다. 그래서 나는 내가 읽은 논문들을 잊고, 시인의 자격으로 시를 음미하듯이 이 설화를 읽어보기로 했다.

사복은 역사적 존재였음이 분명한 것 같다. 그에 관한 기록이 네 군데에 전한다.

① 이규보의 『동국이상국집』 권23 : 원효가 한 암자(元曉房)에 머물렀는데, 사포성인(蛇包聖人)이 차 시중을 들었다.[6]

② 이규보의 『동국이상국집』 권9 : "원효와 진표는 사포성인이다"

---

5) 이 설화는 결코 기득권 계층(종교인 포함)이 형성한 설화가 아니다. 모든 신화소가 그것을 증명하고 있다. 일연이 이 설화를 수집했을 당시 사복에 대한 설화(아마도 대부분 대중적이고 그리 우아하지 않은 듯한)가 널리 유포되어 있었다는 사실은 일연이 설화 기록 뒤에 붙여놓은 말로 증명된다. "사복이 세상에 나타난 것은 다만 이것뿐인데, 세간에서는 황당한 얘기를 덧붙여 폄계했으니 가소로운 일이다."

6) 김상현, 「사복설화의 불교적 의미」, 『사학지』 16, 단국대학교사학회. 1982, 579쪽.

(元曉眞表蛇包聖人)라는 언급이 있다.[7]

③ 『삼국유사』 권4, 의해, 「사복이 말을 하지 않다」.

④ 『삼국유사』 권3, 탑상, 「동경 흥륜사 금당에 모신 10명의 성인」
   (東京興輪寺 金堂十聖): 신라의 10대 성인 가운데 한 명이다.

위의 자료들에 언급된 사포는 사복과 동일 인물이다. 일연이 언급하고 있듯이 '복'(福) 자는 당대에 사내아이들에게 붙여진 일상적 이름의 하나로 거의 의미가 없었다고 한다. 일연 자신도 "혹 사복(蛇卜) 또는 사파(蛇巴)·사복(蛇伏) 등으로 썼으나" 별 의미 없고 '사동'(蛇童)이라 불렸다고 부기한다. 그러나 우리는 이 이름에 주목해야 한다. '복'은 분명히 설화 형성계층이 이 아이에게 기대하는 그 무엇인가를 전달하는 이름이기 때문이다.

행복한 뱀아이, 축복받은 뱀아이. 이 뱀아이는 열두 살이 되도록 말도 안 하고, 일어나지도 않으며(不語亦不起), 땅바닥을 뱀처럼 벌벌 기어 다녔다. 그런 처지였다면 '복' 자를 사내아이들 이름 끝에 의례적으로 붙인 명칭이라고 생각하고 넘어갈 수 없다. 이 말 없이 벌벌 기어 다니는 '행복한 뱀', '축복받은 뱀'에게는 분명히 중대한 상징적 역할이 있기 때문이다.

우리는 앞에서 여러 차례 '과부의 아이'라는 신화소가 가지는 의미를 살펴보았다. 사복이 과부의 아이라는 것은 그가 평범한 인간이 아니라 신화적으로 특권적 지위가 있음을 나타낸다. 더군다나

---

7) 같은 글, 주 2.

이 경우 설화 기록자는 과부가 "남편도 없이 아이를 가졌다"고 특정함으로써 사복이 단순히 과부의 아이가 아니라 '아버지 없는 아이'임을 명시한다. 그것은 사복의 초인간적인 기원을 나타내주는 신화소다. 사복에게는 아버지가 없다. 그는 예수처럼 "여자의 후손"(「창세기」 3: 15)이다. 그것은 사복이 인간의 후예가 아니라는 뜻이며, 사복 어머니의 '성령 잉태'를 강하게 암시하고 있다.

뱀-사복은 인간이 아니라 우주

초자연적인 아버지를 가진 이 특별한 아이가 왜 하필 뱀의 형상을 가졌는지 먼저 살펴보도록 하자. 뱀의 상징성은 매우 복잡하지만 이 설화 문맥에서 가장 중요한 상징성은 뱀의 자기순환성이다. 사복은 뱀처럼 말없이 기어 다니다가, 어머니가 죽자 갑자기 벌떡 일어나 말도 하고 걷기도 한다.[8] 그러고는 어머니의 시신을 둘러메

---

[8] 설화 문맥으로 보아 사복이 열두 살에 어머니가 돌아가셨다는 것은 분명하게 확인되지 않는다. 열두 살에 어머니가 돌아가자마자 벌떡 일어나 말도 하고 걷기도 하면서 죽은 어머니를 둘러업고 원효를 찾아갔는지, 아니면 먼 훗날 그가 장성한 뒤의 일인지 확인할 길이 없다. 그러나 사복에 대해 세간에 떠돌던 이야기들의 '황당함'에 대한 일연의 불만으로 보아 열두 살에 어머니가 죽자마자 벌떡 일어나 죽은 어머니를 떠메고 원효를 찾아갔을 가능성도 배제할 수 없다. 상징적으로는 그가 12세든 120세든 1,200세든 나이는 조금도 중요하지 않다. 나는 개인적으로 열두 살이었으리라 확신한다. 그것이 상징적으로 수미일관하기 때문이다. 만약 사복이 장성한 뒤의 일이었다면 일연은 틀림없이 그 사실을 부기했을 것이다. 그러나 그는 설화 형

고 원효를 찾아가 축문을 받고는, 원효가 지켜보는 가운데 지하에 있는 연화장 세계로 들어간다. 뱀-사복은 죽음을 이겨내고 영원한 극락에 합류한다. 이 죽음-열반(부활)의 존재가 갖는 순환성의 도식 실현을 맡기기에는 뱀이 가장 적합한 상징적 존재다.

이 아름다운 설화에서 징그러운 뱀의 존재는 현대인들의 정서에 충격을 준다. 그러나 뱀은 본디 세계 도처의 원시인들에게 매우 특권적인 존재로 여겨져 신성시되던 동물이었다, 뱀이 저주받은 동물이 된 것은 유대교와 그 뒤를 이은 기독교 이후의 일에 불과하다. 뱀이 인류 최초의 여성 하와가 신의 명령을 거역하도록 꼬드기기 전에 그는 네 발로 걷고 말도 하는 비범한 존재였다(「창세기」 3:1). 『성서』에서는 그야말로 사복 설화와 정반대의 상징과정이 이루어지고 있는 것이다.

- 사복 설화: 기어 다니고 말도 못하다가 일어나 걷고 말하는 존재가 되어 여자(어머니)를 구함.
- 『성서』: 일어나 걷고 말도 하다가 저주를 받아 기어 다니고 말도 못하는 존재가 되어 여자(여자의 후손)의 원수가 됨(「창세기」 3:14~15).

이 극적인 상징적 차이에는 어떤 의미가 있다. 서양의 뱀-용은 대

성계층의 황당한 상상력을 간접적으로 받아들인다. 여기서 나이는 상징에 불과하다. 그보다 더 중요한 것은 사복이 죽은 어머니의 시신을 떠메고 당대 최고의 학승인 원효를 찾아갔다는 사실이다.

부분 '드래곤슬레이어'(Dragonslayer, 용을 죽인 사람을 말하며 보통 신화나 전설에서 영웅으로 취급된다)에게 잔인하게 학살당한다(헤라클레스, 성 조지, 성 미카엘 등). 그러나 동양의 영웅은 용을 죽이지 않는다. 그는 용이 용의 길을 가게 한다. 동양에서 용은 오히려 숭배와 경외의 대상이었다.

드래곤슬레이어들에 대한 그림들 가운데 아마도 미적 완성도가 가장 높은 작품의 하나일 듯한 우첼로(Uccello Paolo, 1397~1475)의 그림을 자세히 들여다보면 이미지들의 상징적 배치가 선명하다. 우선 왼쪽–무의식 어두운 동굴에서 끌려나온 용이 있고, 한 아름다운 여성–영웅의 조력자가 목줄을 쥐고 있다. 영웅 게오르기우스(조지)는 당연히 오른쪽에 배치된다. 오른쪽은 이성, 의식, 양식 등을 상징하기 때문이다. 영웅에게 눈을 찔린 용은 아가리에서 무엇인가를 꾸역꾸역 뱉어내고 있는데, 그것이 무정형의 덩어리가 아니라 일정한 패턴을 가진 기하학적 모양으로 보인다는 사실이 매우 흥미롭다. 영웅은 용에게서 끌어낸 어떤 원초적 자질을 문명 건설을 위해 사용하려는 생각인 것 같다. 그의 머리 뒤에는 하느님의 현존으로 보이는 흰 구름(또는 거품)이 보이고, 그 한가운데에 신의 눈처럼 보이는 것이 있다. 이 모든 것은 신의 영광을 위해 그의 눈 앞에서 이루어지는 일이다. 눈을 찔린 용은 지성의 기관을 상실했으므로 무력한 존재가 될 것이다.

뱀은 학살당하기 전에 위대한 원초성이었다. 뱀은 다른 동물들이 다리를 갖고 날개를 달고 진화하는 동안 일체의 진화를 거부하고 몸뚱이 하나만으로 세상과 대결했다. 『상징사전』에서 '뱀' 항목

용과 싸우는 성 게오르기우스(파울로 우첼로, 1470년경).

을 집필한 인류학자 게르브랑(A. Gheerbrant)은 "뱀은 인간과는 정
반대로 모든 종류의 동물로부터 구분된다. 다리도 꼬리도, 날개도
털도 없는 이 냉혈동물은 똑같은 노력의 시작에 위치한다"라고 말
하면서 "인간과 뱀은 상반되는 존재이며, 보완적 존재, 적수다. 그
런 의미에서 인간 안에는 인간 이해가 가장 덜 통제되는 영역에 뱀이 있
다"[9]고 진단한다. 뱀은 인간의 알 수 없는 미지, 이해할 수 없는 어
두운 내면과 심리의 육화이며, 태초의 미분화나 영적인 미분화가
아니라 물질적 신성함의 미분화이며 현현이다. 우리가 사복에게서 읽

---

9) *Dictionnaire des Symboles*, T. III, Paris: Seghers, p. 181.

15세기 연금술 책에 실린 우로보로스 삽화. 자기 꼬리를 자기가 물고 다시 태어나는 뱀은 영원한 순환을 상징한다.

어내야 하는 것은 바로 그 뱀-물질적인 신성한 원초성이다. 그에게는 나이가 없다. 사복은 열두 살[10]이 아니라 1,200살, 12아승기(阿僧祇, 산스크리트어 아삼키야asamkhya는 셀 수 없이 많은 수) 살인지도 모른다. 12는 전 세계적으로 시간을 나타내는 숫자다.[11] 중요한 것은 사복이 한 주기를 마감한다는 사실이다. 뱀-사복은 인간이 아

---

10) 이 12의 상징성에 대해서 김상현은 불교의 12연기(緣起: 무명無明, 행行, 식識, 명색名色, 육입六入, 촉觸, 수受, 애愛, 취取, 유有, 생生, 노사老死)라고 해석하기도 한다. 앞의 글, 599쪽.

11) 대체로 황도 12궁과 연관되는 경우가 많고, 아프리카에서는 천지창조에서 시간과 공간이 숫자 12(조물주 세 명이 4방위에서 3번씩 회전)에 의해 지금의 형태로 복잡해진다. *Dictionnaire des Symboles*, T. III, 'douze', pp. 209~211 참조.

니라 우주다. 그는 우주의 이미지다. 그는 태초이며 종말이다. 그는 전부이며 동시에 아무것도 아니다. 그는 있다가 사라진다. 그것이 그가 하는, 그가 해야 할 일의 전부다. 그는 우로보로스 뱀처럼 자기 꼬리를 물고 죽었다가 다시 태어난다. 다만 그 사라짐-순환에 윤회와 해탈이라는 불교적 명칭이 붙었을 뿐이다. 사복 설화의 형성계층은 죽음과 부활의 상징적 역할을 시간-12와 연관된 뱀아이에게 맡겼다.

또 한 가지 놓쳐서는 안 되는 것은 '뱀아이' 사복이 왜 굳이 원효를 찾아갔는가 하는 것이다. 그는 왜 당대 최고의 학승 원효를 찾아가 죽은 어머니를 같이 장사 지내자고 했을까. 여기서 우리는 다시 인류학 전통을 참고할 필요가 있다. 뱀-순환적 시간은 이성-로고스의 시간이 아니라 비이성-파토스의 시간이다. 태양신 아폴론은 사실 대지의 여신 가이아의 예언능력을 자신의 것으로 만들면서 그리스 최고신의 위치를 차지한다. 그러나 그 예언능력은 아폴론이 죽인 암컷 왕뱀 퓌톤의 이름을 딴 여자 예언자들인 퓌티아들로부터 온 것이었다. 아폴론은 퓌티아들의 예언능력으로 델포이 신전을 장악했고, 그 덕에 그리스에서 가장 막강한 지성-로고스-질서의 신으로 등극하지만, 사실 그 권력은 "본질적으로 뱀의 이미지와 연관되는 왼쪽의 신성함을 완벽하게 육화하는 디오니소스의 도전"을 받게 된다. 디오니소스 숭배의 절정은 역사적으로 "글쓰기의 완벽함과 더불어 시테 안에 헬레니즘적 로고스의 승리가 자리 잡은 순간"[12]에 나타

---

12) *Dictionnaire des Symboles*, T. III, p. 189.

난다. 로고스가 절정에 이르렀을 때 뱀-디오니소스가 쳐들어왔다는 것이다. 아테네의 디오니소스 제전을 깊이 연구한 프랑스의 역사가이자 철학자 마리아 다라키는 매우 인상적인 필치로 바다에서부터 일어나 바퀴 달린 마차를 타고 로고스의 시테 아테네로 진군하는 디오니소스 패거리의 위용을 묘사하고 있다.[13] 즉 디오니소스-뱀-비언어는 아폴론-로고스-언어의 맞은편을 치고 들어오는 것이다.

독일의 문예학자 오토(Walter Otto)가 "언제나 가까이 있는 여자"(la toujours-proche)[14]라고 부르는, 아테네 시민들의 실제적인 생활에 구체적인 도움을 주는 지혜의 여신 아테나조차도 뱀의 습격에서 자유롭지 못했다. 그녀가 포세이돈과의 경쟁에서 이겨 아테네의 실권을 장악한 후, 전쟁에 쓸 무기를 구하기 위해 헤파이스토스의 대장간을 찾아갔는데, 그녀에게 욕정을 품은 헤파이스토스가 아테나의 다리에 정액을 쏟았다. 아테나는 불쾌해하며 그것을 양털로 닦아 땅에 버렸는데, 그로 인해 대지가 임신을 해서 하반신이 뱀인 아이가 태어났다. 아테나가 아기를 바구니에 담아 절대 비밀을 지킬 것을 당부하며, 케크롭스의 딸들에게 맡겼으나 호기심을 못 이긴 처녀들이 바구니를 열어보고 말았다. 그들은 거기에 하반신이 뱀인 아이가 들어 있는 것을 보고 너무나 놀란 나머지 아크로폴리스 언

---

13) Maria Daraki, *Dionysos et la Déesse Terre*, Paris: Flammmarion, 1994, pp. 81~83.

14) Walter Otto, *Les Dieux de la Grèce: La figure du divin au miroir de l'esprit grec*, Paris: Payot, 1984. p. 71.

크레타섬의 크노소스 궁전에서 발견된 뱀을 든 청동 여신상(왼쪽)과 뱀 비늘 갑옷을 입고 있는 아테나(구스타프 클림트, 1898). 여신의 권능의 원천이 뱀임을 말해준다.

덕에서 뛰어내려 죽었다.[15]

　위의 그림을 보자. 왼쪽 청동상은 인류가 뱀의 능력을 거부하기 이전의 아이콘으로 뱀에 대한 통제력이 여신의 권능의 원천임을 알려준다. 오른쪽 클림트의 유명한 아테나 상도 뱀 비늘로 덮인 갑옷을 입고 있다. 갑옷 중간에 있는 혓바닥을 내민 형상은 페르세우스가 그녀를 위해 잘라다 준 메두사의 두상이다. 그러므로 이 비늘 갑옷은 메두사의 껍질일 수도 있으니 현대 화가의 상상력 안에서도 뱀이 아테나의 힘의 숨겨진 원천으로 여겨진다는 것이 매우 흥미롭다. 그녀가 오른손에 승리의 여신 니케아를 들고 있는 것을 눈여겨보라. 승리를 붙잡을 수 있는 힘은 뱀 껍질에서 오는 것이다.

---

15) 네이버 지식백과(그리스로마신화 인물백과), 「케크롭스」 항목 참조.

사복이 원효를 찾아간 이유

이제 우리의 설화로 돌아가보자. 사복-뱀-12(순환주기)는 왜 하필 원효를 불러냈을까? 나는 원효가 당대 신라의 로고스를 상징하는 영웅이었기 때문이라고 생각한다. 그는 당대 최고의 학승, 가장 높은 경지에 이른 불교 교리의 대가였다. 사복은 뱀-비이성의 주재자로 당대 이성의 대가를 불러낸다. 그리고 한다는 짓이 "말이 많다"고 원효를 타박하고 있다. 이 설화의 배경이 되는 시대, 즉 원효가 고선사에 머문 기간임을 감안해보면 아무리 내려잡아도 원효는 64세다. 그런 고승에게 한참 어린 뱀아이(정확한 나이차는 알 수 없지만, 「사복이 말을 하지 않다」보다 80년 전에 채록된 『동국이상국집』에서 사파가 원효의 차 시중을 드는 것을 보면)가 무례하기 이를 데 없는 행동을 보였다.

이제 우리는 주제에 근접하고 있다. 설화 형성 대중은 교리-로고스-언어에 의한 구원이 아니라 즉각적인, 말 밖의, 교리-로고스를 넘어선 곳에서 이루어지는 직접적인 구원의 드라마를 보여달라고 원효에게 요구하고 있는 것이다. 사복의 죽은 어머니가 전생에 경전을 싣고 다녔던 소여서 그 공덕으로 이승에서 사람(여성)으로 태어났다는 것(똑같은 설정이 『삼국유사』 권5, 감통, 「여종 욱면이 염불하여 서승하다」 조에 나타난다), 그리고 그 덕에 열반에 들 수 있었다는 불교 교리도 설화의 한 부분밖에는 설명하지 못한다. 사복 설화는 일체의 논리-로고스를 거부한다. 뱀아이는 그렇게 원효조차 질책하며 '말'을 줄이라고 명한다. 원효는 아무 말 없이 사복이 시키는 대로 한다. 대중은 교리로, 말-로고스로 설명되는 구원이 아니라 직접적으로 실현되는 구원을 보여달라고 원효-언어를 뱀아이-비언어 옆으로 끌어낸 것이다. 이 설화의 제목이 '사복이 말을 하지 않다'인 것도 이 맥락에서 이해되어야 한다.

열반에 들기 전에 사복이 읊은 게송은 오만하기 짝이 없다.

> 그 옛날 석가모니 부처님께서는
> 사라수 사이에서 열반하셨는데
> 지금도 그와 같은 이가 있어
> 연화장 세계에 들어가려 한다

자신을 석가모니와 같은 급으로 여기고 있다. 그리고 띠풀을 뽑으니 텅 하고 땅이 열리고, 사복은 죽은 어머니를 둘러메고 화려한 연화장 세계 안으로 들어갔다.

이 연화장 세계는 원효가 정통했던 화엄사상에 영향을 받은 것이 분명하고, 지하세계의 장관을 표현한 것은 『화엄경』과 거의 판박이다. 『화엄경』 「입법계품」에서 선재동자가 비로자나장엄누각에 들어가는 장면으로 선재동자가 미륵보살에게 연화장 세계에 들어가게 해달라고 부탁한다.

> 그때에 미륵보살이 앞으로 누각에 나아가서 탄지(彈指)해 소리를 냄에 그 문이 곧 열리거늘, 선재를 명해 들어가게 하셨는데, 선재가 환희하는 마음으로 들어가자 도리어 닫혔다.

그 누각이 광박무량(廣博無量)하여 허공과 같음을 보니 아승기(阿僧祇)보(寶)로써 그 땅이 되었으며 (…) 아승기 난간과 아승기 도로가 모두 칠보로 이루어져 (…) 이 같은 등 한량없는 아승기의 제장엄구(諸莊嚴具)로써 장엄이 되었더라.[16]

그러므로 사복 설화의 마지막 장면이 '화엄사상'과 무관하다 할 수는 없다. 오히려 설화 형성 대중은 '화엄사상'의 대가인 원효를 그 열반의 증인 자격으로 그 자리에 세워놓은 것이라고 볼 수 있다. 그런데 중요한 것은 장엄세계에 혼자 들어간 선재동자와 달리 사복은 어머니의 시신을 둘러메고 들어갔다는 점이다. 그 의미를 정확하게 이해하기 위해서는 이 설화에서 가장 이해하기 어려운 부분을 살펴보아야 한다.

두 사람이 사복 모친의 상여를 메고 활리산 동쪽에 이르렀을 때 원효는 "지혜 있는 범을 지혜의 숲속에 장사 지내는 것이 어찌 마땅하지 않겠는가?"라고 말한다. 이 설화에 나오는 지명들은 대체로 실제인 듯하지만 활리산(活理山, 이치가 살아 숨 쉬는 산)[17]은 상징적 이름인 것으로 보인다. 더군다나 동쪽은 해가 뜨는 방향이므로 부활을 상징한다고도 볼 수 있다. 그런데 전생에 경전을 싣고 다닌

---

16) 『대방광불화엄경』 권83, 입법계품 제삼십구지이십(T. 279, 434c~435a 쪽). 김상현, 앞의 글에서 재인용.

17) 사복이 살았다는 만선북리(萬善北里)도 상징적 지명인 듯함. 모든 선의 장소. 북은 여기에서 저승의 의미를 가지는 것 같다. 설화에서 사복은 북쪽(죽음) 방향에서 동쪽(부활) 방향으로 움직이고 있다.

고려시대에 제작된 수월관음보살도(14세기). 『대방광불화엄경』 입
법계품 내용 중에서 선재동자가 관음보살을 찾아가 깨달음을 구하는
장면을 묘사했다.

소였다는 사실만으로 '지혜의 범'이라고 부를 수 있을까?

우리는 원효가 '지혜의 범'이라는 말로써, 삶을 또는 육체의 몫을 성심으로 살아낸 중생의 존재 상태를 표현한 것이라고 생각한다. 그러므로 그는 이제 지혜의 숲에, 연화장의 화사함에 합류할 자격을 얻은 것이다. 진심으로 삶을 일구어왔던 자는 생과 사가 다른 것이 아님을 안다. 원효의 다음 말은 얼마나 깊고 아름답게 울리는가?

나와 중생이 오직 긴 꿈의 침대 위를 망령되게 사실이라고 믿지만 (…). 이것은 나의 꿈일 뿐 사실이 아니다. 긴 꿈으로부터 활연히 깨어나면 본래부터 유전(流轉)함이 없으며 다만 이 일심이 일여상(一如床)에 누웠음을 알 것이다.[18]

설화는 그렇게 말한 바 없지만, 나는 사복이 죽은 어머니를 둘러메고 연화장 세계로 들어갈 때 잠깐 원효를 돌아다보았으리라 상상한다. 두 성인의 눈길이 마주친다. 그리고 일순간 북두칠성 빛에 반짝이는 두 성인의 눈물, 두 사람은 한 마디 말도 나누지 않는다. 사복은 이내 몸을 돌려 땅속으로 들어가고, 땅은 다시 텅 하고 닫힌다. 원효는 잠시 서 있다가 집으로 돌아간다. 하늘에는 별이 총총하지만, 그는 땅만 내려다보고 걷는다. 왜냐하면 그가 구해야 하는 것은 대지, 신라, 어머니, 당대 그리고 중생이었기 때문이다.

---

18) 원효, 『대승육정참회』, 한국불교전서 1, 동국대학교출판부, 1979, 843a. 김상현, 앞의 글에서 재인용.

원효는 침묵했다. 그 침묵의 의미는 다양하다. 수납, 깨달음, 슬픔? 그것만은 아니리라. 원효는 깨달음 없이 죽어갈 가여운 수많은 중생을 생각했을 것이다. 그는 사복이 왜 그를, 그만을 택해 이 극적인 구원의 장면을 보여주었는지 뼛속 깊이 이해했을 것이다. 나는 그 침묵의 의미를 알 것 같다. 너무나 절절하고 아프게.

사복불언, 2022년 대한민국

2008년에 나라 전체가 거짓으로 몸살을 앓고 있을 때, 나는 이 설화를 주제로 해서 시를 한 편 쓴 적이 있다. 그러나 이번 책을 준비하는 2022년에도 나라 상황은 조금도 나아진 것 같지 않다. 그래서 연도만 지금 시점으로 바꾸어 다시 한번 읊어본다.

사복은 열두 해 동안이나 말도 하지 않고 일어서지도 않았다. 사복은 몸뚱이로 자기를 낳은 어머니의 차원에 악착같이 매달려 있었다. 널 버리고는 해탈 같은 거 안 해, 라는 듯이. 그는 어머니의 해탈을 먼저 기다렸다. 그는 어머니와 함께 탈출하기 위해 태어났다. 어머니는 드디어 죽었다. 사복은 죽은 어머니를 둘러메고 도반 원효를 찾아갔다. 원효의 눈에 눈물이 번들거렸다. 그 눈물이 앎이라는 것을 사복은 알고 있었다. 사복은 원효를 바라보지 않았다. 사복은 비심(悲心)의 정중앙을 꿰뚫었기 때문이다. 사복은 원효의 영혼 속으로 곧장 걸어 들어갔다. 대체 무엇을 본단 말인가? 마음이 아님의 마음이여, 지극하구나, 처절하구나.

저녁 무렵 두 도반은 어둑한 숲으로 찾아갔다. 숲속에서 지혜의 호랑이가 으르렁댔다. 어쩌면 사복이 짊어지고 있는 죽은 어머니가 내는 소리였을까? 두 도반은 그 소리를 들으며 고요히 걸었다. 두 도반의 그림자는 숲보다 더 검었다. 그림자 하나는 더욱 길고 무거웠다. 어머니를 둘러메고 있었기 때문이다.

사복이 숲 한가운데에 멈추어 섰다. 그가 허리를 숙여 떠풀을 잡아당기자 땅이 텅, 열렸다. 빛이 쏟아져 나왔다. 지혜로 장엄한 세상, 땅속의 허공은 무량하고 한량없었다. 사복은 잠깐 원효를 뒤돌아보았다. 그러고는 말없이 죽은 어머니를 둘러메고 땅속으로 걸어 들어갔다. 환한 세상이 그곳에 있었다. 진주 난간, 보석의 길, 아승기(阿僧祇) 흘러넘치는 빛, 빛, 빛, 또 빛… 땅이 텅, 도로 닫혔다. 원효는 어둠 속에 가만히 서서 잠시 닫힌 땅을 바라보다가 얼른 집으로 돌아갔다. 원효는 울지 않았다. 원효에게는 할 일이 남아 있었다. 원효에게는 기다려야 할 다른 어머니가 있었다. 사복의 어머니인 우주의 어머니가 아니라 그가 당대에 만나는 살아 있는 어머니, 신라, 국토, 중생, 삶.

2022년 내 어머니 대한민국은 해탈할 생각을 하지 않는다. 2022년 내 어머니는 죽을 생각을 하지 않는다. 2022년 내 어머니는 더욱더 조잡해지고 더욱더 어리석어진다. 2022년 내 어머니는 거짓으로 옷을 해 입고 번다한 거짓말로 몸을 꾸미고 거짓의 왕들만 쫓아다닌다. 나는 어머니를 둘러메고 땅속으로 내려가 죽을 수가 없다. 내 묵언은 아무 의미도 없다. 내 묵언은 다만 무능의 표지일 따름이다. 그래도 나는 악착같이 어머니를 껴안고 있다. 그래도 나는 악착같이 어머니의 해탈을 기다린다. 땅바닥을 뱀처럼 벌벌 기어 다니며, 주둥이를 처닫은 채.

중생의 삶 속으로 들어가다
원효 설화 ①

원효와 의상의 신분 차이

원효와 의상은 신라 불교를 대표하는 두 성인이며, 한국 불교사와 사상사에서 큰 비중을 차지하는 고승들이다. 또한 역사적으로나 설화적으로도 매우 중요한 인물들이다. 그들을 둘러싸고 무수한 전설이 만들어져 전해 오고 있기 때문이다.

두 인물은 공히 화엄에 기반한 사상체계를 세웠으나 궁극적 지향점은 달랐던 것으로 보인다. 같은 시대를 살았으며(원효 617~686년, 의상 625~702년), 두 차례나 중국 유학을 함께 떠나려고 하는 등 개인적인 친분도 두터웠던 것으로 보인다. 그러나 그들은 공통점보다는 차이점이 많았다. 그 점이 대중의 상상력을 자극했던 것인지 두 도반은 무수한 이야기에 함께 등장한다. 대중은 설화에서 두 사람을 매우 긴밀한 사이로 묘사하는데, 초기의 도반관계에서 점점 더 친밀해져서 이종사촌과 고종사촌 관계를 거쳐 나중에는 형제가 되어버린다.[1] 설화 대중은 그렇게 두 사람을 한데 묶어서 바라보고 싶어했던 것 같다. 대중은 두 사람이 함께 등장하는 이야기를 통해 삶에 대해 어떤 근본적 질문을 던지는 것 같다. 그런데 흥미로운 것은 시간이 지남에 따라 의상의 위상은 점점 더 낮아지고, 원효의 위상은 점점 더 높아지는 듯하다. 의상 역시 원효 못지않은 고승으로 뛰어난 저술과 업적을 남겼다. 그럼에도 대중은 일방적으로 원효를 더 치켜세운다.

설화 속의 원효는 신라 당대만이 아니라 우리 역사 전체를 통틀어 가장 위대한 승려로 미화된다. 장년의 나이에 파계했던 사실조차 이 괴짜 스님의 신성성을 경감하는 요소로 생각하지 않는다. 대중은 그 일마저 미화하고 원효를 최고 성인의 반열에 올려놓는다. 의상으로서는 억울할 일이다. 원효라는 인물의 무엇이 그토록 대중을 사로잡았던 것일까?

원효와 의상의 설화적 대결에서 언제나 승리를 거두는 쪽은 원효다. 이를테면 다음과 같은 이야기가 가장 흔히 나타나는 유형이다.

① 원효와 의상이 위 아래 지점에서 수도함.
② 의상은 도력이 높아 늘 천공(天供) 식사를 함.
③ 어느 날 의상이 원효에게 천공을 대접하고자 함.
④ 원효가 천공을 기다렸으나 점심 공양시간이 지나도록 천녀가

---

1) 황인덕, 「전설로 본 원효와 의상」, 『어문연구』 24, 충남대학교 문리과대학 어문연구회, 1993, 385쪽.

나타나지 않음.

⑤ 원효가 실망하여 돌아감.

⑥ 그제야 천녀가 내려옴.

⑦ 이유를 물어보니 원효를 호위하는 호법신장(護法神將)들이 대
문을 막고 있어 들어오지 못했다고 대답함.

⑧ 의상은 원효의 도력이 자신보다 높음을 알게 됨.

의상은 천공(天供, 하늘에서 제공하는 식사)을 받을 만큼 도력이
높았으나 원효와는 비교가 될 수 없다는 이야기다. 그런데 이 전설
은 원래 의상의 우월함을 나타내는 설화였다.

옛날에 의상법사가 당나라에 들어가 종남산 지상사 지엄존자(智
儼尊者)[2]가 있는 곳에 갔는데 이웃에 도선율사[3]가 있었다. 그는
늘 하늘의 공양을 받고, 재를 올릴 때마다 하늘 주방에서 음식을
보내옴. 어느 날 도선율사가 의상을 재에 청함. 시간이 꽤 지났는
데도 하늘의 공양이 이르지 않음. 의상 돌아감. 천사가 그제야 내
려옴. 도선율사가 왜 늦었느냐고 묻자,

"온 골짜기를 신병(神兵)이 가로막고 있어 들어오지 못했다."

율사는 의상법사에게 신의 호위가 있음을 깨닫고 그의 도력이 자신보
다 나음에 굴복했다.[4]

---

2) (역주) 당나라 고승으로 화엄종 2대조다.

3) (역주) 당나라 때 남산율종의 개조(開祖). 경남 양산군 원효산 설화에서는
도선＝의상, 의상＝원효로 되어 있다.

그런데 대중은 이 이야기마저 의상에게서 빼앗아 원효의 뛰어남을 설명하는 데 이용하는 것이다. 같은 유형담이지만 천안 성불사 전설은 한 걸음 더 나아간다.

> 의상은 원효의 도력이 자신을 능가한다는 것을 알고, 수양을 더 쌓아야겠다고 반성. 하늘이 그의 뜻을 알고 학을 내려보내 부리로 바위를 쪼아 부처상을 만듦. 의상은 그곳에 절을 세운 뒤 다른 곳으로 떠남.[5]
>   • 충남 천안시 안서동 태조산 성불사 전설

이 편파적인 원효 편들기는 무엇 때문일까? 그 이유를 찬찬히 살펴보기 전에 의상과 원효는 어떻게 다른 사람이었는가 하는 사실부터 살펴보자. 그것이 대중이 원효를 그토록 선호했던 어떤 이유를 설명해줄 것이다.

원효는 6두품 출신의 지방인이었다. 원효가 아무리 뛰어난 인물이었다고는 해도 골품제가 운영되던 신라사회에서 한계를 지니고 있었음이 분명하다. 일부 학자들은 원효가 백고좌(百高座) 법회에 지역의 대표 승려로 천거되었음에도 고승들의 반대 때문에 참여할 수 없었던 점도 흔히 알려진바 원효의 기행 때문이 아니라 신분적 한계 때문이었다고 본다.[6] 그렇다면 의상의 신분은 어땠을까?

---

4) 『삼국유사』 권4, 탑상, 「전후로 가지고 온 사리」(前後所將舍利).
5) 황인덕, 앞의 글, 386쪽.
6) 김덕원, 「원효와 의상의 여성관에 대한 고찰」, 『한국사학보』33, 고려사학

법사 의상의 아버지는 한신(韓信)으로 김씨인데, 나이 29세에
서울 황복사(皇福寺)에서 머리를 깎고 중이 되었다. 얼마 있지 않아 서
방으로 가서 불교의 교화를 보고자 하였다.[7]

의상의 속성은 박씨이고, 계림부 사람.[8]

『삼국유사』는 '김씨'라 하고,『송고승전』은 '박씨'라 한다. 그러
나 신라시대에 이렇게 성씨가 다르게 표기되는 경우는 많았는데,
모계 성과 부계 성을 동시에 기록했기 때문이라고 한다.[9] 박씨는
의상의 모계 성이었으리라는 것. 의상은 왕경 출신의 진골(김씨) 가문이
었던 것이다. 의상의 아버지 한신이 진골귀족이었다고는 해도 세력
가는 아니었을 거라는 주장도 있으나 그가 진평왕 51년(629) 고구
려 낭비성(娘臂城) 전투에 김용춘(태종무열왕 김춘추의 아버지)·김
유신 등과 함께 나갔다가 전사했다는 추정[10]도 있는 것을 보면 의
상 집안이 태종이 문을 연 사륜계(폐위당한 25대 진지왕계) 진골 왕
실과 일찍이 밀접한 관계에 있었음을 짐작할 수 있다. 더군다나 의
상이 출가한 황복사는 사륜계 왕실의 원찰(願刹)로 알려져 있다.

회, 2008, 49쪽.

7) 『삼국유사』권4, 의해, 「의상이 화엄종을 전래하다」(義湘傳敎),

8) 『송고승전』권4, 「당신라국의상전」.

9) 피영희, 「Double Descent 이론 적용을 통해서 본 신라왕의 신분관념」, 『한
국사론』5, 서울대학교국사학과, 1979, 95쪽.

10) 가마타 시게오(鎌田武雄), 『신라불교사 서설』, 동경대학교 동양문화연구
소, 1988, 215~216쪽; 김덕원, 앞의 글, 52쪽.

일부 학자는 의상의 출가 자체가 아예 왕실과의 논의를 거쳐 이루어졌으리라 추정하기도 한다. 『부석본비』(浮石本碑)에는 의상이 관세(卝歲, 상투 틀 나이로 15~16세)에 출가했다고 하고,[11] 『삼국유사』 「의상이 화엄종을 전래하다」 조에는 29세에 출가했다고 되어 있는데, 두 진술을 합리적으로 종합하면 15세에 출가했다가 환속한 뒤 29세에 결정적으로 출가했다고 이해된다. 의상은 출가 직후(30세 전후) 입당(入唐)을 시도하는데, 그의 입당과 화엄사상 수입 자체가 신라 왕실과의 일정한 조율 아래 진행되었다고 보는 학자들도 있다(의상은 당나라 사신의 배를 타고 중국에 들어갔고, 당나라 관청의 극진한 대우를 받으며 지낸다).[12] 신라 왕실은 전제왕권을 강화할 수 있는 논리를 화엄사상에서 발견했으며, 그 사상의 수입을 의상에게 맡겼으리라는 것이다.

의상과 왕실 관계의 결정적 증거는 의상이 유학을 끝내고 귀국한 이유가 당나라가 신라를 침공하려고 계획을 꾸민다는 소식을 왕실에 알리기 위해서였다는 것(『삼국유사』 「의상이 화엄종을 전래하다」)이다. 이후에도 의상의 모든 종교활동은 신라 왕실의 적극적 후원 아래 이루어지며, 그는 생전에 많은 문도를 거느리고, 표훈(表訓)을 위시한 기라성 같은 10대 제자를 두었으며, 제자들은 그 후에도 6대 이상 그의 업적을 이어갔다. 의상은 종단을 중심으로 큰 종교적 영향력을 행사하며 승승장구하는 제도권 승려였다. 반면에

---

11) 『삼국유사』 권3, 탑상, 「전후로 가지고 온 사리」.
12) 『삼국유사』 권4, 의해, 「의상이 화엄종을 전래하다」.

원효(왼쪽)와 의상의 초상화(13세기 초, 일본 교토 고잔지高山寺 소장). 더부룩한 수염, 완전히 삭발하지 않은 머리, 검은 피부가 원효의 호방함과 파격적 행보를 말해주는 듯하다. 반대로 학구적인 의상은 인자하고 후덕해보인다.

원효는 제자도 없었고, 파계 후 말년에는 박을 두드리며 길에서 춤추고 돌아다니며 대중을 교화하는 데 일생을 바쳤다.

　이러한 두 성사의 신분 차이는 대중이 왜 원효의 손을 들어주었는지 충분히 짐작게 한다. 그러나 그것만은 아니다. 대중의 원효 사랑에는 더 깊고 더 절절하고 더 근본적인 이유가 있다.

의상·원효시대 불교의 추이

6세기 초 공인된 신라 불교는 사회 여러 방면에 긍정적 역할을 했다. 그것은 국가불교와 호국불교의 형태로 나타난다. 그 가운데서도 원효시대(진평왕 39년~신문왕 6년)는 통일전쟁을 승리로 이끌며 가장 화려한 불교문화를 이룩한 때다. 당시 불교사회의 특징을 학자들은 크게 두 가지로 본다.

① 왕실불교에서 대중불교로 변화함.
② 중국 유학생 등을 통해 전해진 여러 경전의 의미를 깊이 연구해 불교학이 크게 발전함.

사실 신라사회의 불교흥법은 법흥왕이 흥불이민(興佛利民) 이념을 내세우며 불교를 공인할 때부터 호국불교적(왕실중심적) 성격을 띠었다. 왜냐하면 시조의 탄생 설화에 반영된 무속적인 천강 설화(제정일치 제도의 신화적 기반)로는 사회 구성원들의 복잡하고 다양한 요구를 수용할 수 없게 되었기 때문이다. 다른 새로운 어떤 이념이 필요했고 그것을 채워준 것이 불교였다. 신라 왕조는 전륜성왕(轉輪聖王)[13] 사상에 의한 정치적 이념화를 통해 사회변동을 이룩

---

13) 인도 신화에서 통치의 수레바퀴를 굴려 세계를 통일·지배하는 이상적인 제왕. 원어명 차크라바르티-라자(cakravarti-rāja). 자이나교와 힌두교에서도 상정되며, 옛 비문 등에도 나타나는데, 특히 불교에서는 중요한 의미를

하려 했고, 그 복판에서 왕실이 필요로 하는 새로운 이데올로기를 불교가 제공한 것이다. 『삼국유사』의 「어산의 부처 영상」(魚山佛影) 조가 이 변화를 잘 보여주고 있다.

> 옛날 하늘에서 알이 바닷가에 내려와 사람이 되어 나라를 다스렸는데, 이 왕이 곧 수로왕이다. 이때 그 영토 안에 옥지(玉池)가 있었는데, 그 연못에 독룡이 살고 있었다. 그런데 만어산(萬魚山)의 다섯 나찰녀가 그 독룡과 서로 왕래. 그러므로 번개와 비를 때때로 내려 4년 동안이나 오곡이 결실하지 못하였다. 왕이 이를 주술로 금하려 하였으나 능히 금치 못하여 머리를 조아리며 부처님께 청하여 나찰녀가 오계를 받고 나자 그 뒤부터 재해가 없어졌다.[14]

이 설화는 주술의 힘으로 왕권을 차지하고 제정일치적 권력을 행사하던 가락국 시조 수로왕의 세계경영이 한계에 부딪쳤다는 것을 보여주고 있다. 그의 주술로는 국가에 닥친 재앙을 피할 길이 없다는 것이 확실해지자, 그는 부처(불교)의 권능 앞에 머리를 조아리고, 그로부터 나라를 구할 새로운 권능을 부여받아 문제를 해결한다. 시조 탄생 설화에 의해 힘을 부여받은 족장이 불법 흥법자의 지위로 전환된 것이다. 신라 시조 박혁거세가 아니고 하필 가락국 시조가 불려나온

지닌 존재로 무력에 의하지 않고 정법에 의해 세계를 정복·지배한다고 한다. 전통적으로 마우리아 왕조의 아쇼카왕(阿育王, 기원전 3세기)을 세속의 전륜성왕이라고도 말한다(네이버백과 참조).
14) 『삼국유사』 권3, 탑상, 「어산의 부처 영상」, 129~130쪽.

것은 왕실 직계 시조를 곤란한 상황에 밀어넣기보다는 기원이 다른 시조를 데려다놓는 것이 낫겠다는 설화 형성자들의 판단이 작용하기도 했겠으나, 그보다는 수로가 수백 년 뒤 여성으로 다시 등장해서 신기를 발휘할 만큼[15] 고대적인 제정일치 가치를 대표하는 강력한 군장-제사장이었기 때문인 것으로 보인다. 어쨌든 이 설화는 기존의 탄생 설화 중심으로 형성된 신라 귀족문화가 보편적 불교문화 수용에 따른 사회 변화를 표명하고 있음을 잘 보여준다. 우리는 이 설화에서 두 가지 중요한 의미를 추출할 수 있다.[16]

① 통일전쟁으로 흡수된 지역들의 각기 다른 관습을 보편적 불교적 가치관으로 통합.
② (통일전쟁으로 인한 무수한) 전사자들의 영혼을 불교의 윤회설 등으로 안위.

그러나 이러한 통합이 단기간에 이루어졌을 리 없으므로 신라사회는 재래문화와 불교문화라는 이중구조를 가지게 되었을 것이다 (더군다나 통일 이후 삼국의 문화가 제각각 살아남아 있었을 테니 그 복합적 양상은 대단히 혼란스러웠을 것이다). 불교는 보편화를 위해 모든 중생은 불법에 의해 하나다, 라는 통합논리를 들고나왔을 것이고, '홍불이민'의 논리는 사회 일반논리로 전개되었을 것이다. 그

---

15) 이 책, 제2부 '수로부인 설화' 참조.
16) 원영만, 「원효의 불교대중화 일고: 귀족불교에서 가항불교로」, 『정토학 연구』 10, 한국정토학회, 2007, 389쪽.

러나 결국 그것은 불교에 모든 힘을 쏟아부은 신라 왕실을 전적으로 돕는 것으로 전개되었고, 가장 비세계적인, 심지어 반세계적인 불교 교리가 왕권강화에 기여하게 되는 기이한 결과를 가져오게 된다. 제도권 불교는 중생의 구제에는 관심이 없고 국가를 보위하는 일에만 열심이었다.

① 국가의 안정과 번영을 위해 팔관회, 백고자회, 기원법회 거행.
② 국가 건설의 청사진으로 전륜성왕사상 제공.

불교가 가장 이상적인 국왕으로 여기는 전륜성왕사상을 수용하면서 신라 왕실은 이를 새로운 사회운영의 이념으로 받아들였는데, 당연히 하생불(이 세상에 오시는 부처님)인 미륵사상이 중심이 된다. 신라 초기 불교는 미륵사상을 중심으로 왕실과 귀족사회에 의해 전개되었다.

이처럼 대중 구제에는 관심이 없고, 왕실과 귀족의 정치적 정당성을 포장하는 데만 관심을 기울이는 제도권 불교에 대한 저항이 의식 있는 불자들 사이에 생겨날 수밖에 없었다. 원광(圓光)과 자장(慈藏)이 맨 먼저 불교 대중화 노력을 시작했고, 그 노력은 신라 사회를 정신적으로 통일하는 데 기여했지만 진정한 대중화에 이르지는 못했다. 이후 시골, 골목길, 시장바닥, 가항(街巷) 등에서 서민들 사이에 파묻혀 살아가면서 그들을 불도에 이르게 했던 괴짜 스님들(異僧)들이 등장한다. 혜숙·혜공·대안·원효 등의 고승들이, 이른바 가항불교를 전개하면서 신라의 본격적인 불교 대중화가 이루어지기 시작한다.

가항불교를 주도한 승려들은 교단 중심의 승려들과 다른 특징을 보였다.

당시 교단 중심이었던 원광·안함·자장·의상 등 진골 출신으로 중국유학파가 왕실의 지원을 받았다.

가항불교를 주도했던 혜숙·혜공·대안·원효 등 비진골 출신으로 비유학파가 가항이나 경주 외곽 지역 사찰을 활동무대로 삼았으나 왕실의 지원을 받지 못했다.[17]

신라 중·하대에는 현실 세계로 임재해 중생을 구원해주는 미래불 미륵사상(하생불, 불국토사상)보다 즉각적으로 서승(西昇)하도록 도와주는 현존불 미타사상(상생불, 정토사상)이 우세했다. 대중은 세상에 언제 오실지 모르는 미륵불의 구원보다 현실을 떠나 서방정토에서 '즉시' 구원받기를 원했다. 관세음보살은 중생의 고통에 귀를 기울이고 그들을 제도하는 부처로, 종종 여성의 모습으로 화현한다. 관세음보살(觀世音菩薩, 세상의 모든 소리를 들어주시는 부처님)은 중생을 아미타불이 있는 서방정토로 이끌어주는 협시(挾侍)보살[18]로서, 또는 단독 보살로서 대중의 적극적 구원자로 인식

---

17) 같은 글, 411쪽.
18) 본존불(本尊佛)을 좌우에서 보좌하는 보살. 문수보살과 보현보살은 석가모니불을, 관세음보살과 대세지보살은 아미타불을, 일광보살과 월광보살은 약사여래를 보좌한다.

되어 깊은 공경의 대상이 되었다. 이제 우리는 의상과 원효의 관음을 뵈러 가보자.

의상과 원효의 관음사상

우리는 앞에서 낙산사 연기 설화를 분석하며 관음친견에 성공한 의상과 실패한 원효의 이야기를 다루었다. 그러면서 그것은 어느 한 스님의 성공이나 실패가 아니라 두 스님이 가지고 있는 관음사상의 차이 때문으로 보인다는 박미선의 견해를 소개한 바 있다.[19]

박미선은 자신의 주장을 증명하기 위해 고려시대에 형성된 '낙산사 설화'들(그러므로 『삼국유사』에 수록된 설화보다 훨씬 훗날에 형성된)을 인용하는데, 그 설화들에서는 두 스님이 나란히 친견에 성공하거나 둘 다 실패한다. 그리고 이 설화에서 두 고승의 수행을 상징하는 '수정염주'(의상)와 '파랑새'(원효) 가운데 오히려 파랑새가 더 중요하게 여겨지는 경향까지 나타나고 있음을 보고한다.

① 신라의 원효와 의상 두 법사가 선굴에서 관음보살 친견.
　　• 임춘의 「동행기」(東行記)(『동문선』 권65)

② 고려 승려 익장(益莊)의 글에 "양주(襄州) 동북쪽 강선역 남쪽

---

19) 이 책, 62~63쪽.

동리에 낙산사가 있다. 절 동쪽 두어 마당쯤 되는 큰 바닷가에 굴이 있는데, 높이는 1백 자, 크기는 곡식 1만 섬 싣는 배도 들어갈 정도. 그 밑에는 항상 바닷물이 드나들어 측량할 수 없는 구렁이 되었는데, 관음대사가 머물던 곳이라 한다. 굴 앞으로 50보쯤 되는 바다 복판에 돌이 있다. 돌에는 자리 하나를 펼 만한데 수면에 나왔다 잠겼다 한다. 의상법사가 불성(佛聖)을 친견하려고 2·7일이나 정성스럽게 전좌배례(殿座拜禮)했으나 보지 못해 바다에 몸을 던지니 동해 용왕이 돌 위로 붙들고 나옴. 대성이 속에서 팔을 내밀어 수정염주를 주면서 "내 몸은 직접 볼 수 없다. 다만 굴 위에 두 대나무가 솟아난 곳에 가면 그곳이 나의 머리 위. 거기에 불상을 짓고 상설(像設)을 안배하라"했고, 용도 여의주를 바침. 대사는 구슬을 받고 그 말대로 가니 대나무 두 그루가 솟아 있다. 그곳에 불전을 창건하고 용이 바친 옥으로 불상을 만들어 봉안하니 곧 이 절이다. (…) 세상에 전하기를 굴 앞에 와서 지성으로 배례하면 청조(靑鳥)가 나타난다고 했다. 명종 정사년(1197)에 유자경이 병마사가 되어 시월에 굴 앞에 와서 분향배례했더니, 청조가 물고 날아와 복두(幞頭) 위에 떨어뜨린 적이 있는데, 드물게 있는 일이라 한다"라고 했다.

- 『동국여지승람』에 실린 고려 익장의 기문(記文)

③ 바다 벼랑 지극히 높은 곳, 그 가운데 낙가봉이 있다. 큰 성인은 머물러도 머문 것이 아니고, 넓은 문은 봉해도 봉한 것이 아니다. 명주(明珠)는 내가 욕심내는 것 아니며, 청조는 이 사람이 만나는 것일세. 다만 원하노니 큰 물결 위에서 친히 만월 같은 모습 뵈

옮기를.

• 고려 유자량의 시문

박미선을 따라 이해하면 대중은 두 성사의 친견 성패에는 관심이
없었으며, 이 설화들이 드러내고 있는 것은 두 성인이 진리에 다가
가는 방식의 차이라는 것이다.[20]

박미선이 결론적으로 말하는 것은 두 성사가 관음에 대한 상이한
관념을 가지고 있었고, 그 점이 두 스님이 다른 길을 걷게 된 원인이
라는 것이다. 관음을 자재보살로 인지한 의상은 웅장한 절을 짓고,
그 높은 절 안에 모셔진 아름다운 자재보살 관음에게 단아한 신앙
을 바쳤고, 중생의 구제를 위해 중생으로 응신한 관음의 부름을 받
은 원효는 관음의 신발 한 짝을 신고, 길바닥으로 걸어나가 가난한
자로, 무력한 자로, 아픈 자로 응신한 관음을 만났다. 그는 길바닥
에서, 거리에서, 무너져가는 주막에서 관음을 관했다. 나무관세음
보살.

백성의 아픔을 위로한 원효

우리는 앞의 글에서 원효의 관음친견 실패 설화는 원효의 신앙적

---

20) 박미선, 「의상과 원효의 관음신앙 비교: 『삼국유사』「낙산이대성관음
    정취조신」을 중심으로」, 『한국고대사연구』 60, 한국고대사학회, 2010,
    214~225쪽.

실패가 아니라 관음 응신들이 그에게 육체의 재생산을 담당하는 여성들의 육체(즉 인간의 육체적 조건)를 득도에 방해가 된다 해서 물리칠 것이 아니라 자비심으로 적극 받아들이고, 보리심으로 극복할 것을 명하는 이야기로 해석했다.[21] 『삼국유사』에 나타난 이 계열의 이야기들에서 여성의 육체는 일차적으로는 득도에 방해가 되는 것으로 나타나지만, 이 이야기들을 관통하는 일연의 철학은 그것을 자비의 관점으로 껴안는 것(인간 실존의 부정할 수 없는 조건―육체를 재생산해내는 거점인 여성의 육체―사복의 어머니도 마찬가지)이 물리치는 것보다 더욱 높은 도의 경지라고 이해한다는 것이다. 이러한 철학은 일연이 쓴『중편조동오위』(重編曹洞五位)에 잘 나타나 있다. 일연은 30여 권의 저서를 쓴 것으로 알려져 있으나 안타깝게도 전하는 것은 『삼국유사』와『중편조동오위』두 권뿐이다.

『중편조동오위』는 불교 조동종의 경전인『조동오위론』에 대한 해설서라고 할 수 있는데, 흥미로운 것은 이 책이 일연이 속해 있었던 가지산문(迦智山門)이 아니라 수미산문(須彌山門)의 경전이었다는 사실이다. 일연 당대에는 중이 산문(山門)을 바꾸려면 왕명이 있어야 했다.[22] 그런 시대에 일연은 다른 산문의 경전 해설서를 쓴 것이다. 그만큼 이 경전에 대한 일연의 애착이 남달랐음을 짐작할 수 있다.

『중편조동오위』는 깨달음에 이르기 위한 수행방식을 정(正)과

---

21) 이 책, 64쪽.
22) 신연우,「조동오위의 시각으로 본 「낙산이대성 관음 정취 조신」 조의 이해」,『한국사상과 문화』18, 한국사상문화학회, 2002, 283쪽.

편(偏)을 따라 다섯 단계로 나누어 설명하고 있는 책이라고 할 수 있다. 허원기[23]의 설명에 따라 요지만 정리해보면 다음과 같다.

① 정중편(正中偏, 정 중의 편): 현상계에 숨어 있는 본체.
② 편중정(偏中正, 편 중의 정): 본체계를 가리키고 있는 현상.
③ 정중래(正中來, 정중에서 온다): 본체로부터 돌아옴. 현상계에 의식적으로 들어오는 본체.
④ 편중지(偏中至, 편중에 이른다): 현상계와 본체계가 조화를 이룬 상태.
⑤ 겸중도(兼中到, 겸중에 낙착되다): 조화의 핵심에 이른 상태.

신연우에 따르면 태극의 원리를 빌려 정(正)＝이(理), 편(偏)＝사(事)로 이해되기도 한다.[24] 서구 철학 개념으로 이해하면 정은 플라톤적 이데아(본질), 편은 현상이라고 할 수 있다. 좀더 과감하게 이해하면 정신(영혼)과 육체(물질)라고 이해해도 될 것 같다. 따라서 조동오위의 입장(또는 일연의 입장)에 따르면 자비심을 가지고 중생의 고통을 껴안아 그를 깨달음으로 이끄는 것이, 본체에 대한 열망으로 저열한 것들에서 눈을 돌리는 고고한 수행 태도보다 훨씬 더 높은 깨달음의 단계다.

혜숙, 혜공, 원효 등의 기행(奇行)은 그렇게 이해할 때 단순한 기

---

23) 허원기, 『삼국유사 구도설화의 의미』, 한국정신문화연구원 석사학위논문, 1996. 신연우, 앞의 글 재인용.
24) 같은 글, 284쪽.

행이 아니라 중생의 아픔을 낮은 자리에서 껴안는 행위인 것이다. 어쩌면 원효는 그렇게 하기 위해 파계를 감행했는지도 모른다.

여러 전적에 나타나는 원효의 기이한 행동들은 아마도 파계 이후의 일들로 여겨지지만, 이러한 파격적 행동에도 불구하고 그는 대중의 끊임없는 사랑을 받았다. 그 모든 행위가 단지 기행이 아니라 중생의 삶 안으로 깊이 들어가 그들과 고통을 함께하여 그들을 고통으로부터 해방시키려는 적극적 화행(化行, 도를 깨우쳐줌)이라는 것을 인정받았기 때문이리라.

이런 관점으로 보면 낙산 설화에서 의상을 둘러싸고 '2'의 상징성이 계속 나타나는 것에 주목하지 않을 수 없다. 설화 형성층은 의상의 퀘스트에서 쫓겨나 있는 '현상', 물질, 죽어가는 불쌍한 육체, 배설하는 육체('오어사'吾魚寺 설화에서 원효는 똥을 누며 혜공과 농담을 주고받는다), 그 육체의 생산자인 여성을 어떻게든 통합시키려 했던 것은 아닐까? 의상은 왜 7일 재계하고, 또 7일을 재계해야 했을까? 그리고 왜 중간에, 관음이 나타나기 전에 용중(龍衆)과 천중(天衆)이 수정염주 한 꾸러미를 이미 내주었는데, 토속신앙의 상징인 용이 나타나 용의 상징인 여의주를 또 전해주었을까? 그리고 왜 대나무는 한 그루가 아니고 두 그루가 나 있었을까? 어째서 의상은 절을 짓고, 관음상을 안치하고 나서야 "그제야 관음 진신임을 알게" 되었을까? 의상은 정말로 관음 진신을 보기는 한 것일까?[25]

---

25) 같은 글, 286쪽. 의상 앞에 계속 나타나는 이 2의 출현에 대해 신연우는 "부처 또는 진리는 현실의 보이지 않는 깊은 곳에 숨어 있으므로" 현상 너머에 있는 부처를 만나기 위한 "특별한 행동이 필요하다"라고 해석한다.

따라서 설화의 말미에 관음 친견에 실패한 원효에게 이 쫓겨났던 2가 복수하듯이 충격적인 모습으로 돌아오는 것은 너무나 당연하다. 이 쫓겨난 2는 단정한 의상 옆에서는 조심스럽게 밑그림만 보인다. 그러나 원효를 만나자, 이놈 잘 걸렸다는 듯이 충격적으로 돌아온다. 설화는 '개짐'을 빠는 여인을 들이밀고, 그 더러운 물을 원효에게 마시라고 강요한다. 파랑새는 "잘난 스님은 그만두시게"라고 외친다. 그 새는 존재의 육체성이 신성화된 고대 여신을 수행하는 새다. 육체의 아픔을 모르는 자는 겸중도(兼中到)에 이르지 못한다. 여성이 낳는 육체의 고통을 꿰뚫어보지 못하는 자는 육체를 초월할 수 없다. 존재의 근본적인 비참함을 깨닫지 못하는 자는 도에 이를 수 없다.

대중은 너무나 깔끔해서 존재의 너절한 조건을 도저히 받아들여줄 것 같지 않은 귀족적인 의상보다는 대중을 진정으로 이해하고 진심으로 사랑해줄 것 같은 원효에게 이 인간 운명의 비통함을 수납하라고 요구했던 것은 아닐까? 스님마저 우리를 버리면 우리는 누구에게 갑니까?

송효섭은 『삼국유사』의 불교 설화들을 분석하면서 초월적 존재의 주재에 의해 역사적 가치를 추구하는 설화와, 인간 스스로의 원

"진리는 어둠 속에 있으므로 현실의 명료함을 넘어서야 한다." 그래서 2의 상징성이 계속 나타났다는 것. 즉 '조동오위'의 첫 번째 단계, "현상 너머의 실상을 보는" '정중편'(正中偏) 단계라는 것. 탁견이다. 그러나 이 해석은 우리의 해석과 충돌하지 않는다. 관음은 현상은 한 겹이 아니라 두 겹이라는 것, 현상의 고통을 관하고 넘어설 것을 의상에게 꾸준히 당부했던 것이다.

망(原望)에 의해 종교적 가치를 추구하는 설화가 대립관계를 이룬다고 보고 있는데, 전자는 의상 관련 설화에, 후자는 원효 관련 설화에 해당한다고 볼 수 있다.[26] 이러한 대립관계는 일반 대중들 사이에 퍼져 있던 두 스님 관련 설화에서 더욱 강하게 나타난다.

두 스님의 설화를 둘러싼 대립관계는 후대로 갈수록 어째서 설화가 의상과 원효를 대결시키고, 일방적으로 원효의 편을 드는지 이해할 수 있게 해준다. 그리고 어째서 원효 설화에서 그토록 원효가 도력으로 먹을 것을 만들어내는지도 이해할 수 있게 해준다. 백성은 늘 배가 고픈데, 그 점을 더욱 잘 헤아리고 가슴 아파할 줄 아는 스님은 원효라고 느껴졌던 것이다. 이런 유의 이야기는 의상 전설에는 거의 나타나지 않는다. 의상 전설은 대개 사찰 창건 설화다. 음식을 만들어내는 이야기는 유독 원효 전설에서만 나타난다.

- 원효의 도력으로 샘물이나 쌀이 나옴
  (울진 천량암, 궁주 동혈사, 부안 원효방, 파주 자재암의 원효정, 강릉 영혈사 등)
- 소반을 중국에 던져 산사태로 압사 위기에 있던 많은 승려들을 구함
  (경남 동래군 장안면 불광산 척판암 전설)
- 산신령에게 명하여 수도자의 보행을 방해하는 칡넝쿨 제거함
  (경남 양산군 하북면 용연리 천성산 내원사)

---

26) 송효섭, 『설화의 기호학』, 민음사, 2002, 79쪽.

- 짚북을 만들어 쳐서 여러 마을에 들리게 함
  (위와 같음)
- 진악산 위에 올라가 일몰을 보고 서해바다 신선과 놀고 옴
  (충남 금산군 남이면 상금리 원효암)
- 서해바다 섬에서 신선과 바둑을 두다가 파도에 휩쓸려 표착한
  어부에게 도력으로 태고사 공양밥을 얻어다 먹임
  (충남 금산군 진산면 행정리 태둔산 태고사)
- 혜공대사와 함께 죽은 물고기를 먹고 산 물고기 똥을 누워놓고
  서로 큰 고기를 자기 고기라고 우기고, 운제사 뒤 자장봉과 원효
  봉을 구름다리를 타고 다님
  (경북 영일군 오천읍 운제산 오어사)
- 미면사에서 불경을 강할 때 연꽃이 핌
  (경북 문경군 산북면 소야리 공덕산 미면사)
- 백일기도를 드리던 중 화왕사 마루 월영삼지(月影三池)로부터
  아홉 용이 승천하는 것을 봄
  (경남 창녕군 창녕읍 옥천리 관룡사)
- 체에 물을 떠 멀리서 불국사 대웅전 불을 끔
  (경북 울주군 은양면 윤화리 도통골)[27]

설화 속의 원효는 스님이라기보다는 서양 전설에 나오는 장난꾸
러기 요정이나 친근한 마법사처럼 보인다. 이런 설화들 이면에서

---

27) 황인덕, 앞의 글, 383~384쪽.

우리가 읽어낼 수 있는 것은 대중의 눈물이다. 의상은 자신의 길에서 꼼짝도 안 할 것 같지만, 원효는 왠지 반갑게 다가와 힘없고 가난한 백성을 안아주며 위로해줄 것만 같다. 그것이 원효가 설화 속에서 의상을 이긴 까닭이리라.

길에서 태어나 길에서 죽다
원효 설화 ②

민중의 가슴에 투영된 원효

원효는 진평왕대에 출생해 선덕여왕, 진덕여왕, 태종무열왕, 문무왕, 신문왕대까지 살았다(617~686). 그는 대사상가이며 위대한 실천가였다. 그의 존재는 한국인의 자부심이다. 그의 학문적·종교적 성취는 당대 최강국이었던 중국뿐 아니라 일본에까지 알려져 깊은 찬탄과 존경의 대상이 되었다. 중국에서는 그를 주인공으로 하는 설화들이 여러 종 만들어져 유통(척반구중擲盤救衆 설화, 당나라 성선사 진화鎭火 설화 등)되었고, 일본에서는 그의 생애를 그림으로 남긴 작품이 국보로 지정되어 전하기까지 한다.

우리는 이 글에서 설화에 나타난 원효의 모습만을 다룰 것이다. 설화적 원효를 이해하기 위해 역사적 원효에 대한 이해는 필요한 요소이기는 하나 절대적 요소는 아니다. 설화에 투영된 원효의 모습은 역사적 원효를 드러내기도 하고, 왜곡하고 있는 것으로도 보인다. 설화적 원효는 사실 원효 자신의 것이라기보다는 민중의 것이다. 민중이 이 뛰어난 인물을 어떻게 바라보았는지, 그에게서 무엇을 기대했는지 원효 설화는 극명하게 보여준다. 그리고 일연은 그것을 정확히 간파해『삼국유사』곳곳에 민중의 가슴에 투영된 원효의 모습을 새겨두었다.

사실 겉으로만 보면『삼국유사』에 나타난 원효의 모습은 그의 도반이자 경쟁자, 세련되고 학구적인 모범생 의상(원효보다 여덟 살 아래)과 비교해보면 어딘가 엉성해보인다. 때로는 일연이 원효를 의도적으로 폄하하고 있다는 생각마저 든다. 그러나 우리는 일연이『삼국유사』에 무수히 등장하는 쟁쟁한 승려들 가운데서 원효에게 각별했음을 알고 있다.『삼국유사』에는 원효 말고도 일연이 '성사'(聖師)라고 부른 몇몇 고승들이 있다. 또한 원효성사(元曉聖師)라는 표현은 고려 후기에는 이미 일반화된 표현이었다고 한다.[1] 그러나 그가 원효에게 붙인 '거룩한 스승'이라는 표현은 남다른 울림을 준다. 엄숙하다기보다는 어딘가 살갑고 따스하다. 그렇다면 일연의 저술태도에 어떤 의도된 서사전략이 있다고 보인다. 그 전략은 우리가 보기에 의상과 원효가 대결하는 낙산사 설화에서 가장 분명하게 드러난다. 그 전략은 일연이『삼국유사』를 집필하면서 한 번도 잊은 적이 없는, 13세기 몽골의 말발굽 아래 짓밟히던 참혹한 민중의 삶, 백성의 고통에는 아랑곳없이 강화도로 달아난 고려 왕실의 무능과

---

1) 김상현, 「『삼국유사』 원효 관계 기록의 검토」, 『신라문화제학술발표논문집』, 14, no. 1, 동국대학교 신라문화연구소, 1993, 187쪽.

무책임, 그리고 그 상황에서도 스스로 몸을 일으켜 대몽항쟁을 벌였던 민중의 저력에 대한 믿음[2) 또는 희망과 무관하지 않다.

여기서 원효 설화를 모두 다루는 것은 불가능하다. 민간에 널리 퍼져 있는 원효 관련 구비설화는 100여 종에 이른다. 그러니 방법적으로 선택하는 수밖에 없다.『삼국유사』를 분석자료로 택하고 있는 우리는 원효 전기 가운데서 구성이 가장 독특한「원효는 구속을 받지 않다」(元曉不羈)를 중심으로 다루되, 이 조목이 간단하게 처리해버린 '경전찬술 설화'(원효에게 투사된 민중의 신화적 욕구를 가장 잘 드러내는 예로 보인다)를 추가로 다루려고 한다.

원효의 속성은 설씨(薛氏). 할아버지 잉피공(仍皮公, 적대공赤大公이라고도 함). 적대연(赤大淵) 옆에 잉피공 사당이 있다. 그의 아버지는 담내 내말[3). 원효는 압량군 남쪽 불지촌(佛地村) 북쪽 밤나뭇골이며 사라수(娑羅樹)[4) 아래에서 탄생. 마을 이름은 발지촌(發智村, 우리말로는 불등을촌弗等乙村)이라고도 함.

민간에 있는 이야기: 성사의 집은 원래 이 골짜기 서남쪽에. 어머니가 아기를 배어 달이 차서 마침 이 골짜기 밤나무 밑을 지나다가

2) 승원스님,「원효 생애에 대한 재검토:『삼국유사』를 중심으로」,『僧伽』13, 중앙승가대학교, 1996, 330쪽 참조. 승원스님도 일연의 원효에 대한 서술이 "몽고 항쟁기에 찬술된『삼국유사』전체의 서술 의도와 무관하지 않을 것"으로 보고 있다.
3) (역주) 내말(柰末)은 곧 내마(柰麻)이니 신라 17관등의 제11위.
4) (역주) 석가모니가 세상을 떠난 곳에 있었던 사라수에서 이름을 가져온 듯하다.

갑자기 해산하게 됨. 너무 급해 집에 돌아가지 못하고 남편의 옷을 나무에 걸고 그 속에 누워 해산. 그로 인해 사라수라 했다고 함. 그 나무 열매도 보통 나무와 달랐으므로 지금도 사라율(娑羅栗)이라고 부름.

옛날부터 전하기를, 옛적에 절을 주관하는 이가 절의 종 한 사람에게 저녁끼니로 밤 두 개씩을 주었는데, 종이 적다고 관가에 호소. 관리가 그 밤을 가져다 검사해보았더니, 밤 한 톨이 바리때 한 그릇에 가득 찼으므로 오히려 한 개씩만 주라고 판결. 그래서 밤나뭇골이라고 했다고 한다.

성사는 출가하자 그 집을 내놓아 절을 만들고 초개사(初開寺)[5]라 함. 또 사라수나무 곁에 절을 세우고 사라사(娑羅寺)라 함. 행장에는 서울 사람이라 했으나 그것은 할아버지의 본거(本居)를 좇아 말한 것. 『당승전』에는 본디 하상주 사람이라 함.

아명 서당(誓幢), 제명(第名)은 신당(新幢).

어머니 꿈에 혜성이 품으로 들어오더니 태기가 있었다. 해산할 즈음에 오색구름이 땅을 덮었는데, 그때는 진평왕 39년(617)이었다.

탄생하자 총명하고 뛰어나 스승 없이 학문. 수행한 시말과 불교 전교 업적은 『당전』과 그의 행장에 자세히 기록되어 있으므로 여기서는 다 적지 않는다. 다만 『향전』에 기재된 한두 가지 이상한 사실만 적어둔다.

어느 날 상례에서 벗어나 거리에서 노래를 부른 적이 있다.

---

5) (역주) 경북 경산군 자인면에 있던 절.

누가 자루 없는 도끼를 빌려주겠는가

나는 하늘 받칠 기둥을 찍으련다

　사람들은 아무도 그 노래 뜻을 알아듣지 못했으나 태종무열왕은 "이 스님께서 귀부인을 얻어 훌륭한 아들을 낳고 싶어하는구나. 나라에 큰 현인이 있으면 그보다 더한 이로움은 없을 것."

　이때 요석궁(瑤石宮)에 과부공주가 있었다. 왕은 궁리(宮吏)를 시켜 원효를 찾아 요석궁으로 맞아들이게 함. 궁리가 칙명을 받들어 원효를 모시려 하는데, 벌써 남산에서 내려와 문천교를 지나오므로 만나게 됨. 원효는 일부러 물에 떨어져 옷을 적심. 궁리가 요석궁으로 인도해 옷을 말리게 함.

　공주는 아기를 배어 설총(薛聰)을 낳았다. 나면서 총명해 경서와 역사책 널리 통달. 신라 10현 가운데 한 사람.[6] 지금까지 우리나라에서 명경(明經)[7]을 직업으로 하는 이는 그 훈해를 이어받아 가며 끊이지 않는다.

　계를 범하고 설총을 낳은 후에는 속인의 옷으로 바꾸어 입고 스스로 소성거사(小姓居士)라 일컬음. 우연히 광대들이 가지고 노는 큰 박을 얻었는데, 그 모양이 괴이했다. 그 모양대로 도구를 만들어 『화엄경』의 "일체 무애인(無碍人)[8]은 한길로 생사를 벗어난다"라는

---

6) (역주)『삼국사기』권46, 열전 6,「설총」조에 있는 설총, 최승우, 최언위, 김대문, 박인범, 원걸, 거인, 김운경, 김수훈, 최치원을 말하는 듯함.

7) (역주) 강경(講經)을 이름이니 과거의 강경과에 응시하기 위해 경서 중 몇 가지를 특히 강하고 외는 일.

구절에서 따서 무애라 하며 노래를 지어 세상에 퍼뜨림. 이 도구를 가지고 많은 촌락에서 노래하고 춤추며 교화하고 시를 읊조리며 돌아왔으므로 가난하고 무지몽매한 무리까지도 부처의 호를 알게 되었고, 나무아미타불을 부르게 되었으니 원효의 법화는 컸다.

성사가 그가 탄생한 마을을 불지촌이라 하고, 절 이름을 초개사라 하며, 스스로 원효라 일컬은 것은 모두 불일(佛日)을 처음으로 빛나게 했다는 뜻. 원효라는 말도 우리말이니, 그 당시의 사람들은 모두 우리말로써 새벽이라 했다.

분황사에 살면서 『화엄경소』(華嚴經疏)를 지었는데 4권 「십회향품」(十廻向品)에서 그침. 또 일찍이 송사로 말미암아 몸을 1백 소나무에 나뉘었으므로[9] 모든 사람이 이를 위계(位階)의 초지(初地)[10]라 이름.

또한 바다 용의 권유에 따라 노상에서 조서를 받아 『삼매경』[11]의 소를 지었다. 이때 붓과 벼루를 소의 두 뿔 위에 놓아두었으므로 이를 각승(角乘)[12]이라 했는데, 본각(本覺)·시각(始覺) 등 이각[13]의 숨은 뜻을

---

8) (역주) 무애(無碍＝無礙). 바깥의 모든 경계에 장애를 받지 않는 자유로움. 무애인은 부처의 호의 하나.

9) (역주) 백송(百松). 육신이 변화해 1백 소나무에 몸을 나누었다는 뜻.

10) (역주) 보살 수행 52위 중 10지위의 첫 계단.

11) (역주) 『관불삼매해경』(觀佛三昧海經).

12) (역주) 각(覺)과 각(角)의 음이 같으므로 소의 이각(二角)으로써 본시이각(本始二覺)을 표시한 것. 승(乘)은 불법.

13) (역주) 본시이각. 본각은 온갖 유정·무정에 통한 자성(自性)의 본체로서 갖추어져 있는 여래장 진여(如來藏 眞如)이고, 시각은 그 본각이 수행의 공을 가자(假藉, 빌린다는 뜻으로 어떤 목적을 달성하거나 설명하기 위해 임

원효대사 표준영정(이종상, 1978). 원효라는 이름은 당시 사람들에게 부처의 광명을 밝히는 새벽을 뜻했다. 일연은 원효를 걸림이 없는 대자유인으로 부각하려 했다.

나타낸 것. 대안법사가 와서 종이를 붙였으니 또한 기미(氣味)가 상통해 창(唱)하고 화답한 것.

그가 세상을 떠나자 설총은 그 유해를 부수어 진용(眞容)을 소상으로 만들어 분황사에 모시고 공경 사모해 극도의 슬픈 뜻을 표시. 설총이 그때 곁에서 예배하니 소상이 갑자기 고개를 돌려 바라보았으므로 지금도 여전히 돌아본 채로 있다. 원효가 거주한 적이 있는 혈사(穴寺) 옆에 설총의 집터가 있다고 한다.[14]

성인의 반열에 오른 원효의 생애

우선 제목부터 짚고 넘어가자. 일연은 원효 전기의 제목을 '원효불기'(元曉不羈), 즉 원효는 구속을 받지 않다라고 정한다. 일연이 원효의 생애 가운데서 무엇을 가장 중요하게 여겼는지 알 수 있게 해주는 대목이다. 일연은 '무애인', 거칠 것 없는 자유인, 깨달음을 얻어 자유로워진 영혼으로서 원효를 보이고 싶어하는 것이다(사실 「원효는 구속을 받지 않다」는 잘 쓰여진 전기는 아니다. 잘 구성되어 있다기보다는 일연이 내키는 대로 이말 저말을 하는 식이다. 『삼국유사』에서

시로 설정함)해 각증(覺證)한 각이다. 본각과 시각의 각체(覺體)는 다르지 않으나 지위가 다르므로 본각·시각의 이름을 붙인 것[본각은 본성으로 주어져 있는 진정한 자아의 소질이고, 시각은 실천적으로(수행의 결과 얻은 인식의 힘으로) 그 자아를 깨달음이라고 이해해도 무방해보인다].

14) 『삼국유사』 권5, 의해, 「원효는 구속을 받지 않다」, 246~253쪽.

이렇게 형식적으로 어지럽게 쓰여진 조목은 많지 않다. 어쩌면 이 서술 방식도 일연이 원효의 방식을 모방한 것인지도 모른다). 원효가 얼마나 제멋대로였는지 찬녕(贊寧)의 『송고승전』은 원효가 "만인지적"(萬人之敵)으로 여겨졌다고 전하면서 그의 행동거지를 상세히 기술한다("도무지 기준이 없었다"). 원효는 이러한 기행 때문에 왕이 각 지역의 뛰어난 승려들을 모아 연 '백고좌 법회'에 추천은 받았으나 지도층 승려들의 반대로 참여하지 못했다(신분 차이 때문이었다는 관점도 있다).[15] 원효 비문 '고선사서당화상비'(高仙寺誓幢和尙碑)에서는 그를 '승룡'(僧龍)이라고 부른다.

원효는 탄생부터 기이하게 묘사된다. 그의 어머니는 유성을 품는 꿈을 꾸고 원효를 가졌다고 하는데, 사실 이 신화소는 탁월한 인물들의 탄생 설화에 나오는 보편적인 이야기로 특별할 것은 없다. 자장법사의 어머니도 별이 품속으로 내려오는 꿈을 꾸었고, 김유신도 그의 아버지가 별이 내려오는 꿈을 꾸었으며, 그 때문에 이름도 '유신'으로 정했다고 한다.[16] 원효의 어머니는 길을 가다가 갑자기 산기를 느껴 아버지의 옷으로 장막을 치고 원효를 낳는다. 이 신화적 설정은 부처의 탄생 설화 신화소와 완전히 같다. 부처의 탄생을 조금 살펴보자.

---

15) 이 책, 422쪽.

16) 흥미로운 점은 유신의 경우 꿈을 꿈 사람이 어머니가 아니고 아버지라는 것이다. 탁월한 무장(武將)이었던 이 인물의 가부장적 성격을 강화하는 신화적 장치로 보인다.

경북 경산에 있는 제석사 원효성사전 벽화. 유성을 품는 꿈을 꾸는 원효대사 어머니 이야기를 묘사했다.

석가모니 마야부인이 흰 코끼리가 하늘에서 내려와 오른쪽 옆구리를 들어오는 태몽을 꾸었다. 만삭이 되어 친정인 코올리 성으로 가는 도중 룸비니 동산에 이르렀을 때 갑자기 산기를 느낌. 길옆에 있는 무우수(無憂樹) 나뭇가지를 잡고 석가를 낳았다. 하늘에서 오색구름이 내려와 룸비니 동산을 덮었다. 마야부인은 이레 뒤에 세상을 떠났다.[17]

말하자면 이 설화를 만든 불특정 다수의 민중(그리고 일연)에게

---

17) 대한불교청년회 성전편찬위원회, 『(우리말) 팔만대장경』, 법통사, 1963, 8~10쪽.

원효는 부처와 동등한 인물로 여겨졌던 것이라고 볼 수 있다. 「원효는 구속을 받지 않다」 전체에 걸쳐 원효를 부처의 경지로 올려놓기 위한 신화적 욕구는 분명하게 드러난다. 따라서 일연은 역사적 기록은 최소화하고, 신화적 존재로서 원효를 부각하는 서술전략을 택한다. 그것은 달리 말하면 일연이 제도권이 바라보는 원효가 아니라 민중이 바라보는 원효를 더 부각하려 했다는 의미이기도 하다. 일연은 중국이라면 껌뻑 죽는 당대의 분위기에서 중국 쪽 자료인 『송고승전』을 무시하고, 『향전』(鄕傳) 기록을 앞세운다. 즉 그는 귀족들과 지식인들(승려들, 유학자들)의 원효가 아니라 민중의 원효를 보여주는 것이다.

민중의 관점에서 원효는 석가만큼 위대한 인물이었다. 일연은 몇 차례에 걸쳐 민중의 원효-부처 이미지를 역사적으로 정당화하기 위해 애쓴다. 우선, 출생지에 대한 정당화를 살펴보자.

원효는 압량군(押梁郡) 남쪽 불지촌(佛地村) 북쪽 밤나뭇골이며 사라수(裟羅樹) 아래에서 탄생. 마을 이름은 발지촌(發智村, 우리말로는 불등을촌弗等乙村)이라고도 함. (…) 성사의 행장에는 서울 사람이라 했으나 이는 할아버지의 본거(本居)를 좇아 말한 것이며, 『당승전』에는 본디 하상주(下湘州) 사람이라 했다. 살펴보면 이렇다. 인덕 2년 무렵(665)에 문무왕이 상주(上州)와 하주(下州)의 땅을 나누어 삽량주(歃良州)를 두었으니, 하주는 곧 지금의 창녕군이고, 압량군은 본시 하주의 속현이다. 상주는 지금의 상주(尙州)로 상주(湘州)라고도 쓴다. 불지촌은 지금 자인현에 속

해 있으니 곧 압량군에서 나뉜 곳이다.[18]

즉 중국 자료에서 원효가 상주(湘州) 태생이라고 한 것은 문무왕이 원효 출생 이후 시기에 행정 구역을 재편하고 난 뒤의 지명을 좇은 것이며, 원효가 출생할 당시는 압량군에 속해 있었던 불지촌이 맞다는 것이다.

일연이 이 지명에 집착하는 이유는 명백하다. 원효가 태생부터 부처와 같은 급의 인물이라는 것을 보이기 위해서다. 불지란 '부처의 지위' 또는 '부처의 경지'라는 뜻이다. 불지촌을 우리말로 불등을촌(弗等乙村, 불땅촌)이라고 불렀다는 신화소도 마찬가지 의미다. '불'의 한자 표기는 다르지만, 이 순수 한국어가 '부처와 동등한'이라는 의미를 가진다는 것은 전혀 무리한 해석이 아니다. 일연은 불지촌을 '발지촌'(發智村)이라고도 한다며 부연한다. '발지'란 지혜의 발원, 지혜의 출발, 지혜의 시작을 뜻하겠다. 원효의 이름도 '새벽'처럼 이 땅에 지혜의 빛을 처음으로 비춘 사람이라는 뜻이다. 원효가 지은 절의 이름 초개사(初開寺)도 같은 의미다.

원효 탄생 설화 가운데서 우리의 관심을 끄는 또 하나의 신화소는 어머니가 아버지의 옷을 걸어 임시 산실을 만들었다는 점이다. 이것은 단지 출산 장면을 가리기 위한 장치에 불과하지 않다. 겉으로, 원효는 한 남자의 아들(아버지의 겉옷)이다. 원효의 탄생은 겉으로는 그 남자의 역할로 이루어진 것이다. 그러나 그 겉의 '옷'을 건

---

18) 『삼국유사』 권5, 의해, 「원효는 구속을 받지 않다」, 247~248쪽.

어내면 진정한 신성의 기원이, 즉 탄생의 '속'이 드러난다. 아버지는 원효의 껍데기, 곧 바깥의 옷에 불과하다. 원효의 탄생 시에 하늘에서 내려왔다는 오색구름이 그것을 증명한다. 원효는 실은 하늘의 아들인 것이다. 이 신화소는 원효 사후 110년경에 조성된 것으로 알려진 비문의 신화소에서 너무나 흥미로운 양상을 보여주며 변주된다.

분만 시에 홀연히 오색구름이 있었다. 어머니가 있는 곳을 특별히 덮었다.

分解之時 忽有五色雲 囗特覆母居(비문 5행. 囗는 판독 불가능한 글자)

왜 어머니가 있는 곳을 특별히 덮었을까? 우리는 이 구절을 이해하기 위해 약간 멀리 돌아가야 한다. 지금은 일단 신화소만 짚어두자.

원효는 길에서 태어났다. 그리고 길에서 죽었다('혈사'). 길에서 나고 길에서 죽은 남자, 누가 떠오르는가? 그렇다. 세계의 위대한 두 성인인 부처와 예수다. 부처는 룸비니 동산에서 태어나 도를 깨우치고 사라수 아래서 죽었다.[19] 예수는 길가 마구간에서 태어나 골고다 언덕에서 죽었다(부활 얘기는 지나가자). 왜 신화는 이 성인들을 '길에서 태어나 길에서 죽게' 만든 것일까? 그것은 성인들이

---

19) 또 하나 짚어둘 신화소가 있다. 원효가 태어난 사라수 아래는 부처가 열반한 장소다. 즉 원효는 부처를 이어 제2의 부처로 탄생한 인물이라는 것을 보이는 신화적 설정이다.

좁은 자기 세계에 갇혀 있지 않고, 더 넓은 세계로 나아갈 운명을 타고났기 때문이라고 해석하는 학자들이 있다. 좋은 해석이다. 그러나 우리가 보기에 그것은 더 깊은 의미가 있다.

'길'은 인간의 운명을 상징한다. 인간은 누구나 '길'의 존재다. 생은 언젠가 시작되고 언젠가 끝난다. 인간에게는 사실 '집'이 없다. 인간은 누구나 '길의 존재', 떠도는 운명의 소유자들이다. 인간은 죽어야 겨우 '집'에 간다. 그래서 우리말 '죽는다'를 경어체로 '돌아가셨다'라고 말하는 것이다. 즉 '집에 갔다'는 것이다.

신화가 이 위대한 인물들을 길에서 태어나 길에서 죽게 만든 것은 그들이 인간의 운명을 짊어진 자들이라는 것을 말하기 위해서다. 원효를 신화적 존재로 만든 민중은 원효를 길에서 태어나 길에서 죽게 만듦으로써 원효를 최고의 성인 반열에 올린 것이다.

'금강삼매경론' 찬술 설화

우리는 앞에서 「원효는 구속을 받지 않다」조가 아주 간단하게 처리해버린 '경전찬술 설화'가 원효를 바라보는 민중의 신화적 욕구를 가장 잘 반영하고 있다고 말한 바 있다. 자세한 논증을 위해서 관련 설화를 꼼꼼하게 들여다보자.

신라왕비가 머리에 종창이 났는데, 많은 명의와 산천의 기도와 무당의 주술도 효험이 없었다. 어느 무당이 타국에 가서 묘약을 구해 와야만 고칠 수 있다고 함. 왕이 신하를 당으로 보냈는데, 황해 한가운데에 이르렀을 때 한 노인이 파도를 헤치고 나타나 배 위에

뛰어오르더니 신하를 데리고 바닷속으로 들어감. 바다에 들어가
니 장엄한 궁전. 금해라는 용왕이 나타나 말하기를, "너희 왕비는 청
제(靑帝)의 셋째 딸. 우리 용궁에는『금강삼매경』이 있는데, 이각(二
覺)이 원통(圓通)하여 보살행을 보여준다. 이번 너의 나라 왕비의
병을 인연으로 이 경을 부촉하여 널리 지상에 유포하고자 한다."
그러고는 서른 장 정도의 순서가 뒤섞인 산경(散經)을 가지고 나와서
가는 도중에 잃어버릴까 봐 신하의 장딴지를 칼로 가르고 그 안에 경
을 넣고 약을 발라 원래대로 봉해주었다. 그리고 이르기를, "급히
해동으로 돌아가 대안(大安)대사에게 부탁하여 경의 순서를 맞추
고, 원효대사에게 소(疏)를 짓게 하여 강설케 하면 왕비의 병이 반
드시 나을 것이다."

　원효는 대안이 순서를 맞춘『금강삼매경』을 살펴보고는 "이 경
은 시각(始覺)과 본각(本覺)의 이각(二覺)을 종지로 삼는 경. 나를 위해
각승(角乘, 소가 끄는 수레)을 준비하고 소의 양뿔 사이에 책상을 안치[20]
하고 지필묵도 준비하라." 원효는 시종 소의 등에 타고 소를 짓기
시작, 5권을 완성. 왕이 날짜를 정하여 황룡사에서 강설하게 함. 그

---

20) 설화는 특정하지 않고 있으나, 우리는 이 소가 사복 어머니의 전생처럼 암
　소였을 것이라고 확신한다. 왜냐하면 이제 원효가 공주의 병을 치료하기
　위해 써야 하는 '본시이각'에 대한 소는 인간의 육체적 터전을 사유의 기
　반으로 할 수밖에 없으며, 그것을 생산해내는 존재는 암컷이기 때문이다.
　사복이 죽은 아버지가 아니라 죽은 어머니를 연화장 세계로 모시고 들어
　간 것도 같은 이유이며,『성서』가 십자가에 매달려 죽은 예수 앞에 스타
　바트 마테르(Stabat Mater, 서 있는 어머니)를 세워둔 것도(「요한복음」19:
　25), 예술가들이 십자가에서 내려진 아들의 시신을 피에타(Pieta, 통곡하는
　어머니)의 무릎에 앉힌 것도 모두 같은 상징적 이유를 가지고 있다.

러나 원효를 시기하는 무리가 훔쳐갔다. 원효는 왕에게 아뢰고 다시 3일 만에 약소(約疏)를 지어 황룡사에서 왕과 왕비, 문무백관, 고승대덕, 일반 서민들이 운집한 가운데 사자후를 토하기 시작. 강설이 끝나자, 모든 대중은 충만한 기쁨으로 한동안 자리를 뜨지 못했다. 원효가 자리를 떠나며 불쑥 내뱉었다. "지난날 백 개의 서까래를 구할 때에는 내가 필요하지 않았지만, 하나의 대들보를 올릴 때에는 오직 나만이 가능하네." 그러자 고승대덕들은 지난날 자만심에 빠져 관견(菅見, 대통 구멍으로 내다봄. 좁은 소견)으로 원효의 깊은 경지를 몰랐던 자신들의 행동을 참회했다.[21]

우선 우리는 『금강삼매경』이 '용궁'에서 왔다는 대목을 짚어야 한다. 이 설화를 만든 계층은 중국에까지 유입되어 원효의 명성을 확고하게 만들어주었던 원효의 『금강삼매경소』(너무나 뛰어나서 중국 불교학자들은 이 疏를 소가 아니라 『금강삼매경론』으로 불렀다고 한다. 불교 관련 서적에서 論 자를 붙이는 것은 석가의 직계제자들인 보살들이 쓴 책에만 붙이는 명칭이라고 함. 따라서 이 책이 얼마나 높이 평가되었는지 짐작할 수 있다)[22]가 인도나 중국이 아니라 '용궁'에서 왔다는 설정은 설화 형성계층이 '용왕'으로 상징되는 토속신앙과 불교의 화해('원융')를 꿈꾸었다는 뜻으로 보인다. 그리고 그것을 이루기에 친중국적 지식인들보다는 자주적인 원효가

21) 원효전서국역간행회, 『금강삼매경』, 1989, 725~731쪽.
22) 조춘호, 「원효 전승의 종합적 고찰: 문헌 전승을 중심으로」, 『어문학』 64, 한국어문학회, 1998, 333쪽.

마땅하게 여겨졌을 것이다.

그런데 이 경을 만들게 된 원인이 하필 왕비의 병이었을까? 왜 왕이나 왕자가 아니라 왕비가 병이 난 것일까? 또 한 가지, 신라왕비가 "머리에 종창이 났기" 때문이라는 설정이 특이하다. '머리'는 흔히 '지성'을 상징한다. 신라 왕비가 세계를 이해하는 방식, 그녀의 지적 인식이 더 이상 힘을 갖지 못하게 된 상황을 암시하는 것일 수 있다. 이것은 대단히 흥미로운 신화소인데, 그녀가 "원래는 청제(靑帝)의 셋째 딸"이었다는 또 하나의 의미 있는 신화소와 함께 주목할 필요가 있다.

우리는 유화부인과 선화공주 그리고 감은장애기 설화 분석에서[23] 신화적 여성에게 주어진 숫자 3이 그녀들의 고대 신적 권위와 연결되어 있다는 것을 확인했다. 이 설화에 나오는 신라 왕비는 원래 이 세상이 아닌 다른 세상, 물의 세상인 용궁(청제의 세상/푸른 세상)의 셋째 딸이었는데, 지상으로 시집가 살며 원래의 권위를 상실해 "머리에 종창이 났다". 그 종창은 2각의 원융을 가르치는 『금강삼매경』의 대중적 유포로 치료될 수 있을 것이다. 그런데 하필 그 경의 쪽수가 30쪽이라니!

용왕은 그 경을 뒤죽박죽 섞어서 보낸다. 이 신화소는 용궁에서 통하는 원칙은 더 이상 세속에서는 통하지 않는다는 뜻이다. 성(聖)의 질서는 속(俗)의 질서와 다르다. 속에 맞는 다른 질서가 확립되어야 하고, 다른 해석(疏)도 필요하다. 용왕은 대안에게 질서를

---

23) 이 책, 143~145쪽, 296~298쪽.

수립하도록 지시한다. 대안도 원효 못지않은 이승(異僧, 괴짜 스님)이었다. 설화 형성계층은 원효와 함께 대안도 설화 안으로 끌어들여 구원자의 역할을 일부 맡긴다. 민중은 의상 같은 제도적이고 단정한 승려들보다는 대안이나 원효 같은 이승들을 더욱더 선호했던 것이다.

흩어진 경전은 사신의 '장딴지'를 칼로 가르고 거기에 숨긴다. 이것은 일차적으로는 원효를 시기하는 적들로부터 경전을 지키기 위한 전략이지만, 신화적으로는 더 근원적인 의미를 내포하고 있을 수 있다. '장딴지' 또는 '넓적다리'는 세계 신화 전통에서 아주 종종 남성성기의 대체물로 등장한다. 아프로디테의 연인 아도니스는 멧돼지에게 넓적다리를 찔려 죽었고, 황폐한 왕국을 다스리는 성배 전설의 어부왕(Fisher King)도 낫지 않는 넓적다리의 상처 때문에 고통스러워한다. 이때 넓적다리는 성기의 상징적 대체물로 여겨진다. 영화 「조스」에서 바기나 덴타타(vagina detata, 이빨 달린 질)를 상징하는 조스의 아가리는 주로 남성의 다리를 물어뜯는데, 학자들은 이 다리가 성기의 대체물이라는 데에 동의한다.

따라서 이 사신의 넓적다리는 불교의 금욕적 교리에 의해 인간의 지평에서 완전히 쫓겨난, 억압된 성적 욕망의 대체물이다(병든 왕비도 같은 의미로 읽을 수 있다). 따라서 민중은 본시이각(本始二覺)이라는 교리적 구실 아래서 억압된 육체의 복권을 요구하고 있는 것이라고 해석할 수 있다. 5권으로 지은 소를 도둑맞고 다시 3일 만에 약소를 지었다는 것은 민중이 원효를 통해, 제도에 의해 문밖으로 쫓겨난 고대적 가치(여신적 3)의 재통합을 요구하는 것으로 보인다.

설화는 말미에서 원효를 통해 특히 기득권의 패배를 통쾌하게 드러내 보이고 있다. 원효는 체제―왕과 귀족들과 고위 승려들―이 아니라 민중의 마음에 큰 기쁨을 준다. 민중이 원효의 강설 그 자체에 그토록 기뻐했을 것 같지는 않다. 다만 그들은 원효를 통해 그들의 영혼 깊은 곳에 파묻힌, 이제는 문밖으로 쫓겨난 가치들의 복원을 꿈꾸며, 원효의 비체제적 이미지를 신화적으로 소환하고 있는 것이다.

우리는 원효가 여성적 가치들을 옹호했다고 주장하는 것이 아니라 그가 여성으로 상징되는 버려진 것들, 못난 중생, 세계의 타자들에게 끊임없이 관심을 기울였다고 말하는 것이다. 적어도 원효를 설화의 주인공으로 만든 대중은 원효에게 그 역할을 맡겼다. 따라서 이 설화에서 여성적인 것은 여성에게 속한 것이 아니라 세계에서 버림받은 것으로 읽어야 한다.

그러므로 이제 우리는 원효의 비문에 기록되어 있는, 원효가 태어날 때 "오색구름이 특히 어머니를 덮었다"는 구절의 의미를 이해할 수 있게 된다. 그는 중생 가운데서도 더 불쌍한 중생, 여성으로 상징되는, 문밖으로 쫓겨난, 모든 고(苦)의 원천인 육체 생산자들의 아픔을 싸안고 가야 할 운명을 타고났던 것이다. 신발 한 짝 신은 관음들을….

참고문헌

■ 단행본

고운기, 『삼국유사』, 현암사, 2007.

권병탁, 『한국경제사 특수연구』, 영남대학교 부설 산업경제연구소, 1997.

김열규, 『도깨비 날개를 달다』, 한국학술정보(주), 2003.

김정란, 『불의 지배자 두룬』(전3권), 웅진주니어, 2014.

――, 『신데렐라와 소가 된 어머니』, 논장, 2004.

김종대, 『저기 도깨비가 간다』, 다른세상, 2007.

나카자와 신이치, 김옥희 옮김, 『곰에서 왕으로』, 동아시아, 2002.

――, 김옥희 옮김, 『신화, 인류 최고의 철학』, 동아시아, 2014.

대한불교청년회 성전편찬위원회, 『(우리말) 팔만대장경』, 법통사, 1963.

디엘, 폴, 안용철 옮김, 『그리스 신화의 상징성』, 현대미학사, 1994.

뢴로트, 엘리아스 엮음, 서미석 옮김, 『칼레발라』, 물레, 2011.

마르칼, 장, 김정란 옮김, 『아발론 연대기』 1~8권, 북스피어, 2003.

서혜숙, 『아일랜드 요정이야기』, 건국대학교출판부, 2004.

송효섭, 『설화의 기호학』, 민음사, 2002.

――, 『초월의 기호학: 뮈토스와 로고스로 읽는 삼국유사』, 소나무, 2002.

아로마티코, 안드레아, 성기완 옮김, 『연금술: 현자의 돌』, 시공사, 1998.

암스트롱, 카렌, 이다희 옮김, 『신화의 역사』, 문학동네, 2011.

엘리아데, 미르치아, 이윤기 옮김, 『샤머니즘』, 까치, 2007.

——, 이재실 옮김, 『대장장이와 연금술사』, 문학동네, 2000.

——, 이재실 옮김, 『종교사 개론』, 까치, 1993.

윤영옥, 『신라시가의 연구』, 형설출판사, 1980.

융, C. G., 융저작번역위원회 옮김, 『꿈에 나타난 개성화 과정의 상징』, 솔, 2002.

——, 융저작번역위원회 옮김, 『연금술에서 본 구원의 관념』, 솔, 2004.

이기백 엮음, 『단군신화론집』, 새문사, 1988.

——, 『신라사상사연구』, 일조각, 1986.

이어령, 『이어령의 삼국유사 이야기』, 서정시학, 2006.

일연, 이재호 옮김, 『삼국유사』 1 · 2, 솔, 2008.

정호완, 『우리말로 본 단군신화』, 명문당, 1994.

캠벨, 조지프, 이진구 옮김, 『신의 가면 I: 원시 신화』, 까치, 2003.

——, 이진구 옮김, 『신의 가면 II: 동양 신화』, 까치, 1999.

쿠더트, 앨리슨, 박진희 옮김, 『연금술 이야기』, 민음사, 1995.

파스투로, 미셸, 주나미 옮김, 『곰, 몰락한 왕의 역사』, 오롯, 2014.

해리스, 스티픈 앨, 글로리아 플래츠너, 이영순 옮김, 『신화의 미로 찾기』 I, 동인, 2000.

김영태 외, 『삼성현(원효, 설총, 일연)의 생애와 학문』, 경산대학교출판부, 1996.

원효, 『대승육정참회』, 한국불교전서 1, 동국대학교출판부, 1979, 843a.

——, 『금강삼매경』, 국역 원효성사전서 권2, 원효전서국역간행회, 1989.

Chevalier, Jean , Alain Gheerbrant et al., Dictionnaire des Symboles, T. Ⅱ~Ⅴ, Paris: Seghers, 1974.

Daraki, Maria, *Dionysos et la Déesse Terre*, Paris: Flammarion, 1994.

Detienne, Marcel, *Le Jardin d'Adonis*, Paris: Gallimard, 1972.

Devreux, Georges, *Femme et Mythe*, Paris: Flammarion, 1988.

Elinger, Pierre, *Artémis, déesse de tous les dangers*, Paris: Larousse, 2009.

Euripides, *Meleagros,* 530.

Gregory, Lady, *Lady Gregory's Complete Irish Mythology*, Dublin: Sutton Publishing, 2005.

Grimal, Pierre, *La Mythologie Grecque*, Paris: PUF, 2013.

Jung, C. G., *Psycholigie et Alchimie*, Paris: Buchet-Chastel, 2014.

Laurentin, René, *La Vie de Bernadette*, Paris: Desclée de Brouwer, Oéuvre de la Grotte, Lourdes, 2007.

Le Foulon, Marie-Laure, *L'Ours, le Grand Esprit du Nord*, Paris: Larousse, 2010.

Markae, Jean, *Arthur, Merlin et le Graal*, Éditions du Rochered. du Rocher, Monacco, 2000.

———, *Les Dames du Graal*, Paris: Pygmalion, 1999.

———, *La Femme Celte*, Paris: Payot, 2001.

———, *Paroles Celtes*, Paris: Albin Michel, 1996.

Moreau, Alain, *Le Mythe de Jason et Médée: Le va-nu-pied et la sorcière*, Paris: Les Belles Lettres, 1994.

Otto, Walter, *Les Dieux de la Grèce: La figure du divin au miroir de l'esprit grec*, Paris: Payot, 1984.

Pouget, Daniel, *L'Esprit de l'Ours*, Bénaix: Présence Image et Son, 2004.

Roob, Alexandre, *Alchimie et Mystique*, Paris: Tachen, 1996.

Wood, Juliette, *Le Livre de la Sagesse Celte*, Paris: Gründ, 2001.

Young, Ella, *Celtic Wonder Tales,* London: Apps Publisher, 2012.

鎌田茂雄, 『新羅佛教史序說』, 東京大學校 東洋文化研究所, 1988.

石川忠久, 『詩經』上, 明治書院, 1997.

■ 논문

강영경, 「고대 한국 무속의 역사적 전개: 신라 진평왕대의 辟邪를 중심으로」, 『한국무속학』 10, 2005.

─── , 「단군신화에 나타난 웅녀의 역할」, 『여성과 역사』 16, 한국여성사학회, 2012.

강은해, 「대장장이 신화와 冶匠 체험」, 『한중인문과학연구』 12, 한중인문과학연구회, 2004.

─── , 「두두리 再考」, 『한국학논집』, vol. 16, no. 1, 계명대학교 한국학연구원, 1989.

강헌규, 「곰, 고마나루, 곰굴, 곰나루 전설 그리고 공주: 어학적, 설화적 고찰을 중심으로」, 『한국의 민속과 문화』 10, 경희대학교 민속학연구소, 2005.

─── , 「처용의 어의고」, 『한국언어문학』 20, 한국언어문학회, 1981.

고운기, 「삼국유사의 一然讚詩에 대한 연구」, 연세대학교 대학원 석사학위논문, 1986.

공남식, 「처용가의 변이과정 연구」, 연세대학교 교육대학원 석사학위논문, 1999.

권재선, 「한국어의 도깨비(鬼)와 일본어의 오니(鬼)의 어원과 그 설화의 비교」, 『동아인문학』 1, 동아인문학회, 2002.

권효명, 「방이설화 모티프의 교과서 수록양상 연구」, 부산교육대학교 대학원 석사학위논문, 2003.

김경화, 「유화의 기원」, 인하대학교 대학원 석사학위논문, 2010.

김광순, 「헌화가 설화에 대한 일고찰」, 『한국논총연구』, 형설출판사, 1981.

김기흥, 「도화녀·비형랑 설화의 역사적 진실」, 『한국사론』 41~42, 서울대학교 국사학과, 1999.

김난주, 「굿노래서의 「구지가」와 「해가」 소고」, 『국문학논총』 14, 단국대학교 국어국문학과, 1994.

김남형, 「만파식적 설화의 역사적 의미」, 『한국학논집』 38, 계명대학교 한국학연구원, 2009.

김덕원, 「신라 진지왕대의 정국 운영」, 『이화사학연구』 30, 이화사학연구소, 2003.

──, 「원효와 의상의 여성관에 대한 고찰」, 『한국사학보』 33, 고려사학회, 2008.

김문태, 「삼국유사의 체재와 성격」, 『도남학보』 12, 도남학회, 1989.

김민해, 「도화녀·비형랑 설화를 통해 본 신라 6부 통합과정」, 한국교원대학교 역사교육전공 석사학위논문, 2007.

김상현, 「만파식적 설화의 형성과 의미」, 『한국사연구』 34, 한국사연구회, 1981.

──, 「사복설화의 불교적 의미」, 『사학지』 16, 단국대학교사학회. 1982.

──, 「『삼국유사』 원효 관계 기록의 검토」, 『신라문화제학술발표논문집』 14, no. 1, 동국대학교 신라문화연구소, 1993.

김선주, 「신라의 알영 전승 의미와 시조묘」, 『역사와 현실』 76, 한국역사연구회, 2010.

김수경, 「남성성과 여성성의 대결로 본 헌화가」, 『이화어문논집』 17, 이화여자대학교 한국어문학연구소, 1999.

김영수, 「처용가 연구의 종합적 검토」, 『국문학논집』 16, 단국대학교 국어국문학과, 1999.

김영태, 「만파식적설화고」, 『논문집』 11, 동국대학교, 1973.

김완식, 「수로부인의 실체, 그리고 남는 의문들」, 『국어국문학논문집』 17, 동국대학교 국어국문학부, 1996.

김재원, 「武氏祠石室 畵像石에 보이는 단군신화」, 이기백 엮음, 『단군신화론집』, 새문사, 1988.

김정학, 「단군신화와 토테미즘」, 『역사학보』 7, 역사학회, 1954.

김종진, 「무왕설화 형성과 「서동요」의 비평적 해석」, 『한국문학연구』 27, 동국

　　　대학교 한국문학연구소, 2004.

김　진, 「처용 무당설 및 아랍인설의 해석학적 오류: 처용설화의 철학적 연구
　　　(1)」, 『철학논총』 34, 새한철학회, 2008.

김태식, 「신라 國母廟로서의 神宮」, 『한국고대사탐구』 4, 한국고대사탐구학회,
　　　2010.

김학성, 「처용가의 화랑문화권적 이해」, 『신동익박사정년기념논총』, 경인문화
　　　사, 1995.

김혜진, 「향가 창작 동인으로서의 '아름다움'과 신라인의 미의식」, 『고전문학
　　　과 교육』 15, 한국고전문학교육학회, 2008.

김홍철, 「도화녀 비형랑 설화 考」, 『교육과학연구』 11(3), 청주대학교 교육문
　　　제연구소, 1998.

나경수, 「처용가의 서사적 이해」, 『국어국문학』 108, 국어국문학회, 1992.

문경현, 「신라건국설화의 연구」, 『대구사학』, vol. 4 no. 1, 대구사학회, 1972.

문무병, 「제주도 도깨비당 연구」, 『탐라문화』, no. 1, 제주대학교 탐라문화연구
　　　소, 1990.

박미선, 「의상과 원효의 관음신앙 비교: 『삼국유사』 「낙산이대성관음정취조
　　　신」을 중심으로」, 『한국고대사연구』 60, 한국고대사학회, 2010.

박은용, 「木郞考: 도깨비의 語源攷」, 『한국전통문화연구』 2, 대구가톨릭대학
　　　교 인문과학연구소, 1986.

서정범, 「방언에서 본 만파식적과 문무왕릉」, 『한국민속학』 8, 민속학회,
　　　1975.

설성경, 「처용의 가무행위가 지닌 의미 층위」, 『동방학지』 67, 연세대학교 국
　　　학연구원, 1990.

승원스님, 「원효 생애에 대한 재검토: 『삼국유사』를 중심으로」, 『僧伽』 13, 중
　　　앙승가대학교, 1996.

신경득, 「웅녀의 산신격 연구」, 『배달말』 42, 경상대학교 배달말학회, 2008.

신연우, 「조동오위의 시각으로 본 「낙산이대성 관음 정취 조신」 조의 이해」,

『한국사상과 문화』 18, 한국사상문화학회, 2002.

신영명, 「「헌화가」의 민본주의적 성격」, 『어문논집』 37, no. 1, 안암어문학회, 1998.

신현규, 「「수로부인」 조 수로의 정체와 제의성 연구」, 『어문논집』 32, 중앙어문학회, 2004.

양희철, 「처용가의 어문학적 연구: 오판의 상황적 반어와 戲引을 중심으로」, 『인문과학논집』 17, 청주대학교 인문과학연구소, 1997.

원영만, 「원효의 불교 대중화 일고: 귀족불교에서 가항불교로」, 『정토학 연구』 10, 한국정토학회, 2007.

윤철중, 「만파식적 설화 연구」, 『대동문화연구』 26, 성균관대학교 대동문화연구원, 1991.

이강엽, 「성과 속의 경계, 『삼국유사』의 신발 한 짝」, 『고전문학연구』 43, 한국고전문학회, 2013.

이동철, 「수로부인 설화의 의미」, 『한민족문화연구』 18, 한민족문화학회, 2006.

이상설, 「염정설화의 의미체계와 서사문학」, 『명지어문학』 23, 명지어문학회, 1996.

이승남, 「수로부인은 어떻게 아름다웠나」, 『한국문학연구』 37, 동국대학교 한국문학연구소, 2009.

이시영, 「곰 화소 전개 양상과 현대적 변용」, 동아대학교 교육대학원 석사학위논문, 2003.

이연숙, 「신라 처용설화의 생성 배경에 관한 연구」, 『한국문학논총』 32, 한국문학회, 2002.

이완형, 「도화녀·비형랑 조의 제의극적 성격 試考」, 『한국문학논총』 16, 한국문학회, 1995.

이윤희, 「한국설화의 버드나무 상징성 연구」, 한양대학교 석사학위논문, 2004.

이장웅, 「백제 熊津期 곰 신앙의 역사적 전개와 穴寺」, 『사총』 71, 역사학연구회, 2010.

이찬구, 「단군신화의 새로운 해석: 무량사 화상석의 단군과 치우를 중심으로」, 『신종교연구』 30, 한국신종교학회, 2014.

이학규, 「낙하생문집」, 『영남악부』(한문악부자료집), 계명문화사, 1988.

임재해, 「고조선문화의 지속성과 성립과정의 상생적 다문화주의」, 『고조선단군학』 24, 고조선단군학회, 2011.

장진호, 「水路夫人說話考」, 『시문학』 47, 한국어문학회, 1986.

전기웅, 「헌강왕대의 정치사회와 '처용랑 망해사' 조 설화」, 『신라문화』 26, 동국대학교 신라문화연구소, 2005.

정상진, 「신라 호국용신의 실상과 변모」, 『牛岩斯黎』 8, 부산외국어대학교 국어국문학과, 1997.

정호완, 「곰의 문화기호론적 풀이」, 『우리말글』 14, 대구어문학회, 1996.

─────, 「삼국유사의 내용과 체재 연구」, 『인문과학연구』 16, 대구대학교 인문과학예술문화연구소, 1997.

조법종, 「한국 고대사회의 고조선·단군 인식: 고조선·고구려 시기 단군인식의 계승성을 중심으로」, 『선사와 고대』 23, 한국고대학회, 2005.

조춘호, 「원효 전승의 종합적 고찰: 문헌 전승을 중심으로」, 『어문학』 64, 한국어문학회, 1998.

조태영, 「『삼국유사』 수로부인 설화의 신화적 성층(成層)과 역사적 실재」, 『고전문학연구』 16, 한국고전문학회, 1999.

조현설, 「웅녀·유화 신화의 행방과 사회적 차별의 세계」, 『구비문학연구』 9, 한국구비문학회, 1999.

채수영, 「색채와 헌화가」, 『한국문학연구』 10, 동국대학교 한국문화연구소, 1987.

최맹식, 「무왕시대의 불교건축과 기와」, 『백제문화』 34, 공주대학교 백제문화연구소, 2005.

최선경, 「향가의 제의적 성격 연구」, 연세대학교 국문학과 박사학위논문, 2001.

최원오, 「한국신화에 나타난 여신의 위계 轉變과 윤리의 문제」, 『비교민속학』 24, 비교민속학회, 2003.

최일례, 「고구려인의 관념에 보이는 단군신화 투영 맥락: 비류부의 정치적 위상을 중심으로」, 『한국사상과 문화』 55, 한국사상문화학회, 2010.

최혜영, 「고대 '새 모습 여인'에 나타난 여성상」, 『역사교육논집』 36, 역사교육학회, 2006.

피영희, 「Double Descent 이론 적용을 통해서 본 신라왕의 신분관념」, 『한국사론』 5, 서울대학교 국사학과, 1979.

한영화, 「고구려 지모신앙과 모처제」, 『사학연구』 58~59, 한국사학회, 1999.

허원기, 『삼국유사 구도설화의 의미』, 한국정신문화연구원 석사학위논문, 1996.

허호일, 「주몽 전설의 역사적 변이와 민족 문화의식」, 『목원어문학』 11, 목원대학교 국어국문과, 1992.

홍기삼, 「수로부인 연구」, 『도남학보』 13, 도남학회, 1991.

황병익, 「『삼국유사』 「수로부인」 조와 「헌화가」의 의미 재론」, 『한국시가연구』 22, 한국시가학회, 2007.

황인덕, 「전설로 본 원효와 의상」, 『어문연구』 24, 충남대학교 문리과대학 어문연구회, 1993.

황패강, 「단군신화의 한 연구」, 이기백 엮음, 『단군신화론집』, 새문사, 1988.

▣ 도판 출처

퍼블릭 도메인은 따로 표시하지 않았으며,
출처를 확인하지 못한 도판은 추후 확인이 되는 대로
적절한 절차에 따라 사용 허락을 받겠습니다.

꿈꾸는 삼국유사

우리 민족의 신화적 원형을 찾아서

지은이 김정란
펴낸이 김언호

펴낸곳 (주)도서출판 한길사
등록 1976년 12월 24일 제74호
주소 10881 경기도 파주시 광인사길 37
홈페이지 www.hangilsa.co.kr
전자우편 hangilsa@hangilsa.co.kr
전화 031-955-2000~3 **팩스** 031-955-2005

부사장 박관순 **총괄이사** 김서영 **관리이사** 곽명호
영업이사 이경호 **경영이사** 김관영 **편집주간** 백은숙
편집 박희진 노유연 이한민 박홍민 김영길
관리 이주환 문주상 이희문 원선아 이진아 **마케팅** 정아린
디자인 창포 031-955-2097
인쇄 예림 **제책** 경일제책사

제1판 제1쇄 2023년 1월 25일
제1판 제2쇄 2023년 5월 25일

값 27,000원
ISBN 978-89-356-7813-6 93810